BRENDA NOVAK

Face au danger

BestSellers

Collection : BEST-SELLERS

Titre original : TRUST ME

Traduction française de SANDRINE JEHANNO

Ce roman a déjà été publié en juillet 2011

Photos de couverture
Femme : © LEA BERNSTEIN/ARCANGEL/PLAINPICTURE
Paysage : © PHILIPPE SAINTE-LAUDY PHOTOGRAPHY/
ROYALTY FREE/GETTY IMAGES

83-85, boulevard Vincent-Auriol, 75646 PARIS CEDEX 13.
Service Lectrices — Tél. : 01 45 82 47 47
www.harlequin.fr
ISBN 978-2-2802-8411-0 — ISSN 1248-511X

Aux éditeurs, agents, auteurs, fans et amis qui ont su unir leurs forces pour m'aider à récolter des centaines de milliers de dollars pour la recherche sur le diabète. Votre générosité est une source d'inspiration. Que toute cette énergie positive rejaillisse sur vos vies !

Ensemble, nous ferons la différence !

« L'enfer est vide, tous ses démons sont ici ! »

WILLIAM SHAKESPEARE, *La Tempête*

1

— Alors, tu es au courant ?

David Willis leva la tête. Un homme se dressait sur le seuil du box qui lui tenait lieu de bureau. Il sourit. L'inspecteur « Tiny » Wiman était son meilleur ami au sein de la brigade criminelle et, ce qui ne gâchait rien, un sacré bon flic qui ne ménageait ni sa peine ni son temps, se passionnant pour son travail avec une détermination sans faille. Solidement charpenté, plus grand que David, la peau cuivrée et le sourire facile malgré la tristesse qui voilait ses yeux bruns, il dégageait une autorité naturelle : quand il parlait, les gens l'écoutaient.

— Au courant de quoi ? Que j'ai encore pris du retard avec cette foutue paperasse ? répliqua David sur le ton de la plaisanterie en balayant du regard sa table de travail, encombrée d'un monceau de dossiers et de formulaires.

Tiny fourra ses larges mains dans les poches de son pantalon kaki avec une fausse nonchalance, accentuant ainsi l'air emprunté qu'il avait toujours lorsqu'il était en tenue. Il faisait partie de ces hommes qui se sentent mal à l'aise en veste. Sans parler de la cravate...

— Ça n'a jamais été ton truc la paperasse, c'est vrai..., ironisa-t-il. Mais j'ai autre chose à faire que de venir te rappeler cette évidence !

Il s'était exprimé avec un tel sérieux que David se rembrunit. Manifestement, Tiny ne s'était pas arrêté pour le seul plaisir de discuter.

— Qu'y a-t-il ?

Son ami tira sur sa cravate comme si le nœud trop serré le privait d'air.

— Tu te souviens du type qui a attaqué cette petite blonde en pleine nuit et qu'on a fait boucler ?

La description était si vague et David s'était occupé de tant d'affaires depuis son arrivée à la brigade de Sacramento, treize ans plus tôt, que cette question ne risquait pas d'éveiller en lui le moindre souvenir... Pourtant, il lui suffit d'entendre l'expression « cette petite blonde » pour savoir à qui son collègue faisait allusion. Il avait gardé chaque détail de ce dossier à la mémoire. C'était l'affaire de sa carrière. Et même s'il n'avait pas parlé à Skye Kellerman depuis quelques mois, elle n'était jamais loin de ses pensées.

— Tu parles de Burke ? répliqua-t-il Ce salopard en a pris pour dix ans.

— Il semblerait que ce ne soit que trois, rectifia Tiny.

Interdit, David laissa tomber son stylo sur la pile de papiers et de formulaires qui retenaient encore son attention quelques instants plus tôt.

— Je savais que la date de sa première demande de conditionnelle approchait, mais aux dernières nouvelles, il n'avait pas la moindre chance de l'obtenir !

— Il n'aurait jamais dû l'obtenir, rétorqua Tiny. C'est un type dangereux... Mais tu sais comment ça se passe...

Il cessa de se battre avec sa cravate et laissa retomber sa main le long de son corps avec résignation.

— Son témoignage contre des codétenus a permis aux flics de San Francisco de résoudre deux vieilles affaires d'homicides. En échange, ils ont émis un avis en sa faveur devant le conseil chargé d'étudier les demandes de mise en liberté conditionnelle.

David se leva d'un bond.

— Personne n'a donc lu ma foutue lettre ? Pourquoi ne nous ont-ils pas demandé notre avis ? Ils auraient pu se renseigner sur ce type avant de le relâcher, non ?

— Apparemment, ils ont appelé la direction, il y a quelques semaines.

— Jordan ne leur a pas dit qu'on n'a plus trouvé de corps près de la rivière depuis que notre bon dentiste est en prison ?

— Bien sûr que si. Mais ils ont répondu que c'était peut-être une simple coïncidence.

Tiny lui décocha son large sourire.

— Nous, nous savons que notre intuition ne nous a jamais trahis. Mais il leur en faut plus.

Plus. Jordan, le chef de la brigade, était effectivement passé le voir… Sa visite inopinée prenait soudain un autre sens ; tout comme ses questions, nombreuses, sur l'avancée de l'enquête ou sur de nouveaux indices permettant d'établir un lien entre certains dossiers non élucidés et Oliver Burke : il cherchait des éléments concrets sur lesquels s'appuyer pour peser sur la décision de San Francisco. Or, David ne lui avait rien appris de plus. Pis, il avait mal évalué l'importance du moment, convaincu d'avoir encore deux ans devant lui.

— Ça ne se passera pas comme ça ! s'exclama-t-il avec emportement.

Décidé à trouver Jordan, il s'élança dans le couloir, bousculant Tiny au passage. Ce dernier le rattrapa par le bras.

— Economise ta salive, vieux. Il ne peut rien faire. La décision est tombée. Le Dr Burke sort la semaine prochaine.

— La *semaine prochaine* ? Et ce qu'il fera une fois sorti, ils s'en lavent les mains ?

Avisant les deux policiers qui avaient pointé leur nez dans le couloir, alertés par leurs éclats de voix, il leur décocha un regard furibond, avant de reporter son attention sur Tiny.

— Il semblerait que nos confrères de San Francisco aient préféré donner la priorité aux anciens dossiers, poursuivit ce dernier. Le problème, c'est que la remise en liberté de Burke risque de donner des idées à tous les violeurs qui croupissent en prison. S'il leur suffit de balancer… De toute façon, je crois les flics de Frisco se seraient arrangés directement avec le gouverneur, s'il l'avait fallu.

Ils n'ont pas eu besoin d'aller frapper aussi haut, songea David : la libération anticipée de Burke avait été bien plus facile à obtenir qu'il ne l'aurait cru.

— Ce qui est sûr, c'est qu'il ne laissera aucune chance à sa prochaine victime… Il a commis cette erreur une fois, la fille a témoigné contre lui et il s'est retrouvé en prison.

— C'est ce qu'a fait valoir Jordan.

— Et ?

— Les « peut-être » et les « pourrait » ne sont pas suffisants pour motiver une décision.

— Skye Kellerman est un « peut-être » qui compte, quand même !

Tiny passa une main sur son crâne rasé.

— On dirait qu'elle compte pour toi, en tout cas…

David entendit la légère réprobation qui pointait sous la voix basse de son ami, mais il préféra l'ignorer — tout comme il s'appliqua à chasser de son esprit le souvenir de ses précédentes mises en garde : Tiny ne lui avait-il reproché, lors de l'enquête, de prendre le dossier trop à cœur ? Il est vrai qu'à l'époque David tentait de se réconcilier avec son ex-femme… Il n'y était toujours pas parvenu, d'ailleurs.

— Burke n'en restera pas là. Il va chercher à se venger. Finir ce qu'il a commencé… J'en mettrais ma main à couper ! s'exclama-t-il.

Il se tut, incapable d'en dire plus. Un flot d'images pénibles défilaient sous ses yeux. Son estomac se contracta douloureusement.

— C'est sûr, confirma Tiny.

— On ne peut pas rester sans rien faire !

— Que veux-tu faire, au juste ? A moins de prouver qu'il est lié aux anciens meurtres, on n'arrivera jamais à le remettre sous les verrous. Sauf s'il s'attaque à une nouvelle victime, bien sûr…

Il poussa un long soupir, avant de reprendre :

— Veux-tu que j'aille la voir pour la prévenir ?

David tressaillit. Si seulement il pouvait se décharger de cette tâche sur Tiny… Ou sur n'importe qui, d'ailleurs ! Mais c'était à lui d'annoncer la nouvelle à Skye. Pas question de se défiler.

— Non, je m'en occupe.

— Tu es sûr ?

— Oui.

Etouffant un juron, il abattit son poing contre la cloison. Tiny sortit et s'éloigna sans se retourner. Il comprenait parfaitement ce que ressentait son ami, et partageait sa frustration.

Quelques collègues apparurent de nouveau dans le couloir, pressés d'en savoir plus.

— Vous cherchez quoi ? s'emporta David en les foudroyant du regard.

Les curieux se dispersèrent aussitôt — et il regretta sa réaction. Se défouler sur ses collègues ne l'aiderait pas à se sentir mieux. Ni à trouver les mots justes pour annoncer à Skye que la peur qui la tenaillait jour et nuit depuis sa rencontre avec Burke n'était pas près de la quitter.

Skye tendit l'oreille, alertée par un crissement de pneus sur le gravier de l'allée. Qui était-ce ? Elle n'attendait personne, ce matin.

Un long frisson la parcourut. Il faisait glacial en ce début janvier. Un épais brouillard conférait au paysage une atmosphère irréelle. Brusquement oppressée, elle prit conscience de son isolement. Elle était coupée du monde.

Si vulnérable…

Les nerfs à fleur de peau, elle se précipita vers le petit secrétaire, ouvrit le tiroir et se saisit du Kel-Tec P-3AT, un semi-automatique, plus léger, plus maniable et plus facile à dissimuler que son Sig P232. Puis elle s'empressa d'enfiler un large T-shirt sur sa tenue de sport, consciente que le short et la brassière en Lycra mettaient ses formes trop en valeur.

Une portière claqua dans l'allée. Des pas se rapprochèrent de la maison. Des pas lourds. Ceux d'un homme.

Elle colla son œil au judas qu'elle avait fait installer sur la porte depuis qu'elle avait hérité de la maison à la mort de sa mère, un an plus tôt. Le brouillard était si épais qu'elle ne put distinguer les traits de son visiteur. Enveloppée dans la lumière incertaine du petit matin, sa silhouette imposante se rapprochait.

Seigneur…

Elle déglutit péniblement. La peur, acide, métallique, lui nouait la gorge.

Elle tenta de se rassurer. Il s'agissait sans doute d'un voyageur égaré. Niché au cœur du delta de Sacramento, Sherman Island, avec ses cent soixante-quinze âmes, ses marécages, ses voies navigables naturelles, ses digues et ses pontons, déroutait plus d'un étranger. Mais on n'est jamais trop prudent, n'est-ce pas ? Elle l'avait appris à ses dépens la nuit où un homme en capuche, armé d'un couteau, l'avait brusquement tirée du sommeil.

Burke était en prison — Dieu soit loué ! — mais depuis qu'elle avait créé La Contre-attaque deux ans auparavant avec ses amies Sheridan Kohl et Jasmine Stratford pour venir en aide aux victimes d'agressions et de mauvais traitements, elle s'était fait beaucoup d'ennemis… Le mari de Tamara Lind, par exemple. D'un naturel violent, il la tenait pour responsable de l'échec de son mariage et l'avait menacée de faire sauter les bureaux de l'association. Elle pensait aussi à Kevin Sheppard, un type qui avait manifesté son intention de faire du bénévolat pour La Contre-attaque. Sa démarche avait étrangement coïncidé avec la parution d'articles louant l'implication financière de l'association dans la découverte de nouveaux indices sur un meurtre très médiatisé. Quand Skye avait repoussé la proposition de Sheppard après avoir découvert qu'il avait été condamné pour escroquerie, il avait perdu son sang-froid et fait un esclandre. Personne ne l'avait revu depuis — ce qui n'était pas pour la rassurer.

La sonnette retentit, suivie presque immédiatement d'un coup sec sur la porte.

L'espace d'un instant, elle se vit désactiver l'alarme, puis entrouvrir la porte, autant que la chaîne de sécurité le permettait… Non ! Le battant céderait sous la violence d'un coup de pied. Elle crispa les doigts sur la crosse de son arme.

Bon sang, Skye ! Reprends-toi !

Elle ne ratait jamais sa cible, mais elle savait que la nervosité peut jouer des tours aux meilleurs tireurs. Par conséquent, elle n'ouvrirait pas la porte. Ça non ! Mieux valait attendre que le visiteur se lasse et finisse par partir.

Elle se plaqua contre le mur en retenant son souffle.

Dire que les élèves de ses cours de tir la croyaient invincible ! S'ils la voyaient ce matin, moite de sueur et de panique, ils réviseraient leur opinion, c'est sûr ! En fait, Skye se sentait rarement invincible — même avec une arme à la main. Ses élèves n'avaient aucune idée de la manière dont ils réagiraient s'ils étaient acculés. Contraints de tirer. Même armée jusqu'aux dents, une femme peut *encore* se sentir vulnérable. A moins de s'être préparée à l'idée de presser la détente.

Etait-elle prête à tuer Kevin Sheppard ? Ou l'ex-mari de Tamara ?

Si cela s'avérait nécessaire…

Bien qu'elle n'ait pas esquissé le moindre mouvement, le visiteur ne semblait pas décidé à quitter les lieux : il sonna et frappa de nouveau à la porte. Puis sa silhouette sombre s'immobilisa devant la fenêtre tandis qu'il cherchait à regarder à l'intérieur.

— Skye ? Skye, vous êtes là ? C'est l'inspecteur Willis.

Exhalant un soupir de soulagement, elle relâcha la pression de ses doigts sur son arme. David… Elle ne risquait plus rien.

— Votre voiture est dans l'allée, cria-t-il. Répondez-moi !

« Calme-toi », s'enjoignit-elle. En vain : son cœur battait de plus en plus fort. Tout en cherchant à reprendre son souffle, elle désarma son pistolet, puis le glissa dans la poche du manteau qui était suspendu à la patère près de la porte. D'un geste machinal, elle passa les doigts sur sa lèvre supérieure où perlaient des gouttes de sueur.

— Skye ?

— J'arrive.

Elle désactiva le système d'alarme, fit glisser la chaîne de sécurité et déverrouilla la porte.

Avec sa chemise à manches courtes d'un beau vert amande et sa cravate — presque trop élégante — il était plus séduisant que jamais. Mélange improbable de James Dean et de Johnny Depp, David était aussi unique qu'irrésistible… et Skye n'y était pas insensible. Leur dernière rencontre, lors de son déménagement, un an auparavant, lui revint à la mémoire. La caresse de ses lèvres sur les siennes, puis son baiser qui s'était fait insistant tandis qu'il la pressait contre le mur… L'attirance qui les poussait l'un vers l'autre avait failli l'emporter, ce jour-là.

— Salut, fit-elle en feignant un détachement qu'elle était loin d'éprouver. Qu'est-ce qui vous amène dans le Delta ?

Il lui parut distant, presque formel — à des années lumière de l'homme avec qui elle avait failli faire l'amour.

— Il faut que je vous parle, répondit-il. Je peux entrer ?

Tout, dans le ton de sa voix, dans son attitude, suggérait qu'il ne s'agissait pas d'une simple visite de courtoisie. Que cachait cette visite imprévue ? La gorge nouée, elle s'écarta pour le laisser entrer. Le pire est derrière moi, se dit-elle pour se réconforter. Jamais plus elle n'aurait à endurer l'enfer. C'était tout ce qui importait.

— Du thé vert ?

— Du thé vert ? répéta David, l'air perplexe.

— Désolée, je n'ai pas de café. Je n'en bois plus.

— Dans ce cas, ne faites pas de thé pour moi… Pas sûr que mon corps apprécierait !

Il la dévisagea un instant, puis laissa glisser son regard sur son corps, accentuant son trouble. Que pensait-il ? Appréciait-il ce qu'il voyait ? Impossible de le savoir : nulle émotion ne transparaissait dans ses yeux verts. Il finit par tourner la tête, reportant son attention sur le hall d'entrée et le salon attenant.

Pour la première fois depuis longtemps, Skye observa ces lieux familiers d'un œil neuf — celui de son visiteur. Dans le salon, le canapé fatigué, les guéridons en bois de noyer, les vitrines contenant les vases et les fleurs en tissu avaient disparu — donnés à ses deux demi-sœurs, Jennifer et Brenna, qui vivaient auprès de leur père, dans le sud de la Californie — laissant place à des haltères, un vélo d'appartement, un rameur, un stepper et un tapis de yoga. D'où il se trouvait, David n'apercevait qu'une partie de la cuisine qui s'était transformée en petit jardin plein d'herbes aromatiques et de graines germées.

— J'aime beaucoup ce que vous avez fait de l'endroit.

Son sourire moqueur indiquait qu'il n'en pensait pas un mot : sa nouvelle décoration lui fournissait une preuve de plus, s'il en était besoin, qu'elle ne s'était toujours pas libérée du passé, malgré leurs discussions à ce sujet.

— Merci. Je trouvais dommage de ne pas utiliser tout cet espace, expliqua-t-elle avec embarras.

— Quel sens pratique !

Il voulait rire ? Elle n'avait jamais eu de sens pratique ! Il y a quatre ans, elle ne pouvait se casser un ongle manucuré sans crier à la catastrophe. Puis le 11 juillet était arrivé et…

— Poignarder un violeur, ça vous change ! marmonna-t-elle.

David se crispa, manifestement contrarié. A croire qu'elle venait de lui rappeler la raison de sa visite — au cas où la cicatrice qui balafrait sa joue ne lui ait pas déjà rafraîchi la mémoire.

— Vous devriez vous asseoir, fit-il sobrement.

— Pourquoi ?

Il s'éclaircit la voix, manifestement mal à l'aise.

— J'ai de mauvaises nouvelles.

« Vous vous êtes remis avec votre ex-femme ? » ne put-elle s'empêcher de penser. Elle aurait aimé s'en réjouir : David tenait tellement à offrir à son fils de huit ans la famille qu'il méritait !

— Je préfère rester debout, répliqua-t-elle en relevant le menton et en soutenant fermement son regard.

Il esquissa un sourire.

— Qu'est-ce qu'il y a ? Vous n'avez pas réussi à trouver la preuve de la culpabilité de Burke dans la mort de ces autres femmes ?

— Non. Pas encore.

Elle comprit que cet aveu lui coûtait. David n'aimait pas

perdre, et cet échec le rongeait. Il en avait fait une affaire personnelle. Elle partageait sa déception : elle avait tant espéré qu'il prouverait la culpabilité de Burke ! Qu'il démontrerait sa cruauté, sa perversité aux yeux du monde ! Qu'importait ce que ses avocats avaient plaidé — c'était sa première infraction ; il n'avait pas d'antécédents de violence ; c'était un pilier de la communauté, et bon chrétien, de surcroît ! Qu'importait que son épouse, la personne qui le connaissait le mieux, ait juré qu'il n'avait jamais levé la voix sur elle ! Cette nuit-là, Skye, avait *vu* son vrai visage. Comme la lueur dans ses yeux : il voulait la tuer.

— Vous avez changé d'avis ? s'enquit-elle. Vous pensez que ce n'est pas lui ?

Il fourra ses mains dans ses poches.

— Non. C'est lui. Même *modus operandi*. Un profil de victime identique. Et l'empreinte des pas — particulièrement petite pour un homme, d'ailleurs — que l'on a trouvée sur l'une des scènes de crime correspond à sa pointure.

— Ce n'est pas suffisant ?

— C'est le seul élément à charge, reconnut-il.

— Je suppose qu'il n'y a pas eu d'autres corps.

— Aucun que l'on puisse relier aux trois autres.

Pourquoi était-il là ? Venait-il lui annoncer qu'il laissait tomber ? Elle frémit à cette pensée. Gagnée par l'angoisse, elle l'attrapa par le bras. Il se raidit. Pourquoi ? Elle ne chercha pas à le savoir, trop paniquée à l'idée de perdre son seul soutien dans la police — police qui appréciait de moins en moins la mauvaise publicité que leur faisait l'association sur sa gestion des dossiers non résolus.

— Il n'est pas trop tard, reprit-elle. Nous devons juste trouver le moyen de le maintenir en prison.

Quand il se dégagea, la tension altérait son visage. Une panique insensée, irrépressible, envahit Skye.

— *Quoi ?* Il n'est pas dehors ? Il est toujours en prison, n'est-ce pas ? Il en a pris pour dix ans ! Vous étiez sûr qu'il en ferait au moins huit.

— Désolé, Skye, lâcha-t-il entre ses dents.
Le souffle coupé, le cœur battant à tout rompre, elle cria :
— Vous n'êtes pas en train de dire…
— Si, asséna-t-il. Il sort la semaine prochaine.

2

— Qu'est-ce qui ne va pas ?

La voix de Sheridan dans le téléphone lui parut étrangement lointaine. Adossée au plan de travail de la cuisine, Skye pressa plus fermement le combiné contre son oreille en espérant reprendre le contrôle d'elle-même. Elle avait réussi à garder son calme jusqu'au départ de David — c'était déjà ça. Elle ne voulait pas s'effondrer devant lui. Inutile d'ajouter au sentiment de culpabilité qui l'oppressait déjà, non ?

— Il… Il va sortir, murmura-elle.

— Qui va sortir ?

L'inquiétude et l'incompréhension perçaient sous la voix de Sheridan, et pour cause : elles avaient rencontré tant de victimes depuis la création de La Contre-attaque que Skye aurait pu faire allusion à une douzaine d'agresseurs différents.

— Burke.

Un silence pesant s'installa au bout de la ligne. Sheridan venait de comprendre.

— Comment est-ce possible ? reprit-elle enfin.

— La police n'a pas réussi à prouver sa culpabilité dans les autres affaires. Apparemment, il a joué les prisonniers modèles ces trois dernières années, du genre à prodiguer gratuitement des soins dentaires… Et il s'est accroché à sa version, affirmant à qui voulait l'entendre qu'il n'était animé d'aucune mauvaise intention à mon égard avant que je l'attaque avec une paire de ciseaux !

— Mais il en a pris pour dix ans, non ? La plupart des

condamnés en Californie purgent au moins la moitié de leur peine.

— Pas lui. Il va sortir maintenant, au bout de trois ans. En liberté conditionnelle.

— Non !

— Si…

Elle ne parvenait pas à y croire elle-même. Comment cet homme pouvait-il être remis en liberté alors qu'il avait plaqué un couteau sur sa gorge pendant qu'il lui arrachait son T-shirt et son pantalon de pyjama ?

Son estomac se noua tandis qu'un flot de souvenirs lui revenaient à la mémoire. Burke ne s'était pas contenté de la menacer : il l'avait aussi touchée de manière brutale et humiliante. Et ce monstre allait sortir de prison ? C'était insensé !

— Et… pour les autres meurtres ? demanda Sheridan.

— Tu parles des trois jeunes femmes retrouvées aux abords de l'université ?

Skye se laissa glisser jusqu'au sol. Le brouillard commençait à se dissiper, comme toujours en fin de matinée, mais la lumière qui filtrait à travers la fenêtre ne fit qu'accroître son sentiment d'insécurité.

— Burke a brouillé les pistes. Tu le sais aussi bien que moi. Notre propre enquête n'a rien donné de plus que ce que David avait découvert. Et si lui n'a rien pu faire…

Sheridan était si absorbée par la conversation qu'elle ne releva pas que Skye avait machinalement désigné l'inspecteur Willis par son prénom, ce qu'elle ne manquait jamais de lui faire remarquer, d'ordinaire.

— Burke est un type cultivé, intelligent, poursuivit-elle.

— C'est surtout un être malveillant, rectifia Skye. Bien différent de ce qu'il laisse paraître. J'habitais avec une colocataire à cette époque, et il a dû passer du temps à m'épier pour connaître mes habitudes et savoir où se situait ma chambre. Il m'a choisie, puis il a *prémédité* son agression. Si mon nécessaire à broderie ne s'était pas trouvé sur ma table de chevet, j'aurais connu le même sort que toutes ces filles : un autre corps à la morgue, un cas de plus non élucidé.

— Mon Dieu…, murmura Sheridan.

Skye se revit en train de frapper Burke, et ses muscles se raidirent douloureusement. Elle s'était découvert une force intérieure insoupçonnée au moment de lui donner un coup, puis deux, puis trois pour le faire reculer. Son sang, comme une brûlure sur ses mains glacées, s'était répandu sur les draps, mais il avait eu *encore* assez d'énergie pour s'enfuir.

— Que dois-je faire, maintenant ? reprit-elle dans un souffle. Si tu savais le regard qu'il m'a lancé quand la sentence est tombée… Il n'oubliera pas que c'est mon témoignage qui l'a perdu !

— Tu devrais peut-être t'éloigner, suggéra Sheridan.

Skye releva la tête.

— Et que fais-tu de notre décision de ne plus laisser la peur envahir nos vies ?

— Juste le temps de voir où il s'installe, ce qu'il fait.

— Il va probablement rejoindre sa famille.

— Il en a encore une ?

C'était son épouse qui avait conduit Burke aux urgences le lendemain de l'agression. Les médecins, trouvant ses plaies suspectes, l'avaient signalé à la police, qui l'avait arrêté. Mais le soutien de Jane tout au long du procès avait été inconditionnel. Les sanglots dont elle avait ponctué le verdict résonnaient encore aux oreilles de Skye.

— Probablement. Sa femme n'a jamais cessé de clamer son innocence.

— Skye… Protège-toi, je t'en prie ! Je ne supporterai pas qu'il t'arrive malheur. Jasmine te dira la même chose. Elle n'a plus que nous, maintenant. Depuis ce qui est arrivé à sa sœur, elle préférera te savoir en sécurité.

Skye poussa un soupir. Il n'y avait aucune raison d'entraîner avec elle Sheridan ou Jasmine : elles avaient déjà leurs propres démons à affronter. Elle les comprenait mieux que quiconque. Elles s'étaient rencontrées dans un groupe de soutien aux victimes. Liées par une même douleur, elles étaient rapidement devenues amies ; elles avaient passé tant de temps à discuter pour tenter de surmonter le traumatisme qui avait affecté leur vie !

— En créant La Contre-attaque, nous nous étions promis de ne plus avoir peur, tu te souviens ? De ne pas laisser ce pouvoir à nos agresseurs !

Le chemin était encore long, mais elle luttait, refusant d'abandonner.

— Ecoute... L'homme qui a essayé de me tuer se promène toujours dans la nature, rétorqua son amie. Mais il vit à l'autre bout du pays, au moins ! Je ne supporterais pas de penser que je risque de tomber sur lui dans la rue ou au détour d'un rayon de supermarché !

« C'est pourtant ce qui risque de m'arriver », songea Skye en fermant les yeux.

Que faire, alors ? Se cacher ? Emménager plus près de chez son beau-père ? Peut-être. Mais dans ce cas, Burke n'aurait aucun mal à la retrouver, s'il était déterminé à le faire. Et puis... elle n'était pas réellement proche de son beau-père, en fait. Quand Joe avait emménagé avec sa mère, elle avait neuf ans et il était parti quatre ans plus tard. Même s'il représentait un père de substitution, le seul qu'elle ait eu — le sien étant mort dans un accident de ski quand elle avait deux ans — ils n'avaient vécu ensemble que peu de temps.

De toute façon, elle n'envisageait pas de laisser Sheridan et Jasmine s'occuper seules de l'association. Il y avait tant à faire ! Elles n'étaient pas trop de trois pour aider les victimes d'agressions violentes. Et donner un sens à ce qu'elles avaient subi.

— Ça va aller, reprit-elle en se redressant. Ça m'a juste... fait un choc.

Qu'est-ce qui lui prenait, bon sang ? Elle ne pouvait s'offrir le luxe de se lamenter. Ils avaient échoué à relier Burke aux trois autres meurtres, certes... mais ils devaient continuer l'enquête, coûte que coûte. Avant que ce dernier ne s'en prenne à quelqu'un d'autre. Ou qu'il ne revienne achever chez elle ce qu'il avait commencé.

— Vends ta maison, au moins ! insista Sheridan Et viens t'installer en ville dans un appartement sécurisé.

Skye secoua la tête. Ce n'était pas la première fois que son amie lui faisait cette suggestion, mais elle ne parviendrait pas à la convaincre. Pas question de quitter la maison. Elle s'y était réfugiée après son agression, et y avait vécu ces dernières années avec sa mère, sa seule famille. C'était tout ce qui lui restait d'elle, tout ce qui la reliait à son enfance — le temps de l'innocence, quand elle n'avait pas encore conscience de la brutalité des hommes. Et elle était bien placée pour savoir qu'une copropriété ne garantissait pas une sécurité totale : ne partageait-elle pas son appartement avec une colocataire lorsque Burke était venu l'agresser ?

— C'est un trop gros sacrifice. Ça reviendrait à lui donner le contrôle de ma vie... Or, je veux vivre comme je l'entends !

En tout cas, autant que possible, songea-t-elle. Un jour après l'autre.

— Je comprends, mais...

— Mais tu te fais du souci, acheva-t-elle. Eh bien, rassure-toi. S'il essaie de m'approcher, c'est plus que des ciseaux qu'il recevra dans la poitrine, tu peux me croire !

Elle perçut le soupir de Sheridan.

— As-tu l'intention de passer au bureau aujourd'hui ? Un journaliste du *River City Magazine* voudrait s'entretenir avec l'une d'entre nous pour écrire un article sur l'association. Cela pourrait accélérer la vente des billets pour notre barbecue d'été.

— Jasmine ne peut pas s'en charger ? marmonna Skye en évaluant mentalement son emploi du temps de la journée.

Elle-même devait se rendre au stand de tir pour y donner un cours, avant d'aller distribuer des tracts à l'université de Sacramento : elles avaient toujours besoin de bénévoles pour les aider à lever des fonds. Mais après la visite de David, elle doutait d'avoir la concentration nécessaire.

— Jasmine ne sera pas disponible pendant quelques jours.

— Pourquoi ?

— Elle a reçu un appel de Fort Bragg. Une petite fille a disparu là-bas. Ils ont besoin d'aide pour la retrouver.

— Qui l'a appelée, au juste ? s'enquit Skye, surprise que la réputation de Jasmine s'étende jusqu'à Fort Bragg, une ville côtière située à six heures de Sacramento.

— Le FBI.

— Sans blague ! Je serais curieuse de rencontrer un inspecteur qui accepte de collaborer avec un médium.

Même David refusait d'admettre que Jasmine avait un don... alors des types du FBI ? C'était incroyable !

— Je suppose que c'est en tout dernier ressort. Ils lui ont demandé d'établir un profil psychologique du kidnappeur, sans évoquer ses capacités médiumniques par téléphone.

— Le FBI a ses propres profileurs. C'est ce qu'on lui a toujours répondu jusqu'à présent.

— C'est vrai, mais la situation a beaucoup évolué depuis que Jasmine a permis de résoudre l'affaire Ubaldi. Je pense que le FBI vient de reconnaître qu'elle est douée — peut-être même meilleure que leurs profileurs maison.

— Ils le sauraient depuis longtemps, s'ils nous avaient posé la question ! s'exclama Skye. Et pour l'enfant qui a disparu ?

— Je n'en sais pas plus. Elle vient d'arriver à Fort Bragg.

Il y eut un bref silence au bout du fil, puis Sheridan reprit :

— Alors, tu peux te charger de ce journaliste ?

Skye jeta un œil à la pendule murale. Elle frissonnait encore à la seule idée de mettre un pied dehors, mais elle était aussi plus déterminée que jamais à empêcher Burke de nuire. En répondant à ce journaliste, elle ferait parler de l'association. Ça comptait plus que tout, non ?

— D'accord. Je vais reporter mon cours à la semaine prochaine, mais rejoins-moi dès que possible, OK ?

Chaque fois que David se rendait à Sherman Island, où résidait Skye, il avait la sensation d'arriver dans un autre monde. Ce n'était pourtant qu'à une heure de Sacramento, où elle vivait au moment de son agression. Et guère plus loin de San Quentin, où la prison du même nom côtoyait de manière saisissante les quartiers bourgeois qui se déployaient sur le pourtour de la baie de San Francisco.

Burke était emprisonné derrière ces murs de pierre séculaires avec plus de cinq mille autres détenus, pour la plupart des condamnés à mort ou à perpétuité. Ceux qui, comme lui, effectuaient des peines plus courtes étaient nettement moins nombreux. Avec sa chambre à gaz, la seule de l'Etat, sa population carcérale deux fois plus importante que la capacité prévue et la présence de tueurs sans pitié qui avaient défrayé la chronique — comme Kevin Cooper, condamné à la peine de mort pour le massacre à la hache et au couteau de la famille Ryen ; Richard Allen Davis, qui avait kidnappé, puis tué Polly Klaas ; Charles Ng, coupable de onze meurtres avec torture, et Richard Ramirez, que la presse avait surnommé « le chasseur de la nuit » — la prison de San Quentin demeurait fidèle à son effroyable réputation.

En s'arrêtant devant un pont basculant, David songea à l'entretien qu'il espérait avoir avec Burke. Il avait souvent travaillé sur des affaires délicates, et il était presque toujours arrivé à ses fins. Parfois, la chance lui souriait et les preuves lui tombaient pratiquement dans les mains ; à d'autres moments, sa détermination et son obstination à ne laisser aucun détail de côté faisaient la différence. L'intuition comptait aussi, bien sûr. Mais rien de tout cela ne l'avait aidé à résoudre l'affaire des trois jeunes femmes retrouvées assassinées près de l'American River. L'enquête n'avait pas abouti, et la frustration ne le lâchait pas. Il y pensait constamment — plus encore maintenant que Burke était sur le point de sortir.

Après avoir confirmé par téléphone sa visite au parloir, il quitta River Road pour la 4e Est. Pourquoi tenait-il tant à s'entretenir avec Burke ? Il ne l'avait pas revu depuis le procès, et il était certain que l'agresseur de Skye ne lui apprendrait rien de nouveau. Il avait maintes fois essayé de le rencontrer, mais ce dernier avait toujours refusé. Au cours des quelques conversations téléphoniques qu'il lui avait consenties, il n'avait cessé de clamer sa bonne foi, pensant l'abuser aussi facilement que les autres.

La situation semblait sans espoir, mais David s'obstinait. Il refusait de laisser Burke s'évanouir dans la nature sans chercher une dernière fois à le confondre — ou au moins à lui soutirer une information qui lui permettrait de rouvrir l'enquête.

Il le devait à Skye. Et aux autres victimes de Burke.

Les voitures avançaient pare-chocs contre pare-chocs sur le San Rafael Bridge et David freina vivement, manquant de renverser son café. Les embouteillages faisaient partie intégrante de la vie dans la baie. Incapable de s'y habituer, il préférait le rythme plus calme de Sacramento. Il avait quitté San José, où vivaient toujours ses parents — et sa sœur aînée qui venait d'emménager chez eux après son dernier divorce — dès l'obtention de son diplôme universitaire en médecine légale. Il avait toujours voulu devenir médecin légiste, mais après dix-huit mois d'internat passés à travailler sur des analyses de fibres, l'ennui l'avait poussé à changer de voie : le métier de policier convenait davantage à son tempérament, lui permettant d'être dans l'action, en contact avec les gens et d'éviter la routine, lui qui aimait relever les challenges.

Lorsqu'il franchit le pont au volant de sa berline de fonction, le brouillard commençait à se dissiper, dévoilant la façade de la prison. Comme toujours, il lui trouva des allures de campus universitaire.

Mais en se rapprochant, la clôture électrifiée surmontée de barbelés et les miradors équipés de mitrailleuses dissuasives le rappelèrent à la réalité. Sur le parking réservé aux visiteurs, l'atmosphère semblait lourde, comme saturée de particules de terre en suspension, plus denses que le brouillard lui-même.

San Quentin s'étendait sur deux cents hectares. Ville fermée, peuplée d'âmes damnées, elle possédait son propre code postal — celui des Enfers, affirmaient ceux qui avaient vu les lieux de près.

Tout en franchissant les différents postes de contrôle, David se demanda de quelle manière la vie entre ces murs avait affecté l'agresseur de Skye. Un homme si arrogant, si convaincu de sa propre supériorité pouvait-il en sortir indemne ? Même dans le box des accusés, il espérait encore échapper à la justice. L'incarcération l'avait certainement rempli de fureur et de rancœur.

David énonça son identité et l'objet de sa visite d'une voix ferme, puis une surveillante l'introduisit dans une petite pièce froide et sans fenêtres.

Il s'assit sur une chaise métallique et patienta un moment. Burke pouvait refuser de le voir, bien sûr. C'était son droit. Mais David était persuadé qu'il ne lui refuserait pas cet entretien, trop content de lui montrer qu'il était passé entre les mailles du filet.

La porte s'ouvrit. Un homme d'un mètre soixante-quinze, de corpulence moyenne, les cheveux blond cendré, apparut de l'autre côté de l'épaisse vitre qui séparait la pièce en deux. David l'examina avec attention. Il lui parut aminci, mais plus musclé que la dernière fois qu'il l'avait vu. Il n'avait ni menottes, ni chaînes aux pieds. A six jours de sa libération, il aurait été fou d'enfreindre la moindre règle. L'administration pénitentiaire le savait, et lui octroyait une relative liberté de mouvement.

De toute façon, ce n'était pas entre ces murs que Burke représentait une menace, mais à l'extérieur, quand le vernis de la normalité se craquelait, révélant sa nature malsaine.

Après un rapide hochement de tête, il s'assit et se saisit du téléphone pour entamer la conversation. David l'imita.

— Alors, vous avez appris la bonne nouvelle ? s'exclama Burke.

Il jubilait, évidemment.

— Oui.

— C'est comme ça quand on suit les règles.

— Ou quand on balance un codétenu, rétorqua David d'un ton neutre.

Une ombre passa sur le visage impavide de Burke. Avec son regard bleu et ses traits réguliers, presque féminins, il paraissait plus jeune que ses trente-six ans et ressemblait davantage à un jeune cadre dynamique qu'à un prisonnier. Il inspirait confiance, et le savait : il avait fallu des heures de délibération au jury pour s'accorder sur un verdict. Malgré les tests ADN prouvant que le sang qui maculait les draps de Skye était bien le sien, il demeurait innocent aux yeux de sa famille, de ses amis et de ses patients. Tous étaient convaincus que leur cher Oliver, ce brillant dentiste, mari aimant et père d'une adorable petite fille, ne pouvait pas avoir commis ce crime odieux.

— Johnny et moi n'étions pas amis, fit Burke en mentionnant le codétenu qui lui avait offert son ticket de sortie. Je ne l'appréciais même pas.

— Est-ce qu'*il* le sait ? demanda David.

Burke ignora la question.

— Les policiers de San Francisco avaient besoin de mon aide. Ils m'ont remercié.

— C'est une aide qui tombe plutôt bien. Elle coïncide parfaitement avec la date de votre demande de conditionnelle.

David guetta un sourire narquois sur le visage de Burke, mais ce dernier s'accrochait au rôle de victime qu'il jouait depuis le début de l'enquête.

— Ils savent que je ne suis pas comme tous les types qui sont ici.

David était si irrité qu'il ne résista pas à l'envie de le pousser dans ses retranchements.

— Vous croyez que les familles des jeunes femmes que vous avez assassinées vous trouvent différent d'eux ?

Un silence s'installa. Puis Burke laissa échapper un petit rire sans joie.

— Quoi que je dise, je ne vous convaincrai jamais, n'est-ce pas ?

— Vous attendez de moi que je gobe les craques que vous avez racontées au jury ?

— C'était la vérité.

— A d'autres !

Burke avait menti avec un tel aplomb que certains membres du jury avaient accueilli avec scepticisme des preuves pourtant irréfutables. Et la police de San Francisco elle-même s'était fait berner en appuyant favorablement sa demande de conditionnelle contre quelques tuyaux sur leurs dossiers en cours.

— Croyez ce que vous voulez. Ça n'a plus aucune importance, fit-il en agitant sa main libre d'un air désinvolte.

— Pas pour moi, rétorqua David.

Le combiné calé contre son épaule, il sortit de sa poche de chemise les photos de Meredith Connelly, d'Amber Farello et de Patty Poindexter — les trois filles retrouvées mortes près de l'American Riverx— et les plaqua contre la vitre de séparation.

— Voilà pourquoi !

Le regard de Burke glissa de l'une à l'autre sans remords apparent.

— Je vous l'ai déjà dit. Je n'ai jamais vu ces filles de ma vie. Ni au cabinet médical ni en dehors.

Evidemment, songea David. Burke était bien trop intelligent pour s'en prendre à des femmes qu'il connaissait. Il avait choisi ses victimes au hasard, dans une zone éloignée de celle où il vivait, pour que personne ne puisse remonter jusqu'à lui. Il se croyait plus malin que la police — et les circonstances semblaient lui donner raison, hélas !

— Je n'abandonnerai pas, rétorqua David. Jamais.

Une jambe posée sur son genou, Burke tenait le téléphone avec détachement, tout en tripotant l'ourlet de son pantalon.

— Vous perdez votre temps, croyez-moi.

David remit les photos dans la poche de sa chemise.

— Comment allez-vous gagner votre vie ?

Burke avait été radié de l'ordre des médecins aussitôt après sa condamnation. Il lui était dorénavant interdit d'exercer et d'ouvrir un cabinet en Californie. Et s'il tentait de le faire ailleurs, un simple contrôle révélerait l'existence de son casier judiciaire.

L'espace d'un instant, la façade aimable se craquela, laissant apparaître le vrai Oliver Burke. Renfrogné. S'apitoyant sur lui-même.

— A cause de vous, j'ai perdu un métier qui était une vocation et qui m'avait demandé six années d'études. J'avais fait de mon cabinet une affaire prospère. Ma femme a dû le vendre pour une misère.

— A cause de *moi* ? reprit David en écho. Ce n'est pas moi qui ai agressé une femme avec un couteau.

Ils se mesurèrent du regard.

— C'est elle qui s'est jetée sur *moi*.

— Vous lui avez tailladé le visage.

— J'ai dû me défendre.

David fut brusquement submergé d'une envie irrépressible d'étrangler Burke pour lui faire enfin cracher la vérité, mais il n'en laissa rien paraître. Pas question de lui montrer à quel point la colère et la frustration bouillonnaient en lui. Il ne lui ferait pas ce plaisir !

Quand il reprit la parole, ce fut d'un ton neutre et courtois.

— Les preuves ne corroborent pas votre version.

— Ni la sienne. Si je l'ai menacée d'un couteau, où est-il ?

Le défi qui perçait dans la voix de Burke n'échappa pas à David. Sa main se crispa sur le combiné. Quel fumier, ce type ! Il finirait par l'avoir, même s'il devait le payer de sa vie.

— C'est justement ce que j'aimerais savoir.

— Il n'y a jamais eu de couteau.

Les yeux baissés, Burke pianotait des doigts sur la table.

— On flirtait un peu quand elle a brusquement piqué sa crise et m'a frappé avec des ciseaux. J'ai voulu les lui enlever des mains et nous nous sommes battus.

Toujours ces mêmes conneries, enragea David. Les entailles qui balafraient la joue de Skye n'avaient pas été infligées par une paire de ciseaux. Il y avait eu un couteau.

— Mon seul tort a été d'accepter quand elle m'a invité à entrer… Et j'ai payé pour *ça*, j'ai payé très cher. Mais quel homme n'a jamais été tenté par une petite aventure ?

— Pourquoi l'avoir choisie, elle ?

— Elle a tout fait pour que je la choisisse.

— Vous vous faites encore des films !

Burke haussa les épaules.

— Vous n'y étiez pas, ce soir-là. Vous n'avez pas vu la façon dont elle m'a souri. Elle m'a carrément allumé.

David s'efforça de ne pas ciller. Burke changeait de tactique, essayant de le provoquer. Et ça marchait : ses insinuations le mettaient à cran. Elles lui faisaient l'effet de flèches en plein cœur, mais il ne se laisserait pas entraîner sur ce terrain.

— Vous connaissez bien les femmes, vous ! répliqua-t-il d'un ton sarcastique.

— Un type sait quand une femme lui fait des avances. Et avec elle, c'était particulièrement clair.

— Et à votre femme, à votre fille, vous n'y pensez jamais quand vous planifiez l'agression d'innocentes jeunes femmes ?

— Je n'ai agressé personne. Mais si *j'étais* ce genre de type, je suppose que je n'y penserais pas. Et vous, à quoi vous pensez quand vous regardez les pages centrales de *Playboy* ?

Sa question n'appelait aucune réponse, mais il s'interrompit brièvement pour ménager son effet, avant de reprendre :

— Vous ne rêvez que d'aller plus loin avec la fille qui pose nue, pas vrai ? Eh bien, Skye vaut bien ce genre de playmate, vous ne trouvez pas ?

Le silence de David attisa la curiosité de Burke.

— Vous n'êtes pas d'accord ?

— Ne jouez pas au plus fin avec moi.

Burke se pencha vers lui, les yeux brillants.

— Je vous ai vu l'observer dans la salle du tribunal.

David lui décocha un sourire narquois.

— C'est tout ce que vous avez trouvé ? ironisa-t-il.

Burke perdit son sourire, et passa le combiné d'une oreille à l'autre.

— Je sais que vous la désirez. Quel homme ne voudrait pas passer du bon temps avec elle ?

— C'est ce que vous vouliez ?

— Bien sûr, répliqua-t-il avec désinvolture. Sinon pourquoi l'aurais-je raccompagnée chez elle ?

— Elle ne se souvient pas vous avoir vu avant que vous pénétriez chez elle.

— Pourtant…

— Et puis, quand bien même elle vous aurait souri en vous croisant…

Cela se passe tous les jours, des milliers de fois, entre de parfaits étrangers. Un échange social qui n'a pas plus de sens que ça, se dit-il. Sauf pour Burke, à l'évidence.

— Elle peut toujours le prétendre, je sais que j'ai raison.

— Où était-ce ? insista David. Au supermarché ? Au cinéma ? Sur l'autoroute ? Pendant que vous faisiez du vélo ? C'est comme ça que vous vous y prenez pour repérer vos victimes ?

Burke se laissa aller lentement contre le dossier de la chaise.

— J'ai essayé de me montrer courtois, mais ça ne change rien. Vous persistez dans le harcèlement.

— Nous ne sommes pas amis, lui fit remarquer David. Et nous ne le serons jamais. Répondez juste à ma question.

— Je l'ai déjà fait. Au tribunal.

Il avait alors prétendu que Skye était garée sur le bas-côté de la route, manifestement perdue. Elle lui aurait demandé son chemin et l'aurait invité chez elle.

Pur mensonge, évidemment.

— Pourquoi ne pas tout reprendre depuis le début ? suggéra David. Mais vous craignez peut-être de vous emmêler les pinceaux ?

— Si vous ne fantasmiez pas tant sur elle, vous comprendriez que c'est moi la victime : je me suis vidé de mon sang, cette nuit-là. J'ai perdu mon cabinet dentaire et ma maison. Ma famille a été publiquement humiliée. J'ai passé ces trois dernières *années* dans une cellule minuscule, sur un lit métallique dont le matelas n'est pas plus épais qu'une feuille de papier à cigarette. Mes seules sorties se sont limitées à quelques pas dans une cour bondée, entre quatre murs de parpaing, sous la surveillance de gardiens armés de carabines et postés dans des miradors. Et vous savez ce que je faisais ? Je comptais les impacts des balles dans la cour tout en essayant de ne pas me retrouver mêlé à une bagarre.

Il croisa les bras sur sa poitrine.

— C'est dangereux, ici.

David se mit à rire.

— Un peu mélodramatique, tout ça, vous ne trouvez pas ? Ce sont des balles en caoutchouc.

— Ça n'a pas toujours été le cas. Et même ! Est-ce que vous avez déjà été touché par une de ces balles ?

— Vous me semblez en bonne santé.

— C'est dangereux, répéta Burke. Sinon pourquoi aurais-je demandé à ma femme de ne plus venir ?

L'entendre mentionner Jane désarçonna David. Oliver n'avait jamais voulu parler de sa femme auparavant. Pourquoi pensait-il à elle maintenant ?

— Elle ne vient pas au parloir ?

— Elle n'est pas revenue après les trois premiers mois.

Il reporta son attention sur ses ongles, toujours parfaitement coupés.

— Je ne veux pas qu'elle vienne si c'est pour être harcelée.

David décida d'entrer dans son jeu et de le laisser parler.

— Pourquoi serait-elle harcelée ?

Burke pinça les lèvres.

— Vous connaissez le règlement. Il est interdit de porter des vêtements en toile de jean pour ne pas être pris pour un détenu. Pas de short trop court, ni de chemisier trop près du corps, pas de soutien-gorge à armature ! Mais quelle femme n'en met pas de nos jours ? Jane a une poitrine généreuse — comme Skye.

Comme Skye ? Sa remarque troubla David, mais il veilla à n'en rien laisser paraître.

— Elle en a besoin… Ce n'est pas seulement par coquetterie, enchaîna Oliver. Mais allez expliquer ça à la flicaille !

— Votre femme ne pouvait pas faire quelques petites concessions vestimentaires ? remarqua David.

Burke se renfrogna, baissant les yeux sur ses chaussures. Intrigué, David posa les coudes sur l'étroit rebord devant lui.

— Il y a une autre raison ?

— Etre ensemble sans l'être vraiment est plus douloureux que de ne pas la voir, répondit-il au bout d'un moment. Ne pas pouvoir se toucher. Pas vraiment.

Son torse se souleva tandis qu'il prenait une profonde inspiration.

— Elle était soumise à une fouille dégradante chaque fois qu'elle venait. Et puis, les gardiens s'amusaient à lui faire peur en lui disant qu'ils ne lèveraient pas le petit doigt s'il lui arrivait d'être prise en otage par des détenus pendant une visite.

Le combiné calé contre son épaule, il enferma son genou entre ses longs doigts blancs.

— Quelle femme voudrait revenir après ça ? poursuivit-il. Que croyez-vous que la mère d'une petite fille ressente en entendant qu'elle pourrait être prise en otage par l'une de ces brutes dans l'indifférence générale ?

Il persistait à se croire différent des criminels patentés dont il partageait pourtant le sort. David y vit la confirmation qu'il attendait : Burke avait une vision déformée de la réalité, une vision faussée par son propre point de vue qui l'empêchait de reconnaître ses erreurs.

— Aucun policier ne laisserait un visiteur en danger.

Burke remua sur sa chaise, manifestant soudain son impatience.

— Mais si quelque chose lui arrivait, qui s'occuperait de notre fille ?

— Jane attend votre retour, alors ? Vous êtes toujours ensemble ?

Un petit sillon se creusa sur son large front, renforçant son air candide.

— Bien sûr. Je vous l'ai dit, elle ne vient plus parce que c'est trop dur. Et trop embarrassant. Elle n'a rien à voir avec ce milieu. Et il faudrait qu'elle gère un mari en prison ?

— A qui la faute ?

Un muscle tressaillit sur la joue de Burke.

— Vous vous êtes trompé de coupable.

— Vous ne pouvez vous en prendre qu'à vous.

— Je ne veux plus parler du passé.

Burke s'éclaircit la gorge.

— Ma femme sait que Skye est une menteuse. Elle croit en mon innocence.

David se retint pour ne pas secouer la tête devant tant de mauvaise foi et de persévérance dans le déni. Jane n'avait-elle donc pas compris combien il était de dangereux de vivre auprès d'un homme comme Oliver ? Jusqu'à quand allait-elle garder son bandeau sur les yeux, faisant courir tous les risques à sa propre fille ?

— Vous seriez fou de trahir cette confiance, marmonna-t-il.

— Je n'en ai pas l'intention.

Il paraissait si résolu, si semblable à n'importe quel homme ordinaire, que David fut presque tenté de le croire. Ce salopard aurait convaincu pratiquement n'importe qui. Il réprima un soupir. Ras le bol de l'« Oliver Burke Show » : cet entretien ne le menait nulle part.

Après l'avoir averti qu'il ne le perdrait pas de vue, il reposa le combiné sur son socle, mettant abruptement fin à la conversation. Oliver frappa à la vitre de communication, lui faisant signe de le reprendre.

— Comment va Skye, au fait ? demanda-t-il comme s'il était vraiment inquiet. S'est-elle remise ?

— Elle va bien. Elle a tourné la page, répliqua David du tac-au-tac, assumant son mensonge.

Si elle était vraiment passée à autre chose, elle aurait arrêté de chasser des fantômes, pensa-t-il. Elle ne s'épuiserait pas à aider toutes les victimes de Sacramento.

— Tant mieux. Et sa nouvelle maison lui plaît ?

Il frémit, les sens en alerte. Le déménagement de Skye était récent.

— Qu'est-ce qui vous fait dire qu'elle n'habite plus au même endroit ?

— Je suppose qu'elle n'a pas souhaité y rester.

David ne répondit pas. Toutes les victimes ne déménageaient pas, quelles que fussent leurs raisons.

— Skye ne veut rien avoir à faire avec vous. S'il vous reste un peu de bon sens, vous essayerez d'oublier son existence !

— Comment voulez-vous que je l'oublie ? fit Burke en posant une main sur son torse pour souligner son indignation. Elle enchaîne les plateaux de télé pour prôner le durcissement des peines contre « les monstres » comme moi. Elle est dans les journaux, aussi. Il y a encore quelques semaines, un article est paru sur son association. Comment ça s'appelle, déjà ? « La Contre-attaque » !

Il émit un petit rire.

— Elle ignore ce qu'est un vrai monstre. Mais c'est tout elle, hein ? Jamais dans la demi-mesure !

David sentit ses muscles se contracter. Le ton qu'avait pris Burke pour évoquer la femme qu'il avait agressée lui était insupportable.

— Vous ne la connaissez même pas.

— Pardon ? Je la connais mieux que quiconque. Mieux que vous ! rétorqua-t-il en raccrochant, avant de frapper à la porte pour sortir.

Occupé à se repasser en boucle les derniers mots de Burke et la façon dont il avait prononcé le prénom de Skye, David resta sans réaction quand le gardien fit irruption de son côté du parloir.

— Inspecteur Willis ?

Il reposa machinalement le téléphone sur son socle et se dirigea vers la sortie, les jambes lourdes, comme coulées dans du plomb.

3

Les locaux de l'association se trouvaient sur l'avenue Watt, au rez-de-chaussée d'un bâtiment datant des années soixante-dix, une période architecturale que Skye jugeait peu inspirée. Il ne payait pas de mine, avec son toit plat en tuiles rouges et ses briques blanches, mais il avait l'avantage d'être situé en centre-ville, à dix minutes des quartiers Est, et d'être bien desservi par les voies rapides et les autoroutes. Pour un loyer abordable, Skye et ses amies bénéficiaient d'un bureau pour chacune d'elles, d'une cuisine, de deux salles de réunions et d'une vaste pièce qui servait aux cours d'autodéfense ainsi qu'aux rencontres avec les professionnels — gardes du corps, détectives privés, avocats et psychologues — qu'elles engageaient pour venir en aide à ceux qui poussaient la porte de l'association.

Tout en cherchant sa clé — elles ne recevaient que sur rendez-vous et la porte était toujours verrouillée —, Skye remarqua une affichette collée sur la vitre intérieure. Y figurait un avis de recherche, avec la photo d'un homme au physique agréable. Elle le reconnut aussitôt : c'était le type qu'elle avait rencontré dans les locaux trois semaines plus tôt. Quelques indications figuraient sous le cliché.

« Disparu : SEAN BRADY REGAN, né le 2 mars 1964 ;
vu pour la dernière fois : le 1er janvier.
Dernière résidence connue :
Del Paso Heights, Sacramento, Californie. »

Skye se figea sur le seuil, effarée. Sheridan, qui venait de sortir de son bureau, vint lui ouvrir.

— Je suis désolée, je voulais t'annoncer la nouvelle quand j'ai appelé, ce matin. Mais je savais que ça te bouleverserait et… tu avais déjà ton compte d'émotions.

Skye désigna l'affichette d'une main peu assurée.

— C'est arrivé quand ?

— Des policiers l'ont déposée ce matin.

Skye poussa un long soupir.

— Sa femme l'a fait, alors. Elle l'a tué.

— Pour quelle raison ? Pour l'assurance-vie ?

— Non, Sean n'en avait pas. C'est une des premières questions que je lui ai posées. Mais il m'a dit qu'elle lui faisait peur. Il pensait qu'elle fréquentait un autre homme, qu'elle voulait divorcer et obtenir le droit de garde des enfants.

Sheridan ramena une longue mèche de cheveux noirs derrière son oreille. Elle ne portait pas de maquillage, mais avec ses pommettes hautes, ses yeux bleu pervenche frangés d'épais cils noirs et son teint parfait, elle faisait tourner bien des têtes sur son passage.

— Nous ne pouvons pas être partout, Skye. Laisse la police se charger de cette affaire.

Elle lui jeta un regard interloqué.

— Comment peux-tu dire ça ? D'après l'avis de recherche, il a disparu depuis sept jours ! Il faut mettre Jonathan Stivers sur le coup. C'est un bon. Il finit presque toujours par les retrouver.

— C'est vrai, mais il est cher et nous manquons de moyens, insista Sheridan. Il faut se montrer raisonnables, Skye : nous devons faire des choix si on ne veut pas être obligées de mettre la clé sous la porte.

Que Sheridan s'autorisât à le dire signifiait qu'elles étaient déjà dans le rouge, mais Skye fit la sourde oreille. Comment aurait-elle pu chasser Sean de son esprit ? Le mécanicien, récemment devenu vendeur de bijoux, était peut-être en train de pourrir dans un ravin !

— Je lui avais pourtant conseillé de quitter sa femme, marmonna-t-elle, éperdue.

Elle inspira profondément, cherchant à retrouver ses esprits. Une nouvelle fois.

— Il ne voulait pas le faire ? s'enquit Sheridan.

— Il refusait de lui laisser ses enfants. Et il n'avait aucune preuve formelle contre elle… Sa famille s'est moquée de lui quand il a essayé de leur expliquer que Tasha était dangereuse.

Sheridan lui pressa gentiment l'épaule pour la réconforter.

— La police fait son possible.

Ça ne suffira pas, songea Skye. Même David, pourtant si opiniâtre, n'avait pu empêcher la libération de Burke. Les failles du système judiciaire étaient nombreuses et faisaient chaque jour de nouvelles victimes. Elles n'avaient pas assez de leurs journées pour faire face à tant d'injustices. Qu'il s'agisse de trouver un détective privé, un avocat, un logement, une aide psychologique ou médicale ou même un kinésithérapeute, les coûts de leurs interventions étaient élevés. Bien qu'elles aient fait le choix de ne pas se verser de vrai salaire, percevant tout juste de quoi subvenir à leurs besoins, l'argent finissait toujours par manquer.

Les perspectives d'avenir étaient pourtant très encourageantes : à force de travail et de détermination, elles avaient attiré l'attention de la classe politique. Un sénateur leur avait même promis d'assister la semaine suivante à la réception qu'elles organisaient à l'hôtel Hyatt pour collecter des fonds.

— Je ne peux pas rester les bras croisés, affirma-t-elle. Je dois faire *quelque chose* pour Sean Brady, tu comprends ? Quand nous nous sommes rencontrés, il m'a demandé si nous aidions aussi les hommes. Il était presque vexé de pousser la porte de l'association… J'ai insisté sur le fait que nous accueillons tout le monde, sans aucune restriction.

— Et que lui as-tu promis ?

— Un rendez-vous avec Jonathan. Je voulais m'assurer que ses doutes sur sa femme étaient fondés, mais il n'est pas revenu. Je l'ai appelé plusieurs fois — en vain. J'ai pensé qu'il était peut-être parti fêter Noël avec sa famille. Et maintenant, j'apprends qu'il a… disparu.

Elle se mordilla la lèvre, tourmentée à la pensée de ne pas

avoir sauvé cette vie — à la pensée plus effrayante encore qu'elle aurait pu le faire.

— J'aurais dû être plus vigilante, aller chez…

— Skye, nous ne savons rien de ce qui s'est passé. Il est peut-être tout simplement parti se cacher quelque part !

— Non. Il aurait emmené ses enfants avec lui, si la situation lui avait semblé désespérée.

— Bon… On va voir ce que Jonathan peut faire pour retrouver sa trace, concéda enfin Sheridan.

Elle sourit, mais Skye n'était pas dupe. Son amie était manifestement soucieuse. Plus préoccupée que jamais par l'état de leurs finances. Après un démarrage difficile, elles avaient pourtant réussi à stabiliser la situation… mais depuis quelques semaines, suite à la campagne médiatique qu'elles avaient menées, les sollicitations s'étaient multipliées, et elles avaient accepté un nombre important de nouveaux dossiers. Skye aurait dû être plus sélective, c'est vrai — mais comment refuser d'aider une personne en détresse ? Et puis, la comptabilité n'était pas son fort. C'était le domaine de Sheridan ; Skye animait les groupes de parole, assurait les cours d'autodéfense et de tir ; Jasmine travaillait avec les enquêteurs pour trouver des preuves, rechercher les personnes disparues. Cette répartition ne les empêchait cependant pas de gérer certaines affaires en solo. Chacune d'elles déterminait alors les objectifs à atteindre et les ressources à utiliser.

— Notre prochaine collecte de fonds a bien lieu la semaine prochaine ?

— Oui, samedi soir.

— Il me reste encore un peu d'argent sur mon compte, ce mois-ci, annonça Skye.

Certaines factures attendraient, songea-t-elle en se gardant de l'exprimer à voix haute.

— C'est moi qui paierai Jonathan, acheva-t-elle.

Sheridan ferma les yeux en secouant la tête.

— Skye…

Cette dernière lui donna un petit coup de coude.

— Je me ferai rembourser mes notes de frais si nos donateurs sont généreux. D'accord ?

— D'accord, acquiesça Sheridan avec un soupir. Entrons, il fait froid et il commence à pleuvoir.

Skye l'étreignit rapidement.

— Merci de ta compréhension.

— Je ne suis pas insensible. C'est pour ça qu'on a fondé l'association, non ? Et à ce propos…

— Oui ? fit Skye en glissant ses clés dans son porte-monnaie.

— Tu as trouvé quelqu'un avec qui venir à la soirée de samedi ?

— Pas encore. D'ailleurs, je ne comprends pas pourquoi il faut venir accompagnée, fit-elle, tandis qu'elles longeaient le couloir.

— Je te l'ai dit. C'est une question d'image. La majorité de nos donateurs sont des hommes d'affaires, des banquiers, des éleveurs, des propriétaires de ranch… Des conservateurs très portés sur l'ordre et les valeurs traditionnelles.

— Et alors ?

Les volontaires ne venant que plus tard dans la journée, l'accueil était désert et Sheridan s'installa derrière le bureau pour commencer à trier le courrier.

— C'est le cas du sénateur qui vient samedi. Lors de son appel, son assistant a laissé entendre qu'ils attendaient une moralité irréprochable des personnes qu'ils soutenaient.

Skye s'accouda au comptoir, jetant un coup d'œil intéressé à la pile de lettres.

— Je ne vois pas en quoi ce serait un problème de soutenir une association qui aide des victimes de crimes violents. Qui plus est, si les responsables sont elles-mêmes des victimes…

— Je te rappelle que nous ne sommes pas dans les meilleurs termes avec la police… C'est donc un risque de s'afficher avec nous. Et notre implication au sein de l'association s'est faite au détriment de notre vie privée.

Le sujet revenait souvent entre elles, leur vie s'écartant de plus en plus de ce que la majorité des gens qualifient de « normale ». Skye en était consciente, mais la question lui semblait futile. Pourquoi se soucier de leur vie sentimentale quand il fallait engager un détective privé pour retrouver une personne disparue ?

— C'est l'assistant du sénateur qui t'a dit ça ?

— Non, mais…

— Quoi ? fit-elle avec un mouvement d'impatience. Qu'est-ce qu'il a dit, exactement ?

Après avoir mis de côté deux lettres adressées à Jasmine, puis jeté quelques publicités, Sheridan tendit à Skye ce qui ressemblait à une carte.

— Ce cher monsieur a insinué qu'il voulait éviter toute mauvaise surprise quant à notre orientation sexuelle.

Skye écarquilla les yeux.

— Pardon ? Tu me fais marcher, là !

— Tu me crois capable d'inventer un truc pareil ?

— Tu lui as dit d'aller au diable, j'espère ?

— Non. Je lui ai assuré que son appui ne ferait pas perdre une seule voix au sénateur.

— Tu aurais dû l'envoyer sur les roses ! C'est ce que j'aurais fait, moi.

— Je suis sûre que non. Tu n'aurais rien dit, toi non plus. Parce que c'est un petit sacrifice au regard de ce qui est en jeu.

Skye jeta un regard au nom de l'expéditeur figurant sur l'enveloppe : elle venait de Joanna Lintz, la première personne qu'elle avait aidée.

— Peut-être, admit-elle, mais ça m'exaspère de laisser quiconque s'ingérer dans ma vie privée.

Dans sa carte, Joanna lui écrivait qu'elle était heureuse et ne s'était jamais sentie aussi bien. Skye sourit, mais cette bonne nouvelle ne suffisait pas à contrebalancer les événements de la matinée.

— Nous luttons pour aider les victimes d'agressions violentes. Je ne vois pas ce que notre vie privée a à voir là-dedans ! reprit-elle avec agacement.

— Nous passons le plus clair de notre temps les unes avec les autres. Nous sortons peu et ne fréquentons pas d'hommes, fit Sheridan avec une grimace. Même Jasmine n'est pas sortie en galante compagnie depuis Dieu sait quand ! Tu ne vois rien qui cloche dans le tableau ?

Skye glissa la carte dans son sac.

— Rien. Et ça nous regarde ! Et puis, Jasmine a été mariée.

— Ça ne veut rien dire, tu le sais bien.

— C'est juste… énervant.

— Je suis d'accord, mais il *faut* que cette collecte de dons soit un succès.

Certes, pensa Skye. Sinon, elle allait devoir, en plus, se passer d'eau et d'électricité !

— Entendu. Je trouverai quelqu'un avec qui venir samedi, bougonna-t-elle. C'est tout ?

— Non. Veille à ce que ton chevalier servant se tienne bien, ajouta-t-elle. C'est une soirée habillée et nous voulons faire bonne impression. Il y aura du beau monde, tu sais ! C'est l'occasion de se faire un carnet d'adresses dans le monde politique.

Skye, qui était arrivée devant la porte de son bureau, fit brusquement volte-face.

— Trouver un type qui fasse bonne impression… Plus facile à dire qu'à faire ! Tu te souviens de Charlie Fox et de la fête de Noël à laquelle je l'ai traîné ?

— Je t'avais dit de ne pas l'inviter, fit Sheridan en se levant. Il noie encore son divorce dans la bière.

— Tu t'es bien gardée de me présenter les choses comme ça… Tu m'avais dit que ton voisin se sentait seul. Et que ça lui ferait du bien de sortir et de rencontrer du monde.

Détournant les yeux, Sheridan traversa le hall de réception pour rejoindre son bureau.

— Je suis pratiquement sûre de t'avoir mise en garde, répliqua-t-elle d'un air innocent.

— Tu ne l'as pas fait. Tu m'as dit qu'il était gentil. Une crème d'homme, d'après toi !

— C'est vrai, non ?

— Vrai ? Ce gentil garçon buvait comme un trou. Je me suis retrouvée dès le milieu de la soirée avec un idiot incapable d'articuler trois mots. Il ronflait sur le siège passager quand je l'ai reconduit chez lui. J'ai eu un mal fou à le réveiller.

— Ecoute… Je suis désolée que ça n'ait pas marché. Cette fois-ci, tu devrais peut-être inviter quelqu'un qui t'intéresse vraiment !

— Arrête… Tu sais très bien qu'il n'y a personne.

Sheridan haussa les sourcils, manifestement amusée.

— Si, il y a quelqu'un.

Skye fit un mouvement agacé de la main.

— Il est marié.

— Divorcé.

— C'est du pareil au même. Il se remettra avec Lynnette. C'est toujours ce qu'il finit par faire. Il reste avec elle aussi longtemps qu'il peut supporter les tensions, puis il déguerpit de nouveau. Divorcer serait un aveu d'échec, et il est trop obstiné pour s'y résoudre.

— C'est vrai, mais…

— Lynnette a la seule chose à laquelle il tienne plus que tout.

Sheridan redevint sérieuse.

— Il tient à *toi*.

— Mais c'est son fils qui prime, asséna Skye en entrant dans son bureau.

— C'est Oliver au téléphone ! chuchota Noah Burke en désignant l'appareil d'un geste éloquent.

La consternation se lisait dans ses yeux bleus.

En comprenant que son mari était au bout du fil, Jane, étendue nue sur le lit, sentit tout son corps se raidir. La bouffée d'euphorie qui l'avait envahie après une heure passée à faire l'amour avec le frère aîné d'Oliver s'évanouit au moment même où elle se redressa.

— Il n'appelle jamais le samedi matin, s'excusa-t-elle d'un ton contrit.

— Oui, j'accepte l'appel en PCV, marmonna Noah dans le combiné.

Elle le regarda passer ses doigts dans ses épais cheveux blonds.

Noah venait la retrouver chaque fois que sa belle-mère emmenait Kate pour le week-end. Il prenait pour prétexte un robinet à réparer ou la pelouse à tondre afin de ne pas éveiller les soupçons de sa femme, mais Jane aurait préféré qu'Oliver ne le trouve pas chez eux au moment de son appel.

Il avait décroché machinalement l'appareil pour contacter la pizzeria du quartier, quand la voix d'un opérateur avait résonné au bout du fil. Le message, que Jane avait déjà maintes fois entendu, était toujours le même :

« Cet appel enregistré provient d'un détenu du centre pénitentiaire de l'Etat de Californie ».

Il a le chic pour choisir son moment ! pensa-t-elle, agacée. Au dire d'Oliver, il n'y avait qu'un téléphone pour trois prisonniers à San Quentin, ce qui signifiait qu'il devait constamment se battre avec cinquante-cinq autres types pour l'obtenir, mais il se débrouillait toujours pour l'appeler quand elle avait le moins envie de lui parler…

Et ces derniers temps, force lui était de constater qu'elle n'avait presque jamais envie de lui parler. Il ne semblait pas s'en rendre compte, convaincu qu'elle attendait ses appels avec impatience. Quel goujat, quand même… Comment pouvait-il penser qu'il méritait un accueil chaleureux après ce qu'il lui avait fait traverser ? Il n'était sûrement pas coupable de la tentative de viol dont on l'accusait, mais c'est lui qui avait piétiné leurs vœux de mariage, non ? Jane avait enduré les pires tourments par sa faute. Elle avait tout perdu — à commencer par sa dignité. Voilà trois ans qu'elle vivait avec la honte d'avoir un conjoint en prison. Et pour tentative de *viol*, en plus ! S'il avait été condamné pour une affaire d'escroquerie ou de détournement de fonds, elle aurait pu garder la tête haute… mais non ! L'accusation qui était portée contre lui rejaillissait sur elle. Même si les experts avaient affirmé qu'il s'agissait de domination et non de sexe — mon Dieu, combien de fois avait-elle entendu cette phrase ? —, l'affaire l'avait meurtrie, la faisant passer pour une femme incapable de satisfaire son mari. « S'il avait ce qu'il fallait à la maison, pourquoi serait-il allé le chercher ailleurs ? » Personne n'avait osé résumer devant elle l'affaire en ces termes, mais c'est ce que tout le monde pensait, au tribunal. C'est ce qu'elle lisait dans les yeux des jurés quand ils la regardaient.

Si seulement ces gens avaient pu la voir avec Noah… Plus grand que son frère, en excellente condition physique et patron d'une entreprise dans le bâtiment, il ne semblait jamais rassasié de la toucher.

Elle n'était pourtant pas fière de ce qu'elle faisait. Sa tante, une bigote qui l'avait élevée après l'accident de voiture qui avait coûté la vie à ses parents, devait se retourner dans sa tombe.

Eloignant le combiné de son oreille, Noah ébaucha un geste désemparé, comme pour dire : « Qu'est-ce que je vais bien pouvoir lui raconter ? »

Elle lui souffla l'excuse qu'elle avait donnée la semaine précédente à Betty, sa belle-mère, lorsque celle-ci avait trouvé Noah dans la cuisine lors d'une visite inopinée.

— Dis-lui que les toilettes sont bouchées et que tu es venu t'en occuper, murmura-t-elle. Il sait que tu m'aides de temps en temps. Il t'en est reconnaissant.

Noah roula des yeux au mot « reconnaissant » et, quand il baissa la tête, Jane faillit lui prendre le téléphone des mains pour lui épargner cette épreuve. Il semblait parfois si rongé par la culpabilité… Mais Oliver avait sans doute entendu la voix de son frère et il aurait trouvé étrange que Noah ne lui dise pas quelques mots avant de lui passer la communication.

Il engagea donc la conversation en se frottant distraitement la tempe gauche.

— Oui… C'est moi… Comment vas-tu ?… Bien. Quoi de neuf depuis ma dernière visite ?… Sans blague ? Je suis heureux que tu sortes… Je suis désolé de ne pas être venu plus souvent cette année… Je sais. Le boulot… Enfin, j'aurais dû trouver le temps…

Jane se leva et traversa la pièce pour s'asseoir à ses pieds, avec l'envie étrange de gémir, ou de faire n'importe quel bruit qui aurait révélé leur liaison. Oliver méritait la peine que lui causerait cette trahison. S'il n'avait pas accepté les avances de Skye, ils n'en seraient pas là aujourd'hui ! Mais Jane savait aussi qu'elle n'avouerait jamais son aventure avec Noah. La révélation de ce secret affecterait bien trop de vies — à commencer par celle de sa fille. Cela blesserait les parents d'Oliver. Il y avait Wendy, aussi. Comment pourrait-elle infliger un tel chagrin à sa belle-sœur, qui s'était montrée si gentille avec elle ?

— Alors, tu seras suivi par un contrôleur judiciaire pendant quelques années ? demanda Noah à son frère. Ça va se passer comment ?

Jane sentit sa gorge se nouer en songeant au tableau qu'ils offraient, son amant et elle. Dire qu'elle avait été une bonne épouse et une mère irréprochable ! Elle avait maintenant une liaison avec le frère aîné de son mari. Elle était devenue une mauvaise femme…

— Papa et maman sont impatients de te voir, eux aussi.

Noah lui offrit un petit sourire pour la réconforter. Il était si prévenant ! Il la traitait avec tant d'égards ! Il s'était rendu indispensable dans la maison et auprès de Kate. Comment n'aurait-elle pas succombé ? Oliver l'avait laissée se noyer dans une mer de douleur et de chagrin… Elle s'était raccrochée à ce qu'elle avait pu pour redonner un équilibre à sa vie.

— Je suis désolé pour ton cabinet, mais tu vas rebondir, c'est sûr ! affirma Noah en passant une main dans les cheveux de Jane. Et comment ! On se voit dès ton retour. D'accord… Tiens, je te passe ta femme.

Il lui tendit l'appareil, puis se couvrit le visage de ses mains.

Jane dut s'y reprendre à deux fois pour dire bonjour à son mari tant sa voix tremblait.

— Salut chérie, fit Oliver. Comment vas-tu ?

Repliant ses genoux qu'elle ramena contre sa poitrine, elle contempla ses orteils vernis.

— Bien.

— Qu'est-ce que Noah fait là ?

— Il… Il répare quelques trucs dans la maison. Je veux que tout soit prêt pour ton retour, tu sais !

— C'est sympa de sa part.

Son cœur se serra à la pensée des mois à venir, quand Noah ne serait plus à son côté. Elle aurait aimé poursuivre leur histoire après le retour d'Oliver, mais c'était un risque qu'ils ne pouvaient prendre ni l'un ni l'autre.

— Oui. Lui et tes parents ont été si gentils avec moi !

En sentant la main de Noah lui effleurer les cheveux, elle se laissa aller contre lui et posa son front sur ses genoux.

— C'est normal. Tu es ma femme, répliqua Oliver.

Comment aurait-elle pu l'oublier ? Elle en avait conçu une telle humiliation ! Mais le père de sa fille, l'homme qu'elle avait aimé, ne pouvait pas avoir commis les crimes dont l'accusait Skye Kellerman.

— Tu sors toujours vendredi ? demanda-t-elle.

— Oui. Plus que six jours. Je n'arrive pas à y croire. Et toi ?

— Moi non plus.

— Nous ferons table rase du passé, ma chérie. Nous achèterons une grande maison comme celle que nous avions. Mes parents nous aideront, s'il le faut.

Betty et Maurice le lui avaient également affirmé. Comme elle, ils savaient qu'Oliver n'était pas un criminel violent. Ils admettaient que leur fils s'était battu avec Skye Kellerman — comment le nier, de toute façon ? Oliver était rentré si amoché qu'il avait dû être conduit aux urgences — mais ils étaient convaincus que c'était Skye, sûrement sous l'emprise de la drogue, comme l'avait déclaré Burke, qui avait perdu la tête.

— Jane ? chuchota Noah avec sollicitude. Ça va ?

Elle évita son regard. C'était trop dur.

Levant la main pour lui demander d'attendre qu'elle en ait fini avec le coup de fil d'Oliver, elle se releva et se dirigea vers la fenêtre. Son logement donnait sur une cour de la taille d'un timbre-poste. Tout était laid, ici. Les voisins se soûlaient et se battaient comme des chiffonniers. Les jeunes passaient leur temps à rôder, à fumer de l'herbe ou à vandaliser ce qui pouvait l'être. L'école de Kate, sa fille, était d'un niveau alarmant.

Elle devait la sortir de là... mais ce n'était pas en travaillant dans un salon de coiffure à bas prix qu'elle y parviendrait. Elle avait besoin d'Oliver pour retrouver son niveau de vie et oublier ce qui était arrivé depuis sa condamnation — Skye, la prison, Noah, la colère, la peine, le ressentiment. Et même la culpabilité.

Une sensation de froid l'envahit et elle enroula son bras libre autour de sa taille.

— Skye est encore passée à la télévision la semaine dernière, dit-elle. Tu l'as vue ?

— Oui. Oublie-la. C'est une menteuse pathologique.

— Elle récolte des fonds pour venir en aide à d'autres *victimes*.

— J'espère que ce sont de *vraies* victimes, ironisa-t-il. Pas comme elle !

— Cette fille tire profit de ce qu'elle t'a fait. Elle s'en sert pour gagner sa vie. Quand je pense à tous les témoignages de sympathie qu'elle reçoit grâce à ses mensonges !

L'envie d'écrire une nouvelle lettre à Skye la traversa. Elle lui avait déjà écrit à plusieurs reprises pour lui dire ce qu'elle pensait d'elle. Toutes ses lettres étaient restées sans réponse. Et les suivantes n'en obtiendraient sans doute pas davantage.

— Je suis sûr qu'elle s'octroie un salaire confortable avec son association à but soi-disant non-lucratif, grommela Oliver.

Pendant que Jane coupait des cheveux huit heures par jour pour payer le loyer d'un appartement minable...

— Cela n'a pas d'importance, ajouta-t-il. C'est derrière nous, maintenant.

Pouvait-elle le croire ? L'espérer, simplement, lui fit mal au cœur.

Noah s'était rapproché d'elle et tandis qu'il lui embrassait la nuque, elle se laissa envahir par les douces sensations qu'il faisait naître en elle, chassant Skye de son esprit. Elle ne voulait plus penser au passé. Un passé qu'elle associait à la colère.

— Nous allons tout recommencer. Reconstruire une nouvelle vie, déclara-t-elle, répétant ce qu'Oliver lui avait si souvent dit.

— Exactement.

— Comme celle que nous avions avant.

— Comme celle que nous avions avant, reprit-il en écho.

Elle s'appuya contre Noah, puisant un peu de sa force pendant qu'elle le pouvait encore.

— C'est un merveilleux programme. On se voit vendredi matin, alors ?

— Laisse Kate à ma mère et réserve-nous une chambre d'hôtel. Nous méritons une nuit en amoureux à San Francisco, tu ne crois pas ?

— Je... Si tu veux.

— Tu n'es pas contente ? insista Oliver.

Elle n'en était pas sûre. Elle l'avait aimé. Ce sentiment l'envahirait peut-être de nouveau quand elle le reverrait. Elle l'espérait — pour son bien, pour le bien de Kate, pour celui de tous.

— Bien sûr que si.

4

— Tu es en retard !

Sur le seuil de la maison à un étage de son ex-femme — qui était encore la sienne jusqu'au divorce — David esquissa le sourire le plus aimable possible.

— Content de te voir aussi, Lynnette.

— Où étais-tu ? J'ai essayé de te joindre à plusieurs reprises.

Il avait mis son téléphone en mode vibreur pour ne pas avoir à l'entendre sonner toutes les cinq minutes. Les plaintes et les reproches dont Lynnette l'aurait immanquablement accablé alors qu'il était coincé dans les embouteillages du lundi soir ne l'auraient pas fait arriver plus vite à la maison — ou plutôt chez elle. Il refusait de subir son harcèlement.

— Mauvaise journée au bureau, concéda-t-il du bout des lèvres.

— Elles sont toujours mauvaises !

Elle s'éloigna, laissant la porte grande ouverte. Son énervement venait de passer, et son attitude n'exprimait plus qu'une indifférence teintée d'ennui.

— Jeremy t'a réclamé. Il avait peur que tu annules une nouvelle fois.

A son tour, David sentit la moutarde lui monter au nez.

— Qu'est-ce que tu racontes ? Ça n'est presque jamais arrivé, et toujours à cause du boulot !

— Oui... On sait tous combien ton travail est important.

Technicienne dans un laboratoire de la région, son emploi du temps régulier et ses horaires fixes — de 9 à 15 heures, cinq jours par semaine — lui permettaient d'être là quand Jeremy sortait de l'école. Mais la régularité dont elle bénéficiait ne la rendait pas plus compréhensive ou plus clémente pour les impondérables et les heures supplémentaires inhérents au métier de David.

— Lynnette, tu sais très bien que je ne peux pas toujours quitter le boulot à 5 heures.

Il l'admettait : son travail était prenant, mais bien moins qu'il ne l'avait été quand ils vivaient encore sous le même toit. Toujours en proie à de vives émotions, elle passait sans transition du rire aux larmes.

— Epargne-moi ton refrain ! Je le connais par cœur…

Elle mit ses chaussures et enfila son manteau avant de se diriger vers le placard, en partie encombré par les vestes, les chapeaux, les parapluies, les affaires de ski de David.

— Tu as encore des choses à toi, ici.

— Je sais.

Lui demandait-elle de les enlever ? Jusqu'à présent, elle s'était toujours abstenue de le lui suggérer — et David faisait mine d'avoir oublié qu'il avait laissé des affaires chez elle. Leur second divorce venait juste d'être prononcé quand il avait appris qu'elle souffrait d'une sclérose en plaques. Effaré, il n'avait pu se résoudre à rompre tout lien avec elle. Quel genre d'homme abandonnerait la mère de son enfant alors qu'elle était sur le point de tomber gravement malade ?

— Je passerai bientôt les prendre, répondit-il en haussant les épaules.

— Tu sais que tu ne le feras pas. Tu vas les laisser ici, jusqu'à ce qu'elles pourrissent ou que je les jette dans la rue.

Et puis, il n'avait pas vraiment eu le choix. Comme Lynnette ne pouvait pas compter sur ses propres parents, c'est tout naturellement que la famille de David l'avait soutenue, faisant bloc autour d'elle et de Jeremy. Déjà atteinte par la maladie, elle était de plus en plus irascible. Et même si son métier n'était pas physique, son état de santé ne lui permettrait bientôt plus de travailler.

Ils s'étaient pourtant beaucoup aimés tout au long de leurs dix années de vie commune. Avec un peu d'efforts et de persévérance, ils auraient pu arranger les choses. Si seulement il parvenait à oublier Skye…

— Je ne serai pas rentrée avant minuit, l'avertit-elle.

Pourquoi si tard ? se demanda-t-il. Inscrite à un cours de dessin, elle se rendait tous les lundis soir à l'American River University, laissant Jeremy à la garde de David, mais elle rentrait toujours vers 22 heures. Avait-elle rencontré quelqu'un ?

Si c'était le cas, la relation ne durerait pas. Quel homme s'engagerait auprès d'une femme atteinte d'une maladie dégénérative ? Et puis… David n'était pas sûr d'apprécier l'idée que Jeremy ait un beau-père. C'était *sa* famille, après tout. C'était à lui de prendre soin d'eux.

— Amuse-toi bien, fit-il simplement.

Elle le dévisagea d'un air hésitant.

— Tu ne me demandes pas où je vais après le cours ?

— Je devrais ?

Elle sembla peinée.

— Je suppose que non. Du moment que Jeremy est avec toi, le reste t'indiffère.

— Lynn…

Sans un regard pour David, elle prit ses clés posées sur la console et se dirigea vers la porte.

— Lynn, répéta-t-il en lui attrapant le bras.

Quand elle leva les yeux vers lui, il constata qu'elle était au bord des larmes.

— Qu'y a-t-il ?

— Tu fais comme si tu allais revenir, expliqua-t-elle. Tu dis toujours que tu veux que les choses s'arrangent entre nous, que tu ne me laisseras pas affronter seule la maladie.

— C'est vrai.

— Mais c'est seulement parce que tu t'y sens obligé. Tu ne m'aimes plus !

Pris de court, il ne sut que répondre. Elle était si imprévisible ! Elle passait la moitié du temps à l'invectiver, l'autre à se cramponner à lui, effrayée par ce qui lui arrivait.

— Je tiens à toi, marmonna-t-il enfin. Je veux que tu sois heureuse.

— Tu veux surtout que Jeremy soit heureux, l'accusa-t-elle.

— Ça aussi.

— Mais je vois bien que…

— Ecoute, l'interrompit-il vivement pour ne pas avoir à entendre des récriminations qu'il connaissait déjà par cœur. Inutile de nous remettre ensemble si c'est pour nous rendre malheureux. Mais peut-être qu'une nouvelle thérapie de couple…

— Tu n'en as pas marre des thérapies, David ?

Elle était au bord des larmes, et sa voix monta dans les aigus. Il se raidit, inquiet à l'idée que ses cris attirent l'attention de Jeremy. Ils avaient toujours réussi à ne jamais se disputer devant leur fils — c'était la seule règle à laquelle il ne dérogeait pas.

— Je t'en prie, supplia-t-il.

Il tenta de la prendre dans ses bras pour la calmer, mais elle le repoussa.

— Non ! Tu ne comprends donc pas ? Tout ça est en train de me tuer ! Je dois me détacher de toi. Tu ne m'aimeras jamais plus comme tu m'as aimée.

David ne la contredit pas. Ces sentiments-là étaient morts, et bien avant l'annonce du diagnostic. Ils n'avaient pas résisté aux disputes, aux plaintes et aux rancœurs ; et tous les efforts, toute la meilleure volonté du monde ne les feraient pas renaître. Mais un mariage reposait sur d'autres piliers, n'est-ce pas ? Au fil du temps, la confiance, la stabilité, la tendresse prenaient le pas sur la passion des débuts. Et même si c'était ce qui manquait le plus cruellement à Lynnette, elle savait qu'elle pouvait s'en remettre à lui, et Jeremy savait que sa mère n'était pas seule.

— Quand je m'engage, je vais jusqu'au bout. Je serai toujours là pour toi. Je te soutiendrai de toutes mes forces…

— En d'autres termes, tu fais ton devoir, l'interrompit-elle, d'une voix chargée d'amertume. Je veux plus. J'aime Jeremy, moi aussi : c'est pour lui que je m'accroche, mais je ne peux pas être une bonne mère si je suis malheureuse.

Elle balaya sa joue du plat de la main et parut se ressaisir.

— J'ai un rendez-vous, ce soir. Il vaut mieux que tu dormes là car je rentrerai tard. Peut-être même que je ne rentrerai pas de la nuit !

Elle lança ce commentaire par-dessus son épaule tout en se dirigeant vers la porte.

— Lynnette.

Il avait prononcé son prénom d'un ton bref qui la fit s'immobiliser.

— Si tu ne connais pas bien ce type, fais attention à toi.

— C'est tout ce que tu as à me dire ? De faire *attention* ?

— N'essaie pas de m'atteindre en prenant des risques inutiles.

— Tu crois que tout tourne autour de toi ? rétorqua-t-elle. Eh bien, tu as tort ! J'ai envie de faire l'amour, moi. Je veux être aimée, je veux me sentir vivante… Tu fais ressortir ce qu'il y a de pire en moi. Il suffit que tu pointes ton nez pour que je me sente odieuse !

Il savait qu'il aurait dû l'arrêter, lui dire les mots qu'elle voulait entendre, l'entraîner dans la chambre et lui faire l'amour, mais Jeremy apparut en haut des marches et posa sur eux un regard interrogateur.

— Papa ? Maman ? Qu'est-ce qu'il y a ?

Le regard de David glissa de son ex-femme vers son fils. Retenant un soupir de soulagement, il monta l'escalier pour le rejoindre.

— Rien, fiston, dit-il sur un ton rassurant.

La porte d'entrée s'ouvrit et se referma. La voiture de Lynnette démarra un instant plus tard. En entendant le bruit du moteur décroître dans l'allée, David fut envahi par un sentiment familier. Coupable. Il se sentait coupable. Pourquoi était-il incapable de la rendre heureuse ? Il l'avait aimée, pourtant !

Oui… Mais il ne pouvait pas lui faire l'amour et prétendre qu'il avait du désir pour elle. Pas aujourd'hui. Pas après avoir vu Skye dans la matinée.

— Papa ?

— Quoi ? fit-il.

— Tu reviens à la maison, hein ?

La requête avait été formulée d'un air si implorant que David détourna les yeux, bouleversé.

Il devait, d'une façon ou d'une autre, mettre un terme à ces atermoiements douloureux. Pour le bien de tous.

— Papa ? Tu as dit que tu revenais à la maison.

— Oui, c'est vrai.

— Quand ?

David serra les dents.

— Bientôt.

— Super ! s'exclama Jeremy en lui décochant un large sourire.

Skye n'avait jamais aimé la pluie. Ce soir, plus que d'ordinaire, le crépitement sonore des gouttes sur le toit lui mettait les nerfs à vif. Agacée de se tourner et de se retourner dans son lit sans trouver le sommeil, elle finit par se lever. Il arrivait que les canaux de Sherman Island débordent par forte tempête. L'eau passait alors par-dessus les digues, inondant les routes. En hiver, cela faisait partie de la vie dans le delta — elle se souvenait de son excitation quand, enfant, cela se produisait. Mais tout était différent, à présent. Car Oliver Burke serait bientôt de retour à Sacramento, libre de circuler à sa guise… Cette seule pensée transformait en pure angoisse l'appréhension qui l'avait saisie à l'écoute des premières gouttes de pluie. L'averse s'était installée. Et la soirée s'était muée en calvaire. Brusquement, son isolement lui avait semblé insupportable.

Mon Dieu… Si elle était perturbée alors qu'il était *encore* en prison, dans quel état serait-elle après sa libération ?

Elle se prépara une tasse de thé, puis elle alluma la télévision en espérant que les informations lui changeraient les idées. Mais quand le présentateur annonça la disparition « d'un homme de Del Paso Heights, âgé d'une petite quarantaine d'années », elle l'éteignit aussitôt. Sean Regan. Qu'elle n'avait pas eu le temps de secourir.

Avait-elle fait tout ce qui était en son pouvoir ? Dès vendredi, après sa conversation avec Sheridan, elle avait mis Jonathan sur l'affaire. Il le retrouverait.

Cette pensée ne suffit malheureusement pas à la réconforter : Sean était quelque part dans la tempête, comme tant d'autres victimes…

Elle se réfugia une fois de plus dans l'exercice physique pour se libérer de son trop-plein de nervosité, mais les séries de pompes, d'abdos et les postures de yoga qui l'apaisaient d'ordinaire n'eurent aucun effet.

Elle se resservit du thé et s'installa à la table de la cuisine pour composer le numéro de téléphone de Jasmine. Elles ne s'étaient parlé qu'une fois au cours du week-end : son amie l'avait contactée à la minute où elle avait appris la libération imminente de Burke, mais elle n'était pas seule, et n'avait pas pu aborder la situation à Fort Bragg aussi librement qu'elle le souhaitait. Skye espérait qu'elle était enfin rentrée à sa chambre d'hôtel. Elle avait besoin d'entendre une voix amicale… et brûlait de savoir comment la petite unité de policiers avait accueilli sa chère Jasmine.

— Allô ?

La voix était rauque, lourde de fatigue. Skye grimaça. Son amie était bien dans sa chambre d'hôtel, mais elle dormait, manifestement.

— Je te réveille ?

— Skye ?

— Oui.

— Je venais de me mettre au lit. Est-ce que ça va ? lui demanda Jasmine.

— Je me fais du souci pour toi.

— Pour moi ? reprit-elle, étonnée. Je vais bien. Enfin… Je crois, ajouta-t-elle.

Skye sentit son inquiétude se raviver.

— Comment ça, tu « crois » ?

— L'affaire ne s'annonce pas facile.

En entendant le froissement des draps, Skye comprit que Jasmine se redressait.

— Je déteste quand il s'agit d'un enfant.

C'était le cas pour la majorité des gens, mais l'émotion de Jasmine était bien plus vive, car elle l'associait à des souvenirs douloureux. Par une chaude journée d'août, quinze ans plus tôt, sa propre sœur avait disparu, enlevée dans leur maison. Jasmine, qui avait douze ans à l'époque, n'avait pas la moindre idée de ce qui avait pu lui arriver. Ses dons médiumniques, qui l'aidaient à retrouver des personnes disparues, s'avéraient inefficaces quand elle pensait à sa sœur. Et malgré les hypnotiseurs, voyants et conseillers en tout genre qu'elle avait consultés pour l'aider à dépasser son blocage mental, elle restait incapable de fournir le moindre détail physique sur le kidnappeur. Le choc qu'elle avait ressenti alors et le traumatisme qu'elle portait depuis en elle étaient bien trop importants. Ils influaient jusqu'à sa façon de gérer les affaires d'enlèvement, qu'elle prenait toujours trop à cœur.

S'il se révélait que la fillette de Fort Bragg avait été tuée, comment réagirait-elle ? se demanda Skye avec appréhension. Se sentirait-elle responsable ? Elle se reprochait tant de n'avoir pu aider à retrouver Kimberly ! Elle avait vu son kidnappeur ; elle lui avait même parlé… Son incapacité à se souvenir des détails nécessaires à son identification la plongeait dans un profond désarroi.

— Quel âge a la petite fille que tu recherches ? lui demanda Skye en veillant à s'exprimer au présent.

A ce stade de l'enquête et alors que tous les moyens étaient mis en œuvre pour la retrouver, il était inconcevable de penser au pire.

— Elle n'a que trois ans.

Trop jeune pour laisser des indices qui permettraient de remonter jusqu'à elle. A cet âge, elle ne connaissait même pas son numéro de téléphone. Encore moins celui de la police !

— Es-tu sûre qu'elle ne s'est pas égarée ? reprit-elle.

— Sûre.

— Qu'est-ce qui te le fait penser ?

Skye perçut un faible soupir à l'autre bout de la ligne.

— Je le sais, c'est tout.

Autrement dit, Jasmine le « pressentait ». Désireuse d'éviter les clichés, elle décrivait son don comme une sorte de sixième sens. Elle se disait incapable de lire dans les pensées, de voir dans le passé ou l'avenir. Elle ne pouvait pas non plus conduire la police à un kidnappeur ou à sa victime. Pas de réponses claires, donc — mais des impressions qu'elle ressentait après avoir touché un objet ayant appartenu à la personne disparue ou à son kidnappeur, par exemple. Il arrivait aussi qu'elle lance le FBI sur une piste après être entrée dans la maison ou la voiture d'une des personnes liées à l'enquête.

Grâce à ses « impressions », et à ses recherches en psychologie criminelle, elle avait permis de sauver de nombreuses victimes. Avec le temps, Jasmine apprenait à faire davantage confiance à son intuition, ce qui la rendait encore plus performante. Quelques affaires avaient même fait la une des journaux nationaux. Dans le cas Ubaldi, où un enfant avait disparu de la cour de récréation, elle avait orienté les autorités vers une femme d'âge moyen. « C'est un enlèvement de circonstances. C'est quelqu'un qui vit tout près ou qui connaît le quartier », avait-elle affirmé. Cette femme vivait près de l'école, elle le sentait, et elle avait insisté pour que toutes les maisons du quartier soient fouillées.

— Est-ce qu'un périmètre a été délimité ? reprit Skye.

— Il n'y a pas réellement de périmètre. La mère vit avec son nouveau compagnon dans une vieille maison perdue au fond des bois.

— Les policiers ont des suspects ?

— Ils pensent qu'elle protège son compagnon.

— Tu n'es pas d'accord ?

— Non.

Dehors, la pluie redoublait d'intensité. Skye s'efforça de ne pas y prêter attention. *N'y pense pas ! Il n'y aura pas d'inondation. Tu peux partir quand tu veux…*

— Quelle est sa version des faits ?

— Il y a six jours, la mère a couché la petite pour la sieste. Puis elle est allée s'allonger, elle aussi. A son réveil, Lily n'était plus dans sa chambre.

— Où était son petit ami ?

— Il dit qu'il a chargé le sapin de noël dans son coffre et qu'il a traversé la forêt pour s'en débarrasser.

— Aucun témoin pour confirmer ses mouvements durant ce laps de temps ?

— Il a emmené la police à l'endroit où il a jeté le sapin, mais rien ne prouve qu'il l'ait fait précisément ce jour-là.

— Personne ne l'a vu ?

— Il s'est débrouillé pour ne pas être vu. Il ne voulait pas être verbalisé pour avoir jeté un arbre n'importe où sur la voie publique.

Tout en parlant, Skye s'approcha de la fenêtre pour baisser le store et batailla un moment avec le nœud qu'elle avait fait pour le maintenir en position haute.

— Pas de trace d'effraction ?

— Aucune serrure n'a été forcée, puisque les portes n'étaient pas verrouillées. N'importe qui aurait pu entrer. Ce qui est étrange, c'est l'empreinte de pas qu'on a trouvée dans l'allée.

Skye regarda les filets d'eau couler en longues striures le long de la vitre. Elle devait baisser ce store. Echapper à l'impression désagréable qu'il y avait quelqu'un, là, dehors, en train de l'épier. La peur se répandait de nouveau en elle comme du poison. La libération de Burke l'affectait profondément, annulant tous les efforts qu'elle avait accomplis pour se libérer de ses hantises. *Ce n'est, après tout, qu'une fenêtre de cuisine. Sans store, comme tant d'autres.*

— Qu'a-t-elle d'étrange, cette empreinte ? s'enquit-elle.

— Trop petite pour être celle du compagnon. Trop grande pour la mère.

— Peut-être celle d'un représentant ? D'un facteur ? Ou de la personne venue relever les compteurs ?

— La mère a dit qu'ils n'avaient vu personne depuis des jours, mais l'empreinte est fraîche.

— C'est étrange, en effet.

— Ils sont en train d'en faire un moulage. Nous verrons bien si nous trouvons une correspondance.

Skye fronça les sourcils en entendant un bip, l'avertissant

qu'elle avait un second appel. Qui pouvait bien l'appeler, un lundi à minuit passé ?

Pensant que c'était peut-être une de ses demi-sœurs, elle fit patienter Jasmine et bascula sur l'autre ligne.

— Allô ?

Il y eut un long silence au bout du fil.

— Allô ? répéta-t-elle.

— Skye Kellerman ?

La voix à l'intonation grave ne lui dit rien.

— Oui ?

— Dès que je suis dehors, je te tranche la gorge.

Elle resta figée, comme frappée par la foudre, assaillie par les images de son agression. Burke, assis à califourchon sur elle, la maintenait plaquée au sol ; elle essayait de le repousser, de se libérer de son poids… Elle se débattait de toutes ses forces. Puis la lame du couteau, pointée vers ses yeux, avait dévié dans la lutte, lui entaillant la joue. Malgré la douleur, la vague de panique qui l'avait submergée et le sang qui l'aveuglait, elle avait lutté avec l'énergie du désespoir.

— Qui est à l'appareil ? demanda-t-elle.

Pas de réponse. Son correspondant avait raccroché.

Elle reporta son attention sur la fenêtre. Cela ne pouvait pas être Burke. Son accès au téléphone était limité et sous surveillance. Tant qu'il était en prison, bien sûr… Avait-il chargé quelqu'un de passer l'appel pour lui ? Oui, ça devait être ça. Celui qui venait de la contacter n'avait pas lancé « Je te surveille » ou « Je vais te tuer ». Non, il avait dit : « Dès que je suis dehors… »

— Skye ? Tu es là ?

Jasmine.

Dis-lui quelque chose. Réponds-lui. Après une profonde inspiration, elle s'éclaircit la voix.

— Oui, je suis là.

— C'était qui ?

Un frisson la parcourut tandis que la menace résonnait de nouveau à ses oreilles. Ce n'était pas la voix d'un jeune garçon, s'amusant à passer des coups de fil anonymes pour effrayer les gens. C'était celle d'un homme mûr.

Elle était sur liste rouge, pourtant. Comment s'était-il procuré son numéro de téléphone ?

— Je l'ignore.

— Comment ça ? insista Jasmine.

Skye se leva et se glissa hors de la cuisine, pour échapper à celui, peu importait son identité, qui se trouvait de l'autre côté de cette grande vitre, en train de l'épier.

— Des menaces… Quelqu'un qui sait que Burke va être libéré.

Avec un couteau…

— Qu'a-t-il dit, exactement ?

— « Dès que je suis dehors, je te… »

Elle déglutit péniblement.

— « Je te tranche la gorge », acheva-t-elle dans un souffle.

— Appelle la police, tout de suite !

Jasmine criait à l'autre bout du fil.

— Vérifie qu'il n'a pas été pas libéré plus tôt que prévu !

Skye s'adossa au mur de l'entrée.

— Il est toujours en prison, sinon David m'aurait avertie. Et puis ce n'est pas nécessairement Burke. Ça peut être n'importe qui. Nous avons toutes raconté notre histoire en long et en large dans la presse.

— Beaucoup de gens connaissent les conditions de ton agression, c'est vrai… mais combien d'entre eux sont au courant de sa prochaine libération ?

— Tout dépend du nombre de personnes qu'il a averties, argua Skye en cherchant à se rassurer. Si ces personnes ont fait circuler la nouvelle…

— Appelle la police, enjoignit Jasmine.

Dehors, la pluie martelait la véranda comme une nuée de petits cailloux. Skye frissonna, hantée par la crainte de ne plus pouvoir sortir de chez elle. Si l'averse continuait, les routes seraient bientôt impraticables…

— C'est inutile, assura-t-elle. Ils ne feront rien dans l'urgence. Ils m'ont déjà prévenue que je jouais avec le feu en m'impliquant dans des situations potentiellement dangereuses — autrement dit : tant pis pour moi si j'ai des ennuis !

— Appelle-les quand même. Et vite ! Vérifie que tes portes et tes fenêtres sont bien fermées. Je vais contacter Sheridan pour qu'elle te rejoigne. Je regrette d'être si loin… Sinon, je serais déjà en route.

— N'appelle pas Sheridan. J'ai de quoi me défendre !

Elle plongea la main dans la poche du manteau où elle avait glissé son pistolet. Chargé. Prêt à servir.

— Je sais, mais tu pourrais te détendre si quelqu'un était avec toi, insista Jasmine. Tu dors déjà si peu !

Ce n'était pas faute d'essayer, pourtant… mais elle ne baissait jamais assez longtemps sa garde pour sombrer dans un sommeil réparateur. Il lui semblait, encore aujourd'hui, que le pire risquait d'arriver quand elle fermait les yeux.

— Je ne peux pas demander à Sheridan de se lever en pleine nuit et de conduire une heure sous une pluie battante juste pour venir me tenir la main !

— Oh que si ! Tu as appris vendredi que l'homme qui t'avait agressée allait sortir de prison : n'est-ce pas une raison suffisante ? Ça n'embêtera pas Sheridan, je t'assure ! D'ailleurs, elle ne comprendrait pas que tu ne l'appelles pas…

— Ne la dérange pas. Elle était épuisée quand on a quitté les bureaux, tout à l'heure.

Skye serra l'arme contre sa poitrine. Depuis l'agression, les couteaux l'effrayaient plus que tout. Mais avec un pistolet, elle aurait forcément le dessus. A condition de voir venir son assaillant, bien sûr.

— Ça va aller, affirma-t-elle.

Après quelques hésitations, Jasmine finit par capituler.

— Je n'insiste pas. Mais promets-moi d'appeler la police pour leur demander de venir jeter un coup d'œil dans les parages.

— Je suis trop loin de la ville. C'est le shérif qui doit se déplacer.

— Qu'importe ! Du moment que quelqu'un vient patrouiller dans ton quartier.

— D'accord.

— Et tu me tiens au courant si tu reçois un nouvel appel de ce genre, OK ? A n'importe quelle heure du jour ou de la nuit.

— Promis !

Skye raccrocha, puis elle fit une énième fois le tour de la maison pour s'assurer que portes et fenêtres étaient bien verrouillées. Elle s'astreignait à la même routine chaque soir — une fois, deux fois, trois fois. Parfois, il lui arrivait même de se lever aux premières lueurs du jour pour revérifier ou simplement pour s'asseoir près d'une fenêtre et scruter l'horizon à travers les lames des stores ou des barreaux qu'elle avait fait installer à l'arrière, craignant le pire.

Cette nuit était une de ces nuits. Elle n'appellerait pas la police. Elle n'appellerait personne. Si Burke ou un de ses comparses cherchait à l'atteindre, elle affronterait le danger — une fois pour toutes.

Le téléphone portable vibra dans la poche de David, le tirant du sommeil bien avant l'aube. Un peu déboussolé, il cligna plusieurs fois des yeux, balayant du regard les deux fauteuils poire, puis les étagères où s'empilaient des jouets et des livres — ceux de Jeremy. Il était allongé sur un lit à une place dans la chambre d'amis de son ancienne maison, où il s'était endormi avant le retour de Lynnette.

Etouffant un bâillement, il se leva pour aller vérifier que cette dernière était bien dans son lit. Il s'était replongé depuis trois jours dans d'anciens dossiers, passant le week-end à relire les rapports d'autopsie des victimes supposées de Burke, examinant les photos des scènes de crime, avec l'espoir d'y déceler le moindre indice susceptible de renvoyer ce salopard derrière les barreaux. *Avant* qu'il ne commette une nouvelle agression — contre Skye, notamment. La matinée s'annonçait chargée… et il n'avait pas l'intention de perdre son temps à écouter les jérémiades de son ex-femme. Car elle commencerait à se plaindre sitôt levée, c'était sûr. Mieux valait sortir maintenant sur la pointe des pieds et filer chez lui. Lorsqu'il ouvrit la porte de la chambre, son téléphone vibra de nouveau.

Il le sortit de sa poche et releva le clapet.

— Allô ?

— Inspecteur Willis ?

— Oui ?

— Ici l'agent Blazer, du poste de Marysville Boulevard.

David se raidit, tous les sens en alerte. Encore un de ces appels de nuit ou du petit matin, qui l'enverrait sur la scène d'un nouveau crime ! Il y a quelques semaines, il avait été appelé dans le quartier d'Oak Park où un homme venait de tirer sur sa femme et ses deux enfants, avant de retourner l'arme contre lui.

— Oui ? répéta-t-il.

— Jasmine Strafford, de l'association La Contre-attaque, nous a appelés il y a quelques minutes.

David sentit un nœud se former dans son estomac. Pourquoi Jasmine les avait-elle contactés ?

— Elle me cherchait ?

— Non. Elle voulait faire un signalement.

— A quel sujet ?

— Une de ses associées a reçu des menaces téléphoniques cette nuit.

— Laquelle ? demanda-t-il bien qu'il connût déjà la réponse.

— Skye Kellerman.

Il crispa les doigts sur l'appareil.

— Jasmine vous a donné des détails ?

— Oui. Un type a appelé Mlle Kellerman vers minuit et lui a dit : « Dès que je suis dehors, je te tranche la gorge ». J'ai expliqué à Mlle Stratford que c'était sûrement un pervers qui prenait son pied en effrayant les femmes, mais il faut admettre qu'elle et ses amies se sont fait un paquet d'ennemis, et bon nombre d'entre eux ne sont pas des enfants de chœur ! Du coup, j'ai pensé que vous voudriez être tenu au courant — au cas où ce ne serait pas une mauvaise plaisanterie.

— Vous avez bien fait. Je vous remercie.

L'appel anonyme pouvait provenir d'un pervers quelconque,

désireux de terroriser Skye ou de lui faire payer son intervention en faveur d'une victime protégée par La Contre-attaque... mais le fait que le type ait évoqué une agression au couteau *et* la libération prochaine de Burke dans la même phrase réveilla les inquiétudes de David.

Combien de personnes savaient que Burke allait sortir de San Quentin ? Lui-même ne le savait que depuis trois jours, bon sang !

— Si vous apprenez quoi que ce soit sur La Contre-attaque ou sur l'une de ces trois jeunes femmes, contactez-moi aussitôt.

— Sans faute.

Il composa le numéro de Skye aussitôt après avoir raccroché. Il aurait préféré l'appeler de chez lui, loin de Lynnette... mais ce qu'il avait à lui dire était trop urgent. Il tenta de faire taire sa culpabilité en se répétant que c'était une communication purement professionnelle — en vain. Aucun des appels qu'il passait à Skye n'était anodin, et il le savait.

— Allô ?

Elle avait décroché à la première sonnerie. Elle ne dormait pas, évidemment.

— C'est moi ! fit-il. Je suis au courant pour le coup de fil.

— Jasmine vous a averti ?

— Elle a appelé le commissariat de Marysville.

— Pourquoi ? Je lui ai dit qu'ils ne pourraient pas se déplacer. Je ne suis pas dans leur juridiction !

— Vous avez appelé le shérif, alors ?

Le long silence qui accueillit sa question lui confirma ce qu'il savait déjà : elle croyait pouvoir se débrouiller seule, surestimant sa force et son jugement. C'était de l'inconscience, de la folie pure ! Atterré, il secoua la tête, tandis que lui revenait à la mémoire la première fois où il avait vu Skye. C'était à l'hôpital. Elle avait quarante points de suture sous l'œil gauche et de nombreuses entailles sur les mains et les avant-bras. Le souvenir de ses blessures, et du désenchantement qu'il avait lu dans ses yeux, avait renforcé sa détermination. Ce soir-là, il s'était juré de mettre Burke hors d'état de nuire. Sa victime lui semblait si bouleversée, si fragile !

Ce n'était plus le cas aujourd'hui. Les entailles avaient cicatrisé. Sous son œil ne restait plus qu'une fine cicatrice, à peine visible. Son corps s'était métamorphosé, lui aussi. Elle s'était tonifiée, ne jurant plus que par le sport et la diététique. Ses rondeurs envolées, elle affichait désormais ses muscles et son courage… Mais elle ne parvenait pas à étouffer une sensibilité à fleur de peau qui éveillait chez David des élans protecteurs. Il rêvait malgré lui d'être celui qui effacerait la lueur craintive qui brillait parfois dans son regard.

— Pourquoi ne m'avez-vous pas appelé ? Je n'aurais rien su de l'incident si Jasmine n'avait pas contacté la police ! reprit-il sans masquer son irritation. Il faut pourtant que je sache ce qui vous arrive, non ?

— Pourquoi ?

Les propos de Burke résonnèrent à ses oreilles. « Je la connais mieux que quiconque. Mieux que vous. » Son obsession pour elle ne faisait aucun doute.

— Je dois le savoir, c'est tout.

Elle baissa la voix.

— Vous seriez venu ?

Il se raidit. Que voulait-elle savoir, au juste ? Il se gardait de passer trop de temps seul avec elle, c'est vrai. S'il y allait maintenant, il serait incapable de lui résister. Il céderait à son désir, prenant ce qu'elle lui offrirait. Pour le regretter aussitôt… puisqu'il lui faudrait retourner près de Lynnette.

— Si c'est pour vous protéger, répliqua-t-il d'un ton bourru.

— Je suis assez grande pour prendre soin de moi, rétorqua-t-elle en lui raccrochant au nez.

Les sourcils froncés, David recomposa son numéro.

Elle laissa sonner de longues secondes avant de répondre.

— Quoi ?

— Appelez-moi à la minute où cela se reproduit, d'accord ?

— Pour quelle raison ?

— Parce que je me fais du souci pour vous, bon sang !

— Attention, inspecteur… Vous pourriez finir par y croire !

A l'exception d'un baiser et de la nuit qu'ils avaient failli passer ensemble, David était resté sur la réserve, s'exhortant à garder ses distances. Mais elle n'ignorait pas les sentiments qu'il avait pour elle — et pour cause : il frémissait de désir chaque fois qu'il la regardait. Elle l'avait forcément remarqué, non ?

— Je m'inquiète depuis le début ! fit-il en s'emportant. Vous ne quittez jamais mes pensées.

Il se mordit la lèvre, conscient de l'aveu qu'il venait de lui faire. Les mots lui avaient échappé, hélas !

— Vous aimeriez qu'il en soit autrement, fit-elle sur un ton accusateur.

Il ne le nia pas. Il lui serait plus facile de remplir ses obligations à l'égard de Lynnette et de tenir les promesses faites à Jeremy s'il ne rêvait pas de la rejoindre.

— C'est vrai, admit-il.

— Et je suis censée m'en contenter ?

— Je… C'est tout ce que je peux donner pour le moment.

Clic.

David faillit la rappeler. Il ne pouvait en rester là. Il fallait qu'elle comprenne. Qu'elle accepte ses limites. Qu'elle l'aide à accepter la situation. Mais rien n'y ferait, parce que ce qu'il désirait par-dessus tout, c'était elle.

Il jura à voix basse. S'il voulait remettre son mariage sur les rails, il devait lâcher prise. Oublier Skye Kellerman. Mais maintenant que Burke était sur le point de sortir, l'oublier devenait *impossible* — et terriblement dangereux.

Car elle risquait d'y perdre la vie.

5

A côté de quoi avait-il bien pu passer ?

Après s'être assuré que Lynnette était rentrée, David avait quitté la maison pour regagner son appartement du centre-ville. Le soleil se levait quand il était entré dans son bureau. Absorbé par les dossiers qu'il avait étalés devant lui, il ne prit pas la peine d'éteindre la lumière lorsqu'il fit suffisamment jour. Bien qu'il les ait déjà étudiés au cours du week-end, il examina de nouveau chaque document dans l'espoir d'y trouver l'indice qui relierait Burke aux trois femmes assassinées chez elles. Il y avait forcément un lien entre elles… mais lequel ?

Il se remémora chaque affaire, essayant de récapituler ce qu'il en savait pour faire apparaître les pièces manquantes. Meredith Connelly, Amber Farello et Patty Poindexter étaient âgées de dix-huit à vingt-cinq ans…

La question que lui avait posée Burke lui revint en tête tandis qu'il examinait les photos des jeunes femmes : « Et vous, à quoi vous pensez quand vous regardez les pages centrales de *Playboy* ? »

A l'image de Skye, les victimes étaient particulièrement séduisantes, et elles avaient toutes une poitrine généreuse. Lorsque David lui avait rendu visite à San Quentin, Burke avait souligné que Jane, son épouse, avait elle aussi une forte poitrine…

Et alors ? Etait-ce révélateur ? Pas forcément. Même prononcé, le goût de Burke pour cette partie du corps féminin était assez banal. David consigna cependant cette information dans son carnet. Elle lui apporterait peut-être un éclairage sur la manière dont Burke repérait ses victimes… En repensant à ses propos sur les playmates, il se demanda si le dentiste n'avait pas agressé ces jeunes femmes pour obtenir ce qu'il idéalisait. Avait-il été souvent éconduit par le passé ? Une jeune femme très jolie, lui ayant fait comprendre qu'elle était trop bien pour lui, l'aurait-elle repoussé ?

Cela valait le coup de creuser, en tout cas. Après avoir noté l'idée, David poursuivit son raisonnement.

Amber et Patty, toutes deux célibataires, vivaient chez leurs parents ; Meredith partageait un appartement avec son petit ami. Les parents de la première se trouvaient dans leur chambre au moment de l'agression de leur fille, mais ils n'avaient rien entendu. Patty et Meredith étaient mortes dans la soirée, aux alentours de 20 heures, tandis qu'Amber avait été tuée entre 2 et 4 heures du matin. Oliver se rendait au travail à vélo et rentrait chez lui parfois après la nuit tombée. Il actionnait son phare pour effectuer le trajet du centre-ville, où il travaillait, à Granite Bay, où il vivait. Certaines parties du trajet, situées à l'écart de la circulation, lui permettaient d'agresser des passantes sans risquer d'être vu.

Et pour les agressions d'Amber et de Skye ? Dans un premier temps, David n'avait pas compris comment Burke avait pu quitter son domicile au milieu de la nuit sans réveiller Jane. Puis, en fouillant dans son dossier médical, il avait découvert qu'elle avait souffert d'une dépression *post-partum* et qu'elle prenait des somnifères pour lutter contre ses insomnies.

Il ne comprenait toujours pas, en revanche, ce que Burke avait fait de ses vêtements ensanglantés après chaque meurtre. Où s'était-il lavé avant de rentrer chez lui ? Il n'en savait rien non plus. Evidemment, deux années s'étaient écoulées entre la découverte des corps et la condamnation de Burke pour tentative de viol… Lorsque les flics avaient fouillé sa maison, les traces de sang dans les canalisations ou sur les vêtements et les chaussures d'Oliver s'étaient depuis longtemps effacées. Ses véhicules avaient été passés au peigne fin sans plus de résultat.

David se frotta le menton. Il devait réinterroger les amis

et le voisinage de Burke. Quand les médias locaux s'étaient emparés de l'affaire, ce dernier s'était posé en martyr, racontant aux journalistes que Skye l'avait attaqué alors qu'elle était « manifestement sous l'emprise d'une drogue hallucinogène ». Tous ceux qui le connaissaient l'avaient soutenu. La fille du maire, qui fréquentait assidûment son cabinet dentaire, lui avait même offert sa caution morale lors du procès.

Si seulement Burke avait affirmé que Skye était « droguée » quand il était encore possible d'infirmer ou de confirmer sa version ! Mais il s'était bien gardé d'en parler ouvertement, n'en faisant part qu'à ses avocats, dans le secret de leur cabinet. Il avait attendu des semaines pour commencer à clamer qu'il s'était rendu à son appartement pour un « acte sexuel consenti » et qu'elle l'avait alors agressé. Rien ne pouvait plus être prouvé dans un sens ou dans un autre. Rien ne prouvait que Skye avait consommé de la drogue, même si elle s'était rendue ce soir-là avec des connaissances à une soirée où circulait de l'Ecstasy. Ce qui, d'après elle, avait d'ailleurs motivé sa décision de quitter les lieux. Elle était rentrée seule et, sa colocataire se trouvant à Tahoe pour le week-end, personne ne l'avait vue arriver dans l'appartement. C'était donc sa parole contre celle de Burke. Les traces d'ADN retrouvées dans la chambre de Skye confirmaient sa présence, mais n'indiquaient pas s'il y avait été invité ou non. Quant à savoir comment il s'était introduit chez elle… la question demeurait entière, là aussi. Contrairement aux autres crimes, il n'y avait pas trace d'effraction. La porte d'entrée n'était pas verrouillée quand les policiers étaient arrivés. Pourtant, Skye avait affirmé l'avoir fermée à clé en allant se coucher. Il était clair que Burke connaissait ses habitudes : il savait qu'elle cachait un double près de la porte. Il l'avait sans doute reposé aussitôt après avoir ouvert — puisque la clé était à sa place quand les policiers l'avaient cherchée.

Heureusement, Skye avait su convaincre le jury… mais la condamnation n'avait pas été aussi simple à obtenir qu'elle aurait dû l'être.

Il retint un soupir. Pourquoi ne pouvait-il penser à Skye avec le détachement qu'il observait d'ordinaire envers les victimes ? Furieux contre lui-même, il se raccrocha à la promesse qu'il avait faite à son fils — la seule qui lui permît d'instaurer une distance *professionnelle* entre Skye et lui.

Les trois filles vivaient dans des maisons individuelles situées sur le campus universitaire, le long de l'American River. L'une travaillait au Pavilions, un centre commercial chic d'un quartier aisé ; les deux autres suivaient des cours à l'université de Sacramento, plutôt fréquentée par les banlieusards.

Les photos des scènes de crime retinrent son regard. Nombreux avaient été les patients de Burke à s'inquiéter du devenir de sa famille. Mais *lui*, quel sort avait-il réservé aux familles des victimes ?

Et à Skye ? Quel sort aurait été le sien si…

Il lâcha un juron. La pensée qu'elle aurait pu figurer sur l'un de ces clichés lui était insupportable. Et le regard que Burke avait posé sur elle lorsqu'il l'avait tenue à sa merci… il frémissait rien que d'y penser.

Il attrapa le gobelet de café qu'il avait acheté sur le chemin du bureau et en avala une gorgée tout en détaillant les photos à la recherche de nouveaux indices. Il y avait forcément un truc… quelque chose qu'il n'avait pas décelé ou qu'il avait négligé ! Il entama par écrit une liste récapitulative :

— Se considère normal mais a une sexualité sadique. Comme le révèlent les blessures au couteau et les nombreux hématomes sur le corps des victimes.

— Victimes violées et sodomisées mais pas de trace de nécrophilie.

— Porte des gants. Aucune empreinte retrouvée sur les scènes de crime. Pas même sur les fenêtres.

— Porte une capuche. Skye l'avait confirmé.

— Se rase les parties génitales. Aucun poil pubien n'a été retrouvé sur les scènes de crime.

— Aucune empreinte de pas dans les buissons ou près des portes d'entrée.

Portait-il ces chaussons en Nylon dont les docteurs couvrent leurs souliers dans les blocs opératoires ? « Possible », écrivit

David. Une empreinte de pas avait toutefois été retrouvée dans l'allée de Patty Poindexter, ce qui lui fit penser qu'il n'utilisait peut-être pas de chaussons chaque fois.

— Emploie des préservatifs. Pas de sperme sur le corps des filles qui avaient été pénétrées sauvagement.

— Habile avec un couteau. L'expérience du scalpel, peut-être ?

— Ne mesure pas plus d'un mètre soixante-dix. L'assaillant est passé, pour entrer et pour sortir, par la fenêtre de la chambre de ses victimes.

— A espionné ses victimes pour se familiariser avec leurs habitudes et savoir à quel moment elles étaient seules.

Etait-ce ce qui l'excitait ? Sans doute, sinon il aurait choisi des cibles plus faciles. « Aime la traque », ajouta David.

— Pervers. S'est introduit dans la maison de l'une des filles malgré la présence de ses parents. Trouve son plaisir dans le risque d'être surpris.

Voulait-il prouver à ces femmes qu'elles n'étaient pas en sécurité chez elles, leur montrant ainsi que c'était *lui* qui avait tout pouvoir ? En tout cas, c'était cette poussée d'adrénaline qu'il recherchait.

— Organisé. Sinon il aurait laissé des traces derrière lui.

— Regarde probablement beaucoup d'émissions sur les crimes pour être au fait des dernières techniques permettant d'effacer ses traces.

Bon nombre de criminels dangereux étaient fascinés par la police, et Burke n'échappait pas à la règle. Lors de la fouille de la maison, David n'avait trouvé aucun objet ayant appartenu aux victimes. Ni vêtements ensanglantés ni couteau. En revanche, il avait découvert dans sa bibliothèque quantité de livres portant sur des faits divers racontant par le menu les meurtres violents commis par des tueurs en série.

David se recula contre le dossier de sa chaise pour relire ce qu'il venait de noter. Chaque point correspondait à l'homme qui était déjà sous les verrous. Fait troublant, il n'y avait plus eu de meurtre semblable depuis qu'il était emprisonné. Mieux que quiconque, un dentiste sait tailler dans les chairs, raisonna-t-il. Un dentiste pratiquait des incisions et n'était pas impressionné par le sang. Burke se croyait vraiment « normal ». Il était malin, plutôt petit et de constitution moyenne.

Le problème, c'est que ces caractéristiques pouvaient s'appliquer à de nombreux autres hommes. Mais David ne pouvait faire taire sa première intuition ni oublier le regard étrange qu'Oliver Burke lui avait lancé lors du premier interrogatoire — quand il lui avait semblé qu'il était sur le point de vider son sac…

Une intuition et une expression, c'était un peu mince pour un procureur. Ou pour un jury.

David rangea les dossiers en soupirant. Il ne trouverait rien d'autre aujourd'hui. Il lui fallait de nouveaux éléments — sans quoi ces affaires ne seraient jamais résolues.

Il devait faire parler ceux qui connaissaient bien Oliver Burke. Ses proches et sa famille ne lui avaient sûrement pas tout dit… Oui, auprès d'eux, il trouverait peut-être les indices qui lui manquaient. C'était son seul espoir.

Dès que je suis dehors, je te tranche la gorge…

Skye était assise à son bureau. Incapable de travailler. Même si Burke n'avait pas passé ce coup de fil, elle savait qu'il voulait lui faire payer son témoignage. Il ne la laisserait pas s'en tirer à si bon compte…

« Bonjour, je m'appelle Peter Vaughn. Je suis bénévole à La Contre-attaque, une association à but non-lucratif qui vient en aide aux victimes d'agressions violentes… »

Skye écoutait distraitement les voix des volontaires provenant de la pièce voisine. Trois heures par jour, ils sollicitaient des dons par téléphone. La plupart d'entre eux ne restaient pas longtemps : difficile de maintenir leur motivation sans les payer… Ceux qui s'engageaient à plus long terme étaient généralement des proches de personnes violées ou tuées. C'était le cas de Peter, dont le frère aîné avait péri, touché en pleine rue par une balle perdue. A dix-huit ans, le jeune homme était déjà un pro du téléphone.

Skye était si perturbée qu'elle aurait pu rester des heures ainsi, à bayer aux corneilles en écoutant Peter. Le travail ne manquait pas, pourtant ! Le courrier s'accumulait dans sa boîte mail. L'un des messages provenait de Jonathan : il l'informait que la femme de Sean Regan dînait parfois au restaurant avec un inconnu plutôt trapu et visiblement fortuné. Un autre provenait d'une jeune femme qu'elles avaient aidée et qui était retournée auprès de celui qui la battait… Rien de rassurant, en somme. Elle devait aussi se trouver une robe pour la réception. Et un cavalier, bien sûr. Enfin, puisque la libération de Burke approchait, elle souhaitait rédiger un communiqué de presse pour souligner l'importance des dons que le grand public effectuait en faveur de leur association.

Elle commença par la rédaction du communiqué, espérant y trouver une forme d'apaisement — en vain. Elle s'interrompait toutes les cinq minutes, incapable de détacher son regard du téléphone. En fait, elle espérait un appel de David. Leur conversation s'était mal terminée, la veille. Elle aurait dû se résoudre à tirer un trait sur leur relation, bien sûr. Mais son cœur s'y refusait. L'attirance qu'ils éprouvaient l'un pour l'autre ne faisait pas l'ombre d'un doute. Ils l'avaient combattue dès le début — David, surtout. Mais avec la libération de Burke, tout recommençait. L'intensité des sentiments. Les frôlements. L'inquiétude. Le désir. La peur.

Si seulement elle pouvait cesser de penser à David *et* à Burke ! Elle avait le sentiment d'être revenue quatre ans en arrière. La situation était identique : Burke la menaçait ; David essayait de l'aider ; elle était amoureuse de lui ; il tentait de recoller les morceaux avec son ex-femme. Pourquoi rien n'avait-il changé ?

Elle ne pouvait pourtant pas rester sur ses gardes jusqu'à la fin de sa vie…

Elle se renversa contre le dossier de son siège et se massa les tempes. Au fond, les communiqués de presse ne servaient pas à grand-chose… Elle devait faire plus. David serait furieux, c'est sûr — mais elle devait se montrer plus conquérante.

A quoi bon attendre en priant pour que rien n'arrive ? Elle devait pister Burke et se familiariser avec son mode de vie.

Il était peut-être temps de combattre le feu par le feu.

Jane grimaça. Ses pieds la faisaient souffrir, comme toujours en fin de journée. Elle avait besoin d'une pause... Le moment lui sembla propice, les clients ayant déserté le salon. Assise dans l'un des fauteuils, elle alluma une cigarette, les yeux tournés vers la vitrine. L'offre permanente, « LA COUPE À DIX DOLLARS ! », s'y étalait en gros caractères. Les radins qui venaient se faire coiffer à si bas prix laissent rarement de pourboire, songea-t-elle avec agacement. Le dernier client lui avait tendu une poignée de petite monnaie en affirmant qu'il y avait le compte. Après vérification, il manquait un dollar — mais le gars était déjà loin.

— Sale type, marmonna Jane.

Elle portait pourtant un haut échancré ! Il s'était bien rincé l'œil, ce petit saligaud.

Elle avait constaté que le choix de son décolleté influait sur le montant des pourboires qu'elle recevait. Elle jouait le jeu sans broncher. Où était le mal, après tout ? Pourquoi ne pas tirer parti des atouts dont la nature l'avait gratifiée ?

— Eh ! l'interpella Danielle, sa collègue. C'est interdit de fumer à l'intérieur. C'est la loi, en Californie.

— Qu'elle aille se faire voir, la Californie ! Il n'y a que toi ici, et tu es mal placée pour me faire la morale : tu fumes plus que moi.

— Si ça sent le tabac dans le salon, tu vas te faire virer, prévint-elle.

— Et la patronne, elle me remplacera par qui ? Personne ne travaillerait autant pour si peu !

— Que tu crois, chérie ! La file d'attente de celles qui rêvent de prendre ta place est longue comme le bras !

Jane ne voulut pas l'entendre.

— Et alors ? Je n'aurai bientôt plus besoin de ce boulot.

Oliver sortait vendredi. Avant de tout perdre, il gagnait

plus d'un quart de millions de dollars par an. Ils vivaient dans une maison que leur enviaient leurs amis. C'était un homme diplômé et intelligent. Ils retrouveraient vite ce qu'ils avaient perdu. Ce n'était qu'une question de temps.

— Tu pars, alors ?

Contrariée de ne pas pouvoir fumer en paix, Jane écrasa sa cigarette dans un mouvement d'humeur.

— Là, tu es contente ?

Danielle lui décocha un regard sombre.

— Ce n'est pas moi qui fais la loi. De toute façon, tu n'avais pas passé le balai avant de prendre ta pause.

Jane s'exécuta de mauvaise grâce, puis elle se rendit à l'arrière de la boutique, près du container puant qui faisait office « d'espace fumeur », et en alluma une seconde. Elle n'avait pas tiré sa première bouffée que Danielle passait la tête par la porte.

— Quelqu'un te demande.

— Il est mignon ?

— Je le ramènerais bien chez moi.

— Ça ne veut pas dire grand-chose… Tu ramènerais n'importe qui, en ce moment !

Danielle prit un air renfrogné.

— Ferme-la. Tu es d'une humeur exécrable aujourd'hui !

— Je plaisantais, mentit Jane.

— Aucune importance. Il est trop bien pour nous, ce type-là, répondit-elle en haussant les épaules. Ni toi ni moi n'aurions la moindre chance !

Jane la dévisagea avec attention.

— Il est si beau que ça ?

— Des muscles à se damner, le plus beau cul que j'aie jamais vu et une bouche à tomber par terre, énuméra-t-elle avant de regagner le salon.

Intriguée, Jane écrasa sa deuxième cigarette et suivit sa collègue à l'intérieur… pour le regretter aussitôt. Bon sang ! Pourquoi n'avait-elle pas pris la précaution de demander le nom du visiteur à Danielle ? Avec ses cheveux sombres, ses yeux verts et son visage buriné, aux traits bien dessinés, le visiteur était sacrément beau, certes.

Mais c'était aussi l'inspecteur qui avait mis son mari derrière les barreaux.

— Qu'est-ce que vous voulez ? grommela-t-elle.

Etonnée par son ton acerbe, Danielle lui lança un regard interrogateur.

— Il est flic, expliqua Jane.

— On a dû le prévenir que tu fumais dans la boutique.

Danielle décocha à l'inspecteur un sourire dévoilant autant ses fossettes que ses dents de travers.

— J'espère qu'il a ses menottes sur lui, ajouta-t-elle.

David haussa les sourcils, esquissant le sourire poli de ceux ont l'habitude de recevoir des compliments.

— C'est le désespoir qui fait parler Danielle, ironisa Jane. Elle a pris du poids et ses amours sont au point mort.

Willis resta de marbre.

— Vous avez quelques minutes à m'accorder ? J'aimerais vous parler.

— Si vous avez besoin de volontaires..., minauda Danielle.

Sans se départir de son sourire, Willis leva la main, révélant l'alliance qui brillait à son doigt. Jane haussa les sourcils, surprise. Elle le croyait divorcé.

— Bon sang ! marmonna Danielle. Pourquoi ce sont toujours les meilleurs qui sont pris ?

— Ne te fie pas aux apparences, fit Jane. Mon mari pourrait te raconter une ou deux choses sur l'inspecteur qui feraient pâlir son étoile.

David plongea son regard envoûtant dans le sien.

— Vous tenez vraiment à ce qu'on parle de votre mari ici ? s'enquit-il en désignant Danielle.

Jane se raidit. Pourquoi était-il si formel ? Etait-il porteur d'une mauvaise nouvelle ? Il était persuadé qu'Oliver avait assassiné trois jeunes femmes avant de rencontrer Skye Kellerman. Venait-il lui annoncer que son mari était bien l'auteur de ces crimes atroces ? Si c'était le cas, elle n'était pas en état de l'affronter. Pas aujourd'hui. Pas avec l'angoisse dans laquelle la plongeait sa rupture imminente avec Noah. Elle avait déjà du mal à tenir le coup… Et pourtant, il le fallait. Pour Kate. Et pour elle-même.

— Je ne peux pas m'absenter, prétexta-t-elle d'une voix mal assurée. Je n'ai pas fini ma journée de travail. Or, c'est moi qui dois payer les factures depuis que vous avez envoyé mon mari en prison !

Faites qu'il s'en aille, Seigneur. Faites qu'il s'en aille.

Ses prières restèrent vaines.

— Combien de temps vous faut-il pour couper les cheveux d'un client ? demanda-t-il.

— Vingt à trente minutes.

— Tenez, dit-il en lui tendant un billet de vingt dollars. J'ai droit à trente minutes de votre temps. Vous préférez que je m'installe dans le fauteuil ou que nous sortions marcher ?

Elle glissa ostensiblement le billet dans son soutien-gorge, mais il ne baissa même pas les yeux sur son décolleté. Danielle avait raison : aucune d'elles n'avait la moindre chance avec Willis. Il était trop bien pour elles. Trop jeune aussi. A quarante-deux ans, Jane savait qu'elle était moins séduisante qu'autrefois. Plairait-elle encore à son mari lorsqu'il rentrerait à la maison ?

S'il rentre, corrigea-t-elle machinalement. Elle n'était plus sûre de rien, à présent. Serrant son long pull mauve autour elle, elle suivit l'inspecteur à l'extérieur.

— Ça vous gêne, si je fume ?

— Non. Ne vous gênez pas pour moi.

Elle alluma une cigarette avec soulagement. C'était une mauvaise habitude que ses amis lui auraient reprochée — s'ils n'avaient pas pris leurs distances depuis la condamnation d'Oliver. Elle ne cherchait pas à arrêter, tant le tabac l'aidait à endurer sa nouvelle vie.

— Alors ? demanda-t-elle avec appréhension. Qu'est-ce qui vous amène ?

— Vous prenez toujours des somnifères ?

Elle le fusilla du regard. Il n'allait pas recommencer ! Le procureur s'était appuyé sur cette histoire de somnifères pendant le procès, affirmant qu'Oliver aurait pu faire n'importe quoi pendant son sommeil, et qu'elle n'en aurait rien su. Sur le moment, elle en avait voulu à Willis d'avoir dégoté cette info dans son dossier médical... mais aujourd'hui, pourquoi lui posait-il la question ? Fouillant son regard, elle n'y lut qu'une sollicitude... presque amicale.

— Non, répondit-elle, un peu rassurée. La plupart du temps, je m'endors sans en prendre.

— C'est bien. Avez-vous découvert quelque chose depuis que votre mari a été emprisonné ? Un détail indiquant qu'Oliver connaissait Meredith Connelly, Patty Poindexter ou Amber Farello ?

— Vous croyez que je vous le dirais, si c'était le cas ?

— Il est en prison depuis trois ans, observa-t-il. Avec le temps, vous auriez pu changer d'avis...

Jane respira plus librement. Willis n'avait rien de nouveau à lui apprendre, en fait. Il venait ressasser la même chanson, c'est tout.

— Vous avez de la suite dans les idées, hein ?

Il se montrait aimable, mais elle n'était pas dupe. Pourtant, elle était sensible à son charme. Quelle femme ne le serait pas ? Avec ses larges épaules et son torse musclé, il était aussi viril que plein d'assurance. Or, Jane était si fragile, en ce moment...

Méfie-toi. Il sait que tu es sur la défensive.

— Qu'étais-je censée trouver ? demanda-t-elle.

— Un vêtement. Un bijou. Un couteau.

— Pourquoi refusez-vous d'admettre que mon mari n'est pas celui que vous croyez ? Skye se droguait. C'est elle qui a poignardé Oliver avec ses ciseaux, bon sang !

Il ne cilla pas.

— Skye ne se droguait pas.

— Qu'est-ce que vous en savez ? Vous n'arrivez pas à croire qu'une aussi jolie femme soit coupable, pas vrai ?

S'il perçut la pointe de jalousie dans sa voix, il n'en laissa rien paraître.

— Je cherche des « trophées », insista-t-il. Certains criminels aiment conserver des objets ayant appartenu à leurs victimes. Ils les gardent comme de véritables trésors et les admirent pour revivre leurs crimes.

« Certains criminels »… Elle lui décocha un regard furibond.

— Vous n'avez pas répondu à ma question.

— La beauté de Skye n'a rien à voir avec ma présence ici, affirma-t-il.

— Oh que si ! Nous ne serions pas là, devant ce salon de coiffure minable, si elle était moins jolie, vous ne croyez pas ?

— Vous est-il arrivé de vous réveiller et de ne pas trouver votre mari à vos côtés ? Ou de le surprendre dans la salle de bains en train de se laver ?

Il avait éludé sa question avec tant d'aisance qu'elle se demanda si elle avait mal interprété certains des regards passionnés qu'il avait échangés avec Skye au cours du procès. Etait-ce seulement dû à l'émotion du moment ? A la cause qui les unissait ? Ou s'agissait-il d'un sentiment plus profond ?

— Il était très occupé, et ce n'était pas rare qu'il rentre tard certains soirs ou qu'il parte tôt le matin.

— Y a-t-il eu des jours où il est parti si tôt que vous n'aviez aucune idée de l'heure à laquelle il avait quitté la maison ?

— Bien sûr, mais ça ne prouve rien… Avec ou sans somnifère, je dormais généralement plus tard que lui. Je ne lui demandais pas de pointer à la maison comme s'il bossait à l'usine !

Elle fronça les sourcils.

— Mais c'était le bon vieux temps…

— A-t-il toujours été bon ?

— Que voulez-vous dire ?

— Oliver n'a-t-il jamais manifesté une certaine froideur ? Ne s'est-il jamais comporté de manière étrange ? Rien ne s'est produit qui vous ait fait douter de l'homme qu'il prétendait être ?

Jane se souvint d'un week-end dont elle avait soigneusement évité de parler : quelques jours après la mise sur le marché du Viagra, il lui avait rapporté un comprimé d'une substance qui, affirmait-il, boosterait *sa* libido. Elle avait accepté de le prendre pour lui montrer qu'elle était encore jeune et audacieuse. Ensuite… elle ne se souvenait de rien. Oliver lui avait raconté qu'ils avaient fait l'amour à plusieurs reprises et qu'elle avait perdu tout contrôle — comme le prouvaient les égratignures sur son torse. Jane, elle, ne se rappelait même pas l'avoir touché. L'incident n'avait probablement aucune importance, d'autant qu'aucune femme n'avait été assassinée dans la région ce week-end-là…, mais il la plongeait, encore aujourd'hui, dans un certain malaise.

— Jane ? fit l'inspecteur. A quoi pensez-vous ?

Elle s'aperçut qu'elle s'était figée sur le trottoir.

— Oliver était parfaitement normal, répliqua-t-elle en se remettant à marcher.

— Se taire peut être dangereux, vous savez.

Elle réprima un mouvement d'humeur. Elle en avait assez de ses questions. Et de son harcèlement. Quand cesserait-il de remettre en cause ses convictions les plus intimes ?

Mais à quoi croyait-elle, au juste ? Etait-elle réellement convaincue de l'innocence de son mari ou voulait-elle s'en convaincre ? Elle se frotta les yeux en soupirant.

— C'est terminé ?

Glissant ses pouces dans les poches de son jean usé, il s'immobilisa devant elle, lui bloquant le passage. Le T-shirt qu'il portait sous son blouson de cuir s'étira sur son torse, révélant ses pectoraux. Troublée malgré elle, elle oublia un instant qu'il était de la partie adverse.

— Pensez à ce qui pourrait arriver si vous aviez tort, fit-il.

Il essayait de miner sa confiance, de l'effrayer. Et ça marche ! songea-t-elle avec amertume.

— Je ne prends plus de somnifères, argua-t-elle. Je serai plus vigilante.

— Vous croyez que ça va l'arrêter ?

— Vous vous inquiétez pour rien ! insista-t-elle. Vous avez fouillé ma maison et vous n'avez rien trouvé, vous vous rappelez ?

Willis changea de tactique.

— Au procès, vous avez raconté au jury que vous aviez rencontré Oliver dans une pizzeria. Vous travailliez dans un salon de coiffure, à l'époque. Plus jeune que vous, Oliver était encore lycéen. Vous êtes sortis ensemble dès le premier soir, et vous avez très vite formé un couple.

Elle laissa échapper un petit rire amer.

— Dire que c'était la différence d'âge qui me posait problème ! J'étais loin d'imaginer ce que j'aurais à gérer par la suite…

Elle dévisagea l'inspecteur à travers les volutes de fumée de sa cigarette.

— Vous n'avez pas idée de ce que j'ai traversé quand le père de ma fille, mon *mari*, a été condamné pour tentative de viol.

Le regard de Willis brilla d'une compassion qui lui parut sincère.

— C'est un miracle que vous ayez tenu bon.

— J'ai tenu bon, parce qu'il est innocent, rétorqua-t-elle sur le ton de l'évidence.

Les soupçons qu'elle avait tenus à distance depuis si longtemps l'assaillirent de plus belle. Connaissait-elle vraiment Oliver aussi bien qu'elle le pensait ?

— Parlez-moi des filles avec qui il sortait — ou avec qui il avait envie de sortir, tout simplement.

— Quand il était au lycée ?

Elle laissa retomber sa main. Où voulait-il en venir ? Elle était désabusée, épuisée, un peu troublée… mais pas au point de baisser sa garde. Elle devait protéger les quelques certitudes qui lui restaient.

— Ou à n'importe quel autre moment de sa vie, enchaîna Willis.

— Pourquoi ? Aucune des filles de son passé n'a été violée ou assassinée. Deux sont même venues témoigner en sa faveur pendant le procès.

— Y a-t-il eu une fille pour laquelle il aurait manifesté un intérêt qui n'était pas partagé ? Une fille pour qui il avait un béguin ?

Elle ne prit pas la peine de sonder sa mémoire. Ce genre de questions n'appelait qu'une seule réponse — automatique et dénuée d'ambiguïté.

— Non, affirma-t-elle. Je suis la seule femme qu'il ait jamais aimée.

— Je ne parle pas d'amour.

— Oliver est comme tout le monde, vous savez. Il rencontre des gens qui lui plaisent, d'autres qui lui plaisent moins. Ça fait partie de la vie, vous ne croyez pas ? Quand vous êtes arrivé dans le salon tout à l'heure, ma collègue vous a manifesté son intérêt, non ?

Il balaya sa remarque d'un revers de main.

— Je ne pense pas seulement à une fille qui lui aurait tourné la tête, mais à quelqu'un qui l'aurait repoussé, expliqua-t-il. Quand il était encore au lycée, Oliver aurait pu faire une fixette sur la reine du bal de fin d'année, par exemple. Ou sur la capitaine des pom-pom girls !

— L'année où je l'ai connu, la capitaine des pom-pom girls était *aussi* la reine du bal. J'ai accompagné Oliver au match de football et assisté au couronnement. Si mes souvenirs sont exacts, elle n'était pas si séduisante que ça !

— Qui était la plus jolie fille du lycée ?

Jane faillit répondre qu'elle n'en avait aucune idée. Puis elle se rappela qu'Oliver avait longuement contemplé une jeune fille rousse, vêtue d'une robe superbe. Pendant toute la soirée, il avait été comme hypnotisé. Incapable de détourner les yeux de cette jeune beauté, assise sur le char à côté de la reine du bal. Jane l'avait même surpris un peu plus tard en grande conversation avec elle. Il essayait manifestement de la convaincre de danser avec lui… Après le refus de la fille, il n'avait pas décoléré de la soirée. Jane n'était pas d'un tempérament jaloux. Son âge, à l'époque, était un avantage et elle était plutôt jolie. Cette nuit-là pourtant, la jalousie l'avait frappée de plein fouet.

— Miranda Dodge, articula-t-elle presque distraitement.

— Qui est-ce ?

Elle tira de nouveau sur sa cigarette.

— La fille que tous les gars désiraient.

Elle recracha la fumée.

— Sûrement votre genre. Et vous, le sien.

— Qui a fini avec elle ?

— Aucune idée. Elle est devenue mannequin. La dernière fois que j'en ai entendu parler, elle était en page centrale de *Playboy*.

— *Playboy* ? répéta Willis comme pour s'assurer qu'il avait bien entendu.

— Oui. *Playboy*.

Peu de temps après son mariage avec Oliver, elle avait découvert ce numéro dans un tiroir de son bureau. Elle en avait éprouvé une vive contrariété.

— En quoi est-ce intéressant ?

Willis ne répondit pas.

— Inspecteur… Je vous ai posé une question !

Toujours pas de réponse. *En ai-je trop dit ?* se demanda-t-elle nerveusement. Elle aurait peut-être mieux fait de se taire…

— Il ne l'a jamais revue, affirma-t-elle vivement. Et je ne vois pas en quoi ce genre de détails peut vous intéresser !

— Connaissez-vous des personnes qui sont restées en contact avec cette Miranda ?

Elle agita sa cigarette pour signifier que non.

— Je ne sais même pas pourquoi je me souviens de son prénom.

Elle l'aurait certainement oublié si elle n'était pas tombée sur ce fichu magazine ! Il était si corné qu'elle n'avait eu aucun mal à trouver les pages qu'Oliver regardait le plus souvent.

— La différence d'âge entre vous et votre mari n'a pas…

— L'âge n'a rien à voir avec l'attirance, l'interrompit-elle d'un ton cassant.

— Vous aviez vingt-deux ans quand vous avez commencé à le fréquenter. Il en avait à peine seize. Ses parents auraient pu désapprouver cette relation ou craindre qu'il n'arrête ses études pour emménager avec vous !

— C'est grâce à moi qu'il a pu étudier, justement, fit-elle. Parce que je travaillais pour nous deux. Ses parents devraient m'en être reconnaissants, au contraire !

— Est-ce le cas ?

— Je suppose qu'ils le sont, maintenant.

— Et à l'époque ?

— Jusqu'à l'obtention de son diplôme de dentiste, nous avons préféré ne pas mentionner mon âge. Ils pensaient que j'allais à l'université à l'autre bout de la ville.

Elle jeta un œil à sa montre. Mieux valait regagner le salon avant de lâcher une information importante. L'inspecteur était si habile qu'il lui finirait par lui faire avouer n'importe quoi.

— Ma pause est terminée.

Il leva la main pour lui signifier qu'il n'en avait plus pour longtemps.

— Croyez-vous qu'Oliver vous avait déjà trompée avant de rencontrer Skye ?

Cette question l'avait hantée, et la hantait encore aujourd'hui. Skye était splendide, certes… mais si Oliver avait si vite succombé à la tentation, elle ne devait pas être la première. Jane s'était même demandé s'il l'avait trompée avec certaines de ses patientes ou avec l'une de ses assistantes — des femmes qu'elle connaissait et qu'elle fréquentait presque quotidiennement.

Vu ce qu'elle avait fait depuis, elle était mal placée pour s'indigner. Et pourtant…

— Ce n'est pas à moi que vous devriez poser cette question. S'il me trompait, je serais la dernière personne à le savoir, non ?

— Vous seriez la dernière à être au courant, mais la première à avoir des doutes.

Elle tira une dernière fois sur la cigarette qui s'était consumée jusqu'au filtre.

— Bon. Disons que… Je suppose qu'il m'a trompée, admit-elle avec agacement. Ça vous va ? Mais quelle épouse n'aurait pas douté de la fidélité de son mari dans des circonstances pareilles ?

— Lui arrivait-il de rentrer tard, de recevoir des e-mails ou des coups de fil étranges, d'agir d'une façon fuyante ?

Il revenait à la charge en lui posant encore la *même* question. Eh bien ! Il obtiendra la même réponse, se promit-elle farouchement.

— Pas particulièrement.

Elle éteignit son mégot contre un container taché d'huile avant de l'écraser du bout de son escarpin.

— Il lui arrivait de se retourner sur une jolie femme quand nous marchions dans la rue… mais la plupart des hommes le font, il me semble.

— Et ses habitudes sexuelles ?

— Que voulez-vous dire ?

— Etait-il normal sur ce plan-là ?

— Comment ça, « normal » ? On est tous différents, non ?

Et lui, était-il « normal » ? Il n'a sans doute pas de problèmes d'impuissance, songea-t-elle en se rappelant qu'Oliver y était souvent confronté. Ils en soufraient tous deux, même s'il lui faisait porter le poids de ses petites « pannes », lui reprochant de ne pas être assez excitante.

— Etait-il accro au sexe ?

— Quel homme ne l'est pas ? répliqua-t-elle du tac au tac.

— Aimer le sexe et y être accro sont deux choses différentes. Est-ce qu'il voulait faire l'amour une fois par jour, deux fois, ou plus ? Est-ce qu'il en parlait de façon excessive ?

Oliver souffrait plutôt du problème inverse. La plupart du temps, il se passait d'elle, préférant les jeux solitaires. Il se caressait sans doute en regardant les photos de Miranda… Ça la contrariait, bien sûr — mais elle se consolait en pensant que son mari ne faisait rien d'exceptionnel. Si on devait compter le nombre d'hommes qui fantasment sur les playmates des magazines de charme… ça en ferait beaucoup, non ?

— Pas spécialement.

— Pardonnez-moi de vous poser la question, mais… à quelle fréquence faisiez-vous l'amour ? Une fois par semaine ?

Plutôt une fois par mois, songea-t-elle avec embarras. Comment l'avouer à l'inspecteur ? Penserait-il que le problème venait d'elle ? Elle jeta un regard par-dessus son épaule — et aperçut Danielle sur le seuil du salon. Elle fumait tout en surveillant leurs moindres mouvements avec curiosité.

— Ça ne vous regarde pas. Je dois y aller, fit-elle.

Elle fit un pas vers Danielle, mais la question suivante la retint aussi sûrement que s'il avait tendu le bras pour l'arrêter.

— A quelle fréquence se rasait-il les parties génitales ?

— Pardon ? murmura Jane, interloquée.

Willis se pencha vers elle.

— Vous m'avez bien entendu. Allons, répondez-moi. Je veux juste connaître la vérité.

— Vous déformez les faits pour détruire un innocent ! chuchota-t-elle sèchement. Et vous me détruisez par la même occasion !

— Etes-vous si *sûre* de son innocence ?

Il n'attendait pas de réponse, mais à sa façon de la regarder, comme s'il devinait les doutes qui la rongeaient, elle grinça des dents.

— Fichez-moi la paix !

— A quelle fréquence se rasait-il ? répéta-t-il.

— Beaucoup d'hommes se rasent. Oliver fait du vélo et…

— Les cyclistes se rasent les bras et les jambes.

Elle se tordit les doigts à s'en faire mal.

— L'épilation intégrale est à la mode, aujourd'hui.

— Si c'est à la mode, pourquoi rechignez-vous à me le dire ?

Elle se raidit, sur la défensive. Que cherchait-il à lui faire avouer ? De toute façon, Oliver ne pouvait pas être rejugé dans l'affaire Kellerman. La loi américaine ne le permettait pas.

— Aidez-moi, dit-il simplement.

Elle retint un soupir. Comment lui résister ? Beau comme il était, il devait tout obtenir des femmes avec ce genre de requête !

— Il se rasait de temps en temps, admit-elle du bout des lèvres.

— Le faisait-il très régulièrement ? Tous les deux jours ou chaque week-end, par exemple ?

Elle faillit allumer une autre cigarette, puis se ravisa. Il risquait d'interpréter son geste comme une invitation à prolonger l'entretien. Or, elle avait presque l'impression de discuter avec un ami, à présent. C'était dangereux.

— Non, ce n'était pas si fréquent. Il n'y avait pas de règles.

Croisant les bras, Willis regarda au loin, puis s'éclaircit la voix.

— Voulait-il que vous… que vous fassiez la même chose ?

Sa réticence à lui poser une question aussi intime surprit Jane et lui plut. Willy ne se contentait pas d'être sexy : c'était vraiment un chic type. Elle s'en voulut presque d'avoir manqué de courtoisie à son égard.

— Non. Le fait qu'il se rase le pubis n'avait rien à voir avec moi. C'était une sorte d'habitude ou une question d'hygiène… Pourquoi ?

Willis ne répondit pas. Il sortit une carte de sa poche.

— Appelez-moi si vous remarquez quoi que ce soit d'inhabituel. En particulier s'il se rase un jour précis.

Elle émit un rire empreint d'incrédulité et d'exaspération.

— Vous êtes convaincu que mon mari est un meurtrier !

— Absolument, dit-il en lui tendant sa carte.

6

— Qui n'a jamais entendu dire que les pistolets et les femmes, ça fait deux ?

Après une nouvelle nuit blanche, Skye luttait contre la fatigue qui l'engourdissait tandis qu'elle faisait face à une quinzaine de femmes dans une petite salle du stand de tir. Nombre d'entre elles allaient tenir une arme à feu pour la première fois. Désireuse de balayer les idées reçues, Skye prit le temps, comme toujours, de leur expliquer que les femmes étaient aussi capables de s'en servir que les hommes.

— Il paraît que nous sommes trop réservées ou trop craintives pour tenir un pistolet, enchaîna-t-elle avec ironie. Que nous n'avons pas assez de force dans le haut du corps pour faire de bonnes tireuses. Et pas assez de cran pour maîtriser une arme si puissante.

Elle s'interrompit pour établir un contact visuel avec chacune des participantes.

— Levez la main si vous avez déjà entendu ce genre d'arguments.

Quelques mains se levèrent.

— Alors, oubliez tout ça. Je ne m'attarderai pas sur le sexisme que ces paroles véhiculent. Un seul point mérite notre attention : il est vrai que les femmes manquent souvent de force dans le haut du corps, ce qui les désavantage quand il faut tenir une arme. Nous l'avons surtout dans les jambes. Mais il est possible de compenser avec la technique : pratiquement toutes les femmes qui apprennent à tirer, quelle que soit leur taille, le font bien.

Se tournant pour masquer un bâillement d'épuisement, elle se rapprocha du diagramme qu'elle avait accroché au tableau.

— D'abord, il faut trouver l'arme qui convient à la taille de la main, pour s'assurer une bonne prise et une pratique confortable. Sur cette image, l'arme est trop grosse. Remarquez le poignet : il est plié pour que le doigt puisse presser la détente. Ce n'est pas bien. Il faut que la crosse corresponde à la dimension de la main, afin que l'arme soit dans le prolongement de l'avant-bras. Comme cela, fit Skye en désignant le second schéma, qui affichait la position idéale. Un pistolet trop petit est plus facile à manier qu'un trop grand.

Elle montra une troisième image, mettant en scène une femme de grande taille armée d'un minuscule pistolet.

— Il faut faire attention à ne pas poser plus d'un doigt sur la détente au moment de faire feu.

Elle se rapprocha d'une table où elle avait disposé une série d'armes non chargées.

— Maintenant, regardons les différences existant entre les pistolets et les semi-automatiques, et ce qui rend plus ou moins adaptés à telle ou telle situation.

Une main se leva. Skye fit signe à la femme de poser sa question.

— Depuis quand pratiquez-vous le tir ?

— Ça fait quatre ans.

Une jeune femme brune, assise au troisième rang, leva la main à son tour.

— Oui ?

— Est-ce qu'il vous a fallu longtemps pour en maîtriser le maniement ?

Skye masqua un soupir. Combien de fois avait-elle répondu à ce genre de questions ? Elle manquait de patience, ce matin. Elle était trop préoccupée par l'appel anonyme qu'elle avait reçu la veille, par la libération imminente de Burke, la brutale disparition de Sean Regan, l'affaire d'enlèvement de Fort Bragg, les difficultés financières de l'association… La liste était longue et elle n'avait pas la tête à enseigner. Elle s'était donc épargné la partie biographique du cours, qui consistait à expliquer à ses élèves les circonstances qui l'avaient amenée à pratiquer le tir, pour passer directement à la technique. Mais le « Je m'appelle Skye Kellerman. Je serai votre instructeur aujourd'hui » n'était apparemment pas suffisant.

— Non, répondit-elle, mais j'étais déterminée à apprendre vite, et j'ai passé beaucoup de temps à m'entraîner. Maintenant…

— Travaillez-vous dans la police ? l'interrompit une autre femme.

Décidément… Elles n'arrêteraient pas de poser des questions avant d'avoir eu connaissance de toute l'histoire !

— Non. J'ai été victime d'une tentative de viol.

Un murmure s'éleva dans l'assistance.

— J'ai décidé d'apprendre à me défendre pour ne plus subir si cela devait se reproduire, expliqua-t-elle.

— Le type a-t-il été attrapé ? voulut savoir une femme menue, assise dans l'allée centrale.

— Oui. La police l'a arrêté et mis en prison.

Si seulement l'arrestation de Burke avait pu amoindrir la peur qu'elle éprouvait depuis ! Mais rien ne l'en guérirait, apparemment. Comment ces femmes auraient-elles pu la comprendre, à moins d'avoir subi un traumatisme similaire ?

— Il en a pris pour combien ? demanda celle qui était assise à côté de la femme menue.

— Dix ans, mais il n'en aura fait que trois : il va être libéré sur parole ce week-end, répliqua Skye.

Elle les laissa réagir et manifester bruyamment leur incompréhension. Elle ne minimisait jamais ce qui lui était arrivé : les gens devaient le savoir. Les femmes, surtout, devaient le savoir pour y être préparées. Son message était toujours le même : « Cela n'arrive pas qu'aux autres. »

— Vous êtes la personne qui a fondé cette association pour les victimes ? lui demanda une femme d'âge moyen aux cheveux poivre et sel.

— Je suis l'une des trois, précisa-t-elle.

Devant les nombreuses mains qui se levaient, elle secoua la tête.

— Je serai ravie de parler avec vous de La Contre-attaque,

de ses objectifs et de son fonctionnement. Peut-être même que vous aurez envie de vous y investir, mais finissons le cours d'abord, si vous le voulez bien.

Elle attendit que le silence revienne progressivement avant de se tourner vers le tableau.

— Combien d'armes à feu possédez-vous ? s'enquit quelqu'un au fond de la salle.

Surprise par la voix masculine, Skye fit volte-face — et aperçut David. D'où venait-il ? Pourquoi était-il là ? Elle n'aurait su le dire, mais il avait sa mine des mauvais jours.

— J'en ai plusieurs, inspecteur, répondit-elle. J'ai un neuf millimètres, mais je lui préfère le Kel-Tec P-3AT, un semi-automatique — que je ne conseillerais pas à un débutant — ou le Sig Sauer P232.

— Et vous dormez mieux la nuit ?

— Je ne pourrais pas m'en passer, rétorqua-t-elle.

Il n'ajouta rien, se contentant d'afficher clairement sa désapprobation, ce qui la contraria vivement. Il n'avait pas été avare de remarques par le passé, et elle s'imaginait sans peine ce qu'il pensait à cet instant : *Alors pas de mitrailleuse ? Pas de lance-grenades ?* Il lui en voulait de ne pas l'avoir averti la nuit dernière ; peut-être même la soupçonnait-il de vouloir se débrouiller seule.

Skye continua son cours, sans plus lui prêter d'attention. Quelques minutes plus tard, elle le vit sortir de la salle. A quoi rimait cette attitude ? Une colère froide l'envahit. Elle lui aurait volontiers couru après pour lui dire sa façon de penser, mais ses élèves n'auraient sans doute pas apprécié... Furieuse, elle ne put que ronger son frein en silence. Elle parla calibre et taille de pistolet, fit essayer les différents modèles à chaque femme, puis distribua un imprimé sur les règles d'utilisation qu'elle leur demanda de lire et de signer. Elle finit par évoquer La Contre-attaque, promettant d'apporter au prochain atelier des papiers à signer pour celles qui souhaiteraient donner un peu de temps à l'association.

A la fin du cours, elle salua toutes les femmes d'un large sourire — mais son irritation ne l'avait pas quittée. Pourquoi

David était-il venu la déranger en plein cours ? Qu'avait-il en tête ? Il lui demandait de lui faire confiance, mais la réciproque n'était pas vraie. Il affirmait tenir à elle, mais son attitude disait le contraire. Il la désirait, mais pas assez pour accepter ce qu'elle lui offrait.

Elle s'était promis de l'appeler dès qu'elle serait dans sa voiture… mais elle n'eut pas à attendre si longtemps : à peine eut-elle descendu l'escalier principal qu'il sortit du bâtiment et l'intercepta.

— Que vouliez-vous prouver tout à l'heure ? s'exclama-t-elle.

— Doucement, Skye.

— En quoi ce que je fais vous intéresse ?

— Ça m'intéresse, c'est tout.

Elle se souvint du soutien qu'il lui avait apporté à l'hôpital, un soutien de chaque instant, se montrant prévenant quand il l'interrogeait, l'aidant à se rappeler du moindre détail au sujet de Burke, la serrant dans ses bras quand l'évocation de l'agression devenait trop douloureuse. Il avait été là pour elle aux heures les plus sombres de sa vie. Mais dès qu'elle avait commencé à récupérer, il s'était éloigné.

— Faites comme si ce n'était pas le cas, dit-elle. Ça ne changera pas grand-chose, de toute façon !

Elle n'avait plus envie de lui parler. A quoi bon ? Ils n'étaient jamais d'accord. Elle essaya de passer devant lui mais il lui bloqua le passage.

— Vous ne voulez-vous donc pas comprendre ! répliqua-t-il avec humeur. Vous n'avez même pas contacté le shérif après le coup de fil anonyme, parce que vous ne comptez que sur vos pistolets, votre entraînement et votre devise « Action, Réaction ». Vous cherchez à devenir un Rambo en jupons, ou quoi ? C'est de la folie. Et de l'inconscience !

— C'est ce que vous croyez !

— Oui, je le crois ! On est déjà mardi. Burke sera dehors dans trois jours. Et vous voulez me claquer la porte au nez alors que nous devrions unir nos efforts ?

Elle ne le souhaitait pas, justement — et c'était là tout le problème. Elle avait besoin du policier, mais le côtoyer au quotidien la rendait trop vulnérable. Elle ne parvenait pas à s'en tenir à une relation strictement professionnelle... Pas aussi facilement que lui, en tout cas.

Elle aurait tant aimé revenir aux premiers temps de leur histoire ! Quand tout était encore simple et innocent... Maintenant que David se tenait sur ses gardes, plus rien n'était pareil. Elle avait changé, elle aussi : elle était toujours sur la défensive.

— Et où serez-vous quand Burke s'en prendra de nouveau à moi ? s'insurgea-t-elle. En train de dormir avec votre ex-femme ?

Il blêmit, mais ne répondit pas.

— Je trouverai l'indice qui me permettra de le renvoyer en prison avant qu'il ne passe à l'acte. Et j'aimerais que vous m'aidiez, si ce n'est pas trop demander !

— Je gère la situation de la seule façon que je connais.

Il la dévisagea un long moment, puis laissa échapper un soupir, conscient d'avoir cédé, une fois de plus, au désarroi et à la frustration qui l'assaillaient chaque fois qu'il la voyait.

— J'ai parlé avec Jane, ce matin, confia-t-il brusquement.

Skye retint son souffle, partagée entre la curiosité et le désir de mettre un terme à leur entretien. La première l'emporta sur le second.

— Jane Burke ? s'enquit-elle.

— Oui.

— Comment s'en sort-elle sans son mari ?

— Elle se débrouille, je suppose. Elle travaille dans un salon de coiffure entre Greenback et Van Maren.

— Elle est toujours avec Oliver ?

— Oui, mais elle commence à se poser des questions... Si les retrouvailles n'apaisent pas ses doutes, elle pourrait devenir une alliée.

— C'est ce que vous êtes venu me dire ?

Il fourra ses mains dans ses poches.

— J'espérais que cela vous rassurerait — d'apprendre que les proches de Burke commencent à s'interroger sur son compte.

— Comment avez-vous su que j'étais là ?

— J'ai appelé Sheridan, qui m'a dit où vous trouver.

Il lui effleura le bras.

— Il y a autre chose, Skye.

Elle resserra l'élastique de sa queue-de-cheval, s'accrochant à sa colère pour refouler le désir qui la submergea à ce simple contact.

— Quoi ?

— J'ai vérifié auprès de votre compagnie téléphonique. L'appel de la nuit dernière a été passé d'un téléphone public à Oak Park.

Elle laissa échapper un soupir de soulagement. Oak Park était un quartier chaud de Sacramento. Peuplé de petites frappes, certes… mais ce n'était pas San Quentin, au moins !

— Donc, ce n'était pas Burke, observa-t-elle.

— Effectivement — mais nous le savions déjà.

— Merci d'avoir vérifié.

Elle se remit à marcher. Il lui emboîta le pas, réduisant la distance qui les séparait.

— Skye !

Elle fit volte-face.

— Quoi encore ?

Il resta silencieux. Toujours cette même attirance. Et ce même refus d'y céder, songea-t-elle avec amertume.

— Je préférerais que vous m'appeliez, la prochaine fois que vous aurez besoin de me parler, lança-t-elle.

— Vous ne voulez plus me voir ?

— Pas particulièrement.

Elle voulut s'éloigner, mais il la retint par le bras. Puis, sans prononcer le moindre mot, il l'attira vers lui, une lueur de défi au fond des yeux. Le combat qu'il livrait en lui-même durcissait les traits de son beau visage.

Elle entrouvrit les lèvres pour lui ordonner de la lâcher… mais n'en eut pas le temps : déjà, il plaquait sa bouche sur la sienne.

Elle ne résista pas. Les yeux mi-clos, elle noua ses bras autour de son cou, acceptant avidement ce qu'il lui offrait. Ce fut un baiser passionné, exigeant, une exploration gourmande et voluptueuse — un baiser qui avouait tout ce qu'il se refusait à dire.

Le bruit d'un moteur résonna dans le parking, les forçant à se séparer.

— Skye… Vous me rendez fou, marmonna-t-il.

Le souffle court, elle leva les yeux vers lui.

— Qu'y a-t-il de mal ?

Il passa une main dans ses cheveux.

— Ça ne résoudra rien.

— Et alors ?

— Je ne veux pas devenir ce genre d'homme.

— Un homme qui a des sentiments, David ? Est-ce si mal que ça, de désirer quelqu'un ?

— Oui, quand ce désir signifie céder à la facilité, à l'égoïsme.

Elle pressa ses doigts contre ses tempes. Elle aurait dû foncer vers sa voiture sans se retourner, mais ce baiser avait ravivé tous ses espoirs.

— J'ai besoin d'un cavalier, samedi soir.

— Vous me demandez de vous accompagner ?

Il esquissa un sourire, avant d'ajouter :

— Ce baiser a dû être meilleur que je le pensais !

— Détrompez-vous : je m'en suis déjà remise, mentit-elle. Et puis, ce n'est pas une invitation à passer la nuit avec moi… C'est pour le travail.

Le sourire s'effaça.

— Quel genre de travail ?

— Une collecte de fonds pour l'association.

Il secoua la tête.

— Ne me demandez pas de vous aider pour un truc pareil. A mon humble avis, vous êtes déjà bien trop impliquée comme ça ! On vous a appelée la nuit dernière pour vous menacer de vous trancher la gorge… Et vous voulez vous faire encore plus d'ennemis ?

— Je viens en aide aux victimes. Tant pis si ça ne plaît pas à tout le monde !

— *Tant pis ?* Je fais comment, moi, pour vous protéger ? Vous me rendez la tâche impossible !

— Je n'ai pas besoin de vous pour me défendre.

Il s'approcha. Si près qu'il la frôla.

— J'espère que vous ne tirerez jamais sur quelqu'un que vous ne vouliez pas tuer.

— Je sais que vous n'aimez pas ce que je fais, mais je n'ai pas le choix, figurez-vous ! Je ne peux quand même pas rester là, les bras ballants ! Ou vous appeler à l'aide au moindre danger !

— Pourquoi pas ? C'est à ça que sert la police !

Elle se garda de répliquer que la police, hélas ! ne faisait pas toujours bien son travail. David et ses collègues faisaient tout leur possible, certes… mais cela ne suffisait pas à compenser l'inefficacité de certaines brigades. Dans l'affaire Sean Regan, par exemple, les flics refusaient de lever le petit doigt. Quand elle avait contacté l'inspecteur en charge de l'affaire, un certain Fitzer, pour lui dire ce qu'elle savait de Sean et lui faire part de ses doutes concernant l'épouse de ce dernier, il n'avait manifesté aucun signe d'intérêt. Etait-il trop occupé ? Ou trop incompétent ? Toujours est-il qu'il n'avait pas fait en une semaine ce qui aurait dû l'être dès le premier jour.

Elle se félicitait d'avoir engagé Jonathan. Le détective lui avait déjà confirmé que Tasha Regan avait un amant et menait grand train, comme si elle avait quelque chose à célébrer. La disparition de son époux, peut-être ?

Elle porta la main à son visage, luttant pour maîtriser ses émotions. Elle devait prendre du recul. Apprendre à relativiser les événements. Tout serait tellement plus simple si elle se montrait moins passionnée — et moins éprise de David !

— Ce n'est qu'un dîner dansant. Il vous suffira de sourire et de serrer quelques mains.

— Skye…

Elle l'interrompit avant qu'il n'argumente davantage.

— Votre présence nous offrirait une caution morale… et je vous assure que l'image de la police y gagnerait, elle aussi ! Nous sommes tous du côté des victimes, n'est-ce pas ? Ne pourrions-nous pas oublier nos griefs et unir nos efforts le temps d'une soirée ?

— Je veux juste que vous soyez en sécurité.

— Je le serai samedi soir si vous acceptez de m'accompagner.

Il laissa courir son regard sur le paysage alentour avant de revenir sur le centre de tir, où retentissaient les « crack » et les « pop » des déflagrations.

— Je garde Jeremy ce week-end.

C'était la seule excuse qu'elle ne pouvait contester.

— Très bien, dit-elle sèchement.

Furieuse, elle fit volte-face et traversa le parking à grandes enjambées. Elle tendait la main vers la portière de sa voiture quand il l'interpella.

— Skye ? Je vais trouver une baby-sitter pour samedi. Je passe vous prendre à quelle heure ?

Elle se mordit la lèvre pour ne pas répondre.

— Vous m'entendez ? insista-t-il. A quelle heure dois-je venir vous chercher ?

— 18 heures, lança-t-elle enfin, incapable d'obéir à la petite voix qui lui ordonnait de rompre tout contact avec lui.

— J'y serai.

— Entendu. Et n'oubliez pas…

— Quoi donc ?

— C'est « Tenue de soirée exigée » !

— Tenue de soirée exigée ? répéta-t-il d'un ton plaintif. Mais…

Il n'eut pas le temps d'achever sa phrase : elle s'engouffra dans sa voiture et démarra avant qu'il ne revienne sur sa décision.

En cherchant dans l'annuaire au nom de Jane Burke, Skye avait trouvé une adresse dans le quartier de Sunrise. Ce soir, l'endroit était sombre et silencieux. Arrivée à 22 heures, elle s'était garée de l'autre côté de la rue. Deux heures s'étaient écoulées depuis, sans qu'elle remarque le moindre événement notable, mais le seul fait d'être si près de la maison de l'épouse de Burke la rendait nerveuse. A l'idée que ce dernier habiterait bientôt là, elle frissonna, soudain glacée.

Plissant les yeux, elle reporta son attention sur la maison au crépi écaillé. Une balançoire accrochée à un arbre agrémentait la petite cour, lui rappelant la présence de Kate, la fille de Burke. Qu'espérait-elle en épiant sa demeure ? David serait furieux en apprenant qu'elle était venue ici… mais elle ne *pouvait* pas partir. Chaque fois qu'elle fermait les yeux, elle revoyait le regard que Burke lui avait lancé lors du verdict. Il n'en resterait pas là, elle en était convaincue. Il attendrait le moment opportun, puis il passerait à l'action. Et avant cela… combien d'autres femmes agresserait-il ?

Elle connaissait le vrai visage de cet homme. Impossible de l'oublier. Elle devait se protéger. Parer à toute attaque en anticipant les mouvements de l'ennemi. Avec un peu de chance, elle réunirait assez de preuves contre lui pour le faire condamner à perpétuité. S'il ne la tu…

La lame du couteau de Burke passa devant ses yeux, étincelante, si réelle qu'elle leva les bras pour se défendre. *Dès que je suis dehors, je te tranche la gorge…* Il n'avait pas passé ce coup de fil lui-même, mais quelqu'un l'avait fait pour lui.

Une voiture apparut soudain au coin de la rue déserte, interrompant le fil de ses pensées. Elle s'enfonça dans son siège pour ne pas se faire repérer, l'oreille tendue vers les vrombissements du moteur. Le véhicule ne passa pas aussi vite qu'elle s'y attendait. Il ralentit même à son niveau avant d'accélérer de nouveau.

Pourquoi avait-il ralenti ? Elle se redressa pour regarder dans le rétroviseur. C'était une Lexus de taille moyenne — le genre de voiture qui serait passée inaperçue dans un quartier bourgeois, mais qui se remarquait ici, entre les camionnettes cabossées, les vieilles berlines familiales et les cylindrées bichonnées par les caïds locaux.

Malgré tout, Skye aurait sans doute oublié cette Lexus si elle n'était pas repassée sous ses yeux cinq minutes plus tard.

Elle se laissa de nouveau glisser sur son siège, tous les sens en éveil. La Lexus roula au pas en arrivant à sa hauteur, lui donnant la désagréable impression que le chauffeur essayait de regarder par la vitre.

Avait-elle attiré l'attention de quelqu'un ? Celle de Jane, peut-être ? La lumière extérieure, qui était allumée à son arrivée, s'était éteinte depuis, et Skye avait supposé que Kate était gardée par une baby-sitter.

Craignant que le chauffeur de la Lexus ne revienne — et ne s'approche encore de la voiture — elle attrapa sa torche et son pistolet, qu'elle glissa dans la poche de son épais manteau d'hiver. Puis, quand les feux arrière du véhicule disparurent au coin de la rue, elle sortit côté passager, devant une maison mitoyenne aussi banale que celle de Jane.

Zigzaguant pour éviter les halos de lumière des lampadaires, elle traversa la chaussée et s'immobilisa devant la cour de Jane. Là, elle fit cliqueter la barrière pour savoir si l'épouse de Burke avait un chien…

Rien. Pas d'aboiement. Pas de grognement, de plainte ni de frottement de pattes.

Rassurée, elle leva le loquet et se glissa dans la cour.

L'arrière de la maison, qu'elle ne pouvait donc voir de la rue, était éclairé. Jane était chez elle : elle la vit faire les cent pas entre sa cuisine et son salon, le téléphone calé contre son oreille.

Les stores étant baissés, Skye put s'approcher suffisamment près de la cuisine pour entendre la conversation.

— Je te dis que cette voiture n'a pas bougé de toute la soirée ! s'exclama Jane. J'ai vu quelqu'un à l'intérieur… Tu crois que ça peut être la police ? Non… C'est à cause de cet inspecteur, celui qui est passé au salon aujourd'hui… Tu ne veux pas vérifier encore une fois ? Fais-le pour moi, je t'en prie !

Skye retourna près de la barrière, où elle s'accroupit pour regarder à travers les planches de bois. Elle n'eut aucun mal à repérer la Lexus — qui repassait pour la troisième fois. Impossible de distinguer le visage du chauffeur, mais les feux arrière lui indiquèrent qu'il venait de s'arrêter devant sa Volvo.

La portière s'ouvrit, puis se ferma dans un claquement. Le conducteur avait dû regarder dans la voiture. Après un moment, la Lexus s'éloigna, et la sonnerie du téléphone résonna dans la maison. Skye vit Jane décrocher l'appareil, mais le début de la conversation lui échappa.

— C'est juste que..., entendit-elle en s'approchant à tâtons. Je sais que tu n'avais pas l'intention de t'arrêter, mais tu ne pourrais pas venir un moment ? Dis-lui que je suis terrorisée, que je t'ai demandé d'inspecter les alentours... Ça nous laissera quelques minutes... D'accord. Je t'attends... Oui. A tout de suite. Je t'aime.

Skye attendit, le cœur battant. A qui s'adressait Jane ? David lui avait affirmé qu'elle était toujours avec Burke. Si c'était le cas, il avait manifestement un rival !

Jetant un regard par-dessus son épaule, elle vit la Lexus se garer contre le trottoir. Un homme, grand, en jean et veste épaisse, en sortit.

Jane alluma la lumière dans le salon, avant d'ouvrir la porte, obligeant Skye à s'éloigner de la fenêtre. Lorsque le visiteur entra, elle le reconnut immédiatement. Il avait assisté presque quotidiennement au procès, assis avec le reste de la famille Burke. C'était le frère d'Oliver.

Jane avait dû remarquer la Volvo garée devant sa maison. Inquiète, elle avait appelé son beau-frère, qui venait gentiment la rassurer.

Elle se plaqua contre le mur en parpaing, rongée par le remords. Pourquoi avait-elle effrayé cette pauvre femme ? Jane était victime d'Oliver, elle aussi. Manipulée par son mari, elle avait tout perdu. Et ne savait manifestement pas qui blâmer pour ce qui lui arrivait.

Avant de repartir, Skye jeta un dernier regard à l'intérieur... et se figea, interdite. Jane et le frère de Burke s'embrassaient à pleine bouche sous la lumière crue du salon.

Seigneur ! Jane avait-elle une liaison avec son beau-frère ?

Si c'était le cas, Skye ne voulait pas le savoir. Oliver sortirait de San Quentin dans trois jours. Que ferait-il s'il le découvrait ? Tuerait-il sa femme — et son frère, par la même occasion ? Que deviendrait Kate, leur fille, si un tel drame se produisait ?

Manifestement, Jane n'avait aucune idée de la dangerosité de son mari. Elle n'avait jamais eu à affronter le tranchant de son couteau. Mais les choses pouvaient changer… et elles changeraient, songea-t-elle. C'était inéluctable.

Fermant les yeux, Skye se laissa glisser au sol et y resta longtemps — bien après le départ du frère d'Oliver. Et bien après que la maison fut plongée dans le noir. Il lui semblait plus sûr d'attendre. Et de réfléchir. Devait-elle mettre Jane en garde ? Pour s'être battue avec Burke, elle savait ce dont il était capable. Mais Jane l'écouterait-elle ?

Sans doute pas. De toute façon, Burke ne lui ferait aucun mal. *Sauf* s'il apprenait sa liaison, bien sûr.

Dans ce cas, le pire serait à prévoir.

Lorsqu'elle se résolut enfin à partir, elle aperçut une grosse poubelle à roulettes près du portail. Indécise, elle s'accorda encore un moment de réflexion. Le container renfermait peut-être des lettres de Burke à sa femme… ou des bribes de renseignements susceptibles de l'éclairer sur ses intentions ?

Sa décision prise, elle regagna sa voiture pour se rendre à la supérette la plus proche et y acheter des sacs plastique et des gants de caoutchouc. Afin de récupérer tout ce que Jane venait de jeter.

7

— J'hallucine ! Qu'est-ce qui te prend d'apporter ça chez moi, au beau milieu de ma cuisine ? s'exclama Sheridan.

Elle agita une main devant son nez pour montrer à Skye, qui venait de déverser un tas de détritus sur un drap usé, à quel point l'odeur qui s'en dégageait l'indisposait.

— C'est toi qui m'as appelée, non ? se défendit Skye. Je t'ai signalé que j'étais sur une enquête et que j'avais une poubelle avec moi, mais tu as insisté pour que je vienne.

— Je n'arrivais pas à te joindre… Je m'inquiétais, bon sang !

Elle s'appuya contre le chambranle de la porte de la cuisine, tandis que Skye, assise en tailleur près du drap, s'apprêtait à passer sa moisson au crible.

— L'inspecteur Willis te cherchait…

— Il est venu au centre de tir pour me faire une scène devant mes élèves. Merci. C'est à toi que je dois cette visite, il me semble !

— Si je comprends bien, je ne dois plus lui dire où te trouver ? répliqua Sheridan avec humeur.

A vrai dire, Skye n'en était pas sûre. Elle s'était évertuée tout l'après-midi à ne pas penser au baiser qu'ils avaient échangé sur le parking.

— Je ne sais pas.

— Voilà ce qu'on appelle des consignes claires !

Absorbée par sa fouille, Skye se contenta de hausser les épaules.

— Tu restes là, ce soir ? reprit Sheridan. Tant qu'à subir

cette agression olfactive, autant que ce soit pour une bonne raison !

— Si tu insistes…

— Vraiment ? Même pas besoin de trouver des arguments pour te convaincre ?

Devant son assentiment, elle lui décocha un sourire soulagé.

— Alors, à qui appartient cette poubelle ? Ne me dis pas que tu es allée la chercher chez Sean Regan ?

— Non. Je fais confiance à Jonathan pour mener l'enquête.

— Sur quelle affaire travailles-tu, alors ?

— La mienne.

Un silence pesant lui fit écho.

Apercevant un coin d'enveloppe au sommet du tas de détritus, Sheridan s'en empara.

— Jane A. Burke, lut-elle à voix haute.

Elle écarquilla les yeux.

— Tu as perdu l'esprit ou quoi ?

— Non, répliqua Skye en gardant les yeux baissés.

— Tu t'es mise en colère quand l'inspecteur Willis t'a reproché de chercher les ennuis… mais c'est exactement ce que tu fais, non ?

Skye croisa enfin le regard troublé de son amie.

— Si Burke a réellement assassiné ces trois femmes, c'est un violeur et un tueur en série. Tu sais très bien que ce genre de type ne s'arrête jamais… Il ne cessera que si *nous* l'arrêtons. C'est un être froid et calculateur, qui prend plaisir à faire souffrir les femmes — je suis bien placée pour le savoir !

— C'est le problème, justement. S'il découvre que tu es allée chez lui, sa réponse ne se fera pas attendre : il cherchera à se venger, c'est certain !

Skye haussa les épaules. Burke s'attaquerait à elle quoi qu'il arrive. Alors pourquoi ne pas fouiller dans les poubelles de Jane, histoire de prendre un peu d'avance sur lui ?

— Sa femme a une liaison avec son frère, annonça-t-elle tout à trac.

Sa nouvelle eut l'effet escompté : toute colère envolée, Sheridan la dévisagea avec curiosité.

— Pardon ?

— Je les ai vus, ce soir.

— Tu les as vus ? En train de…

— De s'embrasser passionnément, acheva Skye. Le genre de baiser qui ne laisse aucun doute quant à l'intimité de leurs relations, tu peux me croire !

— Non seulement tu as volé la poubelle de Jane Burke, mais tu es allée l'espionner sous ses fenêtres…

Skye fronça le nez en attrapant une serviette en papier détrempée.

— Je n'avais pas l'intention de l'espionner… Je les ai aperçus, c'est tout ! Disons que j'essayais d'en savoir plus sur la situation de Burke avant sa sortie de prison.

— Et tu comptes faire quoi ?

— Garder un œil sur lui. Pour le faire coffrer au moindre faux pas.

Sheridan secoua la tête.

— Ce n'est pas notre boulot.

— Si. Ça l'est devenu, pour moi comme pour toi. Nous l'avons fait pour des dizaines de victimes.

— Ces gens n'étaient pas proches de nous. Cette histoire prend des proportions effarantes. C'était déjà insupportable de savoir qu'il allait sortir… mais si tu vas, en plus, te mettre dans la gueule du loup, je vais devenir folle !

— Je fais ce que j'ai à faire. Je ne compte pas m'enfuir en poussant des cris d'orfraie.

Sheridan se redressa.

— Comment crois-tu qu'il va réagir quand il découvrira que sa femme le trompe avec son propre frère ?

— A ton avis ?

Posant ses deux mains sur sa tête, Sheridan s'écria :

— Bon sang ! Cette pauvre Jane est dans les ennuis jusqu'au cou.

— Et elle ne s'en rend même pas compte.

Skye se remit à la tâche en poussant un soupir.

— Devons-nous la mettre en garde ? s'enquit Sheridan en s'agenouillant à son côté.

— Je n'ai pas réussi à prendre une décision.

En écartant un paquet de cookies déchiré, elle trouva une lettre en provenance de l'école de Kate : la directrice de l'établissement demandait à voir Jane pour « évoquer les problèmes de comportement » de sa fille.

Elle mit le document de côté en s'interdisant de céder à l'empathie que lui inspirait Jane. Cette dernière ne lui en serait sûrement pas reconnaissante… mais comment ne pas compatir face aux difficultés qui étaient visiblement les siennes ?

— Qu'est-ce que tu as trouvé ? marmonna Sheridan.

— Un autre petit fragment de la vie de Jane.

Sheridan examina le mot.

— On l'appelle ?

— Pour lui dire quoi ? Si tous les témoignages qu'elle a entendus pendant le procès ne l'ont pas incitée à s'interroger sur son mari, rien de ce que *je* dirai ne la convaincra.

— Quel merdier !

Au sens propre ou au sens figuré ? se demanda Skye avec ironie. Sheridan remonta les manches de son pull jusqu'aux coudes, puis se lança à son tour à l'attaque du monceau de détritus.

— Qu'est-ce qu'on cherche, au juste ?

— Tout ce qui pourrait nous informer sur l'endroit où ils ont prévu d'habiter ou sur ce qu'ils comptent faire quand il sera sorti de prison. Histoire de le garder à l'œil.

— Mazette… Regarde ça ! s'exclama Sheridan en repêchant une bouteille de très bon vin rouge.

Skye se pencha pour lire l'étiquette.

— Parfait pour une soirée calme, intime… et très illégitime.

— Ne me dis pas que le frère d'Oliver a une femme !

— Je suis presque sûre que si.

Sheridan jura à voix basse.

— Ça devient de plus en plus moche.

— Et pour les enfants, ça ne présage rien de bon… car ils ont des enfants, bien sûr !

Sheridan extirpa un Post-it détrempé. Le prénom d'Oliver y était encore lisible ; une adresse avait été griffonnée sur le côté.

— Et ça, tu peux en tirer quelque chose, à ton avis ?

— Il n'y a ni nom de ville ni code postal, fit Skye d'un air dubitatif.

— Ça veut dire que c'est probablement dans le coin… mais l'adresse n'a peut-être rien à voir avec Oliver. Jane l'aura juste notée à la va-vite, sur le premier papier venu.

— Ça vaut quand même le coup de vérifier.

Sheridan tendit le petit bout de papier coloré à Skye.

— Tu crois que la femme de Burke s'est, un jour, demandé si tu disais la vérité ?

— Si je me fie aux lettres qu'elle m'a envoyées il y a quelques années, elle est convaincue que j'ai tout inventé.

— Ou elle est en plein déni. Ça peut se comprendre : comment admettre qu'on a fait sa vie avec un homme capable de commettre de telles atrocités ?

Elle tira sur une boîte à chaussures éventrée et la lança sur la pile des choses à jeter.

— Ou alors elle se fiche de savoir s'il est innocent ou pas, reprit-elle distraitement.

— Je ne pense pas que ce soit le cas.

Les lettres pleines d'indignation que Jane lui avait envoyées et le soutien sans faille qu'elle avait manifesté à son mari pendant le procès prouvaient qu'elle ne s'en fichait pas, au contraire.

— Elle a quand même dû se poser des questions, non ? Surtout depuis qu'il est en prison !

— Elle devrait partir avec sa petite fille, et s'installer dans un endroit où Burke ne pourrait jamais les retrouver, répliqua Skye.

— Pourquoi ne m'as-tu pas appelée avant de te rendre chez elle ? lâcha Sheridan tout en regroupant les quelques lettres qui se trouvaient dans la poubelle — des prospectus publicitaires, pour la plupart. Je serais venue avec toi si tu me l'avais demandé !

— Tu m'en aurais dissuadée.

— Bien sûr ! Et plutôt deux fois qu'une ! Je suis ton amie. C'est mon rôle, non ? Puis, j'aurais cédé, comme d'habitude.

Skye lui décocha un sourire empreint de lassitude.

— Je savais que tes objections seraient nombreuses, et je n'avais pas l'énergie de me battre contre toi.

Sa fatigue, qui refluait chaque fois que la situation exigeait toute son attention, se faisait cruellement sentir dans les moments de répit, comme celui-ci. Cette nuit, elle oublierait un peu les portes et les fenêtres de sa maison, et son besoin compulsif de vérifier qu'elles étaient bien fermées. Elle pourrait peut-être un peu dormir.

— Et l'inspecteur Willis ? demanda Sheridan.

Le souvenir de ses lèvres sur les siennes, de leurs corps pressés l'un contre l'autre, créa en elle une sensation de manque. N'était-ce pas insensé de souhaiter si ardemment un contact physique ?

— Quoi, l'inspecteur Willis ?

— As-tu l'intention de lui dire que tu es allée chez Jane Burke ?

Skye grimaça en ouvrant un sac en plastique qui contenait des restes de viande crue.

— Beurk ! Ça pue, ce truc !

Elle referma rapidement le sac et sortit le poser à l'extérieur. Il s'agissait vraisemblablement d'un morceau de steak — destiné à un dîner en amoureux, peut-être ?

— Tu ne m'as pas répondu, insista Sheridan lorsqu'elle reprit place à son côté.

— J'avoue que je n'y ai pas réfléchi. L'inspecteur ne sera pas ravi de mon initiative, mais comme j'ai besoin de son aide pour protéger Jane… je vais probablement le lui dire. Dès que j'aurai un instant à moi.

— Quand ce sera fait, tu arrêteras de fourrer ton nez partout, n'est-ce pas ? Promets-le-moi.

— Comment veux-tu que j'arrête d'enquêter ? Burke sera libéré dans quelques jours !

Sourcils froncés, Sheridan entreprit de regrouper les détritus qui ne présentaient aucun intérêt.

— Laisse faire l'inspecteur Willis. Tôt ou tard, il le renverra en prison.

Skye retint un soupir. « Tôt ou tard » ? L'expression était bien choisie. Si doué qu'il soit, David devait se plier aux usages de sa profession. Et respecter le sacro-saint règlement. Pendant ce temps, Burke pourrait tuer père et mère, s'il le souhaitait. Et s'en tirer à bon compte, une fois de plus.

— Ce n'est pas sa seule affaire, Sheridan. Il a des dizaines de dossiers en cours… Il a besoin de notre aide !

— Engageons Jonathan, dans ce cas…

— Il a déjà trop de boulot.

— Et alors ? fit Sheridan. C'est de toi dont il s'agit, cette fois ! Et tu ne seras pas en paix tant que…

Manifestement gênée, elle laissa sa phrase en suspens.

— J'en fais une affaire personnelle, c'est vrai, admit Skye.

Pendant quelques minutes, Sheridan poursuivit ses recherches en silence. Quand elle reprit la parole, le timbre de sa voix avait changé.

— Tu ne t'es jamais dit que nous prenons les choses trop à cœur ?

Skye haussa les épaules. Où voulait-elle en venir, avec cette question ?

— Je dois savoir où il est, et ce qu'il fait, affirma-t-elle.

— Je ne te parle pas de Burke — enfin pas que de lui. Je pense à notre mode de vie.

Skye se figea, un pot de crème vide à la main. Comment ne pas prendre les choses à cœur quand il en allait de la survie de personnes en détresse ? Aucune affaire n'était anodine : elle touchait à la santé, à la sécurité, à la vie même de ceux qui les appelaient à l'aide. Elle faillit demander à Sheridan quel prix elle accordait aux vies des victimes qu'elle prétendait secourir… mais se ravisa en apercevant l'expression douloureuse qui se peignait sur le visage de son amie.

— Est-ce trop pour toi, Sher ? Tu commences à regretter notre engagement ? Tu penses aux sacrifices que nous consentons, aux risques que nous prenons ?

Sheridan ne répondit pas tout de suite.

— Ça m'arrive, admit-elle enfin. Je sais que nous sommes un réel secours pour beaucoup. Je crois en ce que nous faisons, mais je mentirais si je disais qu'il ne m'arrive pas de souhaiter retrouver l'insouciance de ceux qui n'ont jamais été confrontés à la violence ou qui ne sont pas hantés par des souvenirs ou…

Skye jeta le pot de crème dans un sac-poubelle.

—… ou de ceux qui n'en ont rien à faire ? acheva-t-elle.

— Exactement.

Comprenant ce qui motivait la soudaine gravité de son amie, Skye lui adressa un regard complice.

— Cesse de te torturer ainsi.

Elle devait vivre avec les conséquences des actes de Burke — et dorénavant, avec sa libération — mais, contrairement à Sheridan, elle ne se sentait pas responsable de la mort d'un ami.

— Nous en avons déjà parlé des milliers de fois. Ce qui est arrivé à Jason n'était pas ta faute.

— Sans moi, il ne se serait pas trouvé au mauvais endroit, au mauvais moment.

Elle s'était exprimée sans émotion apparente, mais Skye savait que la tragédie pesait encore lourdement sur son âme. Et qu'elle était incapable de la surmonter.

— Ecoute… Tu étais seulement en train de discuter avec lui, plaida-t-elle. C'était complètement innocent.

— *Innocent ?* J'essayais de rendre jaloux son frère aîné. C'est Cain qui m'intéressait, tu comprends ? Mais j'ai provoqué la mort de son petit frère… et il ne m'a plus jamais reparlé depuis.

— Tu n'as provoqué la mort de personne ! Tu avais à peine seize ans ! Tu ne faisais aucun mal. Vous vous amusiez quand un homme a surgi de nulle part et vous a tiré dessus. C'était imprévisible. Inexplicable. C'était un acte gratuit, insensé. Cela aurait pu arriver à n'importe qui.

— C'est à cause de moi si Jason se trouvait à cet endroit !

— Sher…

Skye s'interrompit, à court d'arguments. Malgré leurs efforts, le passé ne cessait de se rappeler à elles, faisant irruption dans le présent. C'était leur réalité, une réalité qu'elles cherchaient à éviter aux autres.

Sheridan secoua lentement la tête, comme pour chasser les fantômes qui l'obsédaient.

— Je suis désolée… Ça va passer.

Le visage défait, elle recommença à trier ce qui restait de la poubelle de Jane Burke.

— Je ne pense presque plus à Jason, tu sais — sauf quand je suis fatiguée, comme ce soir.

Pur mensonge, songea Skye. Son amie y pensait à chaque instant, au contraire.

— Finissons avec ça et nous pourrons aller nous coucher.

Sheridan acquiesça, mais quand Skye revint de l'extérieur après s'être débarrassée des détritus, elle la trouva assise au milieu de la pièce, le regard dans le vide.

— Sher ?

Elle battit des paupières, comme si elle s'efforçait de reprendre contact avec la réalité.

— Où sont tes produits ménagers ? reprit Skye. Je vais passer un coup de serpillière sur le sol.

— J'ai ce qu'il faut sous l'évier, assura Sheridan en se levant.

Elle l'aida à tout nettoyer — d'un air si absent que Skye commença à se faire vraiment du souci. Pour détendre l'atmosphère, elle se résolut à aborder le seul sujet dont elle ne souhaitait pas parler, mais qui, elle le savait, contribuerait à dérider son amie.

— J'ai trouvé un cavalier pour la réception.

Les lèvres de Sheridan s'étirèrent en un faible sourire.

— C'est vrai ? Qui est-ce ?

— Devine !

— Tu as invité l'inspecteur Willis ?

A l'excitation qui teintait sa voix, Skye comprit que les fantômes du passé venaient de reculer dans les recoins sombres de son esprit.

— Exactement, confia-t-elle avec soulagement. Et il a accepté.

— Il en est où avec son ex, au fait ?

La question entama l'enthousiasme de Skye. David n'était plus amoureux de Lynnette — de ça, elle était convaincue. Et il ne l'était plus depuis longtemps. Pour autant, il semblait incapable de la laisser.

— Nous ne parlons jamais d'elle, commenta-t-elle.

Ils s'étaient peu parlé depuis qu'il était retourné auprès de Lynnette après leur premier divorce.

— Il n'y a peut-être rien à dire, argua Sheridan. C'est peut-être de l'histoire ancienne !

— J'en doute.

Si David avait réellement rompu avec Lynnette, il serait passé chez elle la nuit du coup de fil anonyme. Il en avait eu envie, en tout cas. Mais il ne l'avait pas fait.

— Et toi, qui as-tu choisi ?

Une légère rougeur colora les joues de Sheridan, qui se mit à rire en agitant les mains.

— Je viendrai avec quelqu'un, mais avec qui ? Il y a des mois que je n'ai pas côtoyé un homme fréquentable… Je devrais m'offrir les services d'un *escort boy* !

— Et si tu invitais ton voisin fraîchement divorcé ? ironisa Skye. J'ai passé un moment si merveilleux en sa compagnie à notre réception de Noël !

— Sûrement pas. On le voit déjà assez souvent par ici.

— Tu pourrais peut-être le suggérer à Jasmine comme cavalier !

— Je ne crois pas qu'elle sera rentrée à temps pour samedi.

Skye se rembrunit.

— Ça ne se passe pas bien, à Fort Bragg ?

La gaîté qui éclairait un instant plus tôt le visage de Sheridan disparut.

— Ils ont retrouvé la robe de la petite fille.

— Autre chose ? fit Skye, l'estomac contracté.

— Non. Rien d'autre pour le moment.

— Et Jasmine, elle vit tout ça comment ?

— Elle est convaincue que l'enfant est morte.

Il n'y avait rien à ajouter.

— Donc… Pas très bien, murmura Skye.

Les lèvres de Sheridan s'étirèrent en une ligne fine.

— Un peu comme nous, en fait !

*
* *

Oliver Burke attendait patiemment que Victor Romey traverse la cour, se frayant un passage parmi la soixantaine de prisonniers qui déambulaient, discutaient, jouaient au basket ou soulevaient des haltères. Il n'avait aucune affection particulière pour Romey : il faisait affaire avec lui, rien de plus. Comment aurait-il survécu dans une prison aussi violente que San Quentin sans l'aide d'un type comme Victor ? Ce gars-là était en cheville avec tant de monde qu'il pouvait lui obtenir un tas de trucs. Du papier. Des stylos. Du chocolat. Et des informations, bien sûr. Même s'il les payait au prix fort, il en concevait un sentiment de puissance qui l'aidait à supporter la détention.

Il leva machinalement les yeux vers la passerelle qui longeait le mur extérieur et d'où les gardiens, armés de fusils, exerçaient leur surveillance. Les « matons », comme les appelaient les prisonniers, se montraient particulièrement vigilants lorsqu'ils surveillaient la cour. C'est là que débutaient la plupart des bagarres. Oliver, qui fuyait toutes les situations potentiellement dangereuses, ne s'y rendait que s'il devait parler à Vic. Le reste du temps, il préférait le calme de la bibliothèque ou de la petite salle qu'on lui avait attribuée pour pratiquer des soins dentaires sur les prisonniers — raison pour laquelle il purgeait sa peine à San Quentin, d'ailleurs.

— Alors, tu l'as trouvée ? lança-t-il à Vic, qui arrivait enfin à sa hauteur.

Ce dernier se racla la gorge et cracha sur le sol.

— J'y travaille.

Il n'en donne pas l'impression, songea Burke avec irritation.

— Qu'est-ce qui se passe ? J'ai payé il y a deux mois pour avoir cette info !

— Ce n'est pas si facile. Elle est sur liste rouge et son courrier transite par une boîte postale.

— Je croyais que ces obstacles n'en étaient pas pour toi.

— Ça prend du temps. J'ai l'adresse de son boulot, si ça t'intéresse.

Oliver roula des yeux.

— Si c'est ce que j'avais voulu, je me serais adressé aux renseignements. Et ça ne m'aurait rien coûté.

— Tu sais où la trouver. Pourquoi as-tu besoin de son adresse personnelle ?

— Il me la faut, c'est tout ! Et puis c'est quoi, cet interrogatoire à la noix ? Et la confidentialité ?

— La confidentialité... Elle est bien bonne, celle-là ! gloussa Victor.

— Tu vas me la trouver, son adresse ?

— Quand je pourrai.

Luttant contre la bouffée de haine qui le traversa de part en part, Oliver serra les dents. Il l'avait déjà grassement payé, bon sang !

— Tu essaies de gagner du temps ? reprit-il.

Les yeux de Vic s'étrécirent, pareils à deux meurtrières. Soudain nerveux, Oliver recula d'un pas. Ce n'était pas le moment de se faire des ennemis.

— Tu ne me traiterais pas de menteur, au moins, *Ollie* ?

Vic respirait fort.

— Non... Non, bien sûr que non, assura Oliver.

Il fit profil bas, mais ses propos serviles lui laissèrent un goût amer dans la bouche. *Ollie.* Pour qui se prenait-il, d'abord ? Pour qui se prenaient-ils tous ? Ils ne savaient pas à qui ils s'adressaient, tous ces types, tous ces perdants — des drogués et des voyous pour la plupart. Aucun d'eux n'avait été capable de décrocher un travail, alors qu'il était, lui, diplômé de l'école dentaire !

Bah ! Il rendrait la monnaie de sa pièce à ce connard de Vic. Il suffisait de faire preuve de patience... L'opportunité de remettre les compteurs à zéro finirait par se présenter. Ça se passait toujours comme cela.

— Je suis pressé d'avoir les infos pour lesquelles je t'ai payé, c'est tout, se justifia-t-il.

Il évalua d'un regard inquiet la masse des détenus. En prison, il ne faut jamais baisser sa garde : un type pouvait à tout moment vous bondir dessus, et le moindre objet bricolé devenir une lame redoutable.

— Je sors dans deux jours.

— Et tu ne penses qu'à cette foutue adresse ? Bon sang, mec ! Elle doit sacrément compter pour toi.

Pour compter, ça oui, elle comptait ! Cette fille lui avait coûté tout ce qu'il possédait. Impossible de l'oublier.

— Je lui dois… de l'argent.

— Bien. Bien…

Vic, le visage dur, laissa échapper un rire bref.

— Tu sais quoi, Ollie ? Je vais te la trouver, moi, ton adresse — dès que tu m'auras rendu un petit service.

Oliver lui jeta un regard circonspect.

— J'ai déjà payé.

— Désolé. Mes tarifs ont augmenté depuis.

Le dos contre le mur de parpaing, tous les sens en alerte, Oliver jeta de nouveau un regard vers les autres prisonniers.

— Et puis, ce n'est pas de l'argent que je veux. Ça ne suffira pas, cette fois.

— C'est quoi, alors ? demanda Oliver. Des cigarettes ?

Vic se pencha vers lui et murmura :

— Ramène-moi un caillou.

Oliver sentit tout son corps se raidir sous le coup de la surprise.

— Du crack ? Tu veux que je te trouve de la *came* ?

Une lueur féroce étincela dans les yeux de Vic.

— Ne fais pas ton effarouché !

— Mais… Je ne comprends pas pourquoi tu me demandes un truc pareil ! J'ai jamais participé à ce genre de trafic. Je n'en prends même pas, tu le sais bien.

— Ouais, mais t'es plus surveillé, maintenant. T'en as pas pris pour longtemps et tu sors bientôt… Et puis, ce sera ta façon de faire pénitence, « petite balance ».

Le sang d'Oliver se glaça dans ses veines. Comment Vic avait-il eu vent de l'accord qu'il avait passé avec la police de San Francisco ? Les inspecteurs lui avaient promis le secret absolu jusqu'à sa libération. Balancer quelqu'un alors qu'on était encore à l'intérieur revenait à signer son arrêt de mort.

Etait-ce le but recherché ?

Il ne pouvait avoir confiance en personne. Sauf en Jane.

— Je ne comprends pas de quoi tu parles, répliqua-t-il en feignant la stupéfaction.

La bouche de Victor se tordit dans un rictus mauvais.

— Bien sûr ! Tu sors vendredi parce qu'ils t'aiment bien, c'est ça ?

— Ma conditionnelle a été acceptée.

Mais il n'irait plus *nulle part*, pas même dans la pièce où il soignait les prisonniers, s'il était arrêté avec de la drogue sur lui. Sa conditionnelle serait annulée et il irait pourrir dans un centre de redressement.

Il ne pouvait pas se laisser faire. San Quentin le tuait un peu plus chaque jour. La crasse de ce lieu lui sortait par tous les pores de la peau. A se demander s'il pourrait un jour la décoller de sa peau.

Victor gratta le sol poussiéreux de la pointe de sa chaussure, avant de cracher une nouvelle fois.

— Tu vois la fumée qui sort de la cheminée, là-bas ?

Oliver tourna machinalement la tête vers le toit du bâtiment nord. Il savait, comme tout le monde, qu'il désignait la chambre à gaz.

— Et alors ?

— Il n'y a que par là que je pourrai m'échapper.

— Tu n'es pas condamné à mort, Vic.

— Ça ne devrait pas tarder. Ils ont de nouvelles charges contre moi. Et celles-là vont méchamment m'enfoncer.

Oliver s'en fichait comme d'une guigne. Vic pouvait bien mourir, il ne s'en porterait pas plus mal. Ça lui rendrait même un fier service, en fait.

— Ils ne gazent plus personne, se contenta-t-il de répondre sèchement. C'est l'injection létale, maintenant.

— Ça fait une différence, petit malin ? Ils vont me tuer, d'accord ? Je n'ai donc plus rien à perdre.

Oliver était plus petit que Vic — plus petit que la plupart

des hommes —, mais il se recroquevilla instinctivement pour accentuer sa soumission.

— Nous avons toujours eu de bonnes relations, toi et moi. Je t'ai donné beaucoup d'argent ces dernières années.

— Et alors ? Aujourd'hui, quelqu'un m'offre plus.

Il lui lança un caillou à la figure, le frappant au menton.

— Donne-moi ce que je veux.

La douleur se propagea dans tout le corps d'Oliver. Il suivit du regard la pierre qui ricocha sur le sol avant de rouler sur le côté.

— Je ne peux pas faire ça ! s'écria-t-il. Je ne sais même pas comment il faut s'y prendre pour en trouver.

— Fais preuve d'imagination !

— C'est trop risqué ! Je ne comprends pas... Pourquoi tu te retournes contre moi ?

— Me retourner contre *toi* ?

Il laissa échapper un rire froid.

— Qui s'est retourné contre qui, Ollie ? Je croyais que Johnny Pew était ton pote ? Il le pensait aussi quand il s'est confié à toi, non ?

Il fit un bruit de gorge.

— Tu es pourri. Pourri, voilà ce que je dis. Pourri jusqu'à la moelle.

L'esprit d'Oliver se mit à fonctionner à plein régime. Il lui fallait trouver une solution. Vic était en train de le piéger en le plaçant devant un choix qui s'avérait perdant. S'il acceptait de transporter de la drogue, les surveillants seraient avertis, il serait pris, et sa conditionnelle annulée. S'il refusait, il se ferait tuer juste avant de franchir le portail.

— Ce n'est pas juste ! hurla-t-il à l'adresse de Vic. Je n'ai balancé personne !

— Avise-toi de baver sur moi, et c'est dans une petite boîte qui sent le sapin que tu sortiras d'ici !

8

Miranda Dodge avait un site Web.

David n'avait pas déjeuné avec Tiny, préférant utiliser son temps de pause pour s'informer sur la jeune femme. Le site Web comportait plusieurs photos d'elle, manifestement prises quelques années plus tôt, quand elle était au top de sa carrière de mannequin. Grande, les cheveux auburn, elle avait un visage et une silhouette qui évoquaient Marilyn Monroe. Des formes pleines et harmonieuses. Une poitrine généreuse. Une telle constitution n'avait pas dû être un atout dans les années quatre-vingt-dix quand émergeait, avec Kate Moss, le style « brindille », et que les femmes cherchaient toutes à lui ressembler.

De fait, elle n'avait pas percé dans le milieu du mannequinat autant qu'elle l'aurait espéré. A l'exception des pages centrales de *Playboy* — où elle posait dans différents lieux, avec lagon, chute d'eau et plage de sable blanc pour décor — elle n'avait bénéficié d'aucune publication importante. Bien qu'anciens, ces clichés constituaient la vitrine idéale pour promouvoir sa vidéo de fitness et le régime qu'elle vendait sous son nom, conclut David.

Il s'attarda sur le forum, lisant quelques messages, tel celui d'une adolescente qui lui demandait de la présenter à Hugh Hefner pour pouvoir faire « son entrée dans le monde du spectacle ». Les adresses auxquelles il accédait correspondaient pour la plupart à des hommes plus intéressés par les photos de nu que par les produits amaigrissants dont elle vantait les mérites.

Sur son blog, Mlle Dodge notait les calories brûlées au cours d'une séance d'entraînement, les exercices à pratiquer, la liste des aliments à consommer et ceux à éviter. Elle y confiait également des recettes pauvres en calories, des idées mode et des conseils beauté.

Son physique était son argument, et quoique moins osées, les photos restaient sexy, dévoilant ses abdominaux et ses cuisses musclées.

Curieux de savoir si Oliver visitait souvent ce site, David vérifia l'historique des messages mais ne put remonter assez loin pour…

— Ouah ! Je comprends mieux pourquoi tu as dit à Tiny que tu avais du boulot. Je passerais bien ma pause déjeuner avec elle, moi aussi !

David tourna la tête. Mike Fitzer se tenait à l'entrée de son bureau, le regard rivé sur l'écran de son ordinateur.

— Elle a un lien avec l'une de mes affaires, crut-il bon de préciser.

— Si tu la fais venir ici, je m'occupe de la fouille au corps.

Occupe-toi plutôt de tes oignons ! songea-t-il avec irritation. Mike Fitzer était le flic le plus paresseux de la brigade. C'était à se demander comment il était encore en place alors qu'il en faisait si peu.

— Navré de te décevoir, mais je ne sais même pas si j'aurai besoin de lui parler. Ce n'est qu'un témoin secondaire.

— Trop bête !

Planté au milieu de la pièce, Mike ne semblait pas décidé à bouger. David fit pivoter son fauteuil à roulettes pour se tourner vers lui.

— Je peux faire quelque chose pour toi, Mike ?

— En fait, oui ! La femme qui a créé La Contre-attaque… Tu vois de qui je parle ?

— Elles sont trois.

— Je parle de celle qu'on a beaucoup vue dans la presse ces temps-ci. Skye quelque chose.

— Kellerman.

— C'est ça !

David ne fut pas surpris. C'était la seconde fois en deux jours qu'un de ses collègues mentionnait Skye devant lui. Et depuis la création de La Contre-attaque, il n'était pas inhabituel d'entendre le nom de l'une ou l'autre de ses fondatrices résonner entre les murs du poste de police.

— Quoi, à propos d'elle ?

— Cette Skye Kellerman est pire qu'une rage de dents !

— Qu'a-t-elle fait ?

— Elle a mis un privé sur l'affaire dont je m'occupe, et il commence à me taper sur le système !

David en oublia momentanément Miranda.

— Ah bon ? Pourquoi ?

— Il passe son temps à m'expliquer comment je dois m'y prendre. Comme s'il savait mieux que moi comment résoudre ce genre de dossier !

Il n'a sans doute pas tort, pensa distraitement David.

— De quelle affaire s'agit-il ?

— Sean Regan.

— L'homme dont on est sans nouvelles depuis le jour de l'an ?

— Exact. Kellerman est convaincue que sa femme l'a tué et son privé me tanne pour que je le renseigne sur des plaques d'immatriculation et tout un tas de trucs qui…

— Est-il possible que sa femme soit coupable ? interrompit David.

— Pas d'après moi !

— Mais les *faits*, ils disent quoi ?

— Il n'y a pas d'assurance-vie : elle n'avait donc rien à gagner à le supprimer. C'est une bonne mère, sans antécédents criminels. Et elle se serait mise en tête, subitement, de tuer son mari ? Ça ne tient pas la route !

— Pourquoi Skye le pense-t-elle ?

— Parce que Regan lui a raconté que sa femme avait un amant. Elle aurait donc voulu se débarrasser de son mari pour ne pas avoir à lui disputer la garde des enfants. Mais il est plus probable que c'est lui qui la trompait et qu'il a fui ses responsabilités familiales. Le patron de Sean m'a appris qu'il avait été souvent absent au cours des semaines qui ont précédé sa disparition et que son comportement était devenu étrange.

Mike s'était donc renseigné ? Bien que surpris, David veilla à demeurer impassible.

— En quoi était-il étrange ? demanda-t-il.

— Il se mettait à chuchoter au téléphone quand quelqu'un s'approchait et il fuyait les discussions ; il revenait très tard de sa pause déjeuner et accumulait les étourderies.

— Tu penses qu'il aurait quitté ses enfants comme ça, du jour au lendemain, sans aucune explication ?

— Pour une femme ? Tu parles ! Ce ne serait pas le premier père à le faire !

Le ton railleur de son collègue troubla David. Et lui, que serait-il capable de faire pour une femme ? En oublierait-il ses responsabilités ?

Il était mieux placé que quiconque pour se poser la question...

— J'en parlerai à Skye, marmonna-t-il.

— Parfait. Explique-lui qu'elle ferait mieux de me laisser faire mon boulot tranquille ! bougonna Mike en faisant volte-face.

On l'appelait dans le couloir. Il salua David d'un mouvement de tête et quitta son bureau.

David reprit aussitôt place devant son ordinateur pour rédiger un message à l'intention de Miranda Dodge. Il le signa et l'envoya sur-le-champ. Il avait plusieurs rendez-vous dans l'après-midi, dont un avec la prothésiste qui avait travaillé avec Burke jusqu'à son arrestation, et il n'avait pas de temps à perdre.

Skye localisa rapidement l'adresse qui se trouvait sur le bout de papier qu'elle avait récupéré dans la poubelle : c'était à quelques pâtés de maisons seulement du domicile de Jane. Un peu surprise, elle pensa d'abord que cette dernière prévoyait d'y emménager avec Oliver, mais le pavillon n'était ni à vendre ni à louer. Elle chercha donc le numéro de téléphone dans l'annuaire, et le composa aussitôt pour en avoir le cœur net. La femme qu'elle eut au bout du fil l'informa que sa fille était une camarade de classe de Kate. Méfiante, elle chercha ensuite à connaître la raison de son appel. Skye raccrocha, incapable de se justifier.

Tout ça pour ça ! songea-t-elle, gagnée par la frustration.

Déçue que son incursion dans la poubelle de Jane n'ait rien donné de concluant, elle jeta le papier et reporta ses espoirs sur internet. En cherchant bien, elle parviendrait peut-être à dénicher des informations intéressantes sur Oliver et Jane Burke…

Avant son agression, Skye travaillait comme responsable du budget chez un fabriquant de moquette. Elle ignorait tout du fonctionnement du système judiciaire. Depuis, son travail au sein de l'association lui avait ouvert les yeux sur la meilleure manière de mener une enquête criminelle.

En se connectant sur plusieurs bases de données en ligne, telles que Merlin Data, LexisNexis ou ChoicePoint, elle trouva le certificat de mariage des Burke, celui de naissance de leur fille Kate, ainsi que les papiers de mise en faillite du cabinet dentaire et d'hypothèque de la maison — mais elle n'apprit rien qu'elle ne sût déjà. Elle trouva également quelques articles de presse datant du procès. D'ordinaire, une tentative de viol ne suscitait pas l'intérêt des journalistes, mais celle-ci avait fait couler beaucoup d'encre. Du fait de la personnalité d'Oliver et de sa position au sein de la bonne société de Sacramento, les poursuites judiciaires avaient donné lieu à une bataille rangée entre les pro et les anti Burke — le genre de bataille qui faisait vendre du papier.

Skye tapa le nom du frère de Burke et lança une recherche à son sujet. Depuis qu'elle savait qu'il était l'amant de Jane, elle était curieuse d'en savoir plus.

Noah était marié, père de trois enfants de dix, huit et cinq ans. Il habitait à Orangevale et dirigeait NSL Construction, une entreprise de BTP plutôt prospère.

Amateur de base-ball, il entraînait l'équipe de son quartier le samedi après-midi, ce qui lui valait une bonne réputation.

Un homme bien sous tout rapport, en somme — exception faite de sa liaison avec Jane, bien sûr.

Son épouse se doutait-elle de quelque chose ? Troublée, Skye se força à la chasser de son esprit. Pas question de se disperser. Elle devait rester concentrée sur son objectif : trouver une info qui lui donnerait l'avantage sur Burke…

Au milieu des articles de presse, le nom de Burke finit par ressortir dans des problèmes de voisinage ; deux procès intentés par des voisins, dont le premier remontait à dix ans. Un dénommé Markum affirmait qu'Oliver avait tué son chien. Le second concernait un couple, les Simmons, qui poursuivaient les Burke pour avoir jeté de l'acide sur leur pelouse.

Skye fit la moue. Ces renseignements lui seraient-ils utiles ? Sans doute pas. David les avait probablement déjà consignés dans son dossier… mais c'était un début, non ? Elle avait les noms de deux voisins qui ne rechigneraient pas à partager ce qu'ils savaient sur Oliver Burke.

Elle griffonna le numéro de la rue et prit son sac. Une visite à leur domicile s'imposait. Elle se dirigeait vers la porte quand la sonnerie de son téléphone retentit.

— Tu as reçu d'autres menaces ?

C'était Jasmine. Au son de sa voix, Skye comprit qu'elle était fatiguée, déprimée et inquiète. Inutile d'ajouter à ses soucis en lui parlant des finances de l'association et des angoisses de Sheridan, décida-t-elle aussitôt.

— Non, répondit-elle. Mais je n'étais pas chez moi, la nuit dernière. J'ai dormi chez Sher.

— Ça me rassure. Je n'aime pas te savoir seule dans ton coin perdu !

— Je t'en prie ! coupa Skye plus sèchement qu'elle ne l'aurait voulu.

Elle n'avait aucune envie de justifier, pour la énième fois, son choix d'habiter sur Sherman Island. La libération imminente de Burke lui mettait les nerfs à vif. Une peur panique enflait en elle à mesure que les minutes s'égrenaient, la rapprochant inexorablement de l'instant fatidique où son agresseur franchirait les portes de San Quentin.

Se lancerait-il immédiatement à ses trousses ? Elle se surprenait parfois à le souhaiter. Pour en finir une fois pour toutes, plutôt que de passer des années à regarder par-dessus son épaule, à ne plus dormir ou à retenir son souffle de peur de passer à côté d'un quelconque signe avant-coureur.

— Tu serais plus en sécurité si tu habitais en ville, insista Jasmine.

— Pas forcément. Cela ne ferait que retarder l'inévitable.

— Ne sois pas si fataliste ! Il n'y a pas de raison pour que cela finisse *obligatoirement* mal.

Son instinct lui soufflait qu'il ne pouvait pas en être autrement, mais elle ne chercha pas à convaincre Jasmine.

— Tu as peut-être raison, fit-elle pour clore le sujet sans polémique inutile.

Gênée par le brouhaha qui provenait de la pièce voisine, où les bénévoles démarchaient par téléphone, elle se leva pour fermer la porte de son bureau.

— Comment ça se passe, à Fort Bragg ? demanda-t-elle en reprenant place devant son ordinateur.

— Mal.

— Vous n'avez toujours pas retrouvé l'enfant ?

— On a retrouvé son corps, répondit son amie d'une voix altérée.

— Oh ! Jasmine ! C'est terrible…

Jasmine étouffa un sanglot.

— Oui… Elle a été retrouvée dans un sac-poubelle sur un coin de plage, tout près de l'autoroute. Jetée comme un ballot de linge sale… Tu te rends compte ?

— Quand était-ce ?

— Très tôt, ce matin.

— Ça va aller ? Tu veux que je vienne te chercher ?

— Non, je peux conduire. Et je ne peux pas laisser ma voiture ici, de toute façon. Je m'étais préparée au pire, tu sais… Le plus dur, la chose à laquelle je ne pourrai jamais m'habituer, c'est l'absurdité d'un tel acte. Pourquoi *quelqu'un* a-t-il fait ça à un enfant ?

— C'est une question vieille comme le monde, grommela Skye. Tu sais qui est le responsable de cette horreur ?

— Pas encore. Mais j'ai terminé son profil. C'est au FBI et à la police de jouer, maintenant. Je n'ai plus rien à faire ici ! Autant rentrer… On a besoin de moi à Sacramento.

— Ça peut attendre, je t'assure.

— Non, toutes nos affaires sont urgentes.

Travailler pour l'association était à la fois épuisant, palpitant et réconfortant. Certains dossiers vous brisaient le cœur, d'autres vous redonnaient foi en l'humanité. Les émotions se déclinaient, intenses et extrêmes.

— Tu devrais peut-être t'accorder une pause ?

— Non. Il faut que je m'occupe l'esprit.

Le silence s'éternisa sur la ligne pendant que Jasmine essayait de se ressaisir.

— Je t'appelle dès que je suis arrivée, dit-elle enfin.

— Parfait.

— A bientôt.

Après avoir raccroché, Skye laissa son regard dériver sur les photos qu'elle avait punaisées au mur : de Ted Bundy à Léonard Lake, ces portraits de tueurs célèbres lui rappelaient qu'il ne fallait jamais se fier aux apparences. Ces monstres avaient un physique si quelconque ! Difficile d'imaginer qu'ils avaient commis de telles atrocités. Et pourtant…

Elle ouvrit un tiroir et en sortit une photo qu'elle ne s'était pas résolue à afficher près des autres : découpée dans un journal, elle montrait Oliver Burke à dix ans. Plutôt petit pour son âge, adorable dans son costume-cravate, les cheveux joliment lissés en arrière, il était la preuve vivante qu'un prédateur pouvait prendre tous les visages. Et qu'un petit garçon choyé pouvait devenir un criminel sans scrupules.

— Tu ne gagneras pas, murmura-t-elle en soutenant le regard juvénile fixé sur le papier noir et blanc.

Elle jeta un coup d'œil à son calendrier. On était mercredi après-midi. Dans deux jours, Oliver serait libre.

*
* *

Les yeux rivés au plafond, Oliver écoutait les ronflements de son compagnon de cellule, allongé sur le lit du dessous. Le bruit sourd des chaussures sur le béton des coursives, et l'écho des différentes conversations, parfois entrecoupées d'un gémissement, produisaient un bourdonnement constant.

Mais ce bruit et l'odeur des corps portée par les courants d'air froids ne seraient bientôt plus que de l'histoire ancienne. On était presque jeudi. Encore un jour à tenir et il allait enfin échapper aux entrailles de l'enfer…

Il en avait fini d'attendre. De compter les jours avec désespoir. Il lui suffisait d'éviter Vic. Il était sûr d'y arriver, à présent, puisque ce n'était plus qu'une question d'heures. S'il restait dans sa cellule jusqu'à vendredi matin, tout se passerait bien.

Que Vic aille au diable ! Il ne pourrait plus l'atteindre.

Il ferma les yeux et se laissa aller à penser à sa femme et à leurs retrouvailles. C'était long, trois ans, pour un homme, mais Jane avait tenu bon, elle aussi. Skye leur avait tout pris, mais elle n'avait pas réussi à la détourner de lui — ni à effarer Kate, qui allait sur ses sept ans.

Burke sortit son carnet et sa lampe de poche — un comportement exemplaire donnait droit à quelques avantages en nature — et passa la tête sous sa couverture pour relire ses notes écrites en langage codé.

Un grognement s'échappa de la couchette inférieure et le grincement métallique l'avertit que son codétenu se retournait dans son lit.

— Bon sang, Ollie ! Qu'est-ce que tu fous encore ? Tu te branles ?

Oliver feignit de ne pas l'avoir entendu. Il avait le droit de faire ce qu'il voulait dans son lit, non ? Il ne s'en privait pas, d'ailleurs. Il préférait encore la masturbation à l'autre option. Sa taille, sa voix et ses manières posées lui avaient valu les faveurs de certains codétenus, mais les relations homosexuelles l'avaient plus dégoûté que satisfait. Sauf avec Larry. Avec lui, c'était différent. Ils avaient le même goût pour les livres et la musique. Ils s'étaient, d'ailleurs, rencontrés à la bibliothèque. Gentil et calme, Larry savait lui parler avec déférence. Il lui arrivait de regretter ce qu'il avait dû faire, mais il l'avait tant déçu ! Parfois, Larry lui manquait plus que Jane.

Chassant ce dernier de son esprit, il feuilleta son carnet, relisant certains passages, les traduisant automatiquement. Il avait inventé cette écriture codée de nombreuses années auparavant pour être libre de noter tout ce qui lui passait par la tête. Il le faisait déjà quand il avait dix ans. Il connaissait le code par cœur, à présent. Il l'avait fait évoluer en un système plus élaboré qui intégrait chiffres et figures géométriques. A San Quentin, personne n'aurait su le déchiffrer. Jane ne s'y était même pas essayée. Par mesure de précaution, il avait pris l'habitude de ne mentionner que par leurs initiales les personnes qui avaient l'honneur de figurer dans son calepin. C'était le cas de l'inspecteur Willis ou de Mme Grady, l'institutrice de Kate — celle qui tracassait Jane en prétendant que leur fille se tenait mal en classe. Miranda Dodge figurait sur la page de garde. Il ne l'avait pas remerciée comme elle le méritait après son rejet, une humiliation qui continuait à le hanter.

Mais quel sort lui réserver ? Il n'avait pas encore pris sa décision. Peut-être parce qu'il n'avait pas encore abandonné l'espoir de la conquérir. Si elle lui donnait une chance, il le lui rendrait au centuple. Car il savait être un ami et un amant merveilleux, n'est-ce pas ? Dès l'instant où il l'avait vue entrer dans la classe de CM2, avec ses cheveux auburn retenus par de jolies barrettes violettes, il l'avait su : ils étaient faits l'un pour l'autre.

Il était prêt à pardonner à Miranda. Si elle disait oui.

Mais pas à Skye ! Il la haïssait, celle-là ! Elle l'avait dénoncé aux flics ; elle avait témoigné contre lui, criant sa joie et son soulagement à la face du monde au moment de sa condamnation. Elle ne cessait de se répandre dans la presse, évoquant encore et encore ce qu'il lui avait fait. C'était embarrassant, à la fin ! Elle avait fait d'un tout petit incident une affaire d'Etat.

Son seul mérite était de l'avoir distrait pendant ses années de prison. Il lui suffisait de penser à elle pour s'évader…

Fermant les yeux, il se revit à Sacramento, épiant ses moindres mouvements. Caché sous ses fenêtres, il la regardait passer d'une pièce à l'autre, parler au téléphone, rire en passant les mains dans ses longs cheveux. Ce soir-là, il avait sorti la clé de sa cachette et ouvert silencieusement la porte. Il était entré chez elle…

Le souffle court, il glissa une main dans son caleçon. La tension, l'appréhension et l'excitation se mêlèrent, le traversant de part en part. Anticipant le plaisir, ses muscles se contractèrent puissamment. Il aurait Skye. Et il la ferait *souffrir.*

Il sourit à l'idée d'utiliser un couteau pour l'immobiliser et la toucher à sa guise. Il vit distinctement le blanc de ses yeux dans l'obscurité. Et ses lèvres qui frémissaient en une supplique silencieuse… La sentir impuissante constituait le point culminant de son fantasme, satisfaisant un besoin qu'il ne comprenait ni ne pouvait contenir. Il la punissait, la pinçait, la griffait. La mordait, aussi.

Skye… Skye… Skye! psalmodiait une voix au fond de son esprit. Comme toujours, ce ne fut qu'au moment où elle cria de douleur que son corps se détendit enfin dans un dernier soubresaut.

— Ça ne pose pas de problème à ta femme ? lui demanda son compagnon de cellule, quand tout fut fini.

Emporté par ses souvenirs, il n'avait pas réalisé que T.J. ne s'était pas rendormi. Etendu, parfaitement immobile, il essaya de reprendre ses esprits tout en cherchant ses mots.

— Chacun ses fantasmes ! finit-il par dire.

— Les tiens sont carrément flippants. Tu halètes son prénom presque chaque nuit.

— Tu mens !

Il lui fallait pourtant admettre que la perspective de son imminente libération exacerbait ses sensations. Ses fantasmes n'avaient jamais été aussi intenses.

— Nous sommes restés sur de l'inachevé.

T.J. ricana.

— Si tu t'en prends encore à elle, ce sera la chaise électrique, mon vieux !

Encore faudrait-il qu'il soit pris sur le vif… La dernière fois, s'il n'y avait pas eu ces maudits ciseaux, il n'aurait pas été identifié. Willis n'avait que des soupçons sur sa culpabilité dans le meurtre des autres filles — des filles qui ne seraient pas mortes si elles lui avaient témoigné un peu plus de respect. Il avait pris des risques avec Meredith, mais l'inspecteur n'avait trouvé aucune preuve.

— Je n'ai pas l'intention de la toucher.

— Vaudrait mieux pour toi.

Oliver ne répondit pas. Si seulement T.J. pouvait se rendormir et lui ficher la paix ! Hélas ! le lit du dessous couina, l'avertissant que son compagnon de cellule se mettait sur le dos.

— Hé, Oliver ! reprit-il d'un ton goguenard.

— Quoi ?

Il avait ce mec en horreur. Vivement qu'il en soit débarrassé !

— Tous ces gémissements m'ont chamboulé, mon pote. Pourquoi tu m'aiderais pas à résoudre ce petit problème ? Histoire de me faire un cadeau d'adieu…

Oliver crispa les doigts sur son stylo. Il savait ce que « résoudre ce petit problème » signifiait. En tant que « protégé » de T.J., il avait déjà dû se plier à certaines de ses requêtes sexuelles. C'était la seule façon de s'assurer une protection. Et il avait plus que jamais besoin de son aide.

Il enrageait, malgré tout. Quelle humiliation !

« M'a obligé à lui offrir une gâterie en prison », écrivit-il à côté du nom de T.J. Ce n'était pas la première fois qu'il notait un tel affront, mais le seul fait de l'écrire lui permit d'évacuer un peu de la rage qui le consumait. En tenant un relevé précis, il pourrait barrer chaque outrage subi quand il réglerait enfin ses comptes avec ses offenseurs. Sa satisfaction n'en serait que plus grande.

— Tu te bouges ? aboya T.J.

— Tu me protégeras de Vic et de sa bande ?

Sa question était purement formelle : il n'avait pas le choix, de toute façon.

— Débrouille-toi pour me faire prendre mon pied, et je te garantis qu'ils t'approcheront pas. J'y veillerai, *ma puce*.

Après avoir rangé son carnet, Oliver se leva et se rafraîchit rapidement avec le papier toilette fourni par la prison. Il jeta un coup d'œil à travers les barreaux vers la passerelle où les gardiens faisaient leur ronde. Bien que censés empêcher tout rapprochement sexuel entre prisonniers, ils feignaient de ne rien voir. Peut-être seraient-ils intervenus si un gars criait au viol — et encore…

De toute façon, la force physique n'était pas toujours nécessaire pour violer quelqu'un.

Le garde en faction ne sembla pas remarquer qu'il était sorti de son lit. Oliver le vit s'immobiliser pour ajuster son fusil, puis faire volte-face pour arpenter la passerelle dans le sens inverse.

Sûr de ne pas être dérangé, il s'agenouilla près du lit de T.J.

Les minutes qui allaient suivre n'avaient aucune importance. Il en avait fini d'attendre. C'était tout ce qui comptait.

9

David trouva la réponse de Miranda Dodge dans sa boîte électronique le jeudi matin. Levé tôt, il avait avalé une tasse de café et grignoté une tartine avant d'allumer son ordinateur. La lettre, plus longue qu'il ne l'espérait, absorba immédiatement toute son attention.

> Si je me souviens d'Oliver Burke ? Au lycée, cette petite fouine n'arrêtait pas de m'appeler, me suppliant pour que je sorte avec lui. Quand je refusais, il me raccrochait au nez pour me rappeler un peu plus tard et s'excuser. Bizarre, non ? Et ce n'est pas tout. Un jour, je l'ai surpris sous la fenêtre de ma chambre en train de m'espionner. Je l'ai dit à mes parents et mon père a appelé le sien ; celui-ci s'est contenté de dire que c'était plutôt normal pour un jeune garçon d'aimer reluquer les filles. Mon père était furieux : il avait l'impression que M. Burke encourageait son fils à recommencer !
>
> Il doit être tôt à Sacramento. J'ai trois heures d'avance sur vous, ici ! Je vous appellerai dans la journée. Je ne suis pas sûre de pouvoir vous aider dans votre enquête, mais quand j'ai su que Burke était condamné pour viol, j'ai probablement été la seule personne sur cette terre qui n'ait pas été surprise.
>
> Miranda Dodge.

David pianota du bout des doigts sur son bureau. Etait-ce à cette période que tout s'était joué ? Miranda était-elle l'élément qui avait tout déclenché ? Son entretien de la veille avec la prothésiste qui travaillait avec Burke n'avait rien donné de déterminant. Elle continuait d'affirmer qu'elle n'avait jamais travaillé pour un homme aussi charmant. Sa loyauté professionnelle la rendait forcément plus clémente. David ne négligeait pas non plus le fait qu'ils fréquentaient la même église et que Burke devait donc avoir une attitude différente avec elle. De plus, avec son double menton et ses cheveux en bataille, elle ne correspondait pas vraiment au profil type qui retenait son attention…

La sonnerie du téléphone rompit le fil de ses pensées.

— Allô ?

— Est-ce qu'on peut déjeuner ensemble aujourd'hui ?

C'était Lynnette.

— Tu es déjà levée ?

— Je commence plus tôt, ce matin. De toute façon, je n'arrivais pas à dormir.

— Pourquoi ? Tu fais une poussée inflammatoire ?

Malgré le traitement qu'elle suivait pour ralentir, sinon arrêter, l'évolution de la maladie, la fatigue et les moments de faiblesse faisaient partie de son quotidien. Son sens de l'équilibre était affecté, lui aussi. Et, chaque jour, elle perdait un peu de sensibilité dans les mains, ce qui n'était pas sans conséquences sur son activité professionnelle.

— Non, ça n'a rien à voir. Je pense à des choses…

— A propos de quoi ?

— Je préférerais en discuter pendant le repas. Est-ce que tu pourrais te libérer ?

— Et toi, tu peux t'absenter si longtemps du labo ?

En quittant le travail dans l'après-midi, elle ne s'accordait généralement qu'une pause déjeuner de trente minutes, mangeant sur le pouce dans le parc à côté.

— Justement, je commence plus tôt aujourd'hui pour terminer à 13 heures.

David se rembrunit. La perspective de déjeuner avec elle ne l'enthousiasmait guère. Il n'était pas d'humeur à gérer une nouvelle scène… Un sentiment de découragement l'envahit.

Il souhaitait son bonheur, mais il ne parvenait qu'à la mettre en colère. Et il avait déjà tant de soucis en ce moment !

Mais puisqu'elle souhaitait le voir, il ne pouvait pas se dérober. Il devait lui accorder plus de temps et lui faire sentir qu'elle faisait partie de ses priorités. Et qui sait ? Ça l'aiderait peut-être à garder la tête froide la prochaine fois qu'il verrait Skye ?

— Où ?

— A la Pyramide.

Le restaurant où ils avaient fêté leur seconde réconciliation. Ce choix l'étonna, mais il ne chercha pas à l'élucider. Elle aimait sans doute ce resto parce qu'ils y avaient de bons souvenirs, tout simplement.

— D'accord.

— Je te rejoins là-bas dès que je sors du boulot, conclut-elle en raccrochant.

David fronça les sourcils. Qu'avait-elle en tête ? Et pourquoi tenait-elle tant à le voir aujourd'hui ? Il n'était pas sûr de vouloir connaître la réponse, hélas !

Skye arborait un large sourire quand l'homme d'une petite soixantaine d'années ouvrit la porte à laquelle elle venait de frapper.

— Monsieur Markum ?

— Oui ?

Avec son crâne rasé, son survêtement, ses nombreuses bagues clinquantes et son médaillon autour du cou, il lui fit penser à un producteur hollywoodien.

— Je m'appelle Skye Kellerman. De l'association La Contre-attaque.

— La quoi ?

— La Contre-attaque. Nous venons en aide aux victimes d'agressions violentes.

Il lui montra du doigt la sonnette au-dessus de laquelle était écrit « Pas de Démarchage ».

— C'est une propriété privée. Comment avez-vous franchi le portail ?

— J'ai attendu que quelqu'un entre. Je ne suis pas là pour vendre quelque chose. Je voudrais m'entretenir avec vous d'Oliver Burke.

L'ennui qui, un instant plus tôt, se reflétait sur son visage fit place à un vif intérêt.

— Il est en prison pour avoir tenté de violer une femme.

Tout en remontant la lanière de son sac sur son épaule, Skye prit une profonde inspiration.

— Je suis cette femme.

Les yeux de l'homme s'arrondirent comme deux billes.

— Sans blague ? Alors, c'est vrai : vous l'avez poignardé ? Avec des ciseaux ?

Elle essaya de contenir la grimace qui lui venait aux lèvres. La mention de cet épisode provoquait toujours chez elle une réaction incontrôlable.

— Tout s'est passé très vite.

— Quelle chance de les avoir eus à portée de main ! C'est ce que vous devez vous dire.

— Ils étaient sur ma table de chevet. Je faisais de la broderie avant de m'endormir.

— Vous êtes de la race des survivantes !

Se fendant d'un large sourire, il tendit le bras pour lui serrer la main.

— Vous connaissiez bien Oliver ? demanda-t-elle.

Occupé à bloquer l'épagneul qui cherchait à passer entre ses jambes, M. Markum parvint, en se contorsionnant, à se glisser sur le seuil de la maison tout en repoussant l'animal du pied.

— Pourquoi ? demanda-t-il en refermant la porte derrière lui.

— Il va être relâché demain.

Le chien aboyait à l'intérieur, mais il ne sembla pas y prêter attention.

— Eh bien ! On peut dire qu'il n'y sera pas resté longtemps ! commenta-t-il. Combien… Deux, trois ans ? Ça doit vous rendre malade, j'imagine !

S'il n'y avait que ça…

— Je ne pense pas qu'il ait changé pendant son incarcération, confia-t-elle. Il est toujours aussi dangereux.

— Je suis d'accord avec vous. Dangereux pour les animaux comme pour les humains. Ce fumier a tué un de mes chiens !

Skye feignit de ne pas être au courant de l'affaire. La plupart des gens ignoraient que des quantités de documents étaient consultables en ligne. Quand ils l'apprenaient, ils se sentaient vaguement menacés, comme si on avait fait intrusion dans leur vie.

— Vraiment ? Comment savez-vous que c'est lui ? répliqua-t-elle en haussant les sourcils.

— C'est arrivé quelques jours après une altercation que nous avons eue au sujet du camping-car que ma fille et mon gendre avaient garé dans la rue. Ils étaient en vacances dans le coin pour une petite semaine. Burke est venu se plaindre en me disant que le véhicule masquait sa façade. Je suppose qu'il pensait que les gens du quartier n'avaient rien de mieux à faire que d'admirer sa maison ! Je lui ai répondu que le camping-car était très bien là et qu'il y resterait.

— Il n'a pas apprécié votre réponse ?

— Ah ça, non ! Il est devenu cramoisi, comme si j'avais dit un truc abominable, et il est rentré chez lui en fulminant. Il ne s'est rien passé pendant les deux jours suivants. Et puis, le troisième, alors que nous étions partis faire visiter les environs aux enfants — nous voulions les convaincre d'emménager plus près de nous, mais bon, ils aiment l'endroit où ils vivent...

Il fit un mouvement de la main pour souligner sa résignation.

— Passons, reprit-il. A notre retour, nous avons fait rentrer Bonnie et Clyde, qui avaient passé la journée dehors, dans la cour de derrière. Une heure plus tard, Bonnie a commencé à trembler et à haleter. Je ne savais pas ce qu'elle avait, mais c'était grave, je l'ai tout de suite senti. Ma femme et moi, on l'a rapidement transportée à la clinique vétérinaire. Ils ont rien pu faire : elle est morte un peu plus tard dans la nuit.

Deux sillons se creusèrent entre ses sourcils. Evoquer la mort de l'animal lui était encore pénible.

— Par la suite, le vétérinaire nous a dit qu'elle avait été empoisonnée. Sûrement un morceau de viande.

— Oliver Burke ?

— Qui d'autre ? Je n'avais aucun problème avec le voisinage ! Et je n'en ai toujours pas, d'ailleurs.

— Malgré tout, vous n'avez aucune preuve ?

— Non, mais les voisins, ceux d'à côté — il pointa le doigt vers sa gauche — m'ont confirmé qu'il était chez lui, ce jour-là.

— Rien n'est arrivé à Clyde ?

— Il a été malade aussi. C'est lui, là, à l'intérieur.

Markum gratta doucement à la porte, et les aboiements reprirent de plus belle.

— Je suis désolée pour Bonnie. Cela a dû être affreux.

— Ça l'a été, vous pouvez me croire ! Les policiers que j'ai appelés m'ont dit que je n'avais pas assez de preuves pour l'inculper. Ils m'ont suggéré de porter plainte au civil : les chances de gagner étaient plus grandes. Je l'ai fait, mais ça n'a rien donné. Burke a si bien joué la comédie que le juge s'est rangé de son côté.

— Il sait bien jouer les martyrs, n'est-ce pas ?

— On peut le dire ! C'était sacrément frustrant, en tout cas. Je l'ai dit à l'inspecteur qui est venu juste après l'inculpation de Burke pour recueillir des informations pour l'instruction, mais…

— Il vous a probablement dit la même chose que ses collègues.

— Oui. Sans preuves, mon témoignage ne suffisait pas.

— Avez-vous parlé à Oliver avant de porter l'affaire devant la justice ?

— Je suis allé le trouver, oui. Et je lui ai dit, bien en face, qu'il ne devait pas avoir de cœur… S'en prendre ainsi à une pauvre bête innocente et sans défense, vous vous rendez compte ?

— Comment a-t-il réagi ? demanda-t-elle avec curiosité.

— Il a paru choqué. Consterné. Jurant ses grands dieux qu'il n'y était pour rien. Mais je peux vous affirmer qu'au fond de lui, il jubilait de me voir si triste.

Skye sentit son cœur s'accélérer. Burke avait réagi de la même manière quand elle l'avait accusé de l'avoir agressée.

— C'est un menteur chevronné, ajouta Markum. C'est bien le seul talent que je lui reconnaisse !

— Quand l'avez-vous vu pour la dernière fois ?

— Quelques jours avant son arrestation, je crois. J'aurais bien aimé assister au procès, mais ma femme enseigne la musique en Italie, et nous nous trouvions en Europe à ce moment-là. Mais j'ai été ravi du verdict. C'est comme si la souffrance de ma Bonnie avait aussi été reconnue ce jour-là.

— Vous connaissez son frère ?

— On l'apercevait quelquefois, quand il venait lui rendre visite avec sa femme. Un couple charmant. Surtout Wendy, la femme de Noah. Pourquoi ?

— Simple curiosité. Et avec sa fille, il se comportait comment ?

— Difficile à dire. C'était encore un bébé, à l'époque, et il travaillait beaucoup. La petite était toujours avec sa mère.

— Et quel était son rythme de vie ? Est-ce qu'il rentrait tard le soir ? Ressortait-il dans la nuit ?

Skye était convaincue que David avait déjà posé cette question aux proches voisins des Burke lors de l'enquête, mais elle tenait à entendre la répondre de la bouche de M. Markum.

— Pas en voiture, en tout cas ! Je l'aurais remarqué. Et la commande électronique du portail garde en mémoire les allées et venues.

— Vous pensez qu'il partait à pied ?

— Oui. Ou à vélo. Il se prenait pour un vrai cycliste… Il se rasait les jambes ! Je n'ai jamais compris pourquoi. Comme si les poils vous freinaient ! En tout cas, il prenait ça très au sérieux. Il allait tous les jours au boulot à vélo.

— Même en hiver ?

— Même en hiver, répéta-t-il. Il utilisait une petite veilleuse à pile, aussi puissante que des phares de voiture.

Skye se souvint que David lui avait appris que Burke passait beaucoup de temps sur les pistes cyclables. Ils ne savaient pas comment il l'avait repérée, mais au cours du procès, le procureur avait émis l'hypothèse qu'il circulait en bicyclette. C'était un moyen de transport silencieux qui permettait une grande liberté de mouvements et constituait une excuse imparable pour justifier de longues absences. Etait-ce une coïncidence, d'ailleurs, si les trois meurtres s'étaient tous produits à proximité d'une piste cyclable ?

— Et avec sa femme, vous aviez de bonnes relations ?

— Bof ! Un peu prétentieuse, à mon goût. Mais elle a changé de ton après l'incarcération de son mari… Et puis, elle m'a fait de la peine quand elle a perdu sa maison. Elle n'a rien pu faire non plus pour le cabinet : plus personne ne voulait y aller, après la condamnation de Burke !

— Vous avez raison : les difficultés l'ont peut-être changée… En ce qui concerne Burke, je pense qu'il est impliqué dans le meurtre de trois autres jeunes femmes — des meurtres qui ont été commis avant mon agression.

Il siffla.

— C'est la raison de votre présence ici ?

— En partie. Appelez-moi si vous vous souvenez de quoi que ce soit.

Il prit la carte qu'elle lui tendait.

— Sans problème !

— Merci.

Elle regagna la rue, et marcha jusqu'à la résidence des Simmons qui se dressait sur une petite colline. Elle y entendit une histoire similaire autour d'un conflit qui portait, cette fois, sur un bosquet d'arbres, et qui avait conduit Oliver à détruire une partie de leur pelouse. Comme M. Markum, les Simmons s'étaient présentés devant le juge avec plus de soupçons que de certitudes. Et ils avaient perdu leur procès, eux aussi.

En regagnant sa voiture, Skye s'arrêta devant la demeure où Oliver et sa famille vivaient lorsqu'il avait essayé de la violer. Pimpante et massive, la bâtisse ne se distinguait pas de ses voisines. C'était ce que la plupart des gens auraient appelé une « belle maison ». Burke vivait confortablement, à l'époque. Il avait choisi d'habiter un quartier privilégié et de mettre sa petite famille à l'abri d'un portail sécurisé.

Skye fit un pas vers la maison. Une camionnette était garée dans l'allée et des jouets — un ballon de foot, une trottinette, des skates — traînaient un peu partout. Que cherchait-elle, au juste ? Il y avait fort à parier que les propriétaires actuels ne connaissaient même pas les Burke ! Et pourtant… la demeure lui semblait, encore aujourd'hui, nimbée de mystère. Oliver avait vécu ici. Il était si fier d'avoir pu s'offrir une si jolie demeure qu'il était allé jusqu'à tuer, semblait-il, le chien de son voisin pour une histoire de voiture mal garée qui en masquait la vue.

Il ne pouvait avoir quitté cette maison sans y avoir laissé un peu de lui.

David était assis en face de Lynnette, à la même table que le soir où ils avaient dîné en amoureux, deux ans auparavant. Il la soupçonna de l'avoir demandée au maître d'hôtel lorsqu'elle avait effectué la réservation. Comme elle portait *aussi* la robe qu'il préférait, il se sentait un peu mal à l'aise. Il savait que son fils avait besoin de lui et que Lynnette comptait sur sa présence. Il savait aussi que la meilleure façon de leur être utile était de préserver leur couple. Pourtant, la pensée de revenir à la situation initiale lui semblait de plus en plus difficile à envisager.

— Comment ça va, au travail ? s'enquit-il.

— Bien.

Il desserra sa cravate et défit un bouton de sa chemise.

— Tu parais en forme, aujourd'hui.

— J'ai mes bons et mauvais jours. Aujourd'hui, ça va bien.

Sans le quitter du regard, elle prit le verre d'eau glacée que lui avait apporté la serveuse au moment de prendre leur commande, et en but une gorgée.

— Qu'y a-t-il ? demanda-t-il en fronçant les sourcils, déstabilisé par l'intensité qui faisait briller son regard d'un éclat farouche.

Elle baissa les yeux et, soudain nerveuse, fit courir un doigt sur le rebord de son verre.

— J'ai fait l'amour l'autre nuit, avoua-t-elle tout à trac.

Il s'était bien gardé de lui poser la question ; il ne voulait pas savoir ce qu'il éprouverait, préférant rester dans une ignorance confortable.

— Et ?

— Je n'ai pas aimé.

Elle secoua la tête, le regard toujours baissé sur son verre.

— C'était… vide de sens.

— Je suis désolé.

Elle leva les yeux vers lui.

— Tu aurais préféré que ce soit bien ?

— Je suis désolé que tu ne te sentes pas mieux. Vous vous connaissiez bien ?

— Pas suffisamment. Je voulais juste me sentir en vie. Une tentative désespérée, rien de plus.

Elle se mordit la lèvre, trahissant sa frustration autant que par le soin qu'elle prenait à choisir ses mots.

— J'aurais voulu que ce soit toi, David. A chaque instant ! Ça m'a permis de comprendre quelque chose d'important.

A son tour, il s'empara de son verre, regrettant de ne pouvoir interrompre leur conversation. Il avait besoin de temps pour venir à bout de ses propres réticences.

— Et ?

— J'ai toujours des sentiments pour toi. Malgré les difficultés que nous avons traversées, je ne suis pas prête à renoncer à notre mariage.

David prit une profonde inspiration. Au moins, sa confession prouvait qu'elle était prête à faire des efforts. Ce qui constituait un point de départ positif. Il n'en ressentit pourtant pas de soulagement, tandis qu'il tournait dans sa tête la formule rebattue, usée jusqu'à la corde « Jusqu'à ce que la mort nous sépare ».

— Tu veux qu'on refasse un essai ?

— Et toi ? demanda-t-elle, une note d'espoir dans la voix.

S'il ne pensait qu'à Jeremy, il voulait répondre par l'affirmative. Il le lui avait si souvent promis ! Et il avait, en plus, la possibilité de rendre Lynnette heureuse… Elle n'avait que vingt et un ans quand ils s'étaient unis « pour la vie ». Ils y parviendraient peut-être s'ils se donnaient une autre chance… surtout si elle acceptait de faire des efforts. Mais quand il pensait à Skye, sa seule envie était de se séparer définitivement de son ex-femme, de ne plus se sentir responsable d'elle et d'oublier sa maladie. C'était terriblement égoïste, mais il n'y pouvait rien.

— Ça vaut le coup d'y réfléchir, dit-il enfin du bout des lèvres.

Elle se raidit, manifestement blessée par son manque d'enthousiasme. A quoi s'attendait-elle ? Elle ne cessait de se plaindre, quand ils étaient ensemble ! Fatigué de ses reproches, c'était lui qui, chaque fois, avait pris la décision de partir. Du coup, les reproches s'étaient amplifiés : à l'entendre, il ne s'investissait pas dans leur relation, il ne lui accordait pas l'attention qu'elle méritait et, surtout, il ne l'aimait plus.

Sur ce dernier point, elle avait sans doute raison, hélas !

— « Ça vaut le coup d'y *réfléchir* », reprit-elle en écho, la voix blanche.

La serveuse revint remplir leurs verres. David attendit qu'elle se soit éloignée pour répondre.

— Nous devons nous y prendre différemment si nous voulons que ça marche cette fois-ci, Lynn.

— Tu te trompes, fit-elle. Tous nos problèmes viennent de ton travail. Si tu en changes, tout ira mieux.

Son travail ?

— Et qu'est-ce que tu veux que je fasse ?

— Détective privé. Tu ne serais pas le premier flic à bosser à ton compte ! Tu gagnerais plus d'argent, tu déciderais de tes heures, et tu serais moins stressé.

— Et en quoi ça nous aiderait ?

— Tu ne comprends pas ? D'abord, tu ne serais plus appelé en pleine nuit pour te rendre Dieu sait où. Ça compte, parce que j'aurai bientôt besoin de te savoir à la maison toute la nuit. Et peut-être qu'en travaillant dans de meilleures conditions, tu ne rentrerais plus à la maison aussi fatigué.

Son idée n'était pas mauvaise, mais elle se trompait sur un

point. Quoi qu'il fasse, qu'il soit flic ou détective privé, elle finirait par en prendre ombrage. C'était plus fort qu'elle : elle était jalouse de tout ce qui l'éloignait d'elle. Son téléphone se mit à sonner au moment où il allait le lui dire. Il profita de cette interruption pour réfléchir à une réponse qui lui éviterait une dispute, puis rangea rapidement l'appareil dans sa poche. C'était Skye. Il ne voulait pas lui parler devant Lynnette. Comme elle appelait de son bureau, elle était en sécurité. Pour le moment, songea-t-il avec appréhension.

— Tu ne réponds pas ? s'informa-t-elle.

— Non.

Elle plissa les yeux.

— Si c'était un appel lié au travail, tu répondrais.

Peut-être. Peut-être pas. Elle lui en voulait assez pour faire ce raccourci. N'était-ce pas cette intransigeance qui était à l'origine du naufrage de leur mariage ? Il le pensait, en tout cas.

— Ça pouvait attendre.

Un bref instant, David pensa que son refus de s'expliquer allait abréger leur déjeuner. Mais elle ne surenchérit pas.

— Alors qu'est-ce que tu en dis ? Tu es prêt à faire quelques concessions ? Prêt à nous offrir une dernière chance ?

Que qualifiait-elle de « concessions », au juste ? Renoncer à son grade dans la police ?

— Tu n'arrêtes pas de dire que tu veux qu'on réessaie, poursuivit-elle. Pour que Jeremy ait une famille.

— Je sais, admit-il d'un ton las.

— Mais tu ne fais rien pour que ça se produise !

Son job n'était pas seulement un boulot. C'était une vocation. Elle refusait de le comprendre !

— J'aime ce que je fais, Lynn. Ce que tu me suggères ne me paraît pas viable. Mais… laisse-moi un peu de temps pour y penser, éluda-t-il.

Et voilà. Il avait encore reculé. Peut-être viendrait-il à bout de ses fichues résistances… Dans ce cas, il emménagerait de nouveau avec elle sans avoir l'impression d'y être contraint.

— Combien de temps ? insista-t-elle.

Quand la sonnerie de son téléphone retentit une nouvelle fois, elle roula des yeux et lui fit signe de répondre.

Son impatience était palpable, mais il n'en ressentit aucune gêne. Le numéro d'appel était celui du poste de police. En tant qu'inspecteur, il devait être joignable à tout moment.

— Excuse-moi.

— Et tu te demandes encore pourquoi je déteste ton boulot ! marmonna-t-elle entre ses dents.

— Ça ne t'autorise pas à choisir mon activité professionnelle, rétorqua-t-il avec impatience.

Elle ouvrit la bouche, mais il prit la communication sans lui laisser le temps de répondre.

— Willis à l'appareil.

— Bonjour, inspecteur. Ici l'agent Burns.

— Oui ?

— Je viens de tomber sur une note disant que nous devions vous transmettre toute information ayant trait à Skye Kellerman ou à La Contre-attaque.

David se redressa sur son siège.

— Exact.

— Mlle Kellerman vous cherchait. J'ai pensé que vous voudriez le savoir.

— Elle semblait inquiète ?

— Non.

— O.K. Je vais m'en occuper, conclut-il à l'instant où la serveuse arrivait avec leurs plats.

Quand il raccrocha, il comprit à l'expression de Lynnette que le volume de son téléphone était trop fort. Même s'il l'avait collé à son oreille, elle n'avait manifestement pas perdu une miette du message relayé par le policier Burns.

— C'était elle, il y a une minute ? s'enquit-elle. C'était Skye Kellerman ?

Il ne pensait pas avoir trahi, au cours des trois dernières années, les sentiments qu'il nourrissait pour Skye, mais les questions que Lynnette lui posait à son sujet indiquaient qu'elle se doutait de quelque chose. « Elle est belle, tu ne trouves pas ? » « … Et comment va cette jeune femme qui a été agressée par ce dentiste ? Tu lui as reparlé depuis ? » « … J'ai vu un nouvel article sur La Contre-attaque aujourd'hui… »

— Son affaire n'est pas réglée.

Il commença à manger sous le regard de Lynnette, qui ne toucha pas à son assiette.

— Comment ça, elle n'est pas réglée, David ? Le procès a eu lieu il y a trois ans !

— Oui, mais Burke sort de prison demain, expliqua-t-il. Et je compte sur elle pour m'aider à le relier à d'autres meurtres qui se sont produits près de l'American River. Je voudrais vraiment renvoyer ce type en prison avant qu'il ne s'en prenne à d'autres jeunes femmes. Il y a aussi de fortes chances pour qu'il cherche à se venger. Kellerman a témoigné contre lui, tu le sais.

Lynnette croisa les bras sur sa poitrine.

— Si la situation est aussi tendue, pourquoi n'as-tu pas pris son appel ?

— Burke n'est pas encore dehors.

— Tu ne te serais pas privé de lui répondre, si je n'avais pas été là.

Elle eut un rire plein d'amertume et attrapa son sac.

— Où vas-tu ? demanda-t-il.

— Ça m'a coupé l'appétit.

David la suivit du regard tandis qu'elle sortait du restaurant. Désemparé, il appuya son front contre ses mains, les pouces pressés sur ses paupières fermées. Comment s'y était-il pris pour faire de sa vie personnelle un tel fiasco ? Il ne pouvait en vouloir à Lynnette : elle ne faisait que réagir à son indécision et à son absence de désir. Elle devait, aussi, cohabiter avec une maladie qui affectait son système nerveux.

— Monsieur ? La personne qui vous accompagnait va-t-elle revenir ? demanda la serveuse en s'approchant.

Il secoua la tête d'un air navré.

— Non. Pouvez-vous mettre son repas dans une boîte à emporter ?

— Pas de problème, assura-t-elle en lui décochant un sourire appuyé.

Elle le draguait ouvertement. Il feignit de ne pas s'en rendre compte. Personne ne pouvait le détourner de Lynnette et Jeremy.

Hormis Skye.

Qu'il rappela à peine son repas terminé.

— Nous avons un problème, annonça Skye en entendant la voix de David au bout du fil.

Un problème ? Des dizaines, oui ! songea-t-il avec un regain d'irritation. Le premier étant le plaisir qu'il aurait à l'accompagner à la réception de La Contre-attaque samedi soir — en dépit de tout ce que Lynnette venait de lui suggérer. L'impatience qu'il avait à retrouver Skye expliquait sans doute le fiasco de leur déjeuner, d'ailleurs.

— Vous avez reçu d'autres menaces ?

— Non.

— Tant mieux.

Il prit la monnaie et le reçu que lui tendait la serveuse, puis se leva en emportant la boîte qui contenait le repas auquel Lynnette n'avait pas touché.

— Alors, quel est le problème ?

— Jane Burke. Elle a une liaison avec le frère d'Oliver.

David se figea, partagé entre surprise et inquiétude. La nouvelle l'étonnait, bien sûr — mais comment l'avait-elle appris ?

— Qui vous l'a dit ? bougonna-t-il.

— Je les ai vus ensemble.

— Pardon ?

Manifestement gênée, elle laissa passer un silence.

— Je vous ai posé une question ! fit-il, revenant à la charge.

— Ne montez pas sur vos grands chevaux, mais…

— Mais ?

— Je les ai aperçus par la fenêtre. La nuit dernière, concéda-t-elle.

— Quelle fenêtre ?

— Celle de Jane.

— Vous avez épié la maison de Jane ?

Il retint un juron. C'était pour elle qu'il différait sa réconciliation avec Lynnette ? Comment pouvait-il être sensible à une femme aussi désinvolte ? Avait-elle perdu la tête ? En agissant ainsi, elle se mettait en danger, et faisait courir un risque à tous ceux qu'elle côtoyait. Même Jeremy ne serait pas à l'abri de la colère de Burke s'il apprenait qu'elle avait espionné Jane.

— Quelqu'un vous a vue ?

— Je ne crois pas.

— Vous n'en êtes pas sûre ?

— Jane et Noah ont vu ma voiture.

Son paquet sous le bras, David sortit du restaurant à grandes enjambées. Surpris par la pluie qui s'était mise à tomber, il resta sous l'auvent.

— Quand vous dites qu'ils ont vu votre voiture… Vous n'avez rien fait pour attirer l'attention sur vous, n'est-ce pas ? Votre Volvo n'était une voiture parmi d'autres ? argua-t-il, cherchant à se rassurer.

Il n'obtint aucune réponse.

— Dites-moi oui, bon sang ! Nous n'avons pas besoin de ça pour nous rappeler au psychopathe qui habitera là-bas dans quelques jours.

— Eh bien… Il n'y avait pas beaucoup de voitures garées dans la rue, hier soir. Alors forcément, ma Volvo attirait un peu l'attention. Mais il était très tard, je vous assure ! J'étais persuadée que tout le monde dormirait. Je voulais juste jeter un coup d'œil, me faire une idée de l'endroit et…

Elle s'interrompit.

— Et vous avez eu la surprise de découvrir que Jane ne dormait pas, conclut-il.

— En effet.

— Génial ! fit-il en poussant un soupir.

— Ne vous faites tant de souci… Jane et Noah étaient si contents de se retrouver qu'ils ont complètement oublié ma voiture, vous pouvez me croire !

Il se pinça l'arête du nez.

— Dois-je vous rappeler que Burke a certainement assassiné trois personnes ?

— Je le sais.

— Dans ce cas, pourquoi prenez-vous tant de risques ? Si je vous demandais de vous tenir tranquille, le feriez-vous ?

— Non.

— Je m'en doutais ! Vous jouez avec le feu, Skye.

— J'en ai bien conscience, affirma-t-elle posément.

— Si vous ne le voyez pas venir, votre arme ne vous sera d'aucune utilité — vous le savez, n'est-ce pas ?

— Inutile de m'effrayer. Je préfère me protéger. C'est pour ça que j'ai des armes chez moi. Et c'est pour aussi pour cette raison que je suis allée chez Jane.

— Et moi, que suis-je censé faire ?

— Là, tout de suite ? Je veux juste que vous m'écoutiez ! Je dois vous parler de ce que j'ai découvert.

Il jura entre ses dents.

— Je n'ose même pas imaginer de quoi il s'agit.

— Je me suis aussi rendue à son ancienne adresse.

Intrigué, malgré les assauts croisés de l'irritation et de l'inquiétude, il posa son sac par terre et glissa sa main libre dans la poche de sa veste.

— Et ?

— J'ai passé un moment très instructif avec les Griffin — ceux qui ont acheté aux enchères la maison des Burke.

— Je les ai interrogés. Vous pensez que j'ai bâclé mon travail ?

— Pas du tout. Ça s'est joué à peu de chose : des guirlandes et des boules. Un simple concours de circonstances, dit-elle, énigmatique.

— Que voulez-vous dire ?

— Quand M. Griffin a rangé les décorations de Noël, il y a quelques jours, il a décidé de faire installer la lumière dans le grenier. Il a donc engagé un électricien… Au cours des travaux, celui-ci a aperçu quelque chose dans une fissure près d'une poutre.

David sentit son cœur s'accélérer. Deux ans plus tôt, il avait demandé aux Griffin, qui venaient d'emménager, d'inspecter la maison de fond en comble. Les fouilles menées lors de l'enquête n'avaient rien donné, mais il espérait encore trouver une pièce à conviction. Oliver avait vécu là avant d'être envoyé en prison. S'il avait voulu cacher quelque chose, il l'aurait fait entre ces murs, il en était convaincu. Mais les Griffin n'avaient rien découvert.

Heureusement qu'ils s'étaient lancés dans ces petits travaux cette année… Skye avait raison — ce n'était rien qu'un simple concours de circonstances.

— Qu'est-ce que c'est ? souffla-t-il. Un bijou ? Un vêtement ?

Il recula vivement alors qu'une voiture passait devant lui, évitant de peu l'eau boueuse qui jaillit sur le trottoir.

— Non. C'est un carnet à spirale, dit-elle.

Il haussa les sourcils. Ce n'était pas ce à quoi il s'attendait.

— Dites-moi qu'il contient une confession signée !

— Ça se pourrait — mais je n'en sais rien, en fait. C'est écrit en langage codé.

Codé ? Cela pouvait s'avérer intéressant, se dit-il avec un intérêt accru. A condition que le carnet ait bien appartenu à Burke… et qu'ils parviennent à en décrypter le contenu.

— L'écriture est régulière et soignée — ça ne peut être que celle d'Oliver, ajouta-t-elle comme si elle avait perçu ses doutes.

Il ne parvenait plus à lui en vouloir, à présent. Comment rester fâché, alors qu'elle lui apportait peut-être la preuve qu'il attendait depuis si longtemps ?

— Cela semble compliqué ?

— Oui, assez. Je me suis penchée dessus un moment. Je pense avoir trouvé le signe pour la lettre « E », puisque c'est celui qui revient le plus souvent… mais c'est tout.

— M. Griffin aurait dû me contacter quand l'électricien a mis la main sur ce carnet, maugréa-t-il.

— Il n'a pas pensé que c'était important. Il n'était même pas convaincu le carnet appartenait à Oliver ! En tout cas, pour moi, ça ne fait aucun doute. C'est très étrange, vous savez. Non seulement les lettres ont des valeurs différentes de celles que nous connaissons, mais il a ajouté des figures géométriques… et quelques croquis sur les dernières pages.

— Quel genre de croquis ?

— Des crânes, des couteaux.

David frissonna.

— Et devinez quoi ? reprit-elle. Il y a même des dates — une devant chaque nouveau paragraphe ! Il n'a pas pris la peine de les coder… C'est bizarre, non ?

— Quelle est la dernière date ?

— Juin 2004. Quelques mois avant qu'il ne fasse irruption chez moi.

David chercha ses clés dans sa poche.

— Vous avez le carnet avec vous ?

— Oui.

— Vous pouvez l'apporter au poste ? Je veux faire vérifier les empreintes digitales.

— Il peut rester des empreintes après tant de temps ?

— La fibre papier est une bonne surface. Si elle n'est pas exposée à l'eau, les empreintes peuvent y rester jusqu'à quarante ans.

— Le carnet est bien conservé.

— Ce serait peut-être plus intéressant de déchiffrer le code en premier, en fait. On découvrirait en même temps l'auteur *et* ses pensées !

— Il y a de quoi faire avec ce que je tiens entre les mains, croyez-moi.

— Pas de problème : on a des spécialistes.

— Combien de temps leur faudra-t-il pour le déchiffrer ?

— Avec l'ordinateur… Une heure ou deux, pas plus. A moins que Burke ne soit beaucoup plus malin qu'on ne le pense.

Il y eut une pause au bout de la ligne.

— Espérons que ce carnet nous dira ce que nous avons besoin de savoir.

— Skye ? l'interpella-t-il avant qu'elle ne raccroche.

— Quoi ?

— L'inspecteur Fitzer n'apprécie pas le détective privé que vous avez engagé pour retrouver Sean Regan.

— Il est venu se plaindre ?

— Oui.

— Eh bien, je m'en fiche ! Fitzer ne fait pas son boulot. Sean a besoin que *quelqu'un* l'aide.

— Comment pouvez-vous dire que Fitzer ne fait pas son boulot ?

— Il ne nous écoute pas et ne veut pas travailler avec nous.

— Il est inspecteur. Pas vous. Et votre privé va trop loin.

— Je viens de parler avec Jonathan, et il a découvert des éléments très intéressants.

— Lesquels ?

— Une berline quatre portes vient se garer tous les soirs devant la maison de Tasha Regan.

— Vous pensez qu'elle a un amant ?

— Je pense que son comportement est suspect — rien de plus.

— Effectivement, admit-il. C'est sur la plaque de la berline que vous cherchiez des renseignements ?

— Oui, mais Fitzer ne nous aidera pas. Il refuse d'imaginer que Tasha Regan puisse être impliquée dans cette disparition. Et vous savez pourquoi ?

— Non.

— Parce qu'il la trouve sexy.

Le commentaire de Mike sur Miranda Dodge lui revint à la mémoire, accentuant son malaise.

— Comment le savez-vous ?

— Il s'est pointé chez elle plus souvent qu'à son tour. Pour résoudre cette affaire, ce qui tiendrait du miracle, il faudrait qu'il trébuche sur l'amant par le plus grand des hasards… Il prendrait peut-être enfin cette affaire au sérieux — et encore !

— Jonathan a-t-il un contact au service d'immatriculation ? Quelqu'un qui pourrait faire les vérifications ?

— C'est illégal, il me semble, rétorqua-t-elle d'un ton acide.

— Mais cela se fait.

David se raidit à la pensée de se retrouver mêlé à une affaire que le bon sens lui soufflait de fuir… mais il capitula, malgré tout.

— O.K., marmonna-t-il. Donnez-moi le numéro de cette foutue plaque !

— Je vous l'apporte avec le calepin.

— Entendu.

— Merci, David, dit-elle simplement.

Il la sentit sourire et raccrocha avant de lui demander s'il pouvait venir la voir, ce soir. Peut-être gardait-elle trop de cicatrices émotionnelles depuis son agression. Peut-être que son rapport aux armes n'en faisait pas la belle-mère idéale pour Jeremy, mais il savait qu'elle ferait une merveilleuse amante. Passionnée. Il aurait voulu s'en rendre compte par lui-même, peau contre peau. Sentir ses bras autour de son cou, se laisser enfin aller à ce qu'il mourait d'envie de vivre avec elle depuis qu'il avait fait sa rencontre, quatre ans auparavant. Et plus intensément maintenant, alors que chaque seconde lui semblait si précieuse.

La soirée de samedi le mettrait au pied du mur. Que ferait-il, lorsqu'il la raccompagnerait chez elle ?

Après avoir glissé son téléphone dans sa poche, il se lança sous la pluie. Si Lynnette avait couché avec son amant d'un soir, ça lui donnait tous les droits, non ?

Pas vraiment. Parce qu'il était bien plus amoureux de Skye que Lynnette ne l'était de ce type. S'il faisait l'amour avec elle, il ne pourrait plus envisager de renouer avec son ex-femme. Or, il ne voulait pas briser ce qui restait de leur vie conjugale. Lynnette en souffrirait trop. Jeremy aussi.

10

— Tu le sais depuis une semaine èt tu ne m'as pas appelée ?

Assise au volant de sa voiture, Skye tressaillit en percevant le désarroi de Jennifer, sa demi-sœur par alliance. Tout en ajustant l'oreillette de son téléphone, elle jeta un coup d'œil au feu, à l'intersection de Sunrise et de Madison Avenue. Elle aurait pu forcer le passage à l'orange mais elle avait préféré s'arrêter. Elle avait besoin d'une pause pour se concentrer sur la conversation, plutôt que sur la conduite. Depuis qu'elle avait appris la libération de Burke, elle ne cessait de se trouver des excuses pour reporter cet appel au lendemain.

Au fond, elle reculait le moment de parler à celui qui avait été son beau-père. Ils ne s'étaient pas perdus de vue. Ils n'étaient pas en froid, non plus... Pourtant, elle se sentait mal à l'aise avec Joe Rumsey, comme on l'est avec quelqu'un qui devrait être proche et qui ne l'est pas. Comment en étaient-ils arrivés là ? Ils entretenaient une relation cordiale, certes... mais elle ne s'habituait pas à l'idée de ranger dans la catégorie des *amis* l'homme qu'elle avait autrefois appelé papa.

— J'ai été très occupée ces jours-ci, répondit-elle platement.

Ce n'était pas tout à fait faux : à l'instant même, elle roulait en direction de NSL Construction pour voir Noah Burke. Elle savait qu'elle aurait mieux fait de ne pas s'en mêler mais, depuis la création de l'association, faire profil bas n'était pas au programme.

— Trop occupée pour nous avertir au sujet de Burke ? insista Jennifer.

Oui et non, se dit-elle en pensant à Sean, qui restait toujours introuvable. David lui avait fourni les informations qu'elle cherchait sur la plaque d'immatriculation de la berline. La voiture était enregistrée au nom d'une femme et, en remontant la piste, Jonathan avait découvert qu'il s'agissait de la compagne du patron de Sean. Il ne faisait plus aucun doute pour elle que Sean avait vu juste ; son épouse avait une liaison.

— Cette nouvelle a dû te faire un choc, continua Jennifer à l'autre bout du fil. Tu ne devais pas t'attendre à ce qu'il sorte aussi vite ! Pas avant cinq ou sept ans, en tout cas.

Effectivement, la nouvelle lui avait fait un choc, admit Skye. Même si elle pensait l'avoir encaissée, la réalité n'en restait pas moins insupportable : Burke circulerait à sa guise dans Sacramento — la ville où elle vivait — dès le lendemain soir. Elle se garda pourtant de confier ses angoisses à Jennifer, de peur qu'elle n'en parle à son père — qui, à son tour, se sentirait obligé de l'appeler.

Joe travaillait à vingt minutes de l'appartement que Jennifer partageait avec deux amies, et il tentait régulièrement de l'inclure dans leur vie de famille. Il l'avait même invitée le mois dernier à passer Noël avec eux. Elle lui en était reconnaissante, mais il avait déjà Jennifer et Brenna d'une première union et deux jeunes enfants avec sa nouvelle femme. Il n'y avait pas de place pour elle dans sa vie… et elle se défendait de l'aimer comme un père, redoutant de découvrir que ses gestes n'étaient rien de plus que des gestes.

— C'est comme ça, dit-elle en s'efforçant de paraître sereine.

— Pourquoi faut-il que tu te défiles quand il se passe quelque chose de grave ? s'emporta Jennifer.

— Je ne me défile pas. J'étais vraiment très occupée !

Jennifer n'insista pas, et Skye se détendit. Elle n'avait aucune envie de lancer la discussion sur ce sujet.

— Burke revient vivre à Sacramento ?

Le feu venait de passer au vert. Skye prit son temps pour démarrer. Si seulement elle pouvait clore cette conversation avant d'arriver aux bureaux de Noah… Un coup de Klaxon impatient retentit derrière son véhicule, la forçant à accélérer.

— Ça va, ça va ! marmonna-t-elle.

— Qu'est-ce que tu dis ?

— Burke n'a plus le droit d'exercer son métier en Californie, mais sa femme vit toujours ici, comme le reste de sa famille.

— Il est sacrément gonflé, quand même ! Retourner chez lui, comme si de rien n'était, après ce qu'il a fait ! A sa place, je me cacherais dans un trou de souris.

— Tu n'es pas à sa place, justement… Il n'éprouve aucun sentiment de culpabilité, tu sais ! Il clame toujours son innocence, et il y a des gens pour le croire : les bureaux de l'association ont été vandalisés à plusieurs reprises pour me punir de ce que j'ai fait contre ce « bon père de famille » !

— Sa femme est sûrement derrière tout ça.

C'était possible. Jane lui avait envoyé plusieurs lettres assez agressives.

— Je ne sais pas comment elle se débrouille pour continuer à lui faire confiance, poursuivit Jennifer. Mon Dieu, il t'a…

Elle s'interrompit, et Skye lui en sut gré. Elle n'avait pas besoin qu'on lui rappelle ce que Burke lui avait fait : elle le revivait presque chaque nuit. La lame qui glissait le long de son cou, le poids de son agresseur, qu'elle repoussait de toutes ses forces… Elle se réveillait exténuée, le lit en bataille. Elle ne pouvait même plus voir de bonbons sans penser à lui. Il avait dû sucer une pastille de menthe juste avant de l'agresser et cette odeur lui était devenue insupportable.

— Il peut aller où bon lui semble, dit-elle. Ce sera un homme libre dès demain.

— Il va s'installer où, d'après toi ?

— Il sera enregistré comme délinquant sexuel et devra signaler chacun de ses changements de situation.

Mais le ferait-il ? C'était une autre histoire ! Sacramento ne comptait que deux inspecteurs pour surveiller plus de deux mille cinq cents délinquants sexuels.

— Alors, qu'est-ce que tu comptes faire ? Te connecter chaque matin au fichier en prenant ton petit déjeuner ?

— Grâce à Dieu, ce fichier existe. Imagine ce que ressentaient les victimes quand elles ne pouvaient rien savoir ! Maintenant, au moins, on peut tenter de se protéger…

— Et si tu venais vivre près de chez nous ? Brenna s'est installée à San Diego pour ses études, mais elle revient une fois par mois. Et papa est tout près.

S'éloigner de Sacramento n'était pas la solution — pas même une échappatoire.

— Je ne veux pas déménager, Jen.

— Qu'est-ce qui t'en empêche ? Il y a beaucoup à faire, ici, question criminalité. On est à Los Angeles ! Tu pourrais ouvrir une antenne.

Skye fit la moue. Elle adorait sa maison. Sheridan et Jasmine avaient besoin d'elle ; et même si elle refusait de se l'avouer, elle ne voulait pas s'éloigner de l'inspecteur Willis.

— Plus tard, peut-être…

Il y eut un silence sur la ligne.

— Jennifer ?

— Que veux-tu que je te dise ? bougonna sa demi-sœur. J'ai peur, et je suppose que toi aussi. Je ne veux pas en rajouter… C'est la dernière chose à faire, n'est-ce pas ?

— Ça va aller, je t'assure, tempéra Skye tout en tournant dans Greenback Lane.

— Je ne suis sûre de rien, justement ! Que feras-tu s'il cherche à se venger ?

— Je le tuerai.

— J'espère que tu n'es pas sérieuse… Tu me fiches la chair de poule.

Skye n'essaya pas de lui expliquer le désespoir et la peur qu'elle avait éprouvés, jour après jour, pour en arriver à envisager une telle extrémité.

— Je dois te laisser, coupa-t-elle, désireuse de clore la conversation.

— Tu es fâchée contre moi ?

— Pas du tout, mais j'ai un rendez-vous.

— Tu me rappelles ?

Arrivée près des bureaux de Noah, elle repéra aussitôt une camionnette aux couleurs de l'entreprise, garée devant le bâtiment. Pouvait-elle en conclure qu'il était dans les locaux ?

— Skye ?

— Oui. Je t'appelle dans une heure ou deux, promit-elle.

Elle raccrocha, puis s'arrêta sur un emplacement d'où elle ne pouvait pas être vue par Noah ou ses collègues. Elle ne craignait pas vraiment d'être repérée, puisqu'elle avait l'intention de lui parler. Mais l'effet de surprise pouvait jouer en sa faveur.

Dès qu'il l'avait eu en main, David avait eu la conviction que le calepin était bien celui de Burke. Sa lecture le confortait dans cette certitude. Il n'avait même pas fallu deux heures au cryptographe, auquel il avait faxé quelques pages, pour déchiffrer ce qui se révélait un simple code de transposition alphabétique. Le carnet contenait une liste d'initiales. En face de chacune d'elles était noté ce qui apparaissait comme des rancœurs ou des contrariétés ; nombre d'entre elles avaient été barrées.

« S.E. Grossier au bureau… T.L. Manque de respect devant K.P… J.O. Désagréable avec mon épouse… P.B. Réitère ses impolitesses… S.W. Plus négligent que jamais… L.B. Connard soupçonneux… T.M. Malhonnête… »

Il avait appelé Skye pour la tenir au courant, mais elle avait écourté leur coup de fil : elle avait du travail, apparemment. Quand son téléphone sonna une heure plus tard, il crut que c'était elle.

Il leva les yeux du carnet, et décrocha.

— Inspecteur Willis.

— Bonjour, je suis Miranda Dodge. Vous m'avez contactée par mail au sujet d'Oliver Burke.

David fit rouler son fauteuil plus près de son bureau.

— Ah ! Merci de m'appeler, madame Dodge.

— Appelez-moi Miranda. Je suis désolée de ne pas l'avoir fait plus tôt, mais je travaille à l'école de ma fille tous les jeudis… Je viens juste de rentrer.

— Je comprends.

— Que puis-je faire pour vous ? Oliver est-il mêlé à une nouvelle affaire ?

David écarta le carnet.

— Oui. Je le soupçonne d'être impliqué dans une série de crimes odieux. Que pouvez-vous me dire sur lui ?

— Pas grand-chose. Nous n'avons jamais été très proches.

— A quand remonte le premier souvenir que vous gardez de lui ?

— Oh ! Nous avons une longue histoire, lui et moi ! ironisa-t-elle. Mes parents se sont installés à Sacramento quand je suis entrée en CM2. Nous étions dans la même classe à l'école primaire, puis nous nous sommes retrouvés dans le même collège.

— Vous l'appréciiez ?

— Pas particulièrement. Mais il me faisait de la peine.

— Pourquoi ?

— Tout le monde s'en prenait à lui. Il était un peu le mouton noir.

Surpris, David tapota distraitement son crayon sur son bureau. Burke était issu d'une famille plutôt aisée, attentive et aimante. Doté d'une physique agréable, il était plus intelligent que la moyenne.

— Quelle était la cause de ce harcèlement ?

— Il était petit pour son âge, et pas très sportif. Quand nous étions en récréation ou en cours d'éducation physique, personne ne voulait l'avoir dans son équipe. Du coup, il a vite cessé de jouer avec les garçons. Et il s'est mis à traîner avec les filles... Ça ne fonctionnait guère mieux, d'ailleurs : on était les seules à l'accepter, mais il agissait parfois comme s'il nous détestait précisément pour cette raison. Par la suite, quelques garçons ont fait courir le bruit qu'il était gay, allant jusqu'à refuser de se changer devant lui dans les vestiaires !

— Comment réagissait-il ?

— Il bouillait de rage. Au-delà de ce que vous pouvez imaginer... Un jour, à l'heure du déjeuner, un élève l'a accusé d'avoir essayé de lui mettre la main aux fesses. Oliver a piqué une de ces crises ! C'est la seule fois où je l'ai vu se battre.

— Ils en sont venus aux mains ? enchaîna-t-il.

— Oui. C'était en quatrième. Oliver s'en est très mal tiré… Il était sérieusement amoché quand son père est venu le chercher, ce jour-là ! Il avait le visage en sang, mais M. Burke n'avait pas l'air inquiet, lui. Il le regardait d'un air impassible, comme s'il se fichait de le voir dans cet état. Il paraissait plutôt… content, en fait. Comme si Oliver avait enfin accompli quelque chose dont il était fier.

David se demanda si l'engouement de Burke pour les listes datait de cette période.

— Les railleries ont-elles cessé après cet épisode ?

— Pas vraiment. Elles ont même plutôt empiré… Mais au lycée, les choses ont changé : celui qui le harcelait depuis l'école primaire, et avec lequel il s'était battu, est mort dans un accident. Il s'est noyé, je crois. Et puis, Oliver avait un peu grandi, et il participait à des activités qui le valorisaient : il s'est inscrit au Club des Débats, par exemple. Il a commencé à sortir avec des filles, ce qui a mis fin aux rumeurs qui circulaient sur son orientation sexuelle.

— Il semblait plus heureux ?

— Absolument. Surtout quand il a eu une petite amie attitrée. Elle était plus âgée que lui… Une coiffeuse, je crois. A partir de là, il s'est mis à se comporter comme s'il était le type le plus cool du campus.

— Quand l'avez-vous surpris en train de vous espionner ? s'enquit David en consignant son récit sur l'ordinateur.

— Après le bal annuel du lycée.

— Etait-ce après qu'il se soit mis en couple avec Jane ?

— Jane ?

— Sa femme. Il s'est marié avec la coiffeuse dont vous parliez, précisa-t-il.

— Ah ! Je l'ignorais. En tout cas, il sortait déjà avec elle quand il m'a espionnée. C'est bizarre, non ?

David ne put qu'acquiescer. Même avec Jane dans sa vie, Burke cédait encore à ses mauvais penchants.

— Pensez-vous qu'il ait harcelé ou épié d'autres filles, à cette époque ?

— Non, mais je suis presque sûre que c'est lui qui m'a écrit des lettres anonymes. Je ne sais pas comment il s'était procuré la combinaison de mon casier, mais il les avait mises à l'intérieur.

— Qu'est-ce qui vous fait penser qu'il en était l'auteur ?

— La façon dont il me dévisageait après les avoir envoyées. J'avais l'impression qu'il se réjouissait de mon malaise.

— Que disait-il dans ces lettres ?

— Certaines étaient très explicites. Répugnantes même, surtout pour une jeune fille de dix-sept ans ! Elles étaient pleines d'insinuations agressives et de petits croquis.

David baissa les yeux sur une des pages du carnet, où figurait un couteau dégoulinant de sang.

— Quel genre de croquis ? demanda-t-il.

— Il dessinait des garçons, des filles, des mains, des visages. Il y avait aussi des alliances, des yeux, des organes sexuels. Ça changeait toujours, à part les dessins de poitrines dénudées et de couteaux qui, eux, revenaient toujours.

David se redressa, le souffle court.

— Vraiment ? Dites-moi que vous avez encore une de ces lettres !

— Non, je suis désolée. Quand je les ai montrées à mes parents, ils les ont transmises au proviseur. De toute façon, ce n'était pas le genre de choses que je voulais conserver.

Il retint un soupir. Si seulement il pouvait relier ces lettres à Burke ! En les joignant au calepin, il prouverait qu'Oliver nourrissait des fantasmes malsains dès l'adolescence. Et qu'il associait les couteaux et les femmes bien avant l'agression de Skye, bien avant les meurtres de Meredith, Patty et Linda…

— Est-ce que le proviseur l'a convoqué ?

— Il nous a fait venir tous les deux dans son bureau. Oliver lui a démontré que son écriture ne correspondait pas à celle des lettres et qu'il n'avait aucun moyen de connaître la combinaison de mon casier. M. Easton l'a laissé partir.

— Avez-vous reçu d'autres lettres après ça ?

— Non. Mais une semaine après, j'ai surpris Oliver sous les fenêtres de ma chambre.

— Etait-il fâché que vous ayez tout raconté à vos parents ?

— Il n'a rien laissé paraître, en tout cas. Il s'est justifié en prétendant qu'il essayait seulement d'attirer mon attention — qu'il voulait voir si j'allais sortir et lui parler. C'était faux, bien sûr !

— Qu'est-il arrivé après ça ?

— Rien. Nous avons changé de quartier et j'ai fini ma scolarité à Roseville.

Ce déménagement lui avait probablement sauvé la vie, songea-t-il. Ou le suivant, celui qui l'avait éloignée de Sacramento et de l'obsession d'un jeune garçon nommé Oliver Burke.

— A quel moment avez-vous quitté la ville ?

— Juste après le bac. Je suis partie à New York pour devenir mannequin.

— C'est là que vous vivez actuellement ?

— Non, j'habite dans le New Jersey. Les maisons coûtent moins cher au mètre carré.

— Burke a-t-il cherché à vous joindre depuis votre départ de Sacramento ?

— Il m'a envoyé une carte juste après la parution des photos dans *Playboy*.

— Comment s'était-il procuré votre adresse ?

— Il a contacté ma mère. Il l'a embobinée en lui faisant croire que nous étions de vieux amis.

— Elle ne se souvenait pas de l'incident ?

— Non. Le temps avait passé, et puis… rien dans son discours ne lui a mis la puce à l'oreille. Il était parfaitement courtois. Et il a précisé qu'il était médecin, ce qui l'a mise en confiance.

— Que disait la carte qu'il vous a envoyée ?

— Il me racontait qu'il était un dentiste « influent » à présent, et que si je passais par Sacramento, il serait ravi de me blanchir les dents gratuitement. Il précisait que je pourrais séjourner chez lui, dans le pavillon réservé aux invités.

— Avez-vous répondu ?

— Non. Je ne tenais pas à reprendre contact avec lui. J'avais trop peur qu'il recommence à m'importuner ! Ce n'était pas seulement à cause de l'épisode de la fenêtre : il y avait les lettres, aussi.

David relut ses notes.

— Avez-vous d'autres précisions à m'apporter ?

Il y eut un silence au bout de la ligne.

— Pas vraiment, reprit Miranda. Il m'a toujours donné la chair de poule… Même lorsqu'il était petit, il dégageait quelque chose d'inquiétant. Sa réussite professionnelle n'y a rien changé. C'est pour ça que je n'ai pas été surprise quand j'ai appris qu'il avait été condamné pour tentative de viol.

David ouvrit de nouveau le carnet posé devant lui. Les initiales « M. D. » correspondaient forcément à Miranda Dodge. A moins qu'il ne s'agisse d'une coïncidence ? Non. Il ne croyait pas aux coïncidences, de toute façon. Les initiales de Miranda revenaient à plusieurs reprises au fil du texte, même après le départ de la jeune femme pour New York.

« M.D. N'a pas répondu… M.D. Se croit trop bien… M.D. L'informatrice. »

Manifestement, l'éloignement n'avait pas entamé la fascination d'Oliver pour son ancienne camarade de classe.

— Merci de m'avoir consacré un peu de temps, madame Dodge. Vous m'avez beaucoup aidé.

— Dites-moi, inspecteur : les crimes que vous avez évoqués, tout à l'heure… S'agit-il d'autres viols ?

— Oui. De viols… et de meurtres.

— Mais… il est toujours en prison, n'est-ce pas ? reprit Miranda d'une voix tremblante.

David vérifia machinalement sa montre, ce qu'il faisait de plus en plus souvent à mesure qu'approchait la date fatidique. Il était presque 17 heures.

— Il sort demain matin, annonça-t-il à contrecœur.

Elle laissa échapper une exclamation horrifiée.

— Demain ? Mon Dieu… Vous pensez qu'il va chercher à me voir ?

« M.D. Ne comprend pas… M.D. Un jour. »

— Je ne crois pas, assura-t-il. Mais vous devriez peut-être fermer temporairement votre site Web.

— Pourquoi ?

— Parce qu'il vous verra en photo, ce qui réactivera son obsession. Et qu'il sera tenté de vous contacter.

— Vous avez raison, mais… mon mari et moi sommes en mauvais termes, avoua-t-elle. Nous allons sûrement nous séparer. Or, ce site est ma principale source de revenus !

David se massa le front. Que lui répondre ? Il serait plus sage de ne pas tenter Burke, mais elle ne pouvait pas cesser de vivre !

— Si vous ne pouvez pas vous permettre de fermer votre site, supprimez au moins les photos les plus osées… Et restez vigilante. Appelez-moi immédiatement si vous entendez parler de lui.

— Comptez sur moi.

Sa nervosité était palpable lorsqu'elle raccrocha.

Plus âgé que son frère, Noah Burke était aussi plus musclé et plus séduisant. Mêmes cheveux blonds, mêmes yeux bleus mais les traits plus marqués, il dégageait une virilité indéniable. C'est Jane qui a dû faire le premier pas, songea Skye en l'observant. Le problème, c'est que Noah n'était pas disponible… et que leur liaison, s'il venait à la découvrir, emplirait certainement son pervers de mari d'une rage meurtrière.

— Que faites-vous ici ? demanda Noah d'un ton sec.

La secrétaire et le sous-traitant — à en juger par la conversation qu'elle venait d'interrompre — qui discutaient dans le hall levèrent les yeux vers elle, manifestement surpris.

Elle était convaincue que le frère d'Oliver l'avait reconnue. Malgré la méfiance qui brillait dans ses yeux, il avait parlé sans élever la voix, ce qui la rassura.

— Accordez-moi quelques minutes, plaida-t-elle. Ça ne sera pas long.

Il la détailla lentement, des pieds à la tête, comme s'il

prenait le temps de considérer la possibilité de la mettre ou non dehors.

— Nous n'avons rien à nous dire, conclut-il.

Skye se redressa.

— Laissez-moi au moins *essayer* de vous parler.

Le silence embarrassé qui suivit sa remarque sembla convaincre Noah que cet entretien devait se poursuivre en privé.

— Allons dans mon bureau, concéda-t-il en haussant les épaules.

Il lui tint la porte ouverte et, d'un mouvement de la main, lui en désigna une autre, plus massive, en acajou. Il lui emboîta le pas et l'introduisit dans une vaste pièce cossue, magnifiquement lambrissée, avec parquet en chêne et rosace au plafond.

— C'est superbe, commenta-t-elle en tournant les yeux vers la grande fenêtre.

— Merci, répondit-il. Voulez-vous vous asseoir ?

Skye était venue le trouver avec la certitude de le détester. Il trompait sa femme, mentait à ses enfants et mettait Jane en danger… mais sa courtoisie la désarma. Il se montrait réellement poli avec elle, alors qu'il avait toutes les raisons de ne pas l'être : n'était-elle pas la femme qui avait « faussement » accusé son petit frère d'un crime odieux ?

Elle n'avait pas oublié la sollicitude avec laquelle il s'était efforcé de réconforter sa mère et Jane quand le verdict était tombé. « J'espère que vous êtes satisfaite », lui avait-il lancé, le visage dur et froid comme de la pierre, lorsqu'ils s'étaient trouvés face à face, au sortir du tribunal.

— Qu'est-ce qui vous amène ? demanda-t-il en s'asseyant derrière son large bureau.

Elle fit de même, la gorge nouée d'appréhension. A cet instant, elle aurait tout donné pour être ailleurs. La méfiance et le scepticisme qu'il affichait lui étaient extrêmement pénibles.

— Eh bien… J'aimerais que vous preniez conscience de certaines choses, commença-t-elle.

— Je vous écoute.

— Tout d'abord, sachez que je n'ai pas menti.

— A propos de…

— De ce qui s'est passé.

Il baissa les yeux sur la petite pendule qui était posée sur son bureau.

— Cela n'a plus d'importance, lâcha-t-il. Oliver a purgé sa peine, maintenant. Toute cette histoire sera bientôt derrière lui.

Elle se pencha, essayant de croiser son regard.

— Je crains que non. Il sort demain. A moins d'avoir beaucoup changé, ce dont je doute, rien ne l'empêchera de s'en prendre à quelqu'un d'autre. Ce n'est qu'une question de temps.

— Arrêtez ! Vous êtes folle ou paranoïaque, ou les deux à la fois, peut-être, mais…

— Je ne suis rien de tout ça, l'interrompit-elle. Il m'a mis un couteau sous la gorge pendant qu'il m'arrachait mon pyjama ! C'est la vérité.

Une expression peinée s'afficha sur les traits réguliers de Noah.

— Ecoutez. Vous… Vous semblez sincère, et je mentirais en prétendant que je ne me suis jamais interrogé. Mais votre histoire ne tient pas debout. Vous parlez de mon petit frère ! J'ai grandi avec lui. C'était le gamin le plus gentil du quartier. Il était si gentil que mes copains me charriaient parfois en me demandant où était ma petite *sœur* ! Et vous voulez me faire croire que ce garçon-là est un criminel ?

L'épreuve qu'elle avait endurée était une chose. Etre soupçonnée de mensonge en était une autre — qu'elle ne souhaitait à personne. Elle vivait très mal les doutes persistants qui l'obligeaient à se justifier en permanence.

— Quel intérêt aurais-je à mentir ? demanda-t-elle.

— Parce que vous étiez… dans un état second. Je ne sais pas, moi ! Il arrive que la mémoire nous joue des tours. Je ne vois que ça.

Elle leva brusquement.

— Ma mémoire ne me joue pas de tours. Je sais ce que je dis ! Il s'est passé quelque chose que je n'oublierai jamais. Et je vais devoir vivre avec, chaque jour de ma vie !

Il se leva à son tour.

— Mais vous l'avez utilisé à votre avantage, n'est-ce pas ?

Votre association d'aide aux victimes paie vos factures, non ? C'est Jane qui a vraiment trinqué. Elle a tout perdu dans cette affaire !

— Heureusement qu'elle vous a, vous !

Il la dévisagea, le souffle court.

— Qu'est-ce que vous dites ?

— Vous m'avez bien entendue. Si votre frère le découvre, je n'aurai plus à essayer de vous convaincre qu'il est dangereux. Vous l'apprendrez à vos dépens. Ou à ceux de Jane.

Attrapant son sac, elle se dirigea vers la porte.

— Madame Kellerman !

La panique qu'elle perçut dans sa voix l'arrêta sur le seuil du bureau. Elle se retourna. Pétrifié, le visage soudain terreux, Noah avait perdu toute sa superbe.

— Gardez ça pour vous, je vous en prie… Je ne veux blesser personne… Ni ma femme ni mon frère. Je n'ai jamais voulu… *Nous* n'avons jamais voulu… C'est juste…

Visiblement embarrassé, il se contenta de hausser les épaules.

—… arrivé.

Il baissa la tête comme si le tout poids du monde venait de lui tomber sur les épaules. Il semblait si désemparé que Skye eut pitié de lui.

— Je cherche à éviter que quelqu'un soit blessé, moi aussi, murmura-t-elle. C'est la raison de ma présence ici.

Il lui lança un regard hésitant.

— Vous n'en parlerez pas ?

— Seulement à l'inspecteur Willis… parce que je compte sur lui pour protéger Jane.

— Oliver ne lui ferait jamais de mal.

— Croyez ce que vous voulez, ça m'est égal. Mais ne pariez pas votre vie là-dessus !

— Ma vie ? Il ne me ferait pas de mal non plus ! Et même s'il essayait… vous m'avez bien regardé ?

— Cela n'a rien à voir avec la force physique. Oliver est un homme rusé.

Elle repensa à l'appel de David, reçu au moment où elle pénétrait dans les bureaux de Noah. Il lui avait appris que le carnet d'Oliver recelait une longue liste de contrariétés et de vexations qui auraient paru anodines à la plupart des gens — sauf à Oliver Burke.

— Et il a la rancune tenace, ajouta-t-elle avant de s'éloigner.

11

Skye promena un regard circulaire sur la cafétéria bondée, s'attardant sur les visages animés des clients qui l'entouraient. Ils riaient, ils bavardaient, ils s'agitaient, ils mangeaient… En un mot : ils vivaient. Ce qu'elle ne faisait plus depuis longtemps. Elle avait désormais le sentiment d'évoluer en marge de la vie. D'assister en simple spectatrice au déroulement de sa propre existence. D'ordinaire, elle parvenait à donner le change — mais ce jeudi soir n'avait rien d'ordinaire. Un meurtrier était sur le point de recouvrer la liberté. Un tueur au physique avenant qui ressemblait à un monsieur quelconque…

Elle prit une autre cuillerée de la soupe à l'oignon qu'elle avait commandée. Le repas du condamné, songea-t-elle ironiquement en faisant la grimace. Le dernier dîner, en tout cas, qu'elle prendrait en sachant que Burke ne pouvait l'atteindre. C'était un moment particulier, qu'elle préférait passer seule.

Elle aurait pu inviter Jasmine et Sheridan à se joindre à elle, mais elle était trop angoissée pour être de bonne compagnie. La conversation se serait inévitablement orientée sur Burke, et ses amies lui auraient reproché les risques qu'elle prenait en enquêtant sur son agresseur. Quand ses associées l'avaient appelée une heure plus tôt pour s'assurer que tout allait bien, elle leur avait annoncé son intention de se coucher tôt. Jasmine et Sheridan avaient approuvé, conscientes de sa fatigue. Oui, elle avait besoin de repos… mais David l'avait appelée peu après pour l'informer que les empreintes digitales retrouvées sur le calepin étaient bien celles d'Oliver. A quoi bon essayer de dormir après ça ? Dépitée, elle avait changé d'avis, et décidé de s'offrir un repas au restaurant avant de rentrer chez elle.

Elle ferma les yeux pour refréner la panique qu'elle sentait progressivement monter en elle. Elle n'avait pas cédé à la paranoïa qui avait menacé de la submerger après l'agression, mais elle restait tapie au fond d'elle, prête à surgir à la moindre alerte. Skye avait beau la tenir à distance, cette méfiance exacerbée doublée d'angoisse finissait toujours par trouver une petite fissure où se loger. Et croître en elle comme une mauvaise herbe.

Calme-toi. Tu n'as aucune raison de paniquer.

Elle passait une soirée paisible et prenait un vrai repas au lieu de grignoter sur le pouce, devant son ordinateur ou au volant de sa voiture, comme elle en avait l'habitude. Burke était en prison… pour quelques heures encore. Mais demain, il serait libre d'arpenter les rues de Sacramento…

Détends-toi. Inspire profondément. Tu es sur une immense plage de sable blanc… Les vagues viennent doucement caresser le rivage. Il fait chaud… Le ciel, d'un bleu intense, rejoint au loin le bleu de la mer. Tu te fonds dans ce bleu. Tu es en sécurité. Tu es bien. Tu es en paix.

Elle avait toujours refusé de prendre des somnifères ou des antidépresseurs. Le psychologue qu'elle avait consulté après l'agression lui avait appris quelques techniques de relaxation susceptibles de l'aider à canaliser ses angoisses. Ça ne fonctionnait pas toujours, mais ce soir, ses injonctions se révélaient efficaces. Elle reprit peu à peu le contrôle d'elle-même… jusqu'au moment où elle se sentit observée. Elle ouvrit les yeux. Et l'aperçut aussitôt. Assis seul à une table à l'autre bout de la salle, un homme en jean et long manteau de cuir ne la quittait pas des yeux. Quel âge pouvait-il avoir ? Avec ses piercings plantés dans les lobes de ses oreilles, c'était difficile à dire… Guère plus de vingt-cinq ans, en tout cas.

Elle croisa son regard. A sa grande surprise, il ne détourna pas les yeux, continuant de la dévisager avec une effronterie qui défiait toutes les règles de courtoisie. Il lui décocha même un sourire — trop énigmatique pour qu'elle parvienne à l'analyser.

Que voulait-il ? Etait-il un autre Burke ? Un psychopathe qui prenait plaisir à faire souffrir ses victimes ?

Le cœur battant, elle porta son verre à ses lèvres et but quelques gorgées d'eau. « Je suis sur une plage de sable fin… Je me fonds dans le bleu du ciel » se dit-elle, les yeux fermés en cherchant à maîtriser ses émotions.

Quand elle les rouvrit, le type l'observait toujours. Sourire aux lèvres, il affichait ouvertement son intérêt, comme s'il s'amusait de son désarroi.

Elle le fusilla du regard et plongea la main dans son sac. Ses doigts se refermèrent sur le métal froid de son pistolet. Nul besoin de plage, de soleil et de ciel bleu. Elle avait une arme et n'hésiterait pas à l'utiliser si elle y était contrainte.

Cette certitude ne parvint pas à l'apaiser, hélas ! Son dos trempé de sueur lui prouva qu'elle avait perdu la partie : la peur l'avait emporté, cette fois encore. Lorsque l'homme baissa brièvement les yeux sur son assiette, elle se leva pour partir, son sac serré contre elle.

Elle déposa son plateau sur le chariot prévu à cet effet, et se hâta vers la porte. Elle allait sortir quand le type s'approcha.

— S'il vous plaît…, dit-il. Attendez !

Dissimulait-il un couteau sous son manteau ? Possible. Il avait plongé les mains dans ses poches…

« Arrête ! » s'ordonna-t-elle, consciente de céder à la panique. Le comportement bizarre de ce type ne faisait pas forcément de lui un tueur en série… Mais sa panique ne répondait ni au bon sens ni aux statistiques — d'autant moins qu'elle avait fait partie de ces statistiques, justement.

Déterminée à partir, elle fit mine de ne pas avoir entendu et poussa la porte… puis s'immobilisa, prise de remords. Elle avait tort de laisser son imagination prendre le dessus. Le type l'avait peut-être vue à la télé, tout simplement ! Et il voulait lui parler.

Autant éclaircir la situation avant de s'enfuir, non ?

— Oui ? fit-elle en relevant le menton.

— Je vous ai vue assise là-bas, toute seule… et je… je vous trouve très séduisante.

Ce n'est que ça ! se dit-elle, vaguement irritée. Cet imbécile lui avait fichu une de ces trouilles !

— Merci.

Il passait d'un pied sur l'autre — pour lui montrer qu'il était intimidé, sans doute — mais elle demeura méfiante.

— Je sais que ce n'est pas très original, mais… je viens de m'installer dans le coin et je ne connais personne. J'aimerais vous inviter au cinéma.

— Maintenant ?

— Pourquoi pas ? Sauf si vous avez déjà des engagements.

Elle haussa les sourcils. Peu d'hommes se montraient aussi directs… Mais il était séduisant, au moins. Assez pour qu'elle se sente flattée. Son invitation semblait sincère, après tout… et rien d'officiel ne la liait à David. Combien de fois Sheridan, Jasmine et elle avaient-elles regretté d'avoir sacrifié leur vie privée à l'association ? Cette rencontre lui permettrait peut-être de changer les choses. Il était un peu jeune, certes…

— Pas ce soir, désolée, répondit-elle néanmoins.

— Vous n'êtes pas libre ?

Si, mais elle préférait rester seule. Surtout ce soir. Elle aspirait à se rassurer dans un univers familier. Son bureau, par exemple. Elle pourrait s'y réfugier et noyer son angoisse dans le travail. Il y avait tant à faire !

— Je suis très occupée.

— Je vois. Mais j'ai peut-être une chance de vous faire changer d'avis ? insista-t-il en la gratifiant d'un sourire enjôleur.

Si elle voulait tourner la page, il faudrait qu'elle se montre plus sociable. Qu'elle accepte les rencontres impromptues. C'était ce qu'elle répétait à longueur de journée aux victimes qui s'adressaient à elle : « Apprenez à saisir les occasions qui se présentent ! » Mais de là à s'enfermer dans une salle obscure avec un parfait inconnu, il y avait un pas… qu'elle s'interdit de franchir. D'autres l'auraient sans doute fait, à sa place : plus confiantes, elles auraient tenté leur chance. Skye en était incapable : elle n'avait plus confiance en personne, désormais.

— Pas ce soir, dit-elle sèchement.

— Pardonnez-moi… Je suis trop pressant. Puis-je au moins vous laisser mon numéro de téléphone ? Si vous avez envie de manger un morceau ou d'aller voir un film un autre soir…

Pourquoi pas ? Son offre lui parut acceptable, cette fois. Si elle souhaitait le revoir, elle pourrait effectuer quelques vérifications avant de l'appeler. Ça réduisait les risques, non ?

L'homme ne lui donna pas sa carte comme elle s'y attendait, mais s'appuya sur une table pour noter quelques lignes sur un bout de papier.

Il le lui tendit en lui souhaitant une bonne soirée, avant de regagner sa place. Elle sortit et regagna rapidement sa voiture, qu'elle démarra aussitôt. Elle franchit quelques blocs à vive allure, puis céda à la curiosité et déplia le bout de papier. Horrifiée, elle écrasa la pédale de frein et se rangea précipitamment sur le bas-côté. L'inconnu ne lui avait donné ni son nom ni son numéro de téléphone. Il s'était contenté d'écrire la phrase suivante :

« Nous serons bientôt réunis. Tout mon amour — O.B. »

Elle fit demi-tour sur les chapeaux de roues, faillit percuter un camping-car qui arrivait en sens inverse, et brûla plusieurs feux jusqu'au restaurant. La peau moite, les mains glacées, elle ne pensait qu'à une chose : découvrir l'identité de cet homme et éclaircir le lien qu'il entretenait avec Oliver Burke.

Etait-ce le type qui l'avait menacée au téléphone ? Non. Elle aurait reconnu sa voix. A moins que… Bon sang ! Elle n'était plus sûre de rien, à présent.

Elle se gara en double file devant le bâtiment et courut jusqu'à la cafétéria. Trop tard : l'inconnu avait disparu. Elle scruta chaque visage, vérifia les toilettes, le parking et interrogea même les clients — en vain.

Certains convives avaient aperçu l'homme qui l'avait abordée, mais aucun d'eux ne put l'aider à l'identifier.

David savait qu'il ne trouverait pas le sommeil — pas en sachant qu'Oliver Burke sortirait de prison le lendemain matin. Assis devant la télévision, il zappait d'un programme à l'autre tout en pensant à Skye. Que faisait-elle ? A quoi pensait-elle ? Elle devait être terrifiée. Particulièrement après que l'analyse des empreintes ait confirmé que le carnet était bien celui d'Oliver.

Elle avait pourtant gardé son calme lorsqu'il lui avait appris la nouvelle, affirmant qu'elle s'y attendait… Ce qui ne signifiait pas qu'elle s'en fichait. Lui non plus, d'ailleurs. Car le contenu du calepin était préoccupant. Oliver planifiait-il de venger toutes les « offenses » qu'il avait si soigneusement répertoriées ? Sinon, pourquoi en aurait-il dressé la liste ? Et pourquoi aurait-il barré certains griefs ?

David était prêt à parier que la plupart des gens qui figuraient sur ces pages n'avaient même pas conscience de l'avoir mis en colère. Peut-être l'avaient-ils bousculé dans la rue sans daigner se retourner… Ou ne lui avaient-ils pas prêté l'attention que Burke pensait mériter. Depuis, humilié, il ruminait et préparait sa vengeance.

Certaines dates étaient très anciennes — bien avant l'achat de la maison — et David regrettait de ne pas pouvoir relier davantage d'initiales à l'entourage actuel de Burke, ce qui lui aurait permis de vérifier sa théorie. Si Oliver avait essayé de tuer tous ceux qu'il avait inscrits sur sa liste, il aurait semé beaucoup de cadavres derrière lui. Or, Miranda Dodge, par exemple, était bel et bien en vie.

Meredith Connelly était peut-être sa première victime. Ses initiales apparaissaient à la fin du carnet. Aucune mention, en revanche, de « L.F. » pour Linda Farello ou de « P.P. » pour Patty Poindexter, toutes deux assassinées après elle.

Agacé, il posa la télécommande sur la table basse et s'installa à son bureau. Le commentaire inscrit en regard des initiales « M.C. » était le suivant :

« Ne se souvient même pas de mon nom. »

Qu'est-ce qui poussait Oliver à consigner ce genre de petites vexations ? Comment pouvait-il nourrir de la rancune pour des événements aussi anodins ?

Peut-être avait-il croisé Meredith au Pepe's, le restaurant où elle travaillait comme serveuse. Elle était sans doute souriante et d'un abord facile, comme l'exigeait son métier. Oliver s'était-il mépris sur ses intentions ? C'était probable. Meredith l'avait peut-être servi un jour où il était venu déjeuner. Elle lui avait plu, et il lui avait laissé un gros pourboire avec sa carte. Quand il était repassé, elle ne l'avait pas reconnu. Se sentant insulté, il avait commencé à la suivre, à l'espionner — puis il l'avait violée avant de la tuer.

David se redressa. Le scenario tenait la route. Encore fallait-il qu'il en fasse la preuve. Il avait vérifié les relevés de carte de crédit d'Oliver, mais aucune somme ne correspondait à un repas dans ce restaurant. Il avait parlé aux collègues de travail de Meredith. Aucun d'eux ne se rappelait d'un homme ressemblant à Burke traînant à proximité ou tournant autour de Meredith. Mais ce n'était pas très surprenant : Oliver avait la capacité de se fondre dans la masse. Son visage était si banal qu'il ne retenait pas l'attention.

La sonnerie du téléphone retentit. David prit le combiné en se renfonçant dans son siège.

— Allô ?

— Papa ?

— Salut, fiston. Comment ça va ?

— Si M. Green a trente-six concombres et qu'il les vend un dollar trente-neuf l'un, combien coûteront cinq concombres ? énonça-t-il sans préambule.

David sourit. Jeremy faisait ses devoirs de maths, apparemment.

— Tu dois d'abord comprendre le problème pour le résoudre.

— Donne-moi juste la réponse, l'interrompit Jeremy d'une voix impatiente.

— Désolé. C'est à toi de trouver, mais je peux t'aider, dit David qui connaissait la facilité de son fils à se défiler devant les problèmes de maths.

— Paapaa ! geignit-il. Je voudrais terminer pour regarder la fin du film.

Un film ? David jeta un coup d'œil à sa montre. Il n'avait pas réalisé qu'il était déjà plus de 21 heures.

— Comment se fait-il que tu sois encore debout à cette heure-ci ?

— Maman ne m'a pas encore dit d'aller au lit.

— Où est-elle ?

— Dans sa chambre.

— Elle dort ?

— Non, elle est au téléphone.

— Tu sais avec qui ?

— Quelqu'un qui s'appelle Skye. C'est drôle comme prénom, hein ?

Pas du tout, songea-t-il, alarmé.

— As-tu entendu ce qu'elle disait ?

— Non. Quand je suis entré dans sa chambre, maman m'a fait sortir et elle a fermé la porte derrière elle.

— Qui a appelé ? demanda-t-il.

Il connaissait la réponse. Skye n'avait aucune raison de contacter Lynnette. De plus, elle ne connaissait pas le numéro du portable de son ex-femme.

— Je n'en sais rien, répondit Jeremy.

— Ce n'est pas grave. Cherchons plutôt la solution à ton problème.

Il fallait qu'il parle à Skye. Il composa son numéro aussitôt après avoir raccroché.

Postée derrière les stores baissés de son bureau, toutes lumières éteintes, Skye scrutait les alentours. A l'exception de sa voiture, le parking était désert. Elle avait verrouillé les portes et posé son pistolet sur l'étagère de la bibliothèque, à portée de main. Elle était tendue, effrayée à l'idée qu'un étranger, un homme en relation avec Burke, avait tenté de la faire monter dans sa voiture. Il devait la suivre. Sinon, comment aurait-il su qu'elle se trouvait dans ce restaurant ?

Etait-il là, dehors, en cet instant même ?

Impossible de le savoir. L'épouse de David lui avait téléphoné et, pendant les quelques minutes qu'avait duré la conversation, l'homme avait pu franchir la porte d'entrée sans qu'elle s'en aperçoive.

« Y a-t-il quelque chose entre vous et mon mari ? », lui avait demandé Lynnette sans préambule.

Prise au dépourvu, Skye n'avait su que répondre.

« Votre mari ? avait-elle marmonné. Je croyais que vous étiez divorcés !

— Nous nous efforçons d'arranger les choses, et nous n'avons pas besoin de complications. Or, c'est ce que vous faites en vous mettant entre nous. Et nous avons un enfant… nous devons penser à lui avant tout ! »

Pourquoi avait-elle décroché et répondu ? Elle ne voulait nuire à personne, surtout pas au fils de David.

Le téléphone du bureau sonna. Elle jeta un coup d'œil par-dessus son épaule, mais ne s'approcha pas pour vérifier le numéro. Elle ne voulait plus parler à personne. Le monde entier lui paraissait hostile, ce soir.

Si seulement elle n'avait pas croisé la route de Burke… sa vie aurait été tellement différente ! Avant cette terrible nuit, elle était joyeuse, sûre d'elle, insouciante et téméraire. L'irruption de cet homme dans son existence lui avait laissé des cicatrices internes plus profondes que celle qui marquait son visage. S'il ne l'avait pas agressée, elle serait probablement mariée, elle aurait une famille…

Son téléphone portable se mit à vibrer dans son sac. Manifestement, c'était bien elle que cherchait à joindre celui ou celle qui venait d'appeler les bureaux. Elle resta debout, près de la fenêtre, incapable de s'en éloigner.

La sonnerie avait à peine cessé que celle du téléphone fixe reprit.

— Fichez-moi la paix ! gémit-elle.

Elle avait rarement été aussi anéantie. Elle dut rassembler toute son énergie pour marcher jusqu'au canapé, sur lequel elle s'allongea, sous les portraits des tueurs en série qu'elle défiait chaque jour du regard.

— Qu'est-ce qui vous pousse à commettre tant d'atrocités ? murmura-t-elle en continuant d'ignorer la sonnerie du téléphone.

Que disaient les psychiatres ? Absence d'humanité ? Absence de conscience morale ? Chacun avait son explication, mais aucun d'eux ne pouvait se targuer de comprendre exactement ce qui se passait dans leur tête. Ce dont elle était sûre, c'est que Burke avait changé pour toujours le cours de sa vie.

Les sonneries finirent par cesser, et elle ferma les yeux. Enveloppée dans son manteau, une chaleur bienfaisante l'envahit lui donnant l'impression d'être dans un cocon protecteur. Si seulement elle pouvait dormir quelques heures…

Elle n'eut même pas vingt minutes de répit avant d'entendre du bruit sur le palier.

Quelqu'un essayait d'entrer.

Les locaux de l'association étaient plongés dans le noir, ce qui inquiéta David. La voiture de Skye était sur le parking, pourtant. Mais elle, où était-elle ? Elle ne répondait ni sur son téléphone portable, ni à son bureau, ni chez elle, bien que Sheridan et Jasmine lui aient toutes deux affirmé qu'elle était rentrée à Sherman Island pour se reposer.

Nimbé dans la lumière que projetait une enseigne au néon, David frappa du poing sur la porte, bien décidé à se faire entendre jusqu'à la dernière salle des locaux de l'association, au cas où elle s'y trouverait. Il aimait savoir où elle était, surtout depuis l'appel anonyme qu'elle avait reçu en début de semaine. Il n'obtint aucune réponse malgré son raffut.

— Skye ? C'est David, cria-t-il. Vous êtes là ? Skye ?

Si elle était sortie, elle n'avait pas pu aller bien loin. Trop peu de temps s'était écoulé depuis le coup de fil de Lynnette, songea-t-il.

Le cœur battant, il se retourna, balayant des yeux la rue animée. Elle ne serait pas partie à pied sans raison. Elle était prudente. Enfin… pas toujours : posséder une arme à feu lui donnait l'impression factice d'être hors d'atteinte.

Il jeta un coup d'œil de l'autre coté de la rue, vers le fast-food. Seule la vente à emporter restait ouverte. Désemparé, il était sur le point de prendre la direction du Delta quand le hall de l'association s'éclaira.

Il ferma brièvement les yeux, s'exhortant au calme. Elle allait bien, Dieu merci ! Mais en la regardant s'avancer, il songea qu'il ne l'avait jamais vue aussi fragile au cours de ces trois dernières années. Elle était si pâle qu'elle lui rappela leur première rencontre, à l'hôpital.

Elle déverrouilla la serrure, et il ouvrit la porte sans lui laisser le temps de toucher la poignée.

— Est-ce que ça va ?

— Qu'est-ce que vous faites ici ? lui demanda-t-elle après quelques instants d'hésitation.

— Je suis venu m'assurer que vous alliez bien.

— Je vais bien, comme vous le voyez !

Elle mentait, c'était évident. Elle passait une mauvaise nuit — et Lynnette n'y était peut-être pas étrangère. Lui non plus, d'ailleurs.

— Je vois bien que quelque chose ne va pas, insista-t-il. Qu'y a-t-il, Skye ? Pourquoi ne répondez-vous pas au téléphone ?

Elle tira un papier de sa poche et le lui tendit.

Il le parcourut des yeux. Et comprit tout.

— Qui vous l'a donné ?

— Un homme dans le restaurant où je dînais.

Il avait besoin de plus de détails, mais ce n'était pas l'endroit idéal, décida-t-il.

— Venez, dit-il en lui tenant la porte ouverte.

Elle fronça les sourcils.

— Où ?

— Chez moi.

Il savait que c'était de la folie de la faire venir dans son appartement. Ne s'était-il pas juré de prendre ses distances pour redonner une chance à Lynnette ? Mais Skye semblait si épuisée… Elle semblait incapable de prendre soin d'elle-même.

— De quand date votre dernière vraie nuit de sommeil ?

Elle haussa les épaules comme si elle s'était résignée aux nuits blanches.

— Vous savez comment cela se passe. Il y a toujours quelque chose à faire. Des endroits à visiter, des gens à voir.

Il aurait voulu lui caresser la joue et lui promettre que tout irait bien. Mais il savait qu'il ne pourrait pas s'empêcher de l'embrasser — et sa décision d'arranger les choses avec Lynnette le retint.

— Laissez-moi veiller sur vous ce soir, murmura-t-il.

Ils échangèrent un long regard.

— Ne vous inquiétez pas pour moi. Je peux me débrouiller, dit-elle en se redressant malgré la lassitude.

— Je sais bien que vous le pouvez.

Lui prenant la main, il lui effleura les doigts.

— Faites-le pour moi alors. Je ne pourrai pas fermer l'œil si je me fais du souci pour vous.

Skye esquissa un sourire.

— Si c'est pour vous…

Il eut un petit rire, et l'entraîna dehors.

— Merci de m'accorder cette faveur, mademoiselle Kellerman.

Après une douche bien chaude, Skye, en T-shirt, caleçon et peignoir prêtés par David, rejoignit ce dernier dans la cuisine. Penché sur le bout de papier qu'elle lui avait remis, il l'examinait avec une attention extrême. Elle s'assit face à lui et patienta en sirotant le vin qu'il lui avait servi pour l'aider à se détendre. Elle feignait une désinvolture qu'elle était loin de ressentir. L'alcool ne tarda pas à produire son effet, d'ailleurs — car elle perdit le fil de ses pensées, accaparée par le spectacle que lui offrait David, plus séduisant que jamais dans son T-shirt et son jean délavé.

— C'est à devenir dingue ! s'écria-t-il brusquement en repoussant le papier avec irritation. Qui est ce type, à votre avis ?

Elle remonta le col du peignoir, et y enfouit son nez. Elle était fatiguée, mais pleine d'appétit : elle avait faim d'intimité, de réconfort et de plaisir. Elle subissait depuis trop longtemps les conséquences dévastatrices de son agression. Ce soir, elle ne souhaitait plus qu'une chose : lâcher prise. Laisser libre cours à ses désirs trop longtemps refoulés. Oui, elle savait exactement ce qu'elle voulait… mais David avait veillé à ne pas l'effleurer depuis qu'il l'avait fait entrer dans son appartement.

— Je pense que c'est un ami d'Oliver, répondit-elle en portant son verre à ses lèvres. Ou quelqu'un qu'il a payé pour m'intimider.

— Décrivez-le-moi encore une fois.

— Il mesure environ un mètre quatre-vingts, il est de corpulence moyenne… Il a les yeux foncés, des cheveux bruns qui lui arrivent aux épaules, un bouc et des piercings dans les oreilles.

— A-t-il des cicatrices ? Des tatouages ?

— Non. A part ses piercings, il pourrait changer d'aspect assez facilement. S'il rasait son bouc, qu'il coupait et teignait ses cheveux et qu'il mettait des lunettes, je crois que je ne le reconnaîtrais pas — à moins d'apercevoir les lobes de ses oreilles.

David reprit le bout de papier. L'homme avait griffonné son mot au dos d'une addition.

— Ça non plus, ça ne nous apprend rien !

— Je me demande depuis combien de temps il me suit… Et s'il sait où j'habite.

C'était cette peur qui l'avait empêchée de rentrer chez elle, tout à l'heure.

— Burke n'est pas du genre à se faire des amis. Il est capable de se montrer agréable, mais il est asocial, en fait.

— Je suis d'accord ave vous : ce type est un solitaire, acquiesça-t-elle. Il faut être profondément renfermé sur soi-même pour établir une telle liste, vous ne trouvez pas ? C'est tellement infantile ! Et dire qu'il est dentiste… Il a fait des années d'études. C'est à n'y rien comprendre !

— L'instruction et l'intelligence n'ont rien à voir avec l'équilibre émotionnel, objecta-t-il.

— Qu'est-ce qui l'a rendu aussi haineux, à votre avis ?

— Difficile à dire. C'est peut-être lié à son éducation…

— Vous croyez ? Il vient d'une bonne famille, pourtant !

— En apparence, oui.

Elle baissa les yeux, savourant le timbre de sa voix. Il lui plaisait tant !

— Avez-vous progressé dans votre enquête ? demanda-t-elle en s'arrachant à la contemplation de ses mains.

— Rien de déterminant. Un surveillant de prison m'a appris qu'il ne conserve que les lettres de son père. Il jette toutes les autres. Cette information recoupe les témoignages que j'ai recueillis auprès de certains proches de Burke. Il semble qu'il ait entretenu des relations complexes avec son père quand il était petit. Les témoins m'ont parlé de sa jalousie persistante envers son frère et de son sentiment d'infériorité. Certains ont mentionné des problèmes d'identité sexuelle. Mis bout à bout, ces renseignements m'aident à me faire une idée plus claire du personnage, mais… ce n'est pas suffisant.

— Si seulement sa mère acceptait de nous parler en toute franchise !

— Impossible : elle nie totalement la réalité des faits. Dans son esprit, son fils n'a rien d'un criminel. C'est un petit garçon parfait qui a grandi dans une famille parfaite.

— Noah n'a pas eu de problèmes, lui ! J'ai même l'impression qu'il a bien tourné…

David haussa les sourcils.

— Vous l'avez rencontré ?

— Oui, admit-elle avec embarras. Je… Je suis allée le trouver aujourd'hui à son bureau.

— Je sens que je ne vais pas apprécier ce qui va suivre…, marmonna-t-il.

— Probablement pas. Mais l'enquête n'avancera pas si vous n'avez pas connaissance de tous les éléments.

— Pourquoi êtes-vous allée le voir ?

— D'après vous ? Je voulais le prévenir de ce qui risque d'arriver si Oliver découvre sa liaison avec Jane.

— *Le prévenir ?* répéta-t-il en se levant, manifestement furieux. Vous êtes complètement inconsciente, ma parole ! Qui vous prouve que Noah n'est pas dangereux ? Il a très bien pu embaucher le gars qui vous a abordée au restaurant, par exemple ! Pour se venger de votre indiscrétion ou pour vous faire peur… Et je parie qu'il a informé Jane de votre visite ! Ce qui porte à deux — en plus d'Oliver — le nombre de personnes qui aimeraient vous faire taire.

— Ils sont tous de la même famille, au moins ! plaisanta-t-elle en le regardant arpenter la cuisine.

Il ne répondit pas, se contentant de la fusiller du regard.

— Que vouliez-vous que je fasse ? protesta-t-elle. Je ne peux pas faire comme si Jane et Noah ne couraient aucun risque ! Or, ils sont convaincus qu'Oliver est un type normal… J'ai préféré les avertir, c'est tout. S'il arrivait quoi que ce soit à Jane, je ne me pardonnerais pas de n'avoir rien dit.

Il se figea et la dévisagea avec intensité.

— Et votre sécurité, Skye ? dit-il en glissant les pouces dans les poches de son jean. Vous vous en fichez ?

Elle haussa les épaules.

— Ce n'est pas la question.

— Si, justement !

Il se pencha vers elle sans la quitter des yeux.

— Vous me fichez la trouille, confia-t-il.

Elle soutint son regard. Le désir qui les poussait l'un vers l'autre était palpable. Au moins égal à la frustration que David cherchait à contenir.

— Dans tous les sens du terme, n'est-ce pas ? ironisa-t-elle.

Il comprit vraisemblablement à quoi elle faisait allusion, puisque ses yeux glissèrent vers ses lèvres.

— Vous êtes une tentation ambulante, avoua-t-il.

Une tentation à laquelle il refusait de céder, songea-t-elle avec dépit. A quoi bon se rapprocher d'un homme qui ne s'autorisait pas à l'aimer ? Elle n'avait pas besoin de ce genre de complications !

Irritée, elle recula sa chaise pour mettre de la distance entre eux.

— Ne vous en faites pas, marmonna-t-elle. Je ne vous tenterai plus.

Il cilla.

— Pourquoi ça ?

— Parce que je ne suis plus intéressée.

Difficile de mentir plus mal, pensa-t-elle. Le désir qu'elle éprouvait pour lui se lisait certainement sur son visage ! Il se redressa de toute sa taille et croisa les bras en la scrutant sous ses paupières mi-closes.

— Vous avez rencontré quelqu'un ?

Elle leva son verre comme si elle voulait porter un toast.

— Pas encore. Je n'étais pas très réceptive à cette idée. Jusqu'à présent.

— Jusqu'à présent, répéta-t-il. Vous avez l'intention de chercher ?

Elle but d'un trait ce qui restait de vin.

— Pourquoi pas ? Je mérite un homme qui ne me repousse pas.

Il se rembrunit.

— Vous êtes en train de me dire que vous êtes prête à vous engager dans une relation sérieuse ? dit-il en baissant la voix.

— Exactement !

Elle reporta son attention sur son verre, faisant glisser son doigt sur le rebord. Elle savait que ses yeux l'auraient trahie si elle l'avait regardé — surtout maintenant. Il se tenait si près d'elle qu'il la frôlait presque.

— Je suis même prête à me marier, ajouta-t-elle d'un air de défi.

— Qu'est-ce qui a provoqué cette décision ?

Elle risqua un rapide coup d'œil dans sa direction.

— C'est vous !

Même lorsque Lynnette l'avait appelée, tout à l'heure, Skye s'était refusée à renoncer à David. Mais à présent, assise face à lui dans la cuisine de son appartement, elle comprenait à quel point elle s'était trompée. Il était vain d'entretenir des sentiments à son égard : il ne les lui rendrait pas.

— Moi ? reprit-il.

— Oui, vous.

— Je suis amoureuse de vous, David, avoua-t-elle brusquement. J'ai envie de me donner à vous, mais vous n'avez rien à m'offrir.

Un profond désarroi se lut dans son regard.

— Vous croyez que je ne meurs pas d'envie de vous entraîner dans ma chambre ?

— Je sais que vous en avez envie, mais vous ne le ferez pas. En tout cas, pas sans le regretter ensuite. Et ça nous avancera à quoi ?

Il ne répondit pas, mais ses muscles se tendirent, révélant le combat qu'il menait contre lui-même.

— Voilà pourquoi je suis prête à faire entrer un autre homme dans ma vie, reprit-elle fermement. J'ai longtemps refusé d'envisager cette possibilité, mais… l'heure est venue, à présent. Je ne peux pas vous attendre indéfiniment, David.

Elle pensa à la soirée du surlendemain, à laquelle elle lui avait demandé de l'accompagner. Elle se faisait une telle joie d'y aller avec lui ! A présent, le simple fait de l'avoir envisagé lui semblait absurde. Aussi agréable soit-elle, cette soirée ne changerait rien à la situation. Même s'ils couchaient ensemble, David resterait le père de Jeremy et l'ex-mari de Lynnette. Il serait toujours rongé de scrupules et s'interdirait d'envisager leur avenir commun. Elle était la première à critiquer le voisin de Sheridan, qui refusait de lâcher prise et noyait son divorce dans l'alcool. Or, elle s'accrochait à un homme qui ne lui avait jamais rien promis, un homme qui n'était pas libre de s'engager ! Et elle fuyait son chagrin dans le travail. N'était-ce pas exactement la même chose ?

— Par conséquent, je n'aurai pas besoin de vos services samedi soir.

Il se laissa tomber sur sa chaise, visiblement stupéfait.

— Comment ?

— J'irai avec quelqu'un d'autre.

— Ah oui ? On peut savoir qui ? lâcha-t-il d'un air soupçonneux.

Prise de court, elle pensa au seul homme susceptible d'accepter dans un délai aussi court : le voisin de Sheridan.

— Il s'appelle Charlie Fox. C'est un chic type.

Charlie ne l'intéressait absolument pas… ce qui en faisait le cavalier idéal. En allant avec lui à la réception, elle ne prendrait aucun risque — et serait ravie de rentrer dormir seule ensuite. Alors que si elle y allait avec David… elle rêverait de terminer la nuit entre ses bras. Et de se réveiller chaque matin au même endroit.

— Charlie ? répéta-t-il, comme s'il s'était agi du prénom le plus stupide de la terre.

Elle acquiesça.

— C'est un chic type.

— Vous venez de le dire.

Ils se dévisagèrent un instant, puis le regard de David glissa sur son corps avec une intensité qui la laissa pantelante. Son désir était aussi fort que le sien… Elle en était persuadée. Mais elle refusa d'y céder, s'accrochant à la décision qu'elle venait de prendre. Cette histoire n'avait que trop duré. Elle devait rompre avec tout ce que Burke avait amené dans sa vie — y compris avec les sentiments que lui inspirait l'inspecteur chargé de l'enquête.

— L'appel de Lynnette a atteint son but, si je comprends bien.

Skye fronça les sourcils.

— Comment savez-vous qu'elle m'a appelée ?

— Jeremy m'a raconté qu'elle était au téléphone avec une certaine Skye, résuma-t-il en esquissant un sourire qui contredisait la lueur sombre qui voilait son regard. Or, vous êtes la seule Skye que je connaisse.

— C'est pour ça que vous êtes venu me chercher au bureau, ce soir ?

— En partie, oui. Alors, que vous a-t-elle dit ?

— Ce que je savais déjà. Que vous vouliez vous donner une autre chance.

— Et que lui avez-vous répondu ?

— Que je ne voulais pas me mettre entre vous. C'est la stricte vérité, poursuivit-elle, la gorge nouée.

David blêmit, mais elle ne se laissa pas attendrir. Elle savait qu'elle avait pris la bonne décision. Si elle prenait ses distances, ce serait plus facile pour lui — et pour elle aussi.

— Lynnette a eu une aventure, cette semaine, annonça-t-il tout à trac.

Il s'était exprimé sans émotion apparente, et Skye ne sut que répondre. Pourquoi avait-il choisi de partager avec elle une information aussi intime ?

— Je suis désolée pour vous.

— Ne le soyez pas. Je ne le suis pas moi-même !

Il semblait presque surpris par sa propre indifférence. Elle était de mauvais augure, en tout cas. Comment pourrait-il se rabibocher avec Lynnette s'il n'était même pas jaloux de son amant ?

— Dans ce cas, je suis doublement désolée, rectifia Skye.

Elle l'entendit à peine, quand il répondit :

— Je le suis autant que vous.

Un long silence s'ensuivit, aucun d'eux ne se risquant à avouer ce qu'il avait sur le cœur.

— Bon... Nous ferions mieux d'aller nous coucher, murmura Skye.

David poussa un profond soupir.

— Vous avez raison. Prenez mon lit. Je dormirai dans la chambre de Jeremy.

12

Debout près du lit, David regardait Skye dormir. Elle bougeait beaucoup dans son sommeil. Un cauchemar la tourmentait peut-être… Elle ne semblait pas paisible, en tout cas, et il en fut peiné. Il mourait d'envie de la serrer dans ses bras, de la rassurer, de lui dire qu'il ferait tout pour la protéger — à n'importe quel prix.

Il se garda de la réveiller, pourtant. Car il savait qu'il ne se contenterait pas de la réconforter : il voudrait aussi lui faire l'amour. Et Lynnette ne le lui pardonnerait pas. Déjà qu'elle le soupçonnait d'avoir un faible pour Skye… inutile d'alimenter ses craintes, non ?

Mais même cette pensée ne suffit pas à faire taire son désir de lui faire l'amour.

Immobile, comme pétrifié, il caressa du regard ses longs cheveux blonds emmêlés sur l'oreiller. Il dut se retenir de glisser les doigts dans cette masse soyeuse, de presser ses lèvres le long de son cou. Elle était dans *son* lit, dans *son* appartement, et elle lui avait avoué ses sentiments pour lui. Pourquoi résistait-il encore à son envie de l'aimer, lui aussi ?

Il se vit la réveiller doucement, se glisser contre elle et lui ôter ses vêtements. Son cœur s'accéléra à cette seule pensée. Si seulement ils pouvaient se laisser aller à leur passion ! Il en mourait d'envie. Mais il devait faire un choix entre ses sentiments pour Skye et ses obligations envers sa famille — le choix le plus difficile de toute son existence. Pourquoi ne l'avait-il pas conduite chez Jasmine ou chez Sheridan ?

Il avait joué avec le feu en la ramenant chez lui, songea-t-il avec lassitude.

Il balaya la pièce du regard avant de porter son attention sur les deux photos posées sur la table de chevet : sur le premier cliché, il portait Jeremy sur ses épaules ; sur le second, Lynnette berçait Jeremy, encore tout bébé. Il se croyait heureux, alors ! En fait, il refusait de voir les fissures qui commençaient à apparaître dans son couple. Il s'imaginait même célébrer un jour avec Lynnette leur cinquantième anniversaire de mariage, tout comme ses parents qui fêteraient le leur dans dix ans.

Lynnette et lui avaient fini par divorcer, avant de se réconcilier pour se séparer de nouveau, parce qu'il était trop accaparé par son boulot — et parce qu'il avait rencontré Skye. Leur relation avait réduit sa capacité à passer outre les excès de Lynnette, comme il le faisait auparavant. Elle lui avait plu dès l'instant où il l'avait aperçue, mais il avait aussitôt combattu cette attirance, persuadé qu'elle le perdrait. Maintenant que Lynnette était malade, il ne pouvait faire autrement.

Il sortit de la chambre pour rejoindre celle de son fils en s'efforçant de chasser Skye de son esprit. Il n'avait pas à s'inquiéter pour sa sécurité, au moins ! La savoir tout près apaisait ses craintes. Avec un peu de chance, il parviendrait à dormir, lui aussi.

— David ? Tu es là ?

Quelqu'un frappait à la porte de l'appartement. Skye ouvrit les yeux et mit un moment à se souvenir des événements de la veille. Elle était chez David. Dans son lit.

Oubliant ses résolutions, elle enfouit son visage dans l'oreiller pour respirer le parfum de l'homme qu'elle aimait.

On frappa de nouveau, puis elle entendit une voix derrière la porte :

— David ? C'est maman.

Skye se redressa si vite que la tête lui tourna. Bon sang ! Ce n'était pas un ami, ni un voisin : c'était sa mère ! Elle jeta un œil à la pendule, qui affichait 7 h 30. David ne devait pas s'attendre à recevoir une visite si matinale… S'il l'avait su, il l'en aurait avertie. Il avait eu de nombreuses occasions de le faire la veille au soir — lorsqu'ils avaient parlé de Lynnette et de son coup de fil, par exemple.

Le plancher craqua dans la pièce voisine. Manifestement, David était debout, mais il ne se hâtait pas d'aller répondre. Il s'habillait, peut-être ? Il ne vint pas non plus lui demander de se cacher. Que devait-elle faire, alors ?

Elle entendit la porte d'entrée s'ouvrir, puis la voix de la mère de David lui parvint distinctement.

— Tu ne vas pas au travail, aujourd'hui ? Tu es déjà levé, d'habitude !

— La nuit a été courte, répondit-il d'un ton las.

En percevant une troisième voix, Skye eut de nouveau envie de rentrer sous terre.

— Salut, papa !

C'était Jeremy. Elle avait souvent souhaité rencontrer la personne qui comptait le plus pour lui… mais pas maintenant ! Le moment ne pouvait pas être plus mal choisi. Que dirait l'enfant, lorsqu'il la découvrirait dans le lit de son père ?

— Qu'est-ce qui t'amène en ville de si bonne heure, maman ? demanda David, après avoir embrassé son fils.

— Nous sommes arrivés hier soir, ton père et moi. Nous n'avons pas voulu te réveiller… et puis le lit de Jeremy est bien trop petit pour nous deux ! Alors nous sommes restés chez Lynnette.

— Et papa, que fait-il ?

— Il prend son petit déjeuner. Il a rendez-vous avec un agent immobilier pour discuter d'un placement. Je n'ai pas envie de passer la journée à visiter des locations, alors je vais emmener Jeremy à l'école, puis j'irai à Auburn voir une vieille amie. Virna Washington, tu te souviens d'elle ? Ça fait un an qu'elle vit là-bas.

— Où est Lynnette ?

Il y eut un petit silence.

— Elle ne se sentait pas bien, ce matin. Elle a décidé d'aller travailler plus tard dans la journée.

— Je suis content que tu te sois arrêtée, dit-il sans poser davantage de questions sur l'état de son ex-femme.

De plus en plus embarrassée, Skye décida d'aller se réfugier dans la salle de bains. N'était-ce pas le meilleur endroit pour se cacher jusqu'au départ de Mme Willis et de Jeremy ? Repoussant les draps, elle sortit du lit en prenant soin de faire le moins de bruit possible… et se retrouva nez à nez avec un petit garçon aux cheveux bruns et aux yeux verts.

— Jeremy !

Trop tard. David n'avait pu empêcher son fils de s'approcher de la chambre. Il se tenait maintenant dans l'embrasure de la porte, et la dévisageait comme s'il n'avait jamais vu de femme auparavant.

— Tu es qui ? fit-il dans un souffle.

— Juste…

Elle s'éclaircit la gorge.

— Une amie de ton papa.

— Tu as quelqu'un chez toi ? marmonna Mme Willis en les entendant discuter.

Skye n'eut pas le temps de s'enfuir : la mère de David apparut un instant plus tard derrière son petit-fils.

— Tu as une… une femme dans ta chambre ? balbutia-t-elle en se tournant vers son fils, torse nu et en pantalon de survêtement.

— Maman, je te présente Skye Kellerman. Skye, dit David en lui lançant un regard d'excuse, voici ma mère, Georgine Willis.

Au comble de l'embarras, Skye passa la main dans ses cheveux emmêlés, esquissant un sourire poli.

— Ravie de faire votre connaissance.

— Elle a mis ton T-shirt ! s'exclama Jeremy.

— Je lui ai prêté parce qu'elle n'avait rien pour dormir, expliqua David en faisant glisser deux doigts sur son sourcil gauche, comme s'il souffrait d'une soudaine migraine.

Les faits jouent contre nous, pensa-t-elle avec dépit. Il ne faisait aucun doute que la scène parviendrait aux oreilles de Lynnette en moins de temps qu'il ne fallait pour le dire.

Mieux valait s'éclipser le plus rapidement possible avant que la situation ne devienne intenable.

— Je suis désolée de partir si vite mais je… je dois aller travailler. Je ne pensais pas me réveiller si tard !

— Il semblerait que vous n'ayez pas mieux dormi que mon fils, remarqua Mme Willis d'un air pincé.

Skye préféra garder le silence. Elle attrapa ses vêtements pliés près du lit et se rua vers la salle de bains. Quand elle en ressortit, dix minutes plus tard, ils n'étaient plus dans la chambre. La voix de David proposant une tasse de café à sa mère lui parvint de la cuisine.

— C'est ton amoureuse, papa ? demanda Jeremy.

Skye tendit l'oreille pour entendre la réponse, qui ne la surprit pas.

— Non. C'est juste une dame que je vois par rapport au travail. Elle avait besoin d'un endroit sûr où se reposer la nuit dernière.

Un endroit sûr. A lire la désapprobation qui s'affichait sur le visage de Mme Willis, ce n'était peut-être pas le cas… Quant au reste de la réponse de David — « c'est juste une dame que je vois pour le travail » —, elle lui résonnait encore cruellement aux oreilles.

Laissant le lit en désordre, elle s'avança dans le couloir. D'ordinaire, elle aurait pris le temps de tout ranger derrière elle, mais elle ne voulait pas rester plus que nécessaire dans l'appartement.

David venait de s'emparer d'un paquet de céréales quand elle entra dans la cuisine. Ils braquèrent les yeux sur elle, lui donnant l'impression d'être une intruse. Elle serra le poing pour ne pas rougir, enfonçant ses ongles dans sa paume.

— Vous voulez manger quelque chose avant de partir ? demanda David.

— Non, il faut que j'y aille, s'excusa-t-elle, la bouche sèche.

Pour se donner une contenance, elle fit passer une mèche de ses cheveux derrière l'oreille, réalisant qu'elle avait oublié de les brosser.

L'expression de David était indéchiffrable, mais elle supposait qu'il devait être aussi gêné qu'elle.

— Je vous appellerai plus tard.

— Non, ça va aller. Ne vous inquiétez pas !

— Il faut qu'on parle de la réception de samedi.

— Non, c'est bon. Je me suis arrangée. Vous vous souvenez ? Mais merci ! Et merci aussi de m'avoir hébergée pour la nuit.

Refusant de laisser s'effacer le sourire qu'elle s'était plaqué sur les lèvres, elle fit un mouvement de tête vers Georgine et Jeremy.

— Encore ravie d'avoir fait votre connaissance, balbutia-t-elle.

Et elle s'éclipsa sans demander son reste.

On était vendredi. Et il avait réussi !

S'étirant autant que l'espace entre son lit et le plafond le lui permettait, Oliver jeta un coup d'œil à travers les barreaux de sa cellule vers les deux gardes qui discutaient sur la passerelle en face de lui. Il n'avait pas fermé l'œil de la nuit. Le temps lui avait paru interminable, mais le jour s'était enfin levé. Et il était toujours là pour le voir.

Il s'était donné du mal. Il avait fait en sorte de ne laisser aucune occasion à Vic de lui nuire. Il n'avait pas assisté à son cours de dessin, n'avait pratiqué aucun soin dentaire et s'était privé de sortie et de repas, prétextant une indisposition. Ce matin, il était affamé, épuisé de s'être tourné et retourné sur sa couchette, mais il allait rentrer chez lui. Rien d'autre ne comptait.

Repoussant la fine couverture, piètre rempart contre les courants d'air qui traversaient le bâtiment froid, il sauta du lit superposé.

— Ça y est, fit-il à l'adresse de T.J. Jane va passer me prendre d'ici quelques heures.

— Veinard ! grogna son compagnon de cellule.

Quand ces ratés comprendraient-ils que ça n'avait rien à

voir avec la chance ? Il savait se servir de sa tête, lui ! Tout n'était pas qu'une question de muscles.

Ce serait si facile de leur jeter leur médiocrité à la face…

— Vic croyait qu'il allait m'avoir. Mais c'est moi qui vais sortir d'ici. Ce soir, je serai de retour chez moi, en train de faire l'amour à ma femme.

— Ah ouais ? Et qui s'occupait d'elle pendant que tu te morfondais dans ce trou ? répliqua T.J. en ricanant.

Assis sur les toilettes en acier, dépourvues d'abattant, Oliver tentait de se soulager urgemment — mais son corps refusait de coopérer.

— Jane n'est pas comme ça. Elle m'a attendue.

— Et toi, tu l'as attendue, peut-être ? s'esclaffa T.J. J'espère qu'elle a fait plus attention que toi à ce qu'elle mettait dans sa bouche…

Les insinuations de T.J. ravivèrent des souvenirs qu'il aurait préféré oublier. Il savait ce que ses proches penseraient de lui s'ils apprenaient ce qu'il avait dû faire en prison. Son père, surtout, ne lui pardonnerait pas. Il le traiterait de faible, d'homosexuel, de raté…

— Cela n'a rien à voir, affirma-t-il vivement, comme pour s'en convaincre lui-même. C'est… C'est différent ici.

— Ce qui se passe à San Quentin reste entre les murs de San Quentin, c'est ça ?

T.J. se leva et vira Oliver des toilettes sans ménagement.

— Si tu préfères voir les choses comme ça, mon canard…, fit-il en urinant bruyamment. Moi, je sais que t'as pris ton pied. Et que ça te déplaisait pas de « jouer au docteur » dans la pièce qui te servait de cabinet dentaire !

— Ferme-la !

Il en avait marre d'être poussé à bout. Malgré son envie de riposter, il rongea son frein en silence, nettoyant le bordel que T.J. avait fichu autour des toilettes, comme à son habitude. Il avait tenu bon jusque-là. Ce n'était pas le moment de craquer ! De toute façon, son codétenu ne perdait rien pour attendre. Ses plaisanteries graveleuses seraient consignées dans le calepin, et donneraient lieu à des représailles dès que l'occasion se présenterait, se promit-il en reprenant possession des toilettes.

— Que va penser papa Burke de son petit dentiste ? Tu lui diras combien de gars tu t'es tapés ici ? reprit T.J. C'est qu'il y avait pas plus doué que son fiston ! Tu t'en es donné du mal, hein ? Je serai pas le seul à pleurer ton départ : y en a plus d'un qui va te regretter, crois-moi !

Ses railleries l'atteignaient en plein cœur, faisant remonter en lui d'horribles réminiscences. « Je parie que tu joues à la poupée… » Combien de fois avait-il entendu cette phrase à l'école primaire ? Il ne cherchait pas à se défendre. Dès son plus jeune âge, il avait compris qu'il vaut mieux faire le dos rond pour ne pas risquer d'aggraver la situation. Mais ce matin, il était trop irritable, trop affamé et trop impatient pour feindre l'indifférence.

— Mon père a toujours pensé le plus grand bien de moi. Il sait que je suis pas pédé.

— N'empêche, tu préfères les mecs, non ?

— Tu vas la fermer !

— C'est ce que t'écris dans ton carnet ? T'as noté toutes les petites gâteries que tu m'as faites ? demanda-t-il en renversant ses affaires, qui étaient soigneusement pliées sur une étagère.

Oliver tressaillit. Les lettres de son père étaient maintenant éparpillées sur le sol. Il y avait un tel désordre qu'une bouffée d'angoisse le submergea. Il *n'était pas* pédé, un point c'est tout.

— Mon père sait que je ne devrais pas être enfermé ici. Il sait que je suis innocent ! cria-t-il.

— Skye Kellerman aussi, bien sûr ! ironisa T.J.

Oliver sentit ses mâchoires se crisper. Les lettres de son père s'étalaient sur ce sol crasseux. Et lui qui n'arrivait pas à se soulager… Mais comment pouvait-il se détendre dans des circonstances pareilles ?

Ne l'écoute pas. Tu les ramasseras dès que tu auras fini. Compte jusqu'à dix…

— Regarde-moi quand je te cause, l'apostropha T.J., l'air menaçant.

Oliver garda les yeux fermés, continuant à marmotter.

— Eh ! l'interpella T.J. en lui donnant un coup de pied. Elle se marrerait bien, ta petite Skye, si elle voyait le Dr Burke en ce moment ! Je lui enverrais volontiers une photo de toi, assis là, les joues rouges de constipation !

Il se frotta les mains.

— Et si je lui faisais parvenir une description détaillée de ta gâterie d'hier soir ? Entre nous, tu t'es surpassé ! Geignant et grognant comme si…

— Ferme-la ! hurla Oliver en se redressant vivement.

Il était si furieux qu'il trébucha en remontant son caleçon, ce qui provoqua le fou rire de T.J.

— T'avais promis de garder ça pour toi. De le dire à personne !

— Normal que la fille ait préféré te poignarder plutôt que d'écarter les cuisses. Regarde-toi, petit minus !

C'en était trop. Oliver perdit son sang-froid et gifla de toutes ses forces son compagnon de cellule.

— Sale bâtard, je te hais !

T.J. cessa de rire. L'air étrangement calme, il écrasa son poing sur le menton d'Oliver, l'envoyant valser à l'autre bout de la pièce. Sonné, il tentait de se relever quand T.J. lui enfonça la lame d'un couteau dans le dos.

— Ça, c'est de la part de Vic.

Oliver resta au sol, terrassé de douleur. Il comprenait tout, à présent. T.J. l'avait sciemment provoqué. Il avait besoin d'une poussée d'adrénaline pour effectuer le sale boulot dont l'avait chargé Vic.

Ce fut la pire trahison qu'il eut à encaisser — parce qu'il ne l'avait pas vue venir. Il l'avait pourtant jouée fine avec son codétenu, se montrant conciliant quand il le fallait, ne refusant jamais de lui donner ce qu'il voulait… Et voilà comment ce connard le payait en retour ? Pour faire plaisir à Vic, en plus.

Les yeux de T.J. étincelaient de rage.

— Espèce de sale petite vermine ! Je rendrais un fier service à la société si je finissais le travail que j'ai commencé…

Oliver leva les mains pour se protéger. Déjà, les surveillants criaient dans le couloir. Leurs pas se rapprochaient, mais T.J.

avait tout son temps : il ne faudrait qu'une seconde pour lui assener le coup fatal, s'il le souhaitait.

Mais T.J. se contenta de lui cracher au visage.

— Mais qu'est-ce que la société a fait pour moi ? marmonna-t-il en se terrant dans un coin de la cellule.

— Tu… Tu as fait…

Oliver respirait péniblement. Il était presque sûr que T.J. l'avait touché aux poumons.

—… fait ça… pour Vic ?

— Il m'a fait comprendre que j'aurais tout à y gagner. Mais je ne l'ai pas fait pour lui. Je l'ai fait pour *elle*.

Oliver crut avoir mal entendu. La tête lui tournait.

— Qui ?

— Skye Kellerman.

Deux gardiens s'agitaient derrière les barreaux. Le signal de l'ouverture électronique des portes retentit.

Les yeux fermés, Oliver se concentrait sur sa respiration.

— Tu ne… ne la connais… même pas…

— Je sais que tu as vraiment fait ce dont elle t'accuse. Et moi, j'aime pas les hommes qui traitent mal les femmes !

Les gardes s'engouffrèrent dans la cellule. Le premier menotta T.J. et l'emmena, tandis que le second appelait l'aide médicale.

Les yeux mi-clos, Oliver écoutait, observait l'agitation des gens qui s'affairaient autour de lui. Des microbes qui rampaient près de lui, s'approchaient de ses affaires… Il pouvait les sentir croître et se multiplier. Ils se répandaient partout… Mais le sang qui s'écoulait de sa blessure n'était pas désagréable. C'était la première fois depuis le début de l'hiver qu'il ressentait un peu de chaleur dans cet endroit maudit.

— Vas-tu enfin me dire ce qui se passe ?

Après avoir emmené Jeremy à l'école, Georgine Willis s'était empressée de revenir chez son fils, lui laissant à peine le temps de se doucher, de se raser et de s'habiller avant de le coincer dans la cuisine.

— Que veux-tu que je te dise ? rétorqua-t-il, comme s'il avait déjà oublié la scène du matin.

Manifestement inquiète, elle resta derrière lui pendant qu'il beurrait une tartine grillée.

— Cette femme qui était chez toi… Tu as une liaison avec elle ? Lynnette m'a dit, il y a des mois, qu'elle pensait que tu voyais quelqu'un, mais je n'ai pas voulu la croire. As-tu pensé à Jeremy ? A ce qu'il s'est imaginé en voyant une femme sortir de ton lit ?

— Tu exagères ! protesta-t-il.

— Lynnette a une sclérose en plaques, David. C'est une maladie lourde et difficile à gérer. Elle doit pouvoir compter sur nous et sur *toi*.

Que pouvait-il ajouter ? Les propos ne souffraient aucune contestation.

— Pas étonnant qu'elle soit si repliée sur elle-même ! poursuivit-elle. Tu lui as promis de l'aimer et…

— Je sais, la coupa-t-il.

Comment aurait-il pu l'oublier ? Il se le répétait à longueur de journée, mais il savait aussi qu'il ne serait plus avec elle aujourd'hui si elle n'était pas malade : il aurait rompu sa promesse il y a trois ans pour vivre avec Skye.

— Comment vas-tu sauver ton couple si tu vois une autre femme ? Est-ce à cause d'elle que tu as brisé ton mariage ?

Il aurait préféré qu'elle s'exprime avec dureté, qu'elle s'emporte, qu'elle le mette au pied du mur… Il aurait pu laisser libre cours à sa colère et à sa frustration. Mais elle ne criait pas : elle le suppliait. Et c'était bien plus culpabilisant.

— Non. La nuit dernière ne voulait rien dire, mentit-il. Skye est la victime d'un des criminels que j'ai envoyés en prison, c'est tout.

Il apporta le déjeuner sur la table, heureux de mettre un peu de distance entre sa mère et lui, mais elle le suivit et s'assit près de lui.

— Tu ne ramènes pas toutes les victimes chez toi, fit-elle remarquer.

— Elle a reçu des menaces qui l'ont terrifiée, tu comprends ? Je l'ai invitée à la maison pour qu'elle puisse se reposer un peu.

Sa mère croisa les bras, affichant son scepticisme.

— Tu me jures qu'il ne s'est rien passé entre vous ?

— Je n'ai pas dormi avec elle, répondit-il, avec un fond de culpabilité. J'ai pris le lit de Jeremy.

Qu'ils aient franchi le pas ou non n'était qu'un détail qui ne changeait rien, pensa-t-il. Le désir était là, puissant, plus fort que tout ce qu'il avait jamais connu. Seule la volonté l'avait retenu d'aller plus loin.

— Tout de même, insista Georgine. A la façon dont elle est sortie de chez toi… on aurait dit qu'il se passait quelque chose entre vous !

— Ecoute, répliqua-t-il patiemment. Jeremy a fait irruption dans ma chambre et l'a réveillée en sursaut. Tu ne t'attendais pas à la trouver et elle ne s'attendait pas à te voir. C'était une situation embarrassante pour tout le monde, tu ne crois pas ?

— Il n'y a donc pas de raison de dramatiser ?

Bon sang ! Pourquoi le poussait-elle ainsi dans ses retranchements ?

— Je fais de mon mieux, maman ! Ne t'en mêle pas, je t'en prie.

Il se mordit la lèvre, regrettant son mouvement d'humeur. Trop tard : sa mère le couvait d'un regard soupçonneux.

— Tu veux dire…

— Changeons de sujet, tu veux bien ? L'homme qui a voulu lui trancher la gorge va sortir de prison aujourd'hui, tu comprends ? Je suis sûr qu'il a tué trois autres femmes avant de s'en prendre à elle, mais je ne suis pas encore arrivé à le prouver. Là… Tu sais tout, maintenant ! Il faut que j'aille travailler.

— David…

Il se raidit, prêt à entendre une nouvelle mise en garde… mais elle se drapa dans son inquiétude et émit une affirmation qui l'atteignit plus durement que le reste :

— Non… rien. Je sais que tu prendras la bonne décision. C'est ce que tu as toujours fait. Tu es un homme bien.

*
* *

« Tu es un homme bien. » Ces mots le poursuivirent toute la journée, résonnant dans son esprit chaque fois que ses pensées dérivaient vers Skye et qu'il regrettait de ne pas avoir saisi l'opportunité de la nuit.

Il s'attendait à recevoir des nouvelles de Lynnette, mais son ex-femme ne chercha pas à le joindre. Georgine avait dû garder l'incident pour elle. Ce qui signifiait qu'il avait encore une heure devant lui — jusqu'à 15 h 30 — avant que Jeremy ne sorte de l'école et ne raconte la scène à sa mère. « J'ai rencontré la dame qui s'appelle Skye et elle portait le T-shirt de papa ! »

— C'est quoi, ta raison, aujourd'hui ?

David leva les yeux vers Tiny, appuyé au chambranle de la porte.

— Que veux-tu dire ?

— Ça fait une semaine que tu ne viens pas déjeuner avec nous.

— Je bosse toujours sur le dossier d'Oliver Burke. Faut que je trouve la faille. Rapidement.

— Peut-être pas.

David observa son ami avec circonspection.

— Pourquoi ? Tu sais bien que Burke sort aujourd'hui !

— Il est sorti de San Quentin, c'est vrai… mais il n'est pas rentré chez lui : il est à l'hôpital.

— Ah bon ? Qu'est-ce qui s'est passé ?

— Son compagnon de cellule l'a poignardé.

— Tu plaisantes !

— Non.

— Il va s'en sortir ?

— Il s'en est sorti, mais il lui faudra du temps pour cicatriser et agresser de nouveau quelqu'un. Tiens… Voilà les coordonnées de l'hôpital, ajouta Tiny en lui tendant un bout de papier.

David jeta un coup d'œil à l'adresse écrite au stylo. C'était dans la baie, non loin de la prison.

— Tu sais combien de temps il va y rester ?

— D'après le directeur de la prison qui m'a transmis l'info, les médecins prévoient de le garder deux nuits sous surveillance. Après, s'il va mieux, il pourra aller se reposer où bon lui semble.

David se souvint de l'attitude de Burke lorsqu'il lui avait rendu visite, la semaine précédente : il manifestait une assurance qui frôlait l'impudence.

— Pourquoi son compagnon de cellule l'a-t-il poignardé ?

— On ne le sait pas avec certitude.

— C'est souvent comme ça qu'on punit les mouchards en prison…

— Exactement. Ecoute… Je sais que je ne t'ai pas beaucoup aidé, cette semaine. J'avais des dossiers à boucler… Mais maintenant, je peux te filer un coup de main, si tu veux.

Il désigna la porte en agitant ses clés de voiture.

— Tu m'accompagnes à San Quentin ? Histoire de parler aux détenus qui connaissaient Burke… On pourrait même rendre visite à ce cher Oliver !

— Impossible, fit David. Je passe le week-end avec Jeremy et j'ai promis à Lynnette de venir le chercher avant le dîner.

— Aucun problème. Je te tiens au courant si j'ai du nouveau, OK ?

David acquiesça, soulagé de pouvoir partager le travail avec son collègue. Il souhaita bonne chance à Tiny, puis il éteignit son ordinateur et regroupa les dossiers qu'il souhaitait ramener chez lui. Au moment de poser le carnet de Burke en haut de la pile, les propos de Miranda Dodge lui revinrent à l'esprit.

« Le garçon qui le harcelait depuis l'école primaire est mort dans un accident. Il s'est noyé, je crois… »

Lorsqu'elle lui avait raconté cette histoire de bagarre en quatrième, David l'avait trouvée anecdotique. Il n'en avait tiré aucune conclusion. Aujourd'hui, avec le recul, il la jugeait plutôt troublante. N'était-ce pas la preuve que ceux qui se mettaient en travers de la route d'Oliver connaissaient un destin funeste ? Et si les initiales de cet enfant figuraient dans la liste d'Oliver ? Certaines entrées de la liste correspondaient à ses années de lycée. Ça valait le coup de se renseigner, en tout cas.

Il s'empara du téléphone et composa aussitôt le numéro que Miranda lui avait communiqué.

— Allô ? répondit une voix féminine.

— Miranda ?

— Non !

Il y eut un petit gloussement au bout du fil, puis un chuchotement : « Ce type me prend pour ma mère ! »

David sourit. Il s'adressait manifestement à la fille de Miranda.

— Ta maman est à la maison ? reprit-il.

— Oui. Je vais la chercher.

Il y eut un bruit sourd, puis quelques minutes d'attente, et Miranda reprit la communication.

— Allô ?

— Bonjour, Miranda, c'est l'inspecteur Willis.

— J'espère que vous m'appelez pour m'annoncer une bonne nouvelle ! Dites-moi que Burke reste en prison, par exemple.

— Hélas ! non. Mais il lui faudra un moment avant de retrouver toutes ses capacités.

— Que voulez-vous dire ?

— Son codétenu l'a poignardé ce matin. Il lui faudra du temps pour cicatriser.

— J'aimerais pouvoir dire que je suis désolée pour lui, mais ce n'est pas le cas.

David apprécia sa franchise. Nul doute que Burke n'obtiendrait pas davantage de sympathie de la part de Skye !

— J'ai une question à vous poser, reprit-il.

— Allez-y.

— Vous souvenez-vous du nom du garçon qui s'est battu avec Oliver en classe de quatrième ?

— Bien sûr. Il s'appelait Eugène Zufelt. Pourquoi ?

David ouvrit immédiatement le calepin pour parcourir les initiales qui composaient les premières pages de la liste d'Oliver. Après une dizaine de lignes, son doigt s'immobilisa.

Gagné ! Il y avait un E.Z. avec la mention « petite brute ». Initiales et cause du grief avaient été biffées.

Il retint son souffle. Etait-il enfin sur une bonne piste ?

— Vous m'avez dit que ce garçon s'est noyé. Vous vous rappelez des circonstances de son décès ?

— Je sais que ses parents étaient en vacances à Hawaii à ce moment-là. C'est son frère aîné qui le gardait. Il est sorti avec des amis et quand il est rentré, il a trouvé Eugène flottant dans la piscine.

— Que portait-il ?

— Rien. Il était nu.

David tapota son bureau du bout des doigts.

— Quels ont été les résultats de l'enquête ?

— Il avait bu.

— Une fête ?

— Non, il était seul.

— C'est étrange, pour un adolescent. Quel âge avait-il ? Quatorze ou quinze ans ?

— Quinze ans, je crois. Mais il était de tous les mauvais coups. Comme le bar de ses parents avait été vidé, ses proches ont supposé qu'il avait bu. Puis il aurait voulu piquer une tête dans la piscine et se serait méchamment cogné... Un accident stupide, en quelque sorte.

— Etiez-vous à son enterrement ?

— Bien sûr. Tout le lycée y était.

— Burke aussi ?

— Non. Enfin... Je ne l'ai pas vu.

David était pourtant prêt à parier que Burke n'était pas loin, ce jour-là. L'heure de sa victoire avait sonné. Il avait fait payer ses « offenses » à Eugène — au prix fort.

— Savez-vous où je pourrais trouver sa famille ?

— Ils sont sans doute dans l'annuaire.

Elle marqua un moment d'hésitation.

— Vous ne croyez quand même pas qu'Oliver est mêlé à la mort d'Eugène ?

— Je m'interroge, c'est tout.

Il avait passé trois ans à tenter d'élucider les meurtres des trois jeunes femmes, et n'avait rien trouvé de concluant. Changer l'angle de son enquête serait peut-être plus productif, qui sait ?

— Cela serait tellement horrible ! s'écria Miranda.

Il en convint, puis raccrocha avant d'appeler Tiny sur son portable.

— T'as des instructions à me donner, je parie ! ironisa ce dernier.

— Exact. Quand tu verras Burke, demande-lui s'il se souvient d'un certain Eugène Zufelt.

— Je dois m'attendre à quoi ?

— Je suis curieux de connaître sa réaction, c'est tout. Et tente de savoir s'il a assisté aux funérailles.

— Tu peux m'expliquer de quoi il retourne ?

— Plus tard.

David jeta un regard à sa montre et attrapa son blouson.

— Je dois y aller.

Avec de la chance, il arriverait peut-être à récupérer Jeremy avant que celui-ci n'informe sa mère de sa rencontre avec Skye.

13

— Alors ? Tu as bien dormi ? s'enquit Jasmine en passant la tête dans l'embrasure de la porte.

— Oui, répondit Skye, laconique.

Depuis l'arrivée de sa collègue dans les locaux de l'association, elle feignait d'être absorbée par la rédaction d'une lettre destinée au chef de la police afin de lui demander de leur apporter son soutien.

— C'est tout ? Tu n'as rien d'autre à me dire ?

Skye se rembrunit. Elle était passée se doucher chez elle, avant de retourner au bureau. Son visage, qu'elle n'avait pas pris la peine de maquiller, reflétait sans doute sa fatigue et sa mauvaise humeur.

— Il n'y a rien à en dire !

Cédant à la curiosité, Jasmine pénétra dans son bureau. Skye la regarda s'avancer d'un pas nonchalant, admirant tout à la fois ses yeux en amande d'un bleu singulier, et sa peau ambrée qu'elle devait à la moitié de sang indien qui coulait dans ses veines. Avec ses quarante-six kilos et son mètre soixante, elle était la plus menue des trois et pouvait manger ce qu'elle voulait sans prendre un gramme.

— Tu sais très bien ce que je veux savoir : as-tu passé la nuit avec lui ?

— Non, répliqua Skye, lui offrant la même réponse qu'à Sheridan, qui était déjà venue aux nouvelles un peu plus tôt.

— Non ? fit Jasmine sans cacher sa déception.

Celle de Skye était plus grande encore, mais elle n'avait

pas envie d'en discuter. Elle se replongea ostensiblement dans ce qu'elle venait d'écrire.

— Il finira par se remettre avec son ex-femme, marmonna-t-elle à contrecœur en constatant que son amie n'avait pas bougé.

— C'est ce qu'il a dit ?

— Plus ou moins.

Pendant un court instant, Skye hésita à lui parler de l'appel de Lynnette. Les paroles de cette dernière lui revenaient régulièrement en tête, la jeune femme n'ayant pas hésité à l'accuser de poursuivre son époux de ses avances. C'était d'autant plus injuste que David et Skye ne s'étaient jamais embrassés lorsqu'il était marié. Hormis quelques brefs coups de fil concernant Burke, ils évitaient même de se parler ! Mais pourquoi pensait-elle à Lynnette ? Ses récriminations n'avaient plus d'importance, puisqu'elle avait fait une croix sur ses sentiments pour David. A la consternation de Sheridan, elle avait d'ailleurs déjà demandé à Charlie de l'accompagner à la réception du lendemain. Et Charlie avait accepté sans se faire prier.

— Il y a quelque chose qui m'échappe chez cet inspecteur, fit Jasmine en se laissant tomber sur le canapé.

— Quand David s'engage, il ne le fait pas à moitié.

— Dois-je en conclure que tu as tourné la page ?

La lettre, Skye ! Termine cette foutue lettre. Ne montre pas à Jasmine que ça te tue de répondre à sa question par l'affirmative.

— En effet. Je crois que je me suis assez ridiculisée.

— On n'est jamais ridicule quand on aime. J'aimerais tellement tomber amoureuse, moi !

Etonnée, Skye consentit à lever les yeux de l'écran qu'elle fixait résolument depuis le début de leur conversation.

— Même quand cet homme ne veut pas s'engager ? demanda-t-elle.

— Oh oui ! Tout plutôt que le vide qui me ronge depuis quelque temps…

Elle s'appuya contre le dossier du canapé en poussant long un soupir et aperçut les photos punaisées au-dessus de sa tête.

— Ça fiche vraiment la chair de poule, reprit-elle d'une voix plus ferme. Tu t'en rends compte, non ?

Skye s'était remise à taper sur son clavier.

« Nous serions ravies de vous rendre hommage pour tout ce que vous avez déjà fait pour la communauté et… »

— Qu'est-ce qui fiche la chair de poule ? demanda-t-elle distraitement.

— Toutes ces photos de psychopathes accrochées à ton mur. Cela ne te gêne pas de sentir leurs yeux sur toi ?

— Quelquefois… Presque tout le temps, en fait. Mais ça me motive aussi. Sinon, pourquoi viendrais-je ici tous les jours ? Pas pour m'enrichir ni me rassurer, en tout cas ! Avec toutes les histoires atroces que nous entendons…

Jasmine se leva en tapant dans ses mains.

— Eh bien ! Nous ne sommes pas très marrantes, aujourd'hui.

— En effet…, admit Skye en soupirant. A propos, tu en sais davantage sur l'homme qui a tué la petite fille de Fort Bragg ?

Jasmine pâlit.

— Non.

— Ils finiront bien par l'arrêter, assura Skye, navrée de ne pas pouvoir l'aider davantage.

Son amie se pencha vers elle.

— Il travaille dans une scierie.

— Comment le sais-tu ?

— Je n'arrête pas de voir des scies. Dès que je ferme les yeux… Je les vois trancher un rondin après l'autre dans un va-et-vient assourdissant.

— Tu en as parlé aux policiers ?

— Bien sûr.

— Ils t'ont crue ?

— Sans doute pas. Mais ils vont effectuer des prélèvements sanguins sur tous les ouvriers de la région qui accepteront de s'y soumettre.

— Ils ont un profil ADN ?

— Pas encore. Ils viennent d'envoyer au labo le sperme retrouvé sur le corps de la petite.

Skye ne put réprimer une grimace à l'énoncé de ces mots. Ils lui étaient si insupportables !

— Si le tueur travaille dans une scierie de Fort Bragg, reprit-elle, la gorge nouée, je doute qu'il accepte de se prêter à ces tests.

— Dans ce cas, il ne fera qu'éveiller les soupçons des flics. Ils le surveilleront de plus près pour trouver la manière de l'y contraindre.

Skye la dévisagea, partagée entre la perplexité et l'effroi. D'où Jasmine tenait-elle ses dons de médium ? *Il travaille dans une scierie…*

— Tu pourrais peut-être me dire où travaille le type qui m'a suivie ? fit-elle en ne plaisantant qu'à demi.

Une vive inquiétude brilla aussitôt dans le regard de Jasmine.

— Comment ça ? Quelqu'un t'a suivie ?

— Peut-être. Peut-être pas. Il s'est passé un truc bizarre, hier soir…

— Est-ce qu'il conduit une vieille Jaguar ? l'interrompit Jasmine en fronçant les sourcils.

Skye eut l'impression que son cœur s'arrêtait.

— Tu… Tu as vu une vieille Jaguar dans une de tes visions ?

— Non, mais… Sheridan m'a dit qu'une vieille Jaguar était garée devant chez elle la nuit dernière, expliqua-t-elle. Elle a paniqué parce que c'était la première fois qu'elle la voyait dans le quartier.

— Pourquoi ne m'en a-t-elle pas parlé quand on s'est vues ce matin ?

— Elle n'a pas fait le rapprochement avec toi. Et je crois qu'elle ne voulait pas te faire peur inutilement, alors que Burke sort aujourd'hui.

— Vous voulez me protéger, mais vous me mettez peut-être en danger !

Jasmine tressaillit, manifestement troublée.

— La frontière est étroite, admit-elle après un silence. Jusqu'à quel point notre vécu conditionne nos réactions ? Sommes-nous paranoïaques ? Créons-nous du stress inutile ? La défense et l'attaque valent toujours mieux que les regrets, songea Skye. Elle n'insista pas, préférant remettre ce débat à plus tard.

— Est-ce qu'elle a pu voir le chauffeur de la Jaguar ? demanda-t-elle, curieuse de connaître la suite de l'histoire.

— Elle ne l'a pas vu clairement, mais il lui a semblé qu'il avait un bouc et des anneaux de métal dans le lobe des oreilles.

Skye se leva d'un bond, stupéfaite.

— Autre chose ?

— Il lui a donné l'impression qu'il voulait être vu, ajouta Jasmine.

— Sheridan a-t-elle réussi à noter le numéro de sa plaque d'immatriculation ?

— Elle a essayé. Elle est descendue dans la rue avec son voisin pour jeter un coup d'œil, mais il venait de les enlever. Il a démarré en rigolant, l'air content de lui.

Le regard de Skye glissa de son amie vers les photos punaisées au mur. Etait-il un de ceux-là ?

Non. Elle l'aurait parié. Le chauffeur de la Jaguar n'était probablement rien de plus qu'un ancien taulard dont Burke avait graissé la patte pour les effrayer. Un type mû par l'appât du gain plus que par la cruauté ou le désir de nuire.

Ce qui ne le rendait pas moins dangereux, d'ailleurs. Surtout si c'était Burke qui tirait les ficelles.

— Papa, c'est à toi.

Saisissant la manette de la PlayStation, David tenta tant bien que mal de se concentrer sur la partie. Il avait raté la sortie des classes, et Lynnette avait refusé de lui parler quand il était passé prendre Jeremy chez elle. Il ne se faisait donc plus d'illusions ; elle savait que Skye avait dormi chez lui. Restait à espérer que son fils ne s'était pas étendu sur les détails... Georgine n'avait rien oublié, en tout cas : visiblement soucieuse, elle avait de nouveau abordé la question au cours du dîner. Et son père avait renchéri, en plus ! Pour couronner le tout, Sheridan l'avait appelé quelques heures auparavant pour lui signaler qu'elle avait remarqué un individu suspect rôdant autour de chez elle, la nuit précédente.

David retint un frisson. L'incident l'inquiétait d'autant plus que la description du type correspondait à celui qui avait abordé Skye la veille.

Il avait immédiatement appelé le poste de police pour demander des patrouilles régulières dans les quartiers de Sheridan et Jasmine. Comme Skye habitait en dehors de la ville, il avait dû contacter le bureau du shérif. Il s'était entretenu avec son adjoint, un prénommé Meeks, qui s'était montré compréhensif et efficace, lui promettant d'aller jeter un coup d'œil dans les environs et de l'appeler s'il voyait une Jaguar blanche aux alentours — ou le moindre véhicule suspect.

Personne ne l'avait appelé depuis, et il espérait que cela signifiait que tout était normal. Mais il était encore tôt… Assez tôt pour avoir envie d'aller s'en assurer par lui-même. D'ordinaire, il aimait les moments qu'il partageait avec son fils, mais ce soir l'inquiétude était trop forte. Il ne pouvait échapper au sentiment d'être le seul capable de gérer la situation, le seul qui ne passerait pas à côté d'un détail important.

— Oh ! Tu as crashé ta voiture ! T'es mort — encore ! s'esclaffa Jeremy. Tu joues vraiment mal, aujourd'hui.

Il était sans doute trop préoccupé par l'idée de la mort dans la vraie vie… Il n'avait pas réussi à joindre Skye pour l'informer que Burke s'était fait poignarder, ce qui leur apportait un bref répit. Il était tombé sur le répondeur de sa maison dans le delta et sur la boîte vocale de son portable. Quand il avait appelé au bureau, une bénévole lui avait dit ne pas savoir où elle était. Il s'était interdit de céder à la panique en se persuadant que Skye se tenait derrière la brave dame pour lui souffler sa réponse. Il s'attendait à ce qu'elle le rappelle, surpris qu'elle ne l'ait pas déjà fait.

Mais ce fut la voix de Tiny qu'il entendit quand le téléphone sonna.

— Alors, comment va Burke ? fit-il en se levant.

Il fit signe à son fils de mettre le jeu en mode « joueur unique », et s'approcha de la fenêtre.

— Blanc comme un linge, chétif et fragile. Mais le même, malgré sa blessure, répliqua Tiny.

David eut un rire bref. Avec Burke, les apparences étaient trompeuses… ce qui ne le rendait que plus dangereux.

— Qu'a donné ta visite à San Quentin ?

— T.J., le gars qui a poignardé Burke, s'est montré très bavard.

— Qu'as-tu appris ?

— Que Burke est littéralement obsédé par Skye Kellerman. Il parlait d'elle tout le temps ; elle était au centre de ses fantasmes sexuels auxquels il donnait libre cours ; il conservait des coupures de journaux et des photos d'elle dans un carnet à spirale. T.J. est convaincu que Burke l'aura tuée avant l'été.

David eut l'impression que son cœur venait de se décrocher.

— Tu lui as dit que nous le gardions à l'œil pour éviter que ça se produise ?

— Plus ou moins.

— Et ?

— D'après lui, cela ne servira à rien : même un garde du corps à temps plein ne la sauverait pas. T.J. affirme que Burke saura attendre le bon moment.

David pensa à Eugène Zufelt. Si Oliver était responsable de sa noyade, il avait une longue série de meurtres derrière lui. Et pratiquait le crime depuis assez longtemps pour avoir développé un mode opératoire efficace, et s'être enhardi au point d'agresser des femmes chez elles — des femmes qui n'avaient rien à voir avec son passé. Avait-il concentré sa haine et sa colère sur un profil type ? Toutes étaient des filles jeunes et séduisantes, susceptibles de le repousser.

— T'a-t-il dit autre chose ?

— Il a évoqué une histoire intéressante…

— Vas-y, raconte…

— C'est peut-être juste une rumeur, comme il y en a tant en prison, mais Burke se serait lié d'amitié avec un prisonnier l'année dernière — un certain Larry Millwood. Ils étaient très proches, reprit-il, si tu vois ce que je veux dire.

— Amants ?

— C'est ce que m'a laissé sous-entendre T.J. Mais leur relation s'est brutalement interrompue, quand Oliver a découvert que Larry se moquait de lui dans son dos, et qu'il était maqué avec un autre prisonnier.

— Que s'est-il passé ?

— Burke a fait comme s'il s'en fichait, mais il était furax, en fait. T.J. m'a dit qu'il avait passé des heures à griffonner et à dessiner dans son carnet.

Toujours ces dessins, nota David en se promettant d'y revenir par la suite.

— Peu de temps après, poursuivit Tiny, Burke a dérobé un objet qui appartenait à un certain Enrique, un type dangereux, condamné à perpétuité, et l'a offert à Larry. C'est arrivé aux oreilles du fameux Enrique — comme par hasard — qui, croyant que Larry l'avait volé, l'a tué dans la cour.

— Bon sang ! C'est très fort, murmura David, impressionné.

— C'est du Burke tout craché, non ? Toujours d'après T.J., il s'est montré totalement indifférent à la mort de celui qu'il aimait. Il jubilait même quand il entendait les prisonniers en parler, puis il se replongeait dans l'écriture de son journal.

— Il aime écrire, commenta David, qui n'avait pas encore eu l'occasion de lui parler du carnet retrouvé dans l'ancienne maison des Burke.

Tiny ne se montra pas surpris quand il lui apprit son existence.

— Ça confirme ce que j'ai appris aujourd'hui. T.J. m'a affirmé qu'Oliver écrivait presque toutes les nuits dans un langage codé.

— Est-ce qu'il a laissé ses notes derrière lui ?

— Malheureusement non.

— Qu'est-ce que tu en penses ?

— Je n'ai pas changé d'idée : c'est un tueur.

— Tu l'as interrogé sur Eugène Zufelt ?

— Oui. Il était dans le cirage à cause des antidouleur qu'on lui avait administrés, mais ma question l'a fait réagir. Il m'a regardé d'un drôle d'air, puis il m'a dit « Oui, je le connaissais. C'était mon ami. »

— Tu parles ! Eugène le harcelait et le traitait de pédé…

Ils se sont battus en CM2. Le gamin s'est noyé deux ans plus tard, dans des circonstances qui restent étranges.

— Ça ne me surprend pas vraiment. Tu voulais aussi savoir si Burke était à son enterrement ?

— Et alors ?

— Il y était.

— Il te l'a dit ?

— Oui. Sans aucune réticence.

— C'est intéressant, commenta David.

Bien que pris par sa conversation, il sourit à Jeremy en lui faisant un signe de la tête quand celui-ci l'interpella pour lui montrer son score.

— Comment s'y est-il pris ? demanda Tiny.

— Je n'en sais rien pour le moment. J'aimerais parler aux parents d'Eugène.

— Tu les as retrouvés ?

— L'annuaire n'a rien donné. Le seul Zufelt répertorié en Californie est un lointain parent. Il m'a dit qu'ils avaient déménagé, mais il n'a pas su me dire où. Il va essayer de retrouver leur trace. Si j'en apprends davantage, je te tiens au courant.

— O.K.

— Après ce qui est arrivé à Larry, T.J. n'a pas peur qu'Oliver ne cherche à se venger ? demanda David.

— Il dit qu'il a plus d'amis à l'intérieur que Larry n'en a jamais eus.

— Et si ses « amis » n'étaient pas aussi réglo qu'il le pense ?

— Quand j'ai évoqué la question, il s'est contenté de hausser les épaules en me jurant qu'il a pris le risque de frapper Burke en toute connaissance de cause. « J'ai jamais rencontré un fumier pareil ! », voilà ce qu'il m'a dit.

— Et lui-même, il a fait combien de victimes ? ironisa David en baissant les yeux sur ses baskets.

— Il revendique sa différence : il n'agresse pas les femmes et affirme qu'il ne le fera jamais. L'homme qu'il a tué frappait sa mère.

— Il en a pris pour perpète ?

— Il a prémédité son crime, particulièrement horrible, puis il a tenté de faire disparaître le corps et les preuves du meurtre.

— Ce n'était pas forcément le compagnon de cellule le plus sûr pour un violeur, si je comprends bien.

— A San Quentin, tout le monde est dangereux. T.J. ne sait pas gérer sa colère, mais je ne crois pas que ce soit un psychopathe.

Ecartant le combiné, David claqua des doigts pour attirer l'attention de Jeremy.

— Bon score, fiston ! s'exclama-t-il avec enthousiasme. Belle partie !

Jeremy lui décocha un large sourire, puis se replongea dans son jeu.

— Jane était-elle avec lui quand tu es passé voir Burke à l'hôpital ? demanda David.

— Oui, elle était dans la chambre. Elle regardait par la fenêtre et se tordait les mains.

— A-t-elle dit quelque chose ?

— « Je n'arrive pas à croire ce qu'elle m'a fait. Cela ne finira donc jamais ! » répéta fidèlement Tiny.

— Qui « elle » ?

— Skye, j'imagine. Jane ne me parlait pas directement. Elle semblait bouleversée.

David ne pouvait s'empêcher d'être navré pour la femme de Burke. Sa seule erreur, du moins avant d'entamer une liaison avec Noah, avait été de manquer de clairvoyance : elle n'avait jamais percé son mari à jour. Quant aux parents de Burke, ils n'avaient pas un sort très enviable : le battage médiatique suscité par le procès puis l'incarcération de leur fils les avait humiliés. Ils n'avaient pourtant jamais abandonné leur fils, faisant front avec lui.

Si Oliver était le tueur calculateur qu'ils le soupçonnaient d'être, la famille Burke serait une nouvelle fois mise à rude épreuve. Quelle que soit l'identité de sa prochaine victime…

— Merci pour tout, Tiny, dit-il. Jeremy m'attend… Je dois te laisser.

— Encore une chose.

— Quoi ?

— Qu'est-ce qui se passe entre toi et Lynnette, en ce moment ?

— Toujours pareil. Pourquoi ?

— Elle m'a appelé, il y a quelques heures.

— Ah bon ? Qu'est-ce qu'elle voulait ? fit-il, les doigts crispés sur le combiné.

— Elle m'a demandé si tu avais une liaison avec Skye Kellerman.

Il fallut de longues secondes à David pour encaisser l'information — même s'il n'était pas vraiment surpris, en fait.

— Et que lui as-tu répondu ?

Un soupir audible lui parvint au bout de la ligne.

— La vérité, lâcha Tiny.

— Qui est…

— Que je ne sais pas.

Un crissement de pneus résonna dans les haut-parleurs de la télé. Jeremy venait de crasher sa voiture de course.

— Papa, on va manger une glace ? suggéra-t-il en jetant sa manette sur le canapé.

Partagé entre sa conversation téléphonique et son fils, David leva une main pour le faire patienter.

— Juste une seconde, d'accord ?

— Alors, tu as une liaison avec elle ? insista Tiny.

— Pas encore, fit David en raccrochant.

— Papa ? le pressa Jeremy en levant vers lui des yeux gourmands. Ou alors un milk-shake à la fraise ?

Emmener son fils manger une glace, il pouvait le faire, songea-t-il, conscient qu'il ne pourrait guère lui promettre davantage tant qu'il aurait Skye en tête.

— Si tu veux, fiston !

Skye s'immergea dans le bain moussant qu'elle venait de faire couler, en faisant attention à ne pas mouiller les écouteurs de son iPod. Si seulement elle pouvait oublier un instant qu'on était vendredi et que Burke devait être de retour chez lui ! Elle fonctionnait depuis si longtemps sur un mode strictement pratique et utilitaire que prendre un bain l'intimidait presque. Elle avait ressenti la même chose en achetant sa robe dans une petite boutique sur le Boulevard Fair Oaks. Elle l'avait choisie simple et élégante, sans décolleté plongeant, ni fente sur le côté. L'étoffe délicate, d'un beau vert émeraude, moulait parfaitement son corps et s'évasait légèrement au niveau des chevilles. Son impatience s'était atténuée maintenant qu'elle savait qu'elle irait à la réception avec Charlie Fox, mais son envie de séduire était aussi forte. C'était la résolution qu'elle avait prise pendant la nuit où elle avait dormi chez David : elle s'était promis de ressusciter en elle une sensualité trop longtemps négligée, d'abandonner ses vieux réflexes conditionnés par l'agression qu'elle avait subie. La peur et la prudence étaient si ancrées en elle que, la plupart du temps, elle ne s'apercevait même pas de la distance qu'elle mettait entre elle et les hommes.

Elle devait reprendre le cours de sa vie. Se mettre officiellement à la recherche de l'amour et d'une relation durable. Ce soir, après son bain, elle chercherait sur internet des idées de coiffure et de maquillage. Elle jetterait aussi un œil à certains sites de rencontres. Même s'il fallait se montrer prudent, c'était une manière facile de commencer, à l'abri derrière une adresse e-mail. Si elle rencontrait quelqu'un sur la toile, elle pourrait toujours effectuer quelques recherches à son sujet avant d'arranger un déjeuner dans un lieu public.

Sa décision la soulageait. Mais quelle ironie d'envisager de briser les barreaux de sa cage le jour même de la libération de Burke… L'impact de ce dernier sur sa vie avait été considérable. Il y avait un avant et un après l'agression ; un avant et un après Burke.

Le temps des relations amoureuses et des rendez-vous romantiques et insouciants se situait avant que leurs chemins ne se croisent… Si cette ordure avait droit à une seconde chance, pourquoi pas elle ?

Elle ouvrit le robinet d'eau chaude pour augmenter la température de son bain, puis appuya la tête sur le rebord de la baignoire, la voix du chanteur Chris Daughtry résonnant dans ses oreilles.

Quel bijou allait-elle mettre avec sa nouvelle robe ? se demanda-t-elle en regardant la vapeur envahir la salle de bains. Elle n'avait pas commencé à faire défiler dans son esprit les différentes possibilités qu'elle se redressa brusquement, les nerfs tendus. Il y avait quelque chose… de différent… Une vibration…

Elle avait fermé la porte d'entrée et toutes les fenêtres. Elle le savait, puisqu'elle s'en était assurée par deux fois. Elle avait aussi branché l'alarme. Pourquoi avait-elle soudain la sensation désagréable de ne pas être seule ?

Elle ferma le robinet et ôta ses oreillettes. A l'exception du bourdonnement étouffé qui s'en échappait, un silence profond régnait sur la maison. Mais elle était presque sûre de sentir une odeur de tabac.

Etait-ce son imagination ou sa peur qui lui jouait des tours ?

— Jasmine ? Sheridan ? appela-t-elle.

Les deux femmes possédaient une clé de sa maison, au cas où elle perdrait les siennes.

Mais Jasmine et Sheridan ne fumaient pas.

Elles ne répondirent pas non plus.

Elle se leva, éteignit son iPod et prêta l'oreille, tous les sens en éveil. Dehors, le vent s'infiltrait en sifflant entre les tuiles. A part les battements de son cœur, elle n'entendait rien d'autre.

Debout sur le tapis de bain, elle attrapa une serviette dans laquelle elle s'enveloppa. Son cerveau fit instinctivement le tour des endroits où elle avait rangé ses pistolets. Elle en avait un dans son sac et un autre dans le placard de l'entrée. Le plus proche était dans le tiroir de la table de chevet de sa chambre. Coincée dans la salle de bains, elle leva les yeux vers le vasistas. Même si elle trouvait un moyen de briser cette vitre, elle ne pourrait jamais s'y hisser.

Fermant les yeux, elle prit une profonde inspiration, cherchant à savoir si cette odeur de fumée était réelle.

Indéniablement, ça sentait le tabac. C'était aussi réel que

le « ploc ploc » de l'eau qui s'échappait du robinet. *Quelqu'un* fumait.

Elle crispa les doigts sur la serviette. Aucun membre de son entourage ne fumait. Jasmine avait peut-être grillé quelques cigarettes dans son adolescence, quand elle avait traversé le pays en auto-stop pour fuir la petite ville où elle avait grandi, mais cela remontait à des années.

Décidée à aller jusqu'à sa chambre et donc au pistolet qui s'y trouvait, elle se plaqua contre la porte. Le plancher craqua sous ses pieds mouillés et elle sentit tous ses muscles se tendre. Elle se força à avancer. *Pense. Agis.* Elle n'était plus la jeune fille vulnérable du passé. Elle s'était entraînée — et transmettait même son expérience aux autres —, et cela faisait une sacrée différence.

« Je me suis préparée à ça. Je m'y attendais », se répétait-elle Mais son corps ne l'entendait pas ainsi. Elle fut prise de tremblements si violents qu'elle dut lutter pour ne pas se recroqueviller dans un coin.

Ça ne va pas recommencer ! hurlait son esprit. L'angoisse la submergea. Elle n'y parviendrait pas. Mais avait-elle le choix ? Elle l'avait déjà fait par le passé. Et puis, n'aspirait-elle pas à ce que Burke se montre, pour ne pas avoir à subir l'attente et le doute ?

C'était peut-être le moment…

Elle entrouvrit la porte, juste assez pour entr'apercevoir le couloir. Il était vide, mais elle perçut un léger bruissement. Où était-il ? Dans la cuisine ? Elle tendit l'oreille, à l'affût du moindre bruit qui lui permettrait de repérer celui qui se déplaçait à travers sa maison. Mais il était sacrément silencieux. Et semblait savoir ce qu'il faisait. Comment s'y était-il pris pour désactiver son alarme ? Il avait dû couper les fils, supposa-t-elle, regrettant de n'être reliée à aucun centre de surveillance, du fait de son isolement.

Elle se glissa dans le couloir et se rua dans sa chambre, où elle sortit son pistolet du tiroir de sa table de chevet.

14

Nue sous sa serviette, Skye se sentait sans défense. Trop vulnérable. Elle enfila rapidement un bas de survêtement et un T-shirt. Pas le temps de mettre des chaussures, ni d'appeler la police : tout serait fini avant leur arrivée, pensa-t-elle. Essayant de garder la tête froide malgré la terreur qui la tétanisait, elle jeta un coup d'œil dans le couloir.

Silence complet. S'était-elle tout imaginé ? Il aurait été si tentant de le croire… Elle s'accrochait à cette idée en se glissant dans le hall d'entrée, quand elle aperçut le mégot de cigarette à côté du portemanteau. La porte était grande ouverte, créant un courant d'air qui faisait bouger par intermittence les rideaux et les papiers posés sur la console.

Etait-ce ce qui l'avait alertée ? Comment avait-il ouvert la porte ? Elle était certaine de l'avoir verrouillée. La peur l'empêchait de réfléchir de façon logique et cohérente, mais ce n'était pas le moment de se poser des questions. C'était sûr : elle avait un visiteur.

Qui pouvait être n'importe où…

Le dos plaqué contre l'angle du mur, Skye jeta un regard prudent dans la salle à manger. Elle devait le trouver avant qu'il ne la trouve… Mais elle ne s'attendait pas à ce qu'il soit derrière elle. Du coin de l'œil, elle perçut un mouvement du côté de la salle de bains qu'elle venait de quitter, comme si quelqu'un en sortait. Avant qu'elle ait pu esquisser le moindre geste, une détonation assourdissante déchira l'air. Une balle siffla au-dessus de sa tête. Elle n'avait qu'une fraction de seconde, songea-t-elle en s'accroupissant et en pivotant sur elle-même. Elle tira sans viser au moment où l'intrus pressait de nouveau la détente.

Il la manqua. La balle se ficha dans le mur derrière elle. Ce ne fut pas le cas de celle de Skye, qui transperça la poitrine de l'intrus. Il n'haleta pas et n'émit aucun gargouillis, contrairement aux blessés par balle qu'on peut voir lors des arrestations reconstituées à la télévision. Ses mâchoires se détendirent brièvement et il baissa des yeux incrédules vers sa blessure, comme s'il n'y croyait pas lui-même, avant de s'effondrer.

A en juger par le trou et la tache de sang qui s'élargissait sur sa poitrine, Skye était presque sûre de l'avoir touché en plein cœur.

Elle s'approcha en tremblant et reconnut le visage de l'homme qui l'avait abordée au restaurant. Vidé de toute expression, de toute vie. S'il n'y avait pas eu le bouc et les piercings dans le lobe de ses oreilles, elle aurait pu penser qu'il s'agissait de quelqu'un d'autre.

Avec le bout de son pied, elle donna de petits coups dans sa jambe, priant le ciel pour l'entendre grogner ou le voir remuer. *Faites qu'il soit vivant, faites qu'il soit vivant*, se répétait-elle comme une litanie. Elle voulait juste se défendre — pas le tuer ; il devait lui dire qui il était et pourquoi il avait pénétré chez elle.

Mais il resta inerte.

La gorge serrée, elle posa son pistolet sur la console et s'accroupit près de lui, pressant deux doigts contre sa carotide. Ils étaient si glacés que la peau de l'homme lui sembla brûlante. Cette chaleur était trompeuse, puisqu'elle ne trouva pas son pouls. Le type était pratiquement mort sur le coup. Il n'avait pas perdu beaucoup de sang, mais son cœur avait probablement cessé de battre à la seconde où la balle s'était nichée dans sa poitrine.

— Mon Dieu ! gémit-elle.

Elle était déterminée, prête à éliminer la menace que représentait Burke… mais la réalité de ce corps sans vie la plongeait dans un malaise insupportable. D'autant que l'homme allongé dans le couloir n'était pas Oliver Burke.

Elle s'écarta du corps en rampant. Il lui semblait que ses os s'étaient ramollis. Se rejetant en arrière, elle se retrouva en position assise, haletante. Elle se frotta les yeux en priant pour se réveiller du cauchemar qu'elle était sûrement en train de faire… Mais lorsqu'elle les rouvrit, le corps était toujours là — un peu plus froid à chaque seconde qui passait.

Elle avait la sensation de se refroidir, elle aussi. L'air frais qui s'engouffrait par la porte ouverte n'y était sûrement pas étranger. Si seulement elle pouvait se lever pour la fermer ! Mais ses jambes refusaient de la porter. Elle se laissait submerger par une sensation d'insécurité, de vulnérabilité, d'angoisse, qui la ramenait quatre ans en arrière, à l'instant précis où elle s'était réveillée en découvrant Oliver penché au-dessus de son lit.

Tout recommençait…

Un goût aigre emplit sa bouche. Elle plaqua ses mains sur ses lèvres, cherchant à contenir son envie de vomir. Il l'aurait tuée si elle ne l'avait pas fait avant. L'impact de balles dans le mur était là pour le prouver. Mais elle ne parvenait pas à surmonter le choc.

Elle s'écarta un peu plus du corps. Elle ne voulait plus le voir. Il ne pouvait pas être mort. C'était trop irréversible. Elle avait ôté la vie…

Elle devait se calmer, penser à quelque chose de rassurant. Elle avait survécu — c'était tout ce qui importait, non ? Elle avait toujours su qu'elle serait de nouveau confrontée à la violence. Sinon, pourquoi se serait-elle entraînée ? Et cet entraînement avait eu le résultat escompté : il lui avait sauvé la vie. Cette fois, l'homme qui avait pénétré chez elle par effraction ne ferait plus jamais aucun mal à personne.

— Tu l'as bien cherché, siffla-t-elle entre ses dents. Tu n'avais rien à faire ici !

Son cerveau se remit à fonctionner peu à peu, l'incitant à agir. Cet homme ne pouvait plus lui dire qui il était, mais il devait avoir des papiers sur lui…

Elle s'approcha du mort à contrecœur et fouilla dans ses

poches en prenant soin de ne pas regarder ses yeux, que la vie avait quittés.

Elle ne trouva pas de portefeuille, mais deux papiers pliés en quatre qui se révélèrent être deux plans. Le premier indiquait dans le détail l'itinéraire conduisant jusqu'à sa maison. En levant le second vers la lumière, Skye reconnut le trajet amenant à la copropriété de Sheridan.

Une nouvelle vague de panique la tétanisa. Et si le type était passé par l'appartement de Sheridan avant de venir chez elle ? Et si…

Il n'en fallut pas davantage pour lui redonner l'énergie qui lui manquait encore. Elle se releva et courut jusqu'à la cuisine. Saisissant le téléphone fixé au mur, elle commença à composer un numéro, et constata qu'il n'y avait aucune tonalité. L'homme avait dû couper la ligne au moment où il avait désactivé le système d'alarme.

Abasourdie, le sang cognant à ses oreilles, elle plongea la main dans son sac, qui se trouvait encore sur la table de la cuisine. Exactement là où elle l'avait posé en arrivant, ce qui prouvait que l'intrus n'était pas venu pour la cambrioler. *Dépêche-toi !* s'enjoignit-elle en attrapant son portable. Si Sheridan était blessée — ou pire…

Les larmes lui brouillaient la vue et l'afflux d'adrénaline la rendait maladroite. Elle dut s'y reprendre à plusieurs fois pour presser les bonnes touches.

— Allô ? fit Sheridan en décrochant.

Skye s'effondra sur une chaise. Sheridan était en vie, et elle semblait aller bien.

— Allô ? répéta-t-elle.

Secouée de sanglots, une boule dans la gorge, Skye ne put répondre.

— Skye ? C'est toi ?

— Ou… oui, parvint-elle à balbutier.

— Qu'y a-t-il ? Tu t'es fait mal ?

— Non. Je… Je crois que ça va.

— Tu me fais peur… qu'est-ce qui se passe ?

Skye jeta un regard par-dessus son épaule. De là où elle se

trouvait, elle pouvait voir les baskets de celui qui gisait dans le couloir. Un frisson la parcourut.

— Tu sais… le… le type qui t'espionnait ? Celui… celui qui avait une vieille Jaguar ?

— Oui ?

Ses dents claquaient si fort qu'elle pouvait à peine parler.

— Il est mo… mort.

— Comment le sais-tu ? demanda Sheridan.

Skye sentit une secousse agiter son corps, puis un rire s'en échappa. Un rire irrépressible, hystérique.

— Parce que je viens de le tuer !

Après leur virée chez le glacier, David prit la direction du delta. Il voulait passer chez Skye et s'assurer par lui-même que tout était normal. Il n'était pas tranquille, même s'il la savait sous surveillance.

Il ne regretta pas sa décision en recevant un appel de l'adjoint Meeks.

— J'ai repéré une Jaguar blanche près de la maison que vous m'avez demandé de surveiller, fit celui-ci après quelques formules de politesse.

David jeta un coup d'œil dans le rétroviseur : Jeremy finissait son milk-shake à la fraise. Il aurait préféré le ramener chez Lynnette, mais il n'y avait pas une minute à perdre, à présent. La vie de Skye était peut-être en jeu.

— Où ? demanda-t-il.

— Elle est garée près d'une digue, à moins d'un kilomètre de la maison de Skye Kellerman. Je suis à côté, mais elle est verrouillée.

— Vous avez vérifié la plaque ?

— Oui. La voiture a été volée.

— Dépêchez-vous d'aller chez elle. Je vous rejoins.

— Entendu, répondit Meeks. Je me mets en route.

David raccrocha, puis il essaya de joindre Skye pour la mettre en garde. Le téléphone sonna dans le vide. Il n'eut pas plus de chance en appelant sur son téléphone portable.

— Waouh ! On va vite ! s'exclama Jeremy.

Très impressionné, il tirait sur la ceinture de sécurité pour essayer d'entrevoir le compteur.

— Arrête avec cette ceinture, et tiens-toi tranquille.

Même en roulant à cent vingt kilomètres à l'heure, il eut l'impression de mettre une éternité à atteindre la maison de Skye. D'autant que les questions incessantes de Jeremy, curieux de connaître leur destination et la vitesse de la voiture, mettaient ses nerfs à rude épreuve.

En arrivant sur place, David aperçut trois véhicules de police. Il freina dans un crissement de pneus et sauta de la voiture.

— Ne bouge pas, intima-t-il à son fils en verrouillant les portières.

Il courut vers la maison.

La porte d'entrée était grande ouverte. A l'intérieur, plusieurs policiers en uniforme circulaient entre le salon et le hall d'entrée.

En les entendant parler d'un corps, David se figea, tétanisé. Oliver avait-il atteint son but ? Impossible. Il avait été poignardé le matin même... Ce soir, Skye était censée être en sécurité !

— Est-ce que le coroner a été prévenu ? demanda l'un des adjoints du shérif.

— Je l'ai appelé dès que j'ai compris ce qui s'était passé.

Il reconnut la voix de celui qui venait de répondre. C'était l'adjoint Meeks.

— Le shérif est en route aussi. Il prend l'affaire en main, reprit ce dernier.

David voulut entrer. Il fallait qu'il sache... Mais il ne put esquisser le moindre geste, paralysé par la peur de ce qu'il allait découvrir. *Skye*... L'angoisse chassa l'air de ses poumons, et il n'entendit plus dans ses oreilles que les battements de son propre cœur.

— Ça vaut mieux. C'est une sale affaire, répondit le premier adjoint. La presse va être sur le coup. Elle avait déjà été agressée, vous vous rappelez ? C'était quand, déjà ? Il y a trois, quatre ans ? Par ce dentiste...

David porta la main à ses lèvres. C'était donc vrai ! Skye venait de se faire agresser une nouvelle fois.

— Papa ? Qu'est-ce qu'il y a ? cria Jeremy de la voiture.

Il avait défait sa ceinture pour passer la tête par la vitre baissée.

— Rien ! cria-t-il avec impatience. Reste où tu es.

Il n'avait pas voulu le rabrouer, mais sous l'afflux d'adrénaline qu'il sentait monter en lui, il avait perdu le contrôlc dc sa voix.

Son fils fit la moue et se réinstalla dans la voiture, tandis qu'un adjoint, alerté par le bruit, s'engagea dans le couloir.

— Qui êtes-vous ? demanda-t-il, l'air soupçonneux.

Sonné, David sortit son badge de sa poche.

— Inspecteur Willis, de la police de Sacramento.

Plus âgé et plus costaud que ses collègues, l'adjoint lui jeta un coup d'œil, tout en glissant les pouces dans sa lourde ceinture noire.

— Vous n'êtes pas un peu loin de votre juridiction ?

— C'est une affaire sur laquelle j'ai travaillé et sur laquelle je travaille encore.

J'aurais dû la garder avec moi. J'aurais dû la protéger.

— C'est bon. Laisse-le passer, fit Meeks en apparaissant derrière son collègue. C'est l'inspecteur qui m'a demandé de patrouiller dans le coin.

— Ah ! fit l'adjoint, rassuré. Entrez, inspecteur Willis.

— Que s'est-il passé ? demanda David, le souffle court.

— Nous avons un corps dans l'entrée.

Le nœud qui s'était formé dans sa gorge menaçait maintenant de l'étouffer.

— Vous avez attrapé le type qui a fait ça ?

Si ce n'était pas le cas, il le ferait, se jura-t-il. Même s'il devait, pour cela, aller au bout du monde.

— Quel type ? C'est une femme qui lui a tiré dessus.

David cligna des yeux. Avait-il bien entendu ?

— Je… Mlle Kellerman va bien ?

Comprenant son émotion, Meeks lui décocha un sourire.

— Elle est en état de choc, mais elle n'est pas blessée. Elle est dans le salon, précisa-t-il, avec un mouvement de la main. Nous l'interrogerons quand le shérif sera là.

Le soulagement qui déferla sur lui le laissa sans force.

— Sur qui… Sur qui a-t-elle tiré ?

— Aucune idée pour le moment, répondit Meeks en secouant la tête.

— David ?

C'était Skye qui l'appelait de l'intérieur. La tension, l'épuisement et la peur qui perçaient dans sa voix lui nouèrent l'estomac. Par quoi était-elle passée ce soir ? Il espérait que ce n'était pas aussi grave que la première fois.

— Je suis là.

Après avoir demandé à Meeks de garder un œil sur son fils, David s'engouffra dans la maison. Il trouva Skye assise sur le bord de son canapé. Elle tenait distraitement dans la main une tasse — peut-être le thé vert qu'elle avait voulu lui offrir lors de sa dernière visite, s'attendrit-il — qu'elle n'avait pas touchée. Elle était pâle, les yeux cernés.

— Vous n'avez rien ?

Elle posa sa tasse et, sans dire un mot, s'approcha de lui. Il la serra dans ses bras.

— Je suis là, murmura-t-il contre ses cheveux.

Elle fut secouée d'un long sanglot. Il lui embrassa le front, conscient des regards qui se posaient sur eux. Tant pis, songea-t-il. Il avait cru l'avoir perdue…

— Ne pleurez pas ! Là… C'est fini.

— Il… Il est passé par la chambre du fond, bredouilla-t-elle. Je ne sais pas comment il a fait pour enlever les barreaux. Il a dû s'en occuper avant mon retour.

— Je vais aller voir.

— Il a attendu que je rentre avant de s'introduire à son tour dans la maison. Il a tout fermé puis il a coupé l'alarme et les fils du téléphone, fit-elle en reniflant. Sinon, je me serais aperçue que l'alarme ne fonctionnait pas en rentrant, et je serais repartie vers ma voiture.

— Vous étiez donc dans l'entrée quand il s'est retrouvé face à vous.

— Non… Je prenais un bain quand j'ai senti sa présence. Il est passé par la fenêtre, répéta-t-elle, puis il a ouvert la porte pour pouvoir s'échapper plus vite.

— Vous savez qui c'est ?

— Non. Mais c'est le type qui m'a abordée au restaurant… Il doit y avoir un lien avec Burke, vous ne croyez pas ?

Il avait signé « O.B. » sur le mot qu'il lui avait donné, se répétait-elle. Etait-ce seulement pour brouiller les pistes ? Avec toute la publicité qui avait entouré son agression, elle n'était pas à l'abri des pervers qui pouvaient se servir des initiales d'Oliver pour lui faire peur.

— Si Burke est derrière tout ça, il a dû organiser cette effraction de la prison il y a des semaines, voire des mois, répliqua David. Vous savez qu'il n'est pas encore rentré chez lui ? Son compagnon de cellule l'a poignardé, et il a été conduit à l'hôpital.

— Il a été poignardé ?

Elle rompit leur étreinte, levant vers lui des yeux égarés.

— Oui. Mon coéquipier lui a rendu visite à l'hôpital.

— Mais quand même… C'est forcément lui qui a manigancé tout ça, non ?

C'était possible, songea David. Oliver était méthodique au point de planifier longtemps à l'avance la manière dont il se vengerait de ceux qui l'avaient « offensé ». Seul un gamin patient et sournois pouvait se débarrasser en toute impunité d'un camarade de classe, et s'offrir le luxe d'assister à son enterrement comme si de rien n'était.

— Le shérif est là ! lança quelqu'un.

David lâcha Skye. La plupart de ses collègues les pensaient en couple depuis des années. S'ils voulaient éviter les mauvais ragots, autant reprendre ses distances… et ne pas témoigner à Skye une affection qui ne manquerait pas de faire jaser.

— Asseyez-vous et essayez de vous détendre, lui murmura-t-il.

— Vous partez ?

Elle s'était exprimée d'un ton fataliste, comme si elle s'attendait à son départ. Et pourquoi en aurait-il été autrement ? Il n'avait jamais été là pour elle — jamais assez longtemps, en tout cas. Mais que faire ? Il ne pouvait pas laisser son fils indéfiniment dans la voiture ! Et il ne pouvait pas le faire entrer sans l'exposer au spectacle du cadavre qui gisait dans le couloir.

— Jeremy est dans la voiture.

— Je comprends, fit-elle en relevant le menton, les yeux tristes.

Il faillit tout lui avouer sur la maladie de son ex-femme. Il le désirait depuis des semaines ! Mais lui faire une telle révélation maintenant, en sous-entendant qu'il restait avec Lynnette par devoir, n'était pas loyal.

— Je vous appelle.

Elle se leva avec raideur.

— Mademoiselle Kellerman… Je suis le shérif Bailey, annonça un homme en s'approchant. J'espère que vous ne m'en voudrez pas de vous poser quelques questions sur ce qui vient de se passer ici ?

Les cheveux blancs ondulés, le shérif devait avoir une soixantaine d'années, mais il était si svelte qu'il en paraissait dix de moins. David reconnut chez lui les manières rassurantes et les égards qu'il prenait envers les victimes d'agression.

— Non… Bien sûr que non, assura-t-elle.

Quand les yeux de la jeune femme se posèrent sur lui, David eut l'impression de l'abandonner en pleine mer. Une mer où flottaient les débris d'anciens souvenirs terrifiants.

— Inspecteur Willis ? Votre fils ne tient plus en place et il veut savoir où vous êtes.

David se força à se tourner vers l'adjoint Meeks.

— J'arrive !

Rien dans la Jaguar ne permettait d'en savoir plus sur l'homme qu'elle avait tué. Skye avait entendu l'adjoint Meeks le dire au shérif peu de temps après l'arrivée du coroner sur les lieux. Ce dernier avait rapidement établi les causes apparentes de la mort avant de prononcer le décès et de faire enlever le corps de l'entrée. Elle espérait toutefois que le mystère qui planait sur l'identité de l'intrus serait vite levé. Elle voulait connaître la nature réelle de la menace qui pesait sur elle — sans quoi elle aurait le sentiment d'être sur un ring de boxe sans adversaire. Elle avait tué un homme qui s'était introduit chez elle, mais qui était-il ? Pour quelle raison l'avait-il poursuivie ? S'il avait été envoyé par quelqu'un, elle avait toujours une épée de Damoclès au-dessus la tête. Autant le savoir, non ?

Après l'avoir interrogée, le shérif avait pris une série complète d'empreintes du mort pour les comparer avec celles du fichier. Si l'intrus avait un casier, la police découvrirait vite son identité. Vu son mode opératoire, il ne faisait aucun doute pour elle qu'il n'en était pas à sa première effraction.

De quelle façon avait-il obtenu son adresse ? Elle n'en avait pas la moindre idée, mais il l'avait eue… et cette pensée la terrifiait.

Burke allait-il faire appel à quelqu'un d'autre ? S'il avait pu le faire depuis sa prison, il lui serait très simple de recommencer, maintenant qu'il était libre. A bout de force, elle s'interdit d'envisager cette éventualité. L'effervescence qui régnait dans la maison, les questions posées auxquelles elle n'avait pu répondre, l'avaient épuisée. « Pourquoi croyez-vous que cet homme voulait vous tuer ? Vous venez de dire que l'homme qui vous a agressée était en prison depuis trois ans… Comment pourrait-il être derrière tout ça ? »

A cela s'étaient ajoutés les regards sceptiques de certains policiers, qui semblaient la soupçonner d'avoir fait excessivement usage de la force, et l'indifférence des autres, guère plus facile à gérer. Ils circulaient d'une pièce à l'autre comme s'ils s'en fichaient. Pour eux, c'était la routine. Skye, elle, était en miettes.

Sheridan était arrivée peu de temps après le départ de David. Elle avait assisté à la quasi-totalité de l'interrogatoire, et elle était la seule personne qu'elle voulait voir rester. Skye aurait aimé qu'elle reste avec elle, mais son amie avait rendez-vous de très bonne heure avec une octogénaire qu'elle pensait maltraitée par son fils. Elle venait de partir après avoir nettoyé le sol maculé de sang et les éclaboussures sur le mur. Skye lui en fut reconnaissante : elle était trop choquée pour s'acquitter d'une telle tâche.

Il était 5 heures du matin, à présent. Tout le monde était parti. Seule dans la maison vide, la jeune femme savait qu'elle ne parviendrait pas à dormir.

Jasmine serait venue, elle aussi, si elle n'avait pas dû repartir la veille pour Fort Bragg afin d'aider les enquêteurs à identifier un suspect. Elle tenait à voir le type en question et à lui parler le plus rapidement possible. Pour éclaircir le meurtre de la petite fille dont le corps avait été retrouvé quelques jours plus tôt. Et pour le lier, ou non, au kidnapping d'une autre fillette disparue trois ans auparavant.

Attrapant son téléphone portable, elle composa le numéro du Memorial Marin Hospital, dont elle avait saisi le nom lorsque le shérif avait téléphoné à San Quentin pour vérifier certains éléments de sa déposition.

Quel était l'état de santé de Burke ? Etait-il grièvement blessé ? Ses blessures étaient-elles superficielles ? Il fallait qu'elle sache s'il était encore en observation ou si les médecins l'avaient autorisé à rentrer chez lui.

— Memorial Marin Hospital, répondit une voix féminine après trois sonneries.

— Bon… bonjour, bredouilla Skye, la gorge soudain sèche.

Comment réagirait-elle si Burke décrochait le téléphone dans sa chambre ? Elle ne s'y était pas préparée, en fait.

— Pouvez-vous me mettre en relation avec la chambre d'Oliver Burke, s'il vous plaît ? reprit-elle.

— Je suis désolée : nous ne pouvons pas déranger les patients de si bonne heure, madame. Vous devriez rappeler après 7 heures.

— Mais… Je… Je viens juste d'apprendre ce qui lui est arrivé, bégaya-t-elle. Est-ce qu'il va s'en sortir ?

Prenant sa tension pour de l'inquiétude, la femme se montra conciliante.

— Je n'en sais rien. Je suis au standard… Il est presque 6 h 40, reprit-elle après un silence. Je vais quand même essayer de joindre le bureau des infirmières de son étage et demander s'il est réveillé. Vous avez son numéro de chambre ?

— Non, je suis désolée.

— Attendez un instant. Je vais essayer de le trouver.

Skye essuya ses mains moites sur son jean pendant qu'elle était mise en attente. Puis, sans avertissement, le téléphone se remit à sonner.

— Bureau des infirmières, répondit une autre voix féminine.

— La chambre d'Oliver Burke, s'il vous plaît.

— Puis-je savoir qui le demande ?

Skye prit une profonde inspiration.

— Sa mère.

— Restez en ligne, je vais voir s'il est réveillé.

Skye s'attendait à entendre l'infirmière, mais le téléphone sonna de nouveau et quelqu'un décrocha.

— Maman ? murmura une voix.

Elle retint son souffle. C'était Jane. Burke était bien à l'hôpital, tendrement veillé par son épouse, pendant que Skye, elle, se retrouvait seule chez elle après avoir tué l'homme qu'il avait lancé à ses trousses.

— Jane ? fit-elle.

Elle s'exprimait à voix basse pour ne pas être identifiée.

— Oui ?

— Comment va Oliver ?

— Il… Il va s'en sortir. Qui est à l'appareil ?

— Quelqu'un qui connaît son vrai visage, répliqua-t-elle avant de raccrocher.

Ne pleure pas, s'enjoignit-elle en sentant les larmes rouler sur ses joues. *Tu n'as aucune raison de pleurer !*

Elle aurait dû être soulagée, puisqu'elle était en vie… mais Burke l'était aussi. Il reprenait des forces dans une chambre d'hôpital. Rien n'était fini.

15

La sonnerie du téléphone et la voix de Jane tirèrent Oliver d'un sommeil alourdi par les calmants et les antidouleur. Il cligna des paupières, encore désorienté par le spectacle qui s'offrait à lui : les murs blancs de sa chambre d'hôpital, la perfusion dressée près de son lit, l'écran du moniteur cardiaque… et enfin Jane qui se tenait près de la fenêtre, le dos tourné. Comme la veille, songea-t-il avec amertume.

Leurs retrouvailles ne ressemblaient guère à ce qu'il s'était imaginé.

— Salut, murmura-t-il d'une voix éraillée.

Elle se tourna vers lui.

— Tu as bien dormi ?

Il s'éclaircit la gorge, et grimaça de douleur. Sa blessure se rappelait à son mauvais souvenir dès qu'il esquissait un mouvement.

— Mieux que toi, j'ai l'impression.

— Je n'ai pas droit à la morphine, moi ! répondit Jane en esquissant un pâle sourire.

— Je peux leur demander du Valium, dit-elle avec un sourire qui tenait du rictus.

Ils avaient tant perdu ! Et leur naufrage n'avait que trop duré.

— Tout redeviendra comme avant, assura-t-il. Ne t'inquiète pas… C'est une question de semaines, à présent.

Elle hocha la tête avec si peu de conviction qu'il en fut troublé. Il ne la reconnaissait pas, en fait. Elle avait tant changé ! Cette femme triste et effacée ne ressemblait en rien à la Jane enjouée, souriante et pleine de vitalité qu'il avait épousée. Marquée par les épreuves, elle arborait maintenant des rides au coin des yeux et autour de la bouche. Ces plis la vieillissaient, constata-t-il avec embarras. Elle avait grossi. Et elle s'était mise à fumer.

Ce dernier changement était peut-être le pire. Il détestait le tabac. Ses parents aussi — son père, surtout, qui avait évoqué dans une de ses lettres le nouveau vice de sa belle-fille. Dès qu'Oliver l'avait su, il avait demandé à Jane d'arrêter, en lui reprochant d'exposer Kate aux dangers de la nicotine. Elle ne lui avait pas obéi, manifestement. Une terrible odeur de tabac flottait dans l'air. Elle était certainement sortie griller une cigarette quelques minutes avant qu'il ne s'éveille.

— C'était qui, au téléphone ? interrogea-t-il.

Une légère méfiance assombrit ses yeux cernés et noircis de mascara. Elle avait pleuré, sans doute.

— Un faux numéro, marmonna-t-elle.

— La standardiste s'est trompée ?

— Oui. C'était pour un autre patient, expliqua-t-elle en reportant son attention sur la fenêtre. Le bureau des infirmières a dû faire une erreur.

— Ah bon.

Il laissa volontairement son regard errer sur sa chute de reins… histoire de vérifier que la prison n'avait pas modifié ses orientations sexuelles. Mais rien ne se produisit. Il eut beau attendre, se concentrer, il ne ressentit aucun des signes avant-coureurs du désir.

Normal, se dit-il pour se rassurer. Il était épuisé et bourré de médicaments. Aucun homme n'aurait envie de sexe dans ces circonstances, même en sortant de prison.

Tout de même… Pourquoi n'avait-il pas envie de la toucher, de l'embrasser ? Au lieu de ça, il ne voyait que ses kilos en trop et son allure négligée. C'était injuste, bien sûr : Jane n'avait pas fermé l'œil de la nuit. Elle avait veillé sur lui avec un dévouement admirable. Ne devrait-il pas lui en être reconnaissant ?

— Ma mère viendra avec Kate aujourd'hui, n'est-ce pas ?

— Oui. Elles passeront te voir pendant les heures de visite.

Il croyait se rappeler que ses parents étaient venus la veille. De vagues souvenirs lui revenaient à la mémoire, comme sa mère qui repoussait doucement ses cheveux pour lui dégager le front, mais avec toutes les drogues qu'on lui avait administrées, il avait flotté entre deux eaux et la barrière entre le réel et l'imaginaire était mince. En fait, il ne se souvenait plus de grand-chose après que T.J. l'eut poignardé, à peine de son transport à l'hôpital en ambulance.

— Je dois y aller, fit Jane en prenant son sac, son livre et son manteau.

Surpris, Oliver changea de position tout en faisant attention à ne pas appuyer sur sa blessure.

— Où ?

— Au boulot. Je n'ai pas pu prendre ma journée. Il y a beaucoup trop de monde, le week-end… Ils ont besoin de moi.

— Mais il est encore tôt ! se plaignit-il.

— J'aimerais passer à la maison pour prendre une douche et voir Kate avant que ta mère ne l'emmène à l'école.

Kate ? Elle la voyait tous les jours, bon sang ! Pourquoi ne préférait-elle pas rester avec lui, qu'elle n'avait pas depuis des années ?

— La gérante du salon sait-elle que je suis à l'hôpital ?

Jane passa une main dans ses cheveux. Il remarqua qu'ils étaient plus sombres que sa couleur naturelle — preuve qu'elle les teignait désormais pour cacher ses mèches grises.

— Oui, mais elle n'en a rien à faire, répondit-elle, en poussant un soupir.

— C'est franchement minable, tu ne trouves pas ? Si j'étais toi, je n'y retournerais pas.

— Et si je me fais virer ?

— Qu'elle te vire ! C'est pas le boulot du siècle, quand même !

— C'est vrai, mais… quelqu'un doit subvenir à nos besoins jusqu'à ce que tu ailles mieux et que tu puisses travailler.

L'impatience qui perça dans sa voix le contraria. Elle ne lui avait jamais parlé ainsi auparavant. Il eut brusquement l'impression qu'elle était plus désolée pour elle-même que pour lui.

— Mes parents nous aideront, assura-t-il.

— Tes parents n'ont pas de gros revenus. Ils ont déjà dépensé toutes leurs économies pour ta défense… Même leur fond de retraite y est passé ! Ils ne pourront nous aider indéfiniment. Nous ne savons même pas combien de temps va durer ta convalescence… Ensuite, il faudra que tu retrouves du travail… et ce ne sera pas forcément facile. Il y a si longtemps que tu n'as pas exercé !

— J'ai bossé en prison, figure-toi ! Ils étaient bien contents d'avoir un dentiste à leur disposition, tu peux me croire. Je n'ai pas eu la possibilité d'apprendre un nouveau métier !

Jane plissa le front, révélant l'origine des rides qui creusaient son visage : elle s'était fait tant de souci depuis trois ans que ses traits en gardaient le souvenir.

— Tu parles comme si…, commença-t-elle sans pouvoir retenir un geste d'agacement.

— Comme si quoi ?

— L'Etat ne doit pas une formation à chaque détenu. On va en prison pour y purger une peine — pas pour se faire offrir une reconversion professionnelle !

— Oui… sauf que je n'ai rien fait de mal.

— Tu l'as quand même raccompagnée chez elle.

L'aigreur qui perçait sous sa voix lui fit l'effet d'une douche froide.

— Qui es-tu ? finit-il par demander. Je ne te reconnais pas !

— Et alors ? Moi non plus, je ne suis pas sûre de te connaître !

Il détourna le regard pour échapper à la laideur qui déformait ses traits.

— Après tout ce que j'ai dû endurer, tu vas te mettre à douter de moi ? Je n'ai pas assez souffert comme ça ?

Ils échangèrent un long regard, que Jane rompit la première en cachant son visage dans ses mains.

— Pardonne-moi, gémit-elle, toute colère évanouie. Je suis si fatiguée… Et je me fais tant de souci ! Si seulement cet inspecteur me fichait la paix !

— Quel inspecteur ? Willis ?

— Qui d'autre ?

— Il t'ennuie ?

— Pas vraiment. Mais il est si sûr de lui, parfois !

Oliver se redressa contre les oreillers, oubliant la blessure qui un instant plus tôt lui rendait tout mouvement insupportable.

— Tu l'étais toi aussi. Je ne t'ai jamais vue douter de mon innocence.

— Je le suis toujours.

Elle sourit — avec si peu de conviction qu'il sentit son agacement monter en flèche.

Il voulait qu'elle parte, à présent. Tout, plutôt que de continuer à l'avoir sous les yeux ! A quel moment était-elle devenue si hideuse ?

— J'ai besoin de mon carnet. Tu sais où il est ?

— Il est dans le coffre de la voiture, avec toutes tes affaires. Mais… tu es blessé. Tu es sûr que tu peux écrire ? Ça ne risque pas de te fatiguer ?

— J'ai besoin d'écrire. Ça m'aide à faire le tri dans mes pensées.

— Je sais, dit-elle en enfilant son manteau. Tu as besoin d'autre chose ?

Un petit peu de loyauté, ça serait trop te demander ? Un peu de gratitude pour l'argent et le statut social que je t'ai donnés avant que Skye ne vienne anéantir tous mes efforts ?

— Non, merci.

Il la gratifia d'un large sourire. Il lui en voulait, bien sûr, mais il préféra dissimuler sa colère. N'était-il pas maître en la matière ? Il jouait la comédie mieux que personne et se faisait fort de tromper n'importe qui, même ses propres parents.

— Je suis désolée, Oliver. Je… Je sais que tu as vécu des moments terribles en prison.

Il appuya sur la sonnette pour appeler une infirmière. Il lui fallait un antidouleur.

— Je suis content d'en être sorti.

Il laissa habilement paraître un peu de la déception qu'il éprouvait, afin d'accroître la culpabilité de Jane.

— Tu devrais être contente de m'avoir à la maison, ajouta-t-il. C'est une bonne chose pour toi, non ?

— Oui, ce sera bien. Enfin… *C*'est bien. Mais nous avons tant de temps à rattraper… Ça m'effraie un peu, parfois.

— Je comprends, assura-t-il — si chaleureusement qu'elle finit par acquiescer.

— Bon, je vais chercher ton carnet. J'en ai pour une minute.

— Tu peux allumer la télé avant de partir ?

— Bien sûr, dit-elle en pointant la télécommande vers le poste.

Elle zappa d'une chaîne à l'autre avant de s'arrêter sur les infos locales.

— A tout de suite, reprit-elle en se penchant pour l'embrasser.

Elle posa maladroitement ses lèvres sur sa joue en guise de baiser, et se redressa aussitôt.

— Merci.

Il lui fit une grimace quand elle lui tourna le dos pour sortir, puis il reporta son attention sur l'écran.

Quand l'infirmière entra un instant plus tard, il ne pensait déjà plus à ses antidouleur.

— Bonj…

— Chut ! coupa-t-il en lui intimant le silence d'un mouvement de la main.

Le présentateur était en train d'annoncer une nouvelle extraordinaire. Une femme résidant dans le delta venait de tuer un homme qui s'était introduit chez elle, la nuit précédente.

Sa photo apparut à l'écran avant que son identité ne soit citée, mais Oliver n'avait pas besoin d'en entendre davantage. Il savait qu'il s'agissait de Skye Kellerman.

— Comment vous sentez-vous ? interrogea l'infirmière quand il reporta enfin son attention sur elle.

— Mieux ! fit-il. Beaucoup mieux. Je suis prêt à rentrer chez moi.

— Je ne pourrai pas tenir. C'est trop dur !

La voix de Jane se brisa sur le dernier mot. Elle avait

quitté l'hôpital vingt minutes plus tôt et roulait en direction de Sacramento, le téléphone collé à l'oreille. Elle avait attendu que Noah arrive à son bureau pour lui téléphoner.

— Quand je pense à l'année qui vient… et aux deux qui viendront après… Et aux cinq suivantes… Qu'est-ce que je vais devenir ?

— Que veux-tu dire ? C'est l'incarcération d'Oliver qui était difficile à vivre. Maintenant qu'il est rentré, tu ne seras plus seule.

— Justement… C'est pire. Il n'y a plus rien entre nous, tu comprends ? Je… Je ne l'aime plus. Je ne veux plus… être sa femme.

— Ne dis pas ça, l'interrompit Noah. Il vient juste de sortir… Et il n'est même rentré à la maison, en plus ! C'est un moment éprouvant pour chacun de nous.

— Je ne te le fais pas dire, commenta-t-elle en s'arrêtant à un feu rouge.

Comme toujours, Noah était tiraillé entre ses sentiments pour elle et sa loyauté envers son frère. Etait-il déjà en train de s'éloigner ? A cette pensée, elle laissa échapper un hoquet avant de se mettre à sangloter. En tournant la tête, elle remarqua que la conductrice de la voiture d'à côté l'observait avec curiosité.

Elle sentit son estomac se contracter. N'avait-elle pas déjà enduré plus que sa part de coups durs ?

— On n'est pas au spectacle ! hurla-t-elle, consciente que la femme ne pouvait pas l'entendre. Ma vie pue, elle pue la merde parce que mon mari est un putain de tueur !

— Jane ! cria Noah.

Il était manifestement horrifié. Etait-ce dû à sa crise de nerfs ? Aux horreurs qu'elle venait de débiter ? A sa façon de critiquer Oliver ? Les trois à la fois, peut-être. Une chose était sûre, en tout cas : elle pouvait dire adieu à Noah. Aucun d'eux n'aurait le cran de briser leur famille et d'ajouter à la souffrance de ceux qu'ils aimaient. Même si elle décidait d'écouter ses désirs, elle n'était pas sûre de l'emporter. L'avait-il réellement aimée ? Continuerait-il de le faire ? Elle avait tant besoin de lui… mais la libération d'Oliver changeait tout.

— Tu ne crois quand même pas qu'Oliver est un assassin ? reprit Noah d'une voix douce. Il est aussi innocent que moi. Et les choses n'ont pas été simples pour lui depuis trois ans, avoue-le !

— Et alors ? Je suis censée lui témoigner toute ma compassion ?

— Il cherchait les ennuis en raccompagnant Skye Kellerman, concéda-t-il. Mais cela ne fait pas de lui le monstre que cet inspecteur veut nous faire croire qu'il est.

Elle s'essuya les yeux du plat de la main.

— Je n'en suis plus si sûre, marmonna-t-elle.

— Tu es bouleversée et tu as toutes les raisons de l'être, mais tu dois continuer à lui faire confiance, Jane. C'est le père de Kate !

— J'ai l'impression qu'il est déjà trop tard. Quelque chose s'est cassé.

Elle ouvrit la boîte à gants pour y prendre un mouchoir.

— Depuis que tu m'as raconté la visite de Skye…

— Elle a du toupet, il faut le reconnaître.

— Elle ne serait pas venue te voir si elle ne croyait pas sincèrement qu'Oliver est dangereux. Elle n'avait rien à y gagner.

Incapable d'objecter, il botta en touche.

— Pour qui se prend-elle, à la fin ? Elle nous a espionnés, quand même ! Et ça, je ne lui pardonnerai pas.

Que la victime de son mari — quelle association étrange, pensa Jane — fourre son nez dans leur vie privée était effectivement insupportable, mais ce qui l'intriguait, c'était l'attitude de Skye. Elle aurait pu utiliser contre eux les informations qu'elle détenait. Au lieu de ça, elle s'était seulement contentée de les mettre en garde. De leur conseiller la prudence. Alors, était-elle une garce… ou une sainte ?

Pour croire en l'innocence d'Oliver, elle avait attribué à Jane le rôle de la menteuse. Mais maintenant…

— Elle doit avoir très peur, dit-elle en se mettant pour la première fois à la place de Skye et en imaginant ce qu'elle avait dû ressentir tout au long de ces années.

Si elle avait dit vrai.

Oliver s'était-il réellement introduit chez elle avec un couteau ? Avait-il essayé de la violer ?

Ce type de comportement ressemblait si peu à l'homme qu'elle avait épousé. Oliver n'avait que seize ans quand elle l'avait rencontré, bon sang !

Mais Willis croyait Skye…

— L'inspecteur est passé au salon la semaine dernière. Il m'a demandé de rester vigilante et de garder un œil sur Oliver.

— Tu n'as pas besoin de gober toutes les couleuvres qu'il cherche à nous faire avaler ! s'emporta Noah.

— Comment faire autrement ?

Tout le monde y allait de son avis, pensant détenir la vérité. Pas Jane. Elle se faisait l'effet d'une boule de flipper : elle pouvait détester Skye, et la plaindre un instant plus tard ; se rapprocher d'Oliver, puis le craindre. Elle était dans la plus grande confusion.

— Ecoute, reprit patiemment son beau-frère. Willis essaie de résoudre de vieilles affaires qui encombrent son bureau. Nous en avons déjà parlé. Il n'a aucune preuve, mais il continue à vouloir mettre ces meurtres sur le dos d'Oliver. Malgré tous ses efforts, il n'y est pas arrivé. Cela devrait te rassurer, non ?

Elle était maintenant coincée sur le pont par les embouteillages. Sa vie allait enfin reprendre son cours normal… et pourtant elle ne s'était jamais sentie aussi étrangère à elle-même.

Elle se moucha et s'essuya les yeux. Le péage n'était plus qu'à une centaine de mètres. Pas question de fondre en larmes, cette fois ! Elle n'avait aucune envie de revivre ce qui s'était passé au feu rouge. Elle était fatiguée d'attirer l'attention sur elle, de se sentir en marge du fait de son lien à Oliver.

— Ça ne me rassure pas vraiment, objecta-t-elle. L'enquête prouve que quelqu'un se trompe. Et je ne suis plus si sûre que ce soit Willis.

— Arrête, ma chérie ! C'est de mon frère dont tu parles… Nous avons déjà fait assez de mal comme ça, tu ne crois pas ?

— *Nous* lui avons fait du mal ? Il a peut-être tué plusieurs personnes ! Et si Willis a raison, les faits remontent à des années — bien avant qu'on ne se mette ensemble, toi et moi.

— Bonjour, fit la femme du péage en tendant la main.

Elle avait eu tort de s'inquiéter : l'employée, qui écoutait la radio dans sa minuscule cabine tout en scrutant distraitement la file de voitures, ne lui jeta même pas un regard.

— Merci, dit-elle en lui rendant la monnaie.

Le feu passa au vert. Jane appuya sur l'accélérateur de la vieille Lincoln que lui avaient donnée les parents d'Oliver.

— Jane, je viens de te dire qu'il n'avait tué personne ! reprit Noah.

— Tu n'en sais rien.

— C'est mon frère, insista-t-il. Mon petit frère.

Noah ne croirait jamais qu'Oliver était dangereux — pas sans preuves irréfutables. Pouvait-elle continuer à s'appuyer sur le frère d'un criminel ? Quelqu'un qui, tout comme elle, était trop impliqué pour accepter la vérité ? Et quelle influence cette obstination aurait-elle sur son avenir, sur celui de Kate et sur celui de toutes les femmes qu'Oliver croiserait… et voudrait peut-être conquérir ?

Un frisson la parcourut au souvenir du week-end où Oliver lui avait fait prendre des drogues pour améliorer leurs performances sexuelles. Une expérience qui lui semblait plus que jamais inquiétante, à la lumière de sa conversation avec l'inspecteur Willis.

« Vous êtes convaincu que mon mari est un meurtrier ! », s'était-elle exclamée.

« Exactement », avait répondu Willis.

Pourquoi Oliver se rasait-il ? Etait-il possible qu'il cache plus que quelques aventures ?

Sa conversation avec Noah, quand il l'avait appelée pour lui dire que Skye était venue à son bureau, lui revint à l'esprit.

« — Skye est au courant pour nous…

— Mais… C'est impossible ! Comment l'a-t-elle su ?

— La voiture qui était garée devant chez toi ? C'était elle.

— Que faisait-elle là ?

— Ça ne lui suffit pas qu'Oliver ait passé trois ans en prison, je suppose. Elle veut le punir davantage.

La peur l'avait paralysée.

— Elle va le lui dire, tu crois ?

Un silence embarrassé s'était installé entre eux.

— Non. Elle m'a dit qu'elle ne le ferait pas.

— Pourquoi garderait-elle le secret ?

— Il nous tuerait tous les deux s'il l'apprenait, d'après elle. »

Ils en avaient ri, tout d'abord. Puis Jane y avait repensé. Et repensé encore. Sans parvenir à éclaircir les motivations de Skye. Voulait-elle s'attirer leurs bonnes grâces ? Jane ne s'était jamais montrée très amicale envers elle, ni très juste. Skye souhaitait-elle lui montrer qu'elle valait mieux que ça ? Peut-être.

— Tu es toujours là ? demanda Noah.

— Oui, murmura-t-elle, rougissant au souvenir des courriers qu'elle avait adressés à Skye après le procès. Je suis là.

Mais elle n'était déjà plus la même femme que la veille.

Il était 14 heures quand la sonnerie de son téléphone portable, calé sur un tube de Sheryl Crow, réveilla Skye. Elle s'était décidée à prendre un somnifère pour dormir, et ses effets ne s'étaient pas encore totalement dissipés. Elle se sentait comme dans du coton. Si l'appel provenait de Sheridan ou de Jasmine, elle devait le prendre — d'autant qu'elle leur avait promis de se rendre au Hyatt bien avant la réception pour veiller aux préparatifs.

Puis la soirée commencerait. Et elle devrait la passer au bras du très banal Charlie Fox, tout en s'efforçant de refouler sa peur d'être de nouveau agressée.

Elle s'étira sur le canapé où elle s'était allongée pour dormir, glissant la main sous l'oreiller. Elle n'avait pas envie d'affronter cette journée, pas plus que les images de ce qui s'était passé la nuit précédente. Tout se bousculait dans sa tête — la panique, le chaos, le corps gisant dans le couloir. Qui était cet homme ? Qui l'avait envoyé ? D'où venait-il ?

Ces interrogations lui étaient aussi pénibles que les souvenirs qui l'assaillaient.

Il aurait été si facile d'ignorer la sonnerie du téléphone et de sombrer de nouveau dans le sommeil, parfait trou noir pour la pensée… Mais elle ne pouvait pas laisser Sheridan se débrouiller seule au Hyatt. Surtout si Jasmine n'avait pas eu le temps de revenir de Fort Bragg.

Repoussant le plaid dont elle s'était couverte, elle traversa le salon en titubant et s'empara de son téléphone portable, posé sur le comptoir.

— Allô ?

— C'est moi. Je vous réveille ?

David. Sa voix suffit à éveiller son désir. A l'agacer, aussi. Comment pouvait-il avoir tant de prise sur elle ?

— Oui.

— J'ai attendu le plus longtemps possible, mais… je m'inquiétais. Je voulais être sûr que vous alliez bien.

— Je respire encore.

L'intrus de la veille ne respirait plus, lui. C'était une différence de taille, non ? Il aurait suffi d'une petite erreur de tir pour les rôles soient inversés…

— Comment vous sentez-vous ?

— Je n'en sais rien encore. J'ai… J'ai besoin de trouver des repères, de comprendre qui était cet homme et pourquoi il m'en voulait.

— Il s'appelait Lorenzo Bishop. Originaire de Los Angeles.

— Il était fiché, alors ?

— Et pas qu'un peu ! Il a un casier judiciaire long comme le bras. Il a cumulé les allers-retours en prison pour de petits délits, la plupart du temps — coups et blessures, possession et trafic de produits illicites.

— Est-il passé par San Quentin ?

— Non. Il a commencé en maison de redressement, puis il a atterri à la prison centrale. Il a aussi fait deux ans à Folsom.

— Où a-t-il pu connaître Oliver ?

— C'est ce que je cherche à comprendre.

— Il doit bien y avoir un lien entre eux ! Il est venu pour me tuer.

— Heureusement que vous aviez cette arme. Sans elle… Je ne veux même pas y penser.

Elle sourit en posant le front contre le chambranle de la porte. Elle aimait la chaleur de sa voix, l'inquiétude qu'il manifestait… Seigneur ! La tête lui tournait. Elle n'aurait peut-être pas dû se lever si tard.

— Comment se fait-il que vous travailliez aujourd'hui ? Je croyais que vous aviez Jeremy ?

— C'est le cas. Je fais quelques vérifications de chez moi. Je recherche des Zufelt. Leur fils était avec Oliver en CM2. Il est mort deux ans plus tard.

Elle écarquilla les yeux.

— Vous croyez qu'Oliver l'a tué ?

— Ce n'est qu'une intuition.

— Que fait Jeremy, pendant ce temps ?

— Il range sa chambre.

— Je ne voudrais pas que l'enquête vous prive de moments avec lui.

— Pas de souci.

S'il s'autorisait à s'engager avec elle, David croyait-il qu'elle disputerait son amour et son attention à Jeremy ? Elle n'en ferait rien, bien sûr, mais était-ce utile de le préciser ?

— Le shérif du delta prend-il l'enquête en charge ? s'enquit-elle.

— L'adjoint Meeks a contacté d'anciens camarades de Burke au lycée et à l'université pour leur demander si le nom de Lorenzo Bishop leur disait quelque chose. Je vais aussi appeler Jane et les parents d'Oliver. S'il connaissait Bishop, nous devons en avoir le cœur net. Et si ce n'est pas le cas, nous nous orienterons vers un autre mobile… Un dossier relatif à l'association, par exemple. A moins qu'il n'ait été embauché par Noah Burke ?

— Noah n'aurait pas engagé quelqu'un pour me tuer, objecta-t-elle. Il y a un gouffre entre commettre un adultère et planifier un meurtre.

— J'en connais beaucoup qui ont franchi le pas, Skye. L'instinct de conservation peut nous pousser à faire des choses qui dépassent l'entendement.

Elle le comprenait parfaitement. N'était-ce pas pour se protéger qu'elle tentait d'oublier David ?

— Vous allez toujours à la réception, ce soir ? demanda-t-il.

— Bien sûr.

Il y eut un bref silence sur la ligne.

— Avec ce type, ce Charlie... ?

— Charlie Fox.

— Vous le connaissez bien ?

Etait-ce de la jalousie qu'elle percevait dans sa voix ou simplement de la méfiance ?

— Pourquoi me demandez-vous ça ?

— Parce qu'il prend ma place. Appelez-le et annulez. Dites-lui que vous avez déjà quelqu'un.

A son grand désarroi, elle eut la folle envie de faire ce qu'il lui suggérait. Seul son instinct de survie l'en empêcha.

— Non. C'est votre week-end avec Jeremy. Restez chez vous et profitez de ce moment.

— J'ai déjà un baby-sitter. C'est le fils d'un ami. Je lui fais confiance et Jeremy l'aime bien. Tout est prêt.

Que répondre, à présent ? Qu'elle ferait faux bond à Charlie ? Non, David avait eu sa chance. Et il ne l'avait pas saisie.

— C'est trop dur, David. Surtout maintenant.

Il y eut de nouveau un silence au bout du fil. Beaucoup plus long, cette fois. Puis il finit par dire :

— Qu'est-ce qui a changé ?

— Je suis fatiguée d'attendre.

— C'est fini, alors ?

— Oui, mentit-elle, avant de raccrocher.

16

Skye n'avait jamais vu Peter Vaughn, un des bénévoles les plus actifs de La Contre-attaque, porter autre chose que des jeans usés et un T-shirt des Black Sabbath. Quand il entra dans la salle, elle lui trouva si fière allure en smoking qu'elle poussa un sifflement d'admiration.

— Ouah ! J'ai failli ne pas te reconnaître, le taquina-t-elle, amusée par le sourire intimidé dont il la gratifia.

— Je crois que j'ai mérité ma place au Hyatt ! dit-il fièrement en brossant une poussière imaginaire sur le revers de sa veste. J'ai vendu cinquante tickets d'entrée à moi tout seul. Il faut que je voie comment ça se passe !

A dix-huit ans, il était le plus jeune de l'assemblée — le seul aussi à arborer une coupe à l'iroquoise et des tatouages qui lui remontaient le long du cou —, et Skye était heureuse de le sentir aussi investi dans leur action.

— Tu as fait du bon boulot.

— C'est un moment important… Il faut que ça marche !

— J'y compte bien, acquiesça-t-elle en enroulant autour de son doigt une mèche de cheveux échappée de son chignon.

Elle la replaça d'un geste sûr, puis jeta un œil à ses mains. Elle s'était accordé trente minutes avant le début de la réception pour se faire poser des faux ongles. Elle appréciait d'autant plus ces artifices féminins qu'ils étaient incompatibles avec la pratique des armes, et qu'elle ne pourrait donc pas les garder après la soirée.

Elle parcourut rapidement l'assistance du regard : nul

doute que peu de femmes, sinon aucune, se préoccupaient de savoir si leurs ongles les empêchaient de tirer sur quelqu'un.

— Vous êtes sacrément sexy ce soir, en tout cas, la complimenta Peter.

Elle lui décocha un large sourire, brusquement consciente du regard qu'il posait sur elle.

— Ce sont les faux ongles.

— Et tout le reste ! répliqua-t-il franchement en détaillant sa silhouette d'un air appréciateur.

— C'est la conséquence de mon engouement pour le sport et le fitness, je suppose !

— C'est bien pour ça que la plupart des gens en font.

— Sauf que je ne suis pas la plupart des gens.

— Je sais ce qui vous est arrivé hier soir, dit-il en redevenant sérieux.

Elle acquiesça. L'agression qu'elle avait subie et la manière dont elle s'était débarrassée de l'intrus avaient vite fait le tour des médias locaux. Un reporter particulièrement zélé avait même mis en lumière le fait que cette seconde agression s'était produite le jour de la libération de Burke, qui venait de se faire poignarder.

Un vendredi particulièrement violent, donc, pour la porte-parole des victimes, Skye Kellerman, et pour l'homme qui a essayé de la violer il y a quatre ans...

A mesure que les invités arrivaient, Skye devait se plier aux questions et aux commentaires de ceux qu'elle croisait.

« Je suis tellement soulagé que vous alliez bien... Cela a dû être si terrifiant... Connaissiez-vous l'homme qui s'est introduit chez vous par effraction ?... Non ? Pensez-vous qu'il avait quelque chose à voir avec le dentiste qui vous a agressée ?... Mais Oliver Burke est à l'hôpital en ce moment, n'est-ce pas ?... J'ai vu ça aux infos... Puisque vous êtes saine et sauve, je peux vous le dire : vous n'auriez pas pu organiser un meilleur coup publicitaire. Quelle réussite !... Je parie que vous allez recueillir pas mal d'argent, ce soir, hein ?... Au moins, vous ne l'avez pas raté… Il ne risque pas de revenir vous ennuyer, celui-là. »

En quoi la mort de Lorenzo Bishop était-elle une bonne chose ? Ce type était forcément le fils, le petit-fils ou le frère de quelqu'un. Il était peut-être un mari ou un père. Skye s'efforçait de ne pas considérer la situation sous cet angle, de ne pas penser à lui en tant qu'être humain pour ne pas s'effondrer avant la fin de soirée. Si seulement elle pouvait effacer les détails sanglants de sa mémoire… mais c'était impossible. Même s'il n'y avait pas eu tous ces gens pour lui rappeler les événements de la veille, elle n'aurait pu les oublier.

— Peter, tu n'as vu personne d'étrange rôder autour des bureaux ? s'enquit-elle tout à trac.

Elle s'était pourtant promis de ne pas enquêter ce soir ! Ce n'était ni le lieu ni le moment. Seuls comptaient les invités qui avaient payé pour participer à cette soirée, les dons qu'ils feraient, et l'impact positif qui en découlerait pour l'association. Mais puisqu'elle avait Peter sous la main, pourquoi ne l'interroger ?

— Etrange ? reprit-il en plissant les yeux.

— L'homme qui s'est introduit chez moi avait un plan des lieux.

— Pourquoi aurait-il rôdé près des bureaux ?

— Je suis sur liste rouge.

— Il n'a pas forcément trouvé votre adresse en venant au bureau… Dès qu'on est propriétaire ou qu'on ouvre un compte courant, on s'expose à un risque. N'importe quel petit génie de l'informatique peut avoir accès à vos données personnelles, vous le savez bien !

Elle hocha la tête, un peu confuse.

— Il faut bien que je commence mon enquête quelque part, argua-t-elle.

— J'aimerais pouvoir vous aider, mais je n'ai rien vu qui sortait de l'ordinaire.

Sachant qu'il était en charge du planning des bénévoles, Skye était sur le point de lui demander le nom de ceux qui étaient venus au bureau au cours de la semaine écoulée, quand elle fut interrompue par l'arrivée de Sheridan.

— Comment te sens-tu ? lui demanda-t-elle en la prenant par le coude.

Skye sourit, émue par sa sollicitude.

— Ça va.

— Tu es superbe, mon cher ! lança Sheridan à l'adresse de Peter après l'avoir serré dans ses bras. Je me sens comme une mère fière de sa progéniture.

— Une mère ? s'exclama-t-il en faisant la grimace. J'ai presque dix-neuf ans. Si je faisais plus attention à ma façon de m'habiller quand je viens au bureau, il y en aurait bien une de vous trois qui ne se soucierait pas de la différence d'âge.

— Pourquoi te contenter d'une seule ? plaisanta Skye.

— Bien répondu. Je pourrais même m'occuper de vous deux en même temps… C'est le privilège de la jeunesse !

Sheridan roula des yeux d'un air entendu.

— Charlie n'est pas avec toi ? s'enquit-elle en reprenant son sérieux.

— Je lui ai demandé de me rejoindre ici, expliqua Skye. J'ai pensé que s'il venait avec sa voiture, il aurait une raison de ne pas boire ce soir.

— Malin, fit Sheridan avec un petit rire.

Elle baissa la voix et inclina la tête vers la droite.

— Tu as vu le sénateur Denatorre ?

— Non, répondit Skye.

Ils ne s'étaient pas encore croisés, ce qui ne l'étonnait guère : d'humeur peu sociable, elle s'était tenue le plus loin possible des hors-d'œuvre depuis le début de la soirée. Et elle avait passé la dernière demi-heure à guetter l'arrivée de Charlie pour lui remettre son ticket d'entrée. Elle voulait qu'il passe une bonne soirée… Il ne pourrait sans doute pas s'empêcher de lui parler de son ex-femme — et pour une fois, elle l'écouterait volontiers. Ça la distrairait de ses propres soucis, non ?

— Je suis déjà allée le saluer, poursuivit Sheridan. N'y va pas tout de suite, mais fais-le avant le début du repas, d'accord ? Il tient à vous rencontrer, toi et Jasmine.

— Où est-elle, au fait ?

— Sur le chemin du retour. Elle ne devrait plus tarder.

— J'irai me présenter au sénateur dès que j'aurai mis la main sur mon cavalier… Il ne faudrait quand même pas qu'il s'imagine que je n'aime pas les hommes ! ajouta-t-elle avec ironie.

— L'essentiel, c'est de faire bonne impression, martela Sheridan.

— Même au royaume de la charité, on doit cirer les pompes ! marmonna Peter avec dépit. Je vous laisse… On se retrouve plus tard, OK ?

Il s'éloigna vers un autre bénévole, qui l'accueillit en souriant.

— Et ton cavalier, il est où ? s'informa Skye.

— Quelque part par là.

— Qui est-ce ?

— Jonathan.

— Jonathan Stivers ?

— Tu en connais un autre ? demanda Sheridan d'un air innocent.

— Ce n'est pas du jeu ! Autant demander à un bénévole, dans ce cas-là ! Ça ne compte pas !

— Je n'ai jamais dit qu'on n'avait pas le droit de venir accompagnées d'un bénévole.

— Je croyais que nous avions décidé de concentrer nos efforts sur de *vrais* rendez-vous.

— Parce que tu considères Charlie comme un vrai rendez-vous ? s'étonna Sheridan, alors que ce dernier venait enfin d'apparaître à l'entrée de la salle.

— En choisissant Jonathan, c'est comme si tu t'étais dégonflée — tu le sais très bien.

— Tu exagères…, répliqua son amie en souriant à Charlie qui se frayait un chemin dans leur direction. Jonathan ne compte pas pour moi, mais je pourrais coucher avec lui, tandis qu'avec Charlie… c'est hors de question !

L'arrivée de ce dernier obligea Skye à taire sa réponse, et fournit à Sheridan l'occasion de s'éclipser. Tout en écoutant Charlie d'une oreille distraite, Skye la suivit du regard, scrutant la foule à la recherche de Jonathan. Elle aurait bien aimé savoir s'il avait du nouveau dans l'affaire Sean Regan, mais il n'était nulle part en vue. Il s'était probablement réfugié dans le hall d'entrée pour passer un coup de fil, songea-t-elle. Accro au boulot, il travaillait sans arrêt.

— Qui cherches-tu ? finit par demander Charlie, après lui avoir posé pour la troisième fois une question sur son travail.

Il n'avait pas mentionné l'effraction de la nuit précédente. Il n'en avait sûrement pas eu connaissance, d'ailleurs. Il passait tant de temps à se lamenter sur son propre sort qu'il n'avait sans doute pas regardé les infos !

— Le cavalier de Sheridan.

— C'est qui ?

— Jonathan Stivers.

— Son nom m'est familier.

— Il est détective privé et il lui arrive de travailler pour nous.

— Je croyais que Sheridan était célibataire ?

— Ils ne sortent pas ensemble. Enfin… pas vraiment.

Jonathan était un ancien flirt de Sheridan. Skye aurait pu s'amuser de les voir ensemble ce soir si elle n'était pas certaine que leur « histoire » s'était achevée deux ans plus tôt. Ils entretenaient désormais des relations amicales totalement dénuées d'ambiguïté.

— Il serait temps de mener une vie plus équilibrée, non ? marmonna-t-elle.

— Qu'est-ce que tu dis ? fit Charlie.

— Rien.

— Viens… Allons saluer le sénateur Denatorre, suggéra-t-elle en lui prenant le bras.

— Vraiment ?

— Cela t'ennuie ? s'enquit-elle, surprise par sa réponse mitigée.

— Je suis démocrate, dit-il. Je déteste Denatorre.

— Ne t'inquiète pas. C'est une soirée apolitique.

— Mon ex-femme est républicaine.

Oh non ! songea-t-elle. Les lamentations recommencent…

— Surtout, ne mentionne pas ton ex-femme au sénateur, fit-elle en l'entraînant résolument à l'autre bout de la salle.

Denatorre, qui était venu accompagné de sa femme, était en grande conversation avec quelques personnes. Skye se tint poliment à l'écart, attendant le moment de se présenter, mais Bob Gibbons, un assistant qu'elle avait croisé au cours d'une conférence de presse peu de temps après l'affaire Ubaldi, la prit par le bras et l'introduisit dans le petit groupe.

— Sénateur, voici Skye Kellerman, l'une des fondatrices de La Contre-attaque, et probablement son plus ardent porte-parole.

Agé d'une cinquantaine d'années, l'homme correspondait en tout point à l'image qu'elle se faisait d'un sénateur : élégant et distingué, les cheveux bruns coiffés en arrière, il l'observa avec l'assurance d'un homme rompu aux mondanités.

— Plus engagée encore que vos associées ? plaisanta-t-il en lui tendant la main. C'est un plaisir de faire votre connaissance, mademoiselle Kellerman.

— Tout le plaisir est pour moi, répondit-elle.

Il lui présenta sa femme. Roxanne Denatorre, mince et élégante dans une robe noire à col blanc, serra à son tour la main de Skye.

— Et… votre cavalier ? s'enquit-elle en désignant Charlier du regard.

Légèrement en retrait, il donnait l'impression de s'ennuyer mortellement.

— Voici mon ami et cavalier pour la soirée, Charlie Fox.

— Eh bien, monsieur Fox, estimez-vous chanceux d'avoir une femme aussi séduisante à votre bras ! reprit Mme Denatorre.

Charlie haussa les sourcils comme s'il venait d'en prendre conscience.

— Oh… Oui. Bien sûr, je le suis, bafouilla-t-il, en serrant la main de chaque personne présente, avant de se replonger dans son mutisme.

Skye retint un soupir de soulagement. Il n'avait pas fait de gaffe. C'était déjà ça.

— Mes amies et moi sommes vraiment heureuses que vous ayez pu venir ce soir, reprit-elle en se tournant vers le sénateur.

— J'admire ce que vous faites, mademoiselle Kellerman, répondit-il. Mais je dois dire que je suis étonné de vous voir si peu de temps après l'agression à laquelle vous avez dû faire face.

Ses paroles firent remonter en elle des images qu'elle s'efforçait d'oublier. La peur, les coups de feu, le corps sans vie — tout lui revint à la mémoire.

— La perte d'une vie est toujours regrettable, murmura-t-elle en luttant pour ne pas se laisser envahir par l'émotion.

— Heureusement, c'est vous qui êtes là ce soir !

— Je ne vous contredirai pas sur ce point.

— Mais…

— Mais ? reprit-elle en fronçant les sourcils.

— J'ai perçu une légère hésitation dans votre voix.

Ce n'était pas l'endroit idéal pour engager ce type de conversation, mais Skye ne résista pas à l'invite du sénateur. Elle n'était pas du genre à s'encombrer des platitudes d'usage. S'il voulait parler boutique, elle parlerait boutique. Elle n'aurait peut-être pas d'autre occasion de le faire, d'ailleurs : Denatorre assistait pour la première fois à leur soirée de bienfaisance et n'avait jamais répondu à leurs appels téléphoniques.

— Je pensais juste que ce serait plus facile de comprendre ce qui s'est passé si je savais pourquoi ce Lorenzo Bishop s'en est pris à moi.

— La police n'en sait rien ? demanda le sénateur.

— Non. Elle n'a rien trouvé pour le moment.

Il la fixa. Elle soutint son regard sans ciller.

— Vous êtes dans la ligne de mire, mademoiselle Kellerman.

— Ça fait partie de mon travail, dit-elle en haussant les épaules.

— Le danger pourrait-il vous donner envie de tout arrêter ?

— Randy ! intervint gentiment sa femme.

Tout en tapotant doucement la main qu'elle avait posée sur son bras, le sénateur attendit la réponse de Skye.

— Non. Il renforce ma détermination, au contraire.

— Certains vous craignent, d'autres vous admirent,

insista-t-il. On parle de vous comme d'une non-conformiste, d'une pasionaria de l'autodéfense.

Cette fois, Mme Denatorre ne chercha pas à l'interrompre : elle lui accorda la marge de manœuvre qu'il lui avait demandée en lui tapotant la main. Et le fit d'autant plus facilement qu'elle semblait curieuse de connaître la réponse de Skye — tout comme le reste des personnes présentes, qui l'observaient avec attention.

— Vous faites allusion au chef de la police, répliqua-t-elle résolue à être franche.

C'était le sénateur qui avait abordé le sujet, après tout.

— M. Jordan n'est pas votre plus grand fan, en effet, acquiesça le sénateur.

— Ce n'est pas parce qu'il craint la pasionaria qu'il me soupçonne d'être, ironisa Skye. Mais parce qu'il n'apprécie pas mes interventions dans ses affaires.

— Il n'est pas le seul, semble-t-il.

— Je suis navrée que la police n'approuve pas davantage notre travail, mais je ne changerai pas d'orientation pour autant. Braquer les projecteurs sur le crime peut en embarrasser certains — même ceux qui sont du bon côté de la barrière. Mais nous devons tous analyser la situation sans nous voiler la face, afin de pouvoir prendre les mesures qui s'imposent.

Mme Denatorre esquissa un sourire de satisfaction tandis que son mari revenait à la charge.

— Votre association vous contraint à de nombreux sacrifices personnels, remarqua-t-il. Ce qui s'est passé la nuit dernière ne se serait certainement pas produit si vous travailliez dans un autre domaine.

Tandis que tous les regards se portaient de nouveau sur elle, Skye s'interdit de flancher. Si Denatorre cherchait à la piéger, il en serait pour ses frais.

— Pour le moment, nous ne savons pas si l'attaque de la nuit dernière est une conséquence de mon travail en faveur des victimes ou le fait de l'homme qui a tenté de me violer il y a quatre ans. Et même si cette agression était liée à mon implication au sein de La Contre-attaque, cela ne veut pas dire que je l'ai cherché ! Si l'on poursuit votre raisonnement, comment expliquer ce qui a poussé Oliver Burke à m'agresser ? Je n'avais que vingt-six ans, à l'époque. Et je travaillais comme comptable pour un fabriquant de moquette. Avouez que ce n'est pas un métier à risque — sauf pour ceux qui sont allergiques à la colle, bien sûr.

Le sénateur salua son intervention d'un signe de tête admiratif.

— Elle en impose, n'est-ce pas ? lança-t-il à la cantonade.

— Vous comprenez ce que je voulais dire ? intervint son assistant, un sourire aux lèvres.

— Tout à fait, Bill. Vous aviez raison. Elle est parfaite.

Le sénateur se frotta pensivement le menton.

— M'impliquer dans le travail de La Contre-attaque pourrait se révéler dangereux d'un point de vue politique, mais… je sais juger les gens. Et j'aime ceux qui se battent pour leurs convictions.

Il glissa une main dans la poche intérieure de sa veste et en retira sa carte.

— Appelez-moi cette semaine, mademoiselle Kellerman, déclara-t-il en la lui tendant. Je demanderai au maire de se joindre à nous, et nous verrons ce que nous pouvons faire pour vous aider.

Skye cligna des yeux, interloquée. Il lui fallut quelques secondes pour lui répondre… et quand elle bredouilla un « merci », il s'était déjà éloigné, entraînant ses partisans dans son sillage. Seule Mme Denatorre se retourna pour la féliciter du regard.

— Je n'arrive pas à y croire ! souffla Skye à l'intention de Charlie.

— Croire à quoi ? demanda-t-il, totalement indifférent à ce qui venait de se passer.

— Nous l'avons convaincu ! Je vais déjeuner avec lui.

— Bien sûr. Le profil type du républicain qui ne jure que par la loi et l'ordre, mais pour ce qui est de l'équité, on peut toujours attendre ! Mon ex-femme est comme ça, elle aussi… Elle m'avait promis une seconde chance, mais elle m'a quitté quand même !

Trop excitée pour lui accorder son attention, Skye se contenta de le tirer par le bras pour aller rejoindre Sheridan, déjà installée à leur table au côté de Jonathan.

Elle se tint derrière eux, avant de se pencher vers son amie.

— Devine ce que j'ai décroché, lui murmura-t-elle à l'oreille.

Sheridan et Jonathan se retournèrent, intrigués. Sourire aux lèvres, Skye leur agita la carte de Denatorre sous le nez.

— Un déjeuner. Avec le sénateur *et* le maire.

— Tu plaisantes ! s'exclama Sheridan.

Skye n'entendit pas la suite. Elle venait d'apercevoir deux hommes près de l'entrée. L'un d'eux était Tiny, le grand inspecteur noir.

L'autre était David.

Dès qu'il posa les yeux sur Skye, David comprit qu'il avait commis une erreur en venant au Hyatt. Les cheveux relevés en chignon, vêtue d'une robe émeraude qui épousait les parties de son corps qu'il rêvait de caresser, elle était plus jolie, plus féminine et plus sensuelle que jamais. Et capable de courir plus loin et peut-être plus vite que tous les hommes de la salle, songea-t-il, amusé.

En recevant le coup de coude de Tiny, David réalisa qu'il s'était arrêté.

— Quoi ? fit-il, soudain contrarié.

Et pour cause : il venait d'apercevoir un homme en smoking près de Skye. Charlie Fox, présuma-t-il en le détestant aussitôt. Un divorce au compteur, deux enfants, aucune arrestation, aucune condamnation ni amende pour excès de vitesse : voilà ce que lui avait appris la rapide recherche qu'il avait faite sur lui.

— Je croyais que nous devions aller nous asseoir.

— C'est le cas, assura David.

Encore fallait-il qu'il arrête de regarder Skye… sans quoi il risquait de se cogner aux malheureux qui croiseraient sa route !

Tiny choisit une table située au fond de la salle. Après

s'être rapidement présenté aux convives, David rongea son frein pendant cinq minutes, puis décida de changer de place au moment où les serveurs apportaient les entrées. Il savait qu'il aurait dû rester là où il était, mais il avait remarqué une place libre à la table de Skye. Et il était bien décidé à l'occuper.

— Je suis bien doté, avec un cavalier comme toi ! plaisanta Tiny quand David se pencha vers lui pour l'avertir de ses intentions.

— Tu n'as pas besoin de moi. Ouvre l'œil, mêle-toi aux invités et repère le moindre truc suspect, chuchota-t-il. C'est pour ça qu'on est venus, non ?

— Ne te soucie pas de la façon dont *je* m'occupe, rétorqua son coéquipier, un sourire aux lèvres.

David aurait pu justifier son désir de se rapprocher de Skye par les nécessités que lui imposait l'enquête, mais il savait que Tiny ne serait pas dupe. Et il opta pour la franchise.

— Si tu nous vois partir ensemble, interviens avant que je fasse quelque chose que je regretterais.

— Je ne m'en mêlerai pas. Tu sais ce que j'en pense.

Il l'ignorait, en fait. Très discret, son ami était peu enclin aux confidences.

— Que je suis trop impliqué ?

— C'est un avis qui n'est plus d'actualité.

— Qu'est-ce que tu veux dire ?

— Tu refuses l'évidence depuis trop longtemps. Tu dois prendre une décision, maintenant : suivre tes désirs ou y renoncer. A toi de voir ce que tu regretteras le plus.

Tiny s'exprimait sur le ton de l'évidence, comme si le problème qui se posait à David était simple. Or, il était extrêmement complexe. Désirer Skye et céder à cette attirance allaient à l'encontre de tout ce en quoi il croyait : tenir ses promesses, aider Lynnette dans son combat face à la maladie et être un bon père pour Jeremy. Comment résoudre un tel dilemme ?

— Tu viendras me chercher ? s'enquit-il en se levant.

Tiny leva les mains en signe d'impuissance.

— Désolé, mec. Tu es seul face à ton destin !

— Tu parles d'un ami !

— Tu me remercieras plus tard, assura ce dernier d'un air goguenard.

David ne répondit pas. Après un : « Ravi de vous avoir rencontrés » marmonné au couple qui se trouvait près de lui, il traversa la salle et s'immobilisa devant le siège resté libre à la table de Skye.

— Puis-je me joindre à vous ?

— Bien sûr, fit la jeune femme à sa droite en le gratifiant d'un large sourire.

Elle était venue avec ses parents, ce qui expliquait la place vacante.

— Asseyez-vous, ajouta poliment l'homme à sa gauche.

Les autres convives l'accueillirent de la même manière, mais Skye, assise en face de lui, ne prononça pas un mot. Elle le regarda, les sourcils froncés, puis se tourna vers Charlie Fox.

— Excusez-moi, monsieur... Que faites-vous dans la vie ? lui demanda la jeune femme sur sa droite.

Elle avait vingt-deux ans tout au plus, estima-t-il en la regardant mieux. Un peu ronde, mais charmante.

— Je suis inspecteur dans la police de Sacramento.

— Oh ! Etes-vous venu pour enquêter sur le mort de la nuit dernière ?

David glissa un regard vers Skye. Elle avait plaqué un sourire de façade sur ses lèvres, mais il ne s'y trompa pas : elle était épuisée. Et si fragile...

— Non.

Il était venu pour s'assurer qu'elle était en sécurité — après tout, si Oliver avait envoyé Bishop pour la tuer, il pouvait recommencer — et pour ne pas passer la soirée sans elle. Malgré ce qu'elle lui avait dit dans la journée, il avait terriblement besoin de la voir, de lui parler... Et pourtant, il le savait : il était temps de mettre fin aux atermoiements qui pesaient sur leur relation.

— Qui est mort ? demanda Charlie Fox en lançant des regards interrogateurs autour de lui.

— Comment ? Vous n'en avez pas entendu parler ? s'étonna la jeune fille. C'est dans tous les journaux. Et… vous êtes venu avec Mlle Kellerman, en plus !

— Depuis que ma femme m'a quitté, je ne regarde plus les infos et je ne lis plus la presse, expliqua-t-il. C'est trop déprimant. Qu'est-il arrivé ?

Visiblement embarrassé, le père de la jeune femme se pencha vers elle.

— Un peu de tact, Jillian.

L'intéressée rougit jusqu'aux oreilles.

— Oh ! pardon… Eh bien… Peut-être que Mlle Kellerman n'a pas envie d'en parler, reprit-elle, soudain hésitante.

— Ça ne me gêne pas, assura Skye en relevant le menton.

David la connaissait trop bien pour ne pas voir à quel point cette soirée lui coûtait. Elle était encore sous le choc d'avoir eu à tuer quelqu'un, et souffrait de ne pas comprendre ce que cachaient l'effraction et la tentative de meurtre de Bishop. Elle avait certainement du mal, aussi, à accepter d'être de nouveau au centre de l'attention, comme elle l'avait été lors de sa première agression. Pourquoi s'imposait-elle cette soirée alors qu'elle avait besoin de temps pour se ressaisir ?

Parce qu'elle faisait passer les intérêts de La Contre-attaque avant les siens, comme toujours.

— Vu la situation, vous n'aviez pas le choix, affirma David.

Il s'était exprimé d'une voix ferme pour couper court à d'autres questions, et protéger Skye. Mais l'homme assis à côté d'elle — Charlie Fox — ne sembla pas avoir compris.

— Tu as été mêlée à une fusillade ? fit-il en la regardant avec stupeur.

Skye blêmit, mais le sourire resta fixé à ses lèvres.

— Quelqu'un s'est introduit chez moi. J'ai… J'ai dû me défendre.

— Tu lui as tiré dessus ? Il est *mort* ?

Un lourd silence s'ensuivit, étouffant toutes les conversations.

— Ce n'était pas comme si… Je veux dire, je…, balbutia Skye, la gorge nouée.

Au bord des larmes, elle cligna des yeux à plusieurs reprises, avant de repousser brusquement sa chaise et de quitter la salle sans un mot.

17

La porte des toilettes se refermait à peine derrière Skye que David l'avait déjà rejointe. Elle s'apprêtait à lui dire que l'endroit était réservé aux femmes quand elle s'aperçut qu'elle s'était réfugiée dans une petite pièce jouxtant les toilettes. Apparemment mixte, l'endroit servait à langer les bébés. Tout à son désir d'échapper aux regards curieux qu'elle affrontait depuis le début de la soirée, elle s'était isolée derrière la première porte venue. Pourtant, Charlie n'avait pas voulu la blesser — pas sciemment, en tout cas. Mais… elle en avait tellement assez des questions…

Bishop, lui, avait voulu la tuer, songea-t-elle brusquement. Si elle n'avait pas tiré, elle ne se serait plus là aujourd'hui. Pourquoi était-elle si triste ?

Couvrant son visage de ses mains pour cacher ses larmes, elle repoussa David quand il tenta de la prendre dans ses bras.

— Venez, fit-il en la forçant à se retourner pour lui faire face.

Elle leva la tête et le défia du regard. S'il tenait tant à la voir pleurer, qu'il prenne également conscience de la frustration et de la confusion dont *il* était responsable ! Mais sa colère s'évanouit quand elle vit l'expression torturée qui altérait ses traits. Dans un sanglot, elle noua les bras autour de son cou et enfouit son visage contre son torse.

— Là… Ça va aller, murmura-t-il en la serrant contre lui.

— Non, ça ne va pas ! Qu'allons-nous devenir ?

— Je n'en sais rien, admit-il en plongeant son regard dans le sien. Je ne peux plus faire comme si je ne ressentais rien pour vous…

Il s'interrompit, visiblement bouleversé.

— Vous... Tu ne quittes pas mes pensées, reprit-il, la tutoyant pour la première fois. Je rêve de toi sans cesse !

Il posa les mains sur ses hanches, resserrant son étreinte pour lui montrer la puissance de son désir. Elle le fixa, le souffle court.

— Je t'en prie, David... Je ne supporterai que tu me repousses de nouveau. Je n'en aurai pas la force. Il faut que je tourne la page !

Levant la main, il caressa sa poitrine à travers le tissu de sa robe.

— Que je le veuille ou non, je ne peux pas t'oublier.

Malgré sa volonté de rester de marbre, elle se laissa envahir par un long frisson de volupté.

— Ce... Ce n'est pas moi que tu veux, protesta-t-elle.

— Tu te trompes. Je n'ai jamais désiré autant quelqu'un.

Il dessina du bout des doigts le contour de sa poitrine, effleurant la pointe de ses seins.

Elle gémit, surprise par l'intensité du plaisir qu'il lui procurait. Un simple geste de sa part, et elle flanchait... A quoi bon résister plus longtemps ? Elle avait perdu la partie. Rivant son regard au sien, elle leva lentement les mains vers sa nuque et défit le nœud qui maintenait le haut de sa robe en place.

Tandis que le tissu glissait le long de son buste, elle comprit, au désir qui brûlait dans ses yeux, que l'intensité de leurs émotions effaçait toute pensée rationnelle. Désormais, rien ne pourrait plus les arrêter.

Il s'empara de sa bouche avec fougue tout en emprisonnant sa poitrine nue au creux de ses mains.

— Skye... Tu me rends fou, murmura-t-il.

Elle leva vers lui des yeux suppliants.

— Alors, aime-moi !

Il rompit leur étreinte pour pousser le verrou, dans un éclair de lucidité qui le surprit.

— Je n'attends rien d'autre de toi, reprit-elle. Aimons-nous maintenant, puisque nous en avons tant envie... Puis, tu pourras continuer ta route.

Il sourit, ému de sa naïveté. Avait-elle si peu conscience de l'importance qu'elle avait prise dans sa vie ?

— Tu penses qu'après, nous pourrons continuer comme si rien ne s'était passé ?

— Oui, affirma-t-elle avec assurance.

Il s'interdit de la croire : elle se mentait à elle-même, emportée par l'urgence de son désir. Tout comme lui, bien sûr. Mais il était trop tard, à présent. Ils étaient allés trop loin. Le feu qui les consumait balayait tous les obstacles qui les retenaient encore un moment plus tôt.

Ils s'enlacèrent, submergés par la passion qui les poussait l'un vers l'autre. Chaque baiser, chaque caresse les rendait plus impatients ; chaque geste ajoutait à leur excitation. Pris de vertige, il s'exhorta à se ressaisir. Et s'interrompit un instant pour contempler ce qu'elle lui offrait. Ses épaules et sa gorge nues, sa peau douce et satinée… Dieu qu'elle était belle ! La compassion et l'indignation qu'il avait ressenties la première fois qu'il l'avait vue avaient rapidement fait place à l'attirance, puis au désir. Et ce désir avait tout balayé, son récent divorce comme sa capacité à résister à la tentation qu'elle représentait.

Couvant ses seins d'un regard brûlant, il en caressa la pointe de la paume de la main. Elle retint son souffle, frémissant sous ce contact électrisant, goûtant au plaisir qu'il faisait naître en elle. Il l'embrassa de nouveau, avec une fougue qu'elle partagea entièrement.

— Attends… Nous… Nous devons faire attention, murmura-t-il à son oreille. Dis-moi que tu prends la pilule…

Elle se figea.

— Non. Je… Je n'ai pas eu de relations depuis longtemps. Et toi, tu… as ce qu'il faut ?

Il secoua la tête en pensant aux préservatifs qu'il avait laissés dans la table de chevet de la chambre qu'il avait partagée avec Lynnette.

— Je ferai attention, affirma-t-il, incapable de supporter la déception qu'il lisait dans ses yeux.

En guise de réponse, elle arqua les reins pour resserrer leur étreinte et entreprit de défaire la ceinture de son pantalon. Il se tendit, bouleversé par les sensations qu'elle lui procurait.

Ça va aller, pensa-t-il. *Je me retirerai à temps.*

Sans un mot, ils achevèrent d'ôter les vêtements qui les entravaient et se lovèrent l'un contre l'autre. Dès cet instant, David comprit qu'il surestimait sa capacité à garder le contrôle de lui-même. Ce fut une certitude quand elle enroula ses jambes autour de sa taille, plaquant ses hanches contre son ventre nu.

Il n'aurait pas l'endurance ni la maîtrise qu'il possédait habituellement. Pas avec elle. Il voulut le lui dire alors qu'ils se fondaient l'un dans l'autre, bercés par la musique d'un désir qui montait crescendo, entraînés toujours plus loin par un plaisir indescriptible — mais il perdit pied quand elle murmura son prénom, le corps tendu par l'extase qu'il lui offrait. Emu aux larmes, il oublia tout pour la rejoindre. Ce fut bref — le temps d'un battement de cœur, sans doute — mais lorsqu'il se ressaisit, brisant leur union, il sut qu'il ne l'avait pas fait assez tôt.

— Qu'y a-t-il ? fit-elle, devinant son trouble.

Il esquissa un sourire embarrassé.

— Je crois que… nous risquons d'avoir un problème.

Il regretta aussitôt ce qu'il venait de dire. Visiblement blessée, Skye détourna les yeux. Le charme était rompu. Lui en voulait-elle de l'exposer au risque d'une grossesse… ou d'en avoir parlé comme d'un « problème » ? Il n'aurait su le dire. Mais une chose était sûre : il aurait dû garder ses inquiétudes pour lui. Skye avait déjà bien assez de soucis comme ça, non ? Et puis, quelle probabilité avaient-ils de concevoir un enfant ? Ils s'étaient unis si brièvement… Il s'alarmait pour rien, sans doute.

— Skye… Tu m'en veux ?

Debout devant le miroir, elle achevait de se rhabiller. Il tendit la main vers sa nuque pour l'aider à arranger le nœud de sa robe.

— Ça va. Ne t'inquiète pas pour ça… Ne t'inquiète de rien, d'accord ? chuchota-t-elle en reculant d'un pas.

Leurs regards se croisèrent dans le miroir.

— Que veux-tu dire ? demanda-t-il.

Elle esquissa un faible sourire.

— Eh bien… Ce qui vient de se passer n'a pas d'importance. Nous avons eu un moment de faiblesse, c'est tout. Ne te prends pas la tête.

— Skye…

— Il faut que j'y retourne. Je ne peux pas m'absenter si longtemps.

Elle jeta un dernier regard à son reflet, fixa une mèche échappée de son chignon, et sortit précipitamment.

Interdit, David ne chercha pas à la retenir. Que ressentait-elle ? Sa réaction le bouleversait, mais il était incapable de l'analyser. Pas maintenant. De toute façon, elle était probablement aussi désorientée que lui. La situation, et l'intensité de ce qu'ils venaient de vivre, les dépassaient.

Il fallait qu'il la rattrape, pourtant ! Qu'ils tentent de s'expliquer. Mais comment mettre de l'ordre dans les émotions qui l'assaillaient ? L'euphorie, le désir qui, déjà, le poussait de nouveau vers elle, et la crainte que lui inspiraient les conséquences éventuelles de leur coup de folie… tout cela se mêlait en lui, l'empêchant de se ressaisir.

Ses pensées dérivèrent vers son fils. Ne l'avait-il laissé à la garde d'un baby-sitter que pour coincer Skye dans les toilettes d'un hôtel ? Et dire qu'il se croyait à l'abri en venant la retrouver ici, au Hyatt, parmi une centaine d'invités…

Pourtant, il n'avait aucun remords. Il n'avait rien vécu d'aussi intense depuis… depuis quand, au fait ? Même au début de son mariage avec Lynnette, il n'avait jamais éprouvé de telles sensations.

Penché au-dessus du lavabo, il s'aspergea le visage d'eau froide. Lui qui avait toujours été capable de réfléchir et d'agir raisonnablement dans toutes les situations… il ne se reconnaissait plus. Skye pouvait se vanter de lui avoir mis la tête à l'envers ! Il s'apprêtait à actionner le sèche-mains quand on frappa à la porte.

— David ? Tu es là ?

C'était Tiny. Mais il arrivait trop tard…

— Je croyais que tu devais venir me chercher ? lança-t-il en ouvrant la porte.

— Je t'avais dit de ne pas compter sur moi. Comment voulais-tu que je sache où tu étais, en plus ?

— Il n'y avait pas cinquante options.

Tiny lui décocha un sourire entendu.

— J'ai su que j'arriverais trop tard quand j'ai vu Skye surgir dans la salle de réception. Elle était si…

— Si quoi ?

— Chiffonnée.

L'expression se passait de commentaires, mais David ne put retenir un sourire.

— J'ai l'air « chiffonné », moi aussi ? demanda-t-il en brossant ses vêtements pour les défroisser.

Tiny éclata de rire.

— Non. Tu as surtout l'air satisfait !

Satisfait ? David ne l'était pas complètement. Ce qui venait de se passer n'avait fait qu'aiguiser son appétit.

— Tu es bien silencieuse, ce soir, dit Charlie à Skye tandis qu'ils évoluaient sur la piste de danse au rythme d'un standard de Céline Dion.

— Je suis un peu fatiguée, répondit-elle, haussant la voix pour être entendue malgré les décibels que produisait l'orchestre installé sur l'estrade.

Et la nuit promettait d'être longue… Elle aurait pu rentrer chez elle avec un sentiment de satisfaction — elle avait obtenu un déjeuner avec le sénateur, ce qui était bien plus qu'elle n'avait pensé obtenir dans l'état où elle se trouvait — mais la simple idée de retourner seule dans le delta l'effrayait.

— Il y a vraiment beaucoup de monde… A cinq cents dollars par tête, vous allez remplir les caisses de l'association !

Poursuivre la conversation lui demandait un effort considérable — mais elle préférait s'y soumettre plutôt que repenser aux dernières paroles de David. Regrettait-il leur union ? Considérait-il vraiment ce qu'ils venaient de partager comme une erreur ?

C'en était une, sans doute… mais elle était incapable d'en éprouver du remords. Elle revivait chaque instant. Elle sentait encore son parfum sur ses vêtements. Et en fermant les yeux, elle le sentait encore bouger en elle…

— Skye ? fit Charlie. Tu m'écoutes ?

Elle ouvrit les yeux, balayant mentalement son esprit, cherchant à se rappeler les derniers mots qu'il avait prononcés. Il parlait du montant de la collecte de fonds, non ?

— Nous ne connaîtrons le montant exact qu'à la fin de la soirée, répliqua-t-elle vivement. Après les dons en direct.

— Les dons en direct ? Qu'est-ce que c'est ?

David se tenait dos au mur, dans un coin de la salle. Il ne la quittait pas yeux. Elle l'avait vu revenir des toilettes, quelques minutes plus tôt. Chercherait-il à lui parler ? Peut-être, mais il n'avait pas encore esquissé un geste dans sa direction.

Elle se força à sourire au pauvre Charlie, qui attendait patiemment son explication.

— Eh bien… Après le bal, certaines des personnes que nous avons aidées viendront apporter leur témoignage. Puis nous demanderons aux convives de signaler, à l'aide d'un panneau, s'ils veulent soutenir notre action en investissant dans La Contre-attaque. Les « enchères » commenceront dix mille dollars.

— Dix mille dollars ? Vous vous attendez vraiment à ce que des gens fassent des promesses de don de cet ordre ?

— Tout à fait. L'argent servira à aider concrètement des victimes d'agression, à répondre à leurs besoins immédiats. C'est mobilisateur, tu ne crois pas ? Surtout quand on a conscience des épreuves que certaines personnes ont traversées.

Elle redouta un instant qu'il n'évoque ce qu'elle avait enduré la veille chez elle, mais il n'en fit rien. En la voyant fondre en larmes, tout à l'heure, il avait sans doute compris qu'il y avait des sujets à éviter.

— Quand je suis arrivé, j'ai aperçu une femme brûlée aux bras et à la gorge, reprit-il.

— C'est Gina Wilkinson. Elle fait partie de ceux qui vont témoigner.

— Que lui est-il arrivé ?

— Il y a cinq ans, son mari l'a droguée puis il a mis le feu, en pleine nuit, à leur maison. Elle venait de lui annoncer qu'elle demandait le divorce. Elle a perdu un de ses jumeaux dans l'incendie.

La voix de Skye s'adoucit en pensant à Gina.

— C'est une merveilleuse oratrice.

— Quelle horrible histoire ! commenta-t-il, impressionné. Mais… dix mille dollars, c'est quand même beaucoup d'argent. Que se passera-t-il si personne ne donne cette somme ?

— Les « enchères » descendront peu à peu. Nous avons fixé les plus basses à cent dollars.

Il parut soulagé.

— Ah ! Ça, je peux me le permettre, confia-t-il avec un sourire. Et je ferai partie, moi aussi, de vos généreux donateurs !

Après l'avoir fait virevolter sur la musique, il inclina la tête vers David, qui les regardait avec insistance.

— Il se passe quelque chose entre toi et cet inspecteur ? Vous vous fréquentez ?

Skye s'éclaircit la gorge.

— Non.

— Il ne te lâche pas du regard. Méfie-toi : il veut peut-être t'accrocher à son tableau de chasse !

C'était déjà fait, songea-t-elle en frémissant. Jamais elle ne s'était laissée aller à une telle ivresse des sens… mais en vouloir davantage relevait de la folie. Qu'avait-elle fait de sa vie, bon sang ? Avait-elle totalement perdu le contrôle d'elle-même ? Elle venait de faire l'amour dans les toilettes d'un hôtel avec un homme qui avait prévu de retourner vivre auprès son ex-femme. La veille, elle avait tiré sur un intrus qui s'était introduit chez elle et l'avait tué.

Que lui réservaient les jours à venir ?

— L'inspecteur est venu ce soir parce qu'il m'aide à résoudre une affaire compliquée, éluda-t-elle, sans préciser qu'il s'agissait de la sienne.

La chanson s'acheva. Charlie la lâcha, visiblement pressé d'aller se désaltérer… mais Skye le retint. Si elle regagnait leur table, David en profiterait pour venir lui parler.

— On continue ? fit-elle à Charlie.

— D'accord… Si ça te fait plaisir, acquiesça-t-il sans grand enthousiasme.

Il venait de nouer un bras autour de sa taille quand David lui tapa sur l'épaule.

— Puis-je vous chiper votre cavalière ?

Charlie lança à Skye un regard entendu, et recula d'un pas.

— Bien sûr. Je vais me chercher à boire. J'en ai bien besoin !

C'est ainsi que Skye se retrouva dans les bras de David à l'instant où l'orchestre entamait *I Will Always Love You* de Whitney Houston.

David ne prononça pas un mot tandis qu'ils dansaient. Il l'enlaçait étroitement, ce qui risquait d'attirer l'attention sur eux, mais il ne pouvait pas s'en empêcher. Il ne pensait qu'à ses baisers, à la douceur de sa peau, à son souffle dans son cou, à la façon dont elle avait murmuré son prénom un peu plus tôt. Il n'avait qu'une envie : l'emmener dans l'une des nombreuses chambres de l'hôtel et recommencer ce qu'ils venaient de faire. Puisqu'ils avaient commis l'irréparable — et qu'ils le paieraient peut-être au prix fort — pourquoi ne pas s'offrir une vraie nuit d'amour ?

Son imagination s'emballa, et il s'imagina sous la douche avec Skye, happant tendrement les gouttes qui glisseraient sur sa poitrine…

S'ils envisageaient de se retrouver, ils devaient tout organiser dès maintenant. Il fallait qu'il prévienne le baby-sitter et qu'il s'éclipse pour aller acheter des préservatifs. Ainsi, personne ne les verrait quitter la soirée ensemble.

— Si je prends une chambre, tu me rejoindras ? lui chuchota-t-il à l'oreille.

Skye leva les yeux vers lui, manifestement surprise.

— Ce soir ?

— Oui.

S'il laissa la raison l'emporter sur son désir, la culpabilité reprendrait le dessus, il le savait. Et ils pourraient dire adieu à leurs rêves torrides.

« Je sais que tu prendras la bonne décision. Tu es un homme bien. »

Il se raidit au souvenir des propos que sa mère lui avait tenus quelques jours plus tôt. L'anxiété de Georgine était justifiée, certes… mais il ne voulait pas l'entendre. Pas ce soir. Ses désirs triomphaient sans qu'il parvienne à les refouler. S'il y succombait et qu'il faisait l'amour avec elle, il les apaiserait peut-être. Et retrouverait enfin l'usage de sa raison, qui sait ?

— J'ai bien entendu ce que tu me proposes ? murmura Skye.

Elle fronçait les sourcils, toujours interloquée.

— Oui, tu as bien entendu. J'en veux plus, pas toi ?

Il plaqua un sourire sur ses lèvres à l'intention de Sheridan, qui les observait tout en dansant avec Jonathan, et fit tourner Skye pour la soustraire aux regards curieux de son amie.

— Je meurs d'envie de te faire l'amour, lui murmura-t-il.

— Et tu veux prendre une chambre ici ?

— Pourquoi pas ? Sauf si tu préfères un autre hôtel…

Elle ne répondit pas, mais plaqua ses cuisses contre les siennes de manière si érotique qu'il ne put retenir un soupir de plaisir. Son parfum, son sourire, la ligne de ses épaules nues… Tout en elle était enivrant. Près d'elle, il oubliait tout — y compris les promesses faites à Lynnette.

— Mais tu comptes toujours retourner auprès d'elle, n'est-ce pas ? demanda-t-elle brusquement. C'est bien ce que tu as prévu ?

S'il voulait continuer à se regarder en face, il ne pouvait pas faire autrement.

Comme il ne répondait pas, elle se raidit, puis tenta de se dégager de son étreinte.

— Laisse tomber pour ce soir, dit-elle. Ce n'est pas une bonne idée.

— Attends ! Je… Je n'ai pas vraiment le choix, marmonna-t-il.

Le chagrin qu'il lut dans ses yeux le blessa plus sûrement que des reproches.

— Dans ce cas, je n'ai pas le choix non plus. Je ne me

contenterai pas des miettes. Essaie de… de me laisser tranquille, d'accord ?

— Attends ! répéta-t-il. Ce n'est pas ce que je…

— Mademoiselle Kellerman ?

Encore enlacés, ils firent volte-face, surpris. Et le flash déclencha.

— Merci ! Je suis Juanita Lowe du *Sacramento Post*, s'exclama la photographe — une petite femme rondelette — en rangeant son appareil dans son sac.

David laissa retomber ses mains le long de son corps. Skye, quant à elle, s'était déjà ressaisie.

— Vous faites un papier sur cette soirée ?

— Mieux que ça, précisa Mme Lowe en lui serrant la main. J'ai l'intention de consacrer une série d'articles à La Contre-attaque !

— C'est merveilleux, commenta Skye en esquissant un sourire.

David sentit sa gorge se nouer. Il aurait tant voulu l'aider, au lieu d'ajouter à ses tourments ! Mais le choix qu'elle lui imposait était déchirant et… il se savait incapable de renoncer à elle.

— Beaucoup de personnes à qui nous sommes venus en aide sont présentes ce soir. Souhaitez-vous leur parler ? demanda Skye à la journaliste.

— Je préférerais commencer par vous, si vous n'y voyez pas d'inconvénient. Auriez-vous quelques minutes à m'accorder pour évoquer le drame d'hier soir ?

Petite peste ! songea-t-il, furieux. Cette Mme Lowe était davantage intéressée par Skye que par l'association. Elle espérait décrocher un scoop sur l'événement qui faisait la une de la presse locale.

Ne voyait-elle pas que Skye était encore sous le choc ? Submergé par le désir de la protéger, David décida d'intervenir.

— Mlle Kellerman n'est pas encore en mesure de commenter cet événement, énonça-t-il d'un ton sec.

Mme Lowe le fusilla du regard.

— Et vous êtes… ?

— David Willis.

— Le fiancé de Mlle Kellerman, j'imagine ?

Il grimaça. Cédant à l'attirance qui les poussait l'un vers l'autre, ils n'avaient pas dansé comme de simples connaissances. La question de la journaliste lui prouvait qu'elle l'avait remarqué.

— Non. Juste un ami.

— Bien sûr… puisque Mlle Kellerman n'est pas fiancée, que je sache ! répliqua-t-elle avec un petit rire. Mais votre nom me dit quelque chose… Nous sommes-nous déjà rencontrés ?

— Je ne crois pas, dit-il, persuadé qu'elle l'avait reconnu depuis longtemps.

— Mais bien sûr ! Vous êtes l'inspecteur qui a enquêté sur l'affaire de Mlle Kellerman, c'est ça ? J'ai suivi de près le procès de Burke, à l'époque. Vous étiez cité très souvent, si je me souviens bien.

Trop souvent, au goût de David. Les médias pouvaient se montrer utiles en diffusant des informations, mais ils en propageaient aussi d'autres qu'il aurait été préférable de ne pas rendre publiques. Depuis qu'il était flic, il avait appris à ne pas faire confiance aux journalistes.

— Je m'en serais bien passé, souligna-t-il.

— Je suis ravie que vous soyez devenus… si proches, reprit Mme Lowe d'un ton acide, mais n'est-ce pas à Mlle Kellerman de me dire si elle accepte de me parler ? Après tout, c'est elle qui m'a faxé un communiqué de presse en début de semaine !

— J'aimerais beaucoup discuter, mais j'étais sur le point de partir, annonça Skye en se dirigeant vers la sortie.

David approuva sa décision. Elle avait raison de s'éclipser. La pression qui pesait sur ses épaules était trop forte, ce soir. Et ce qu'ils ressentaient tous deux était trop puissant pour qu'elle réponde sans ciller aux questions de cette enquiquineuse.

— Ça ne prendra pas que quelques minutes ! lui cria cette dernière pour tenter de la retenir.

Skye se retourna, un sourire crispé aux lèvres.

— Je suis désolée, madame Lowe, mais j'ai une migraine terrible. Pourquoi ne m'appelleriez-vous pas au bureau dans la semaine, si vous êtes toujours intéressée par un entretien ?

La journaliste acquiesça à contrecœur, puis elle sortit son appareil et fit une autre photo de Skye, qui s'éloignait déjà à grands pas.

Elle ne jeta pas un regard à David et ne fit aucun geste de la main. Elle s'arrêta brièvement devant Charlie Fox pour lui dire au revoir, avant de se diriger rapidement vers le hall.

David aurait voulu la suivre. La conversation qu'ils avaient entamée avant l'irruption de la journaliste était loin d'être terminée... Mais tant que cette dernière rôderait dans l'hôtel, à l'affût du moindre scoop, il devrait garder ses distances. Et puis... parler de Lynnette à Skye ne changerait rien, en fait. Elle constituerait toujours un obstacle entre eux.

— Depuis combien de temps sortez-vous avec Mlle Kellerman ? s'enquit abruptement Juanita Lowe.

David la gratifia d'un sourire aussi neutre que possible.

— C'est sur sa vie privée que vous enquêtez, à présent ?

Elle haussa les épaules.

— Vous avez fait fuir le sujet de mon reportage. Je me contente de ce que j'ai sous la main.

— Je ne vois pas qui pourrait s'intéresser au genre d'information personnelle que vous espérez m'extorquer.

Elle haussa les sourcils.

— Votre femme ?

— Je ne suis pas marié, bluffa-t-il.

— Vos collègues ?

La plupart d'entre eux, y compris Jordan, ne seraient pas plus ravis que Lynnette de le savoir avec Skye, c'est vrai... mais il n'avait nullement l'intention d'en informer Lowe !

— Désolé. Mme Kellerman est la victime d'un agresseur que j'ai contribué à faire condamner il y a trois ans. L'affaire étant close, il n'y a même pas conflit d'intérêt ! argua-t-il avant de se diriger vers la sortie.

Il espérait avoir réussi à dissimuler ses émotions. En tout cas, suffisamment pour que la journaliste n'accorde pas d'importance à ce qu'elle pensait avoir perçu entre eux.

*
* *

La photo qui parut en en première page du *Sacramento Post* le lendemain matin lui prouva tout le contraire : Juanita Lowe avait décidé de prendre sa revanche. Skye et lui y apparaissaient dans les bras l'un de l'autre, aussi proches que des amants pouvaient l'être.

« L'inspecteur David Willis, de la police de Sacramento, et Skye Kellerman, co-fondatrice de La Contre-attaque, ont occupé la piste de danse, la nuit dernière, lors de la collecte de fonds qui a permis de réunir la somme de 121 500 dollars pour venir en aide aux victimes de crimes violents », spécifiait la légende.

L'article racontait l'histoire d'une victime gravement brûlée qui avait été aidée par l'association. David n'y était pas mentionné, ce qui le conforta dans l'idée qu'il avait dû agacer la journaliste.

— Merci beaucoup ! marmonna-t-il, furieux en s'asseyant à la table de cuisine.

— Qu'est-ce qu'il y a, papa ? demanda Jeremy qui venait d'entrer dans la pièce.

David replia vivement le journal et se leva pour rincer sa tasse à café.

— Rien, fiston. Tu as bien dormi ?

— Oui.

— Et si on allait prendre le petit déjeuner au resto ?

Le visage endormi de son fils se fendit d'un large sourire.

— Chez Carolina's ?

— Si tu veux.

Ce n'était pas son restaurant favori, mais Jeremy l'adorait, lui. Et il préférait sortir de l'appartement plutôt que de rester assis là, luttant contre son envie d'appeler Skye. Il avait tenté de la joindre dans la nuit, après être rentré chez lui. Elle n'avait pas répondu. Depuis, il pensait à elle constamment.

Quand il ne revivait pas ce qui s'était passé, il s'inquiétait des conséquences de leur instant d'égarement.

Il attrapa ses clés en soupirant. Pourvu qu'elle ne soit pas enceinte…

18

La lumière entrait à flots par la fenêtre. Skye cligna des yeux, éblouie. Quelle joie de voir enfin un rayon de soleil ! Après des semaines de brouillard, elle décida de considérer l'événement comme un signe positif. Peut-être annonçait-il la fin de période sombre qu'elle venait de traverser ? Allait-elle sortir du tunnel ? En tout cas, elle avait fait l'amour avec David… C'était si étonnant qu'elle peinait presque à l'admettre. Qui aurait cru qu'après plus de trois années passées à résister à l'attirance qui les poussait l'un vers l'autre, ils succomberaient au Hyatt, dans un endroit si incongru ?

Elle posa une main sur son ventre. Etait-elle enceinte ? Cette éventualité aurait dû la plonger dans la panique, si l'on considérait l'attachement de David à son fils, et à la mère de celui-ci. Il était plus que probable qu'elle devrait élever leur enfant seule. Elle ne le souhaitait pas, bien sûr. Soit il l'aimait et voulait vivre avec elle, soit il refusait d'assumer ses responsabilités… mais elle se connaissait assez pour savoir qu'elle ne l'obligerait pas à le faire. A trente ans, elle n'était pas sans ressources. Elle avait assez d'expérience et de compétences pour subvenir à ses besoins. Et puis, elle *voulait* un bébé. Elle ne s'était pas autorisée à en faire une priorité, même si elle y songeait de plus en plus souvent.

Mais pourrait-elle continuer à être aussi active au sein de l'association si elle avait un enfant ?

Elle se frotta les yeux. Il était trop tôt pour se poser cette question. Elle s'efforça de penser à autre chose tout en se préparant pour aller au bureau. Elle passait généralement le dimanche chez elle à faire du ménage, à lire et à surfer sur le net, ou à rattraper le retard sur la paperasse de l'association, mais depuis l'effraction, la maison du delta ne représentait plus le cocon sécurisant de son enfance.

Oublie Bishop. Elle prit une douche, se maquilla, choisit sa tenue et s'habilla, mais ses gestes routiniers ne parvinrent pas à détourner ses pensées de David… et d'une possible grossesse.

Non. Elle ne pouvait pas être enceinte. Pas après un seul rapport. Elle était en fin de cycle, de toute façon.

Agacée, elle s'interdit d'y penser. Pourtant, tout l'y ramena pendant le trajet qui la menait aux locaux de l'association, éveillant en elle une mélancolie rêveuse : une jeune femme et son bébé dans l'épicerie où elle s'arrêta ; une petite fille assise dans le véhicule à côté duquel elle attendait au feu rouge ; même le magasin d'articles pour bébé de l'avenue Howe, devant lequel elle passait depuis des années avec indifférence, lui sembla soudain fascinant.

— A quoi tu penses ?

Skye battit des paupières, brusquement arrachée à sa rêverie. Jasmine se tenait sur le seuil de son bureau. Elle ne l'avait pas vue au Hyatt, la veille, mais son amie était peut-être arrivée après son départ.

— A rien… Je faisais une pause. J'ai passé la matinée au téléphone à contacter les bénévoles.

— As-tu trouvé l'information que tu cherchais ?

— Un homme a demandé mon adresse à Felicia Martinez en prétextant un colis à livrer chez moi. Quelqu'un que j'aurais aidé voulait me remercier, lui a-t-il assuré.

— Je croyais que les bénévoles ne connaissaient pas ton adresse ! Comment Felicia l'a-t-elle trouvée ?

— Elle doit bien traîner quelque part dans les locaux…

Skye s'interrompit en remarquant l'expression embarrassée qui s'était peinte sur le visage de son amie.

— Quoi ?

— En fait, maintenant que tu le dis, je crois qu'elle est dans le carnet d'adresses que je laisse toujours sur ma table de travail.

— Tu vois ? Ce n'est pas difficile de la trouver !

— Felicia lui a-t-elle communiqué le renseignement ?

— Elle dit que non. Mais elle ne m'en avait pas parlé avant que je lui demande… Ce n'est pas rassurant.

— Elle n'y a pas accordé plus d'attention que ça.

— C'est exactement ce qu'elle m'a dit.

— Et cet homme ? Il avait des piercings aux oreilles ? Un bouc ?

— Non. Si c'était Bishop, il était bien déguisé.

— Il a bien eu ton adresse par quelqu'un, non ?

— Si c'est quelqu'un d'ici, c'était sans arrière-pensée, j'en suis sûre.

Mais comment Bishop avait-il su qui approcher ? Surveillait-il les bureaux de l'association ?

Skye balaya du regard la liste des bénévoles. Elle leur était si reconnaissante ! Aucun d'eux ne pouvait l'avoir trahie volontairement. Ils formaient une équipe, presque une famille, unis par un but commun.

Et pourtant quelqu'un, peut-être Burke, cherchait à les utiliser contre elle… Elle écarta la feuille, mal à l'aise.

— Quand es-tu rentrée de Fort Bragg ? s'enquit-elle.

— Je viens d'arriver.

— Tu y as passé la nuit ?

Une mauvaise nuit, apparemment, se dit-elle en remarquant ses traits tirés.

— Je n'ai pas pu faire autrement. Il était très tard quand on a fini avec la police.

— Comment ça s'est terminé ?

Skye vit son amie regarder les photos accrochées au mur, puis détourner les yeux. Manifestement, les visages de ces tueurs déclenchaient en elle trop d'émotions.

— La police a arrêté le coupable, déclara-t-elle.

— Il travaillait bien dans une scierie ?

— Oui.

— Et c'est lui qui a tué l'autre fillette ?

— Whitney Jones ? Il nie, bien sûr. Mais c'est lui, sans l'ombre d'un doute.

— Qu'est-ce qui te permet de l'affirmer ?

Jasmine poussa un long soupir indiquant que la confrontation avait été pénible.

— Il est juste… tordu. Je l'ai senti dès que je me suis retrouvée face à lui. Et… je suis convaincue que ces deux petites filles ne sont pas ses seules victimes.

— Il y en aurait d'autres ?

— Peut-être. La police le pense. Ils font des recherches dans d'autres Etats et ont commencé les recoupements.

Elle semblait si lasse, si désemparée, que Skye en eut le cœur serré.

— J'espère que la police t'a remerciée de ton aide, avança-t-elle. Ce genre d'affaire te demande tellement d'énergie !

— Il n'y a pas que l'affaire, Skye. Enfin, pas seulement. Je pense aussi aux familles de ces petites filles… Et cela fait resurgir en moi de mauvais souvenirs. Mais…

— Quoi ?

Jasmine n'avait généralement pas tant de réticences pour parler.

— J'ai fait un rêve angoissant la nuit dernière. Je ne sais pas s'il a un sens, mais il faut que je t'en parle.

— Un rêve ?

Il lui arrivait de taquiner Jasmine sur ses capacités psychiques, mais jamais de les mettre en doute. Elle savait que son amie avait fourni à la police de Fort Bragg des indices primordiaux — comme l'endroit où travaillait le coupable. *Elle est en vie, dans une sorte d'entrepôt… Il y a beaucoup de bruit, de la circulation, un dépôt tout près… Je vois des rails, à côté d'un stock de riz… Il lui a couvert le nez et la bouche, puis l'a jetée au sol, face contre terre et lui a attaché les mains dans le dos…* Voilà le genre d'indications qu'elle donnait aux enquêteurs — et elles se vérifiaient, la plupart du temps.

Mais aujourd'hui, quelque chose lui disait qu'il aurait été plus simple de ne pas croire aux pressentiments de Jasmine.

— A propos de quoi ? demanda-t-elle.

— De toi.

Elle secoua la tête, soudain nerveuse.

— Mais… ça n'arrive pas comme ça, d'habitude ! Je veux dire… tu n'as jamais fait de rêve me concernant. Tes visions concernent des disparitions, et elles te viennent toujours après avoir touché un objet.

— C'est vrai, admit Jasmine en entrant dans la pièce.

Elle passa une main dans ses longs cheveux noirs, trahissant un trouble profond.

— Je m'inquiète pour rien, sans doute. Ce n'est qu'un rêve… mais il semblait si réel ! Et il ressemblait tant à mes visions… Ce serait une erreur de ne pas le prendre en compte.

— Et que se passait-il, dans ce rêve ? s'enquit Skye en croisant les bras pour cacher le tremblement qui agitait ses mains.

— Il y avait une femme avec des cheveux teints en blond, courts et ondulés. Elle hurlait qu'elle voulait te tuer parce que tu avais détruit sa vie.

— Je ne connais personne qui réponde à cette description.

— Tu en es sûre ? insista Jasmine.

— Elle ne t'a pas dit son nom, par hasard ? répliqua Skye en esquissant un pâle sourire.

Elle espérait détendre l'atmosphère… mais son humour passa inaperçu. Et ce fut avec le plus grand sérieux que son amie lui répondit.

— Non. Je ne sais pas du tout de qui il s'agit, mais je l'associe à l'odeur âcre du tabac. Une odeur si forte que j'avais l'impression de la sentir encore après m'être réveillée.

Skye l'écoutait pensivement. C'est l'odeur de la cigarette qui l'avait avertie de la présence de Lorenzo Bishop chez elle. Jasmine pouvait-elle avoir mélangé des sensations ? Quelle était la part de la vision et celle de la subjectivité ? Même l'intéressée ne pouvait le dire.

— Est-ce que nous nous battions ?

— Je crois. La femme pleurait, jurait, se répandait en invectives. Il y avait un couteau et du sang. Et de temps en temps, elle appelait quelqu'un — une Kate, je crois.

Kate. Skye sentit son cœur se contracter. Jasmine et Sheridan, qu'elle avait rencontrées dans un groupe de soutien après le procès, n'étaient pas au courant de tous les détails de son affaire. Elles n'en savaient que ce qu'elle leur en avait dit, leurs discussions portant plus sur ses émotions que sur le procès proprement dit. Sheridan ne vivait pas à Sacramento depuis assez longtemps pour connaître les Burke. Et Jasmine venait d'emménager en ville au moment de leur rencontre. L'apparition d'une personne nommée Kate dans son rêve était-elle une simple coïncidence ? Oui, certainement. Et puis, Jane avait de longs cheveux bruns. Et d'après ce qu'elle en savait, elle ne fumait pas.

— Ne t'inquiète pas. Je ne connais personne qui corresponde à cette description, répéta-t-elle.

— Reste sur tes gardes, d'accord ?

« Je le suis toujours », songea Skye. C'était bien son problème. Trop prudente pour faire confiance et s'ouvrir aux autres, elle avait parfois l'impression de vivre dans une sorte de bulle, coupée du reste du monde.

— Je ferai attention, promit-elle.

Elle se promit aussi de ne pas prendre ce rêve trop au sérieux. Rien ne prouvait que la Kate du rêve ait un rapport avec la fille d'Oliver. Et même Jasmine ne pouvait affirmer que ses visions entretenaient un lien quelconque avec la réalité.

— Qu'est-ce qui a déclenché ce rêve, d'après toi ?

Jasmine se laissa tomber sur une chaise.

— Sheridan vient juste de me raconter ce qui s'est passé chez toi vendredi. C'est peut-être ça.

— Probablement, acquiesça Skye.

Cherchant à échapper au sentiment de malaise qui l'avait envahie, elle se lança dans un résumé de la soirée de bienfaisance, évoquant l'importance de la somme récoltée et le déjeuner prévu avec le sénateur Denatorre et le maire.

— C'est formidable ! s'exclama Jasmine avec un large sourire. Et avec Charlie, ça s'est bien passé ? Il est resté sobre ?

— Je crois.

— Tu n'en es pas certaine ?

— Je suis partie avant la fin.

— Donc, sentimentalement parlant, c'était plutôt un fiasco ?

— Plutôt, oui, marmonna Skye en détournant les yeux.

A quoi bon raconter à Jasmine son aventure avec David ? C'était un moment trop intime, trop intense pour en parler — à moins qu'une prise de poids dans les semaines à venir ne la trahisse !

David s'attendait au coup de fil de Lynnette, mais il arriva plus tard qu'il ne l'avait envisagé. Il avait eu le temps de prendre son petit déjeuner avec Jeremy et de passer par la galerie marchande pour lui acheter une nouvelle paire de baskets, quand elle l'appela.

— Tu as laissé Jeremy à un baby-sitter pour pouvoir sortir avec cette Skye Kellerman ? lança-t-elle sans ambages.

L'amertume qui teintait sa voix lui fit l'effet d'une claque. C'était inévitable, songea-t-il, fataliste. Si cette journaliste s'était abstenue de publier cette malheureuse photo, il n'aurait pas à subir cette conversation.

— C'était une soirée de bienfaisance, Lynnette.

Il voulut ajouter qu'il n'y avait pas de quoi en faire un plat, mais se ravisa. Cela n'aurait pas été juste envers Skye, ni vrai. Il lui suffisait de fermer les yeux pour se rappeler la fièvre de leur étreinte, sa façon de se lover contre lui et de chuchoter son nom…

— Toute une soirée que tu as passée en sa compagnie, David. Avoue-le !

— Tu es sûrement au courant de ce qui s'est passé chez elle, argua-t-il, résolu à orienter la conversation vers un terrain plus neutre.

— Oui. Elle a failli se faire tuer… et alors ? En quoi ça *te* concerne ?

— J'assure sa protection.

— En couchant avec elle ?

Il ne répondit rien.

— Croyais-tu que Jeremy ne me raconterait pas qu'il y avait une femme chez toi ? Dans ton lit ? Je ne suis peut-être pas une sainte, David, mais jamais mon fils ne m'aurait surprise au lit avec un autre homme. Je ne t'aurais pas non plus ridiculisé en me laissant photographier avec quelqu'un dans les bras, le dévorant des yeux comme si j'allais lui arracher ses vêtements — une photo qui s'étale à la une du journal, en plus !

Il se dirigea vers le magasin multimédia afin de détourner l'attention de Jeremy. Couvrant le téléphone de sa main, il lui montra la console Wii de Nintendo.

— Eh ! Jeremy, regarde ce qu'ils ont dans la boutique ! Pourquoi tu ne vas pas la voir de plus près ?

Son fils ne se le fit pas dire deux fois. Il laissa tomber son sac contenant ses nouvelles chaussures et se rua vers la console de démonstration. David resta dans l'allée, entre deux rangées de jeux vidéo.

— Je ne savais pas que ma mère allait passer avec Jeremy vendredi matin. Elle ne m'avait pas prévenu.

— Cela ne serait peut-être pas arrivé si tu t'étais montré honnête envers moi.

— Je ne t'ai jamais menti, Lynnette.

— Tu as dit que tu voulais revenir.

— Je ne sais plus où j'en suis, admit-il.

Ces derniers jours, la pensée de retourner auprès d'elle lui faisait l'effet d'une condamnation à une peine de prison.

— Qu'est-ce que tu veux dire ? Est-ce que tu t'organises pour t'installer avec elle ?

— Je ne sais pas. J'ai envie de passer du temps avec elle. C'est tout ce que je peux dire.

— C'est donc ça : tu as couché avec elle !

David chercha Jeremy du regard, et l'aperçut, hilare, les yeux rivés à l'écran géant qui reproduisait ses moindres mouvements. La vue de son fils, encore si jeune et vulnérable, lui rappela qu'il n'était pas un père idéal. Absent et amoureux d'une autre femme que sa mère... Jeremy méritait mieux, non ?

— Je n'ai pas envie d'en parler maintenant.

Il entendit Lynnette reprendre sa respiration à l'autre bout du fil.

— Tu as couché avec elle !

Atterré, il s'appuya contre un présentoir. Que pouvait-il dire pour sa défense ? Rien ! Il n'avait pas autant l'esprit de sacrifice qu'il le pensait : il la laissait tomber en dépit de tous les efforts qu'il s'était promis de faire.

— David ? insista-t-elle.

— Pas maintenant, Lynnette.

— *Moi*, je me suis montrée honnête avec toi.

Il hésita, se demandant comment lui expliquer les choses quand il entendit sa voix se briser, signe annonciateur des larmes.

— Est-ce que tu l'aimes ? demanda-t-elle dans un sanglot.

Bon sang ! Comment s'y était-il pris pour mettre autant de pagaille dans sa vie ?

Il se frotta le front, cherchant les bons mots.

— Lynnette, j'ai besoin de temps pour… pour mettre un terme à la menace qui pèse sur sa vie. Il faut que je découvre si c'est lié à Burke, si ce dernier prévoit de nuire à quelqu'un d'autre… Après, je ferai le point sur mes sentiments. Pour le moment, j'en suis incapable. L'enquête m'accapare complètement.

— Je me fous de Burke !

— Comme je te le dis, je dois régler cette affaire d'abord. Pour le reste…

— Papa, regarde ! Il n'est pas cool, le graphisme ?

David leva le pouce en guise de réponse.

— Nous chercherons une solution plus tard, d'accord ?

— Une fois de plus, tu fais passer ton travail avant moi. Mais je ne vais pas mettre ma vie en suspens jusqu'à ce que *tu* te sentes prêt !

— C'est peut-être une question de vie ou de mort, Lynnette.

— Et ce que moi je ressens, ça ne compte pas ? Tu n'as plus besoin de moi, voilà la vérité ! Pourquoi tu te traînerais un boulet comme moi, alors que tu peux coucher avec une jolie fille dans le cadre de ton travail ? Tu fais d'une pierre deux coups ! hurla-t-elle, avant de raccrocher.

David étouffa un juron en fermant le clapet de son téléphone, qui se remit aussitôt à sonner. Un rapide coup d'œil au numéro d'appel l'avertit que c'était sa mère.

Pas question de répondre dans l'immédiat.

— Papa ?

Mettant son portable en mode silencieux, il le glissa dans la poche de son jean.

— Quoi ?

— Tu m'en achètes une ?

— Non, Jeremy. Pas aujourd'hui.

Incapable de se calmer, il eut du mal à répondre de manière cohérente.

— On verra pour ton anniversaire.

— Mais c'est dans un an ! Et si c'est moi qui me la paie ? fit-il en levant des yeux suppliants. Je laverai ta voiture et… et peut-être que tu pourrais me payer pour sortir les poubelles et…

— Tu as déjà une PlayStation, l'interrompit David. Et tu as eu trois nouveaux jeux à Noël.

— Oui, mais elle est chez toi.

— Parce que je vis dans un appartement. Quand tu es chez ta mère, je veux que tu sortes, que tu bouges et que tu t'amuses avec les enfants du quartier.

— Tu n'arrêtes pas de dire que tu reviens et tu ne le fais jamais ! Je n'ai pas la PlayStation quand mes copains viennent à la maison. Pourtant, ce serait sympa d'y jouer de temps en temps, hein ?

David savait que son fils n'avait pas besoin d'une seconde console. Malgré tout, il avait le sentiment de lui devoir quelque chose.

— D'accord, fit-il en posant sa carte bleue sur le comptoir.

Jeremy écarquilla les yeux, stupéfait par ce brusque revirement de situation.

— Merci papa ! Je t'adore !

Ravi, il l'enlaça avec fougue, mais David ne se sentit pas mieux. Il était en train de compenser son absence par des cadeaux.

Le genre d'attitude qu'il s'était promis de ne jamais avoir.

— Je veux te voir.

Jane retint son souffle en attendant la réponse de Noah. Elle était sortie du salon et se tenait près du container à poubelles, mais la fumée de sa cigarette masquait la puanteur qui s'en dégageait. De toute façon, elle était trop préoccupée pour être incommodée par ces petits inconvénients. Noah s'était comporté de façon extrêmement bizarre au cours de la semaine qui venait de s'écouler. Depuis qu'Oliver était sorti de l'hôpital, en fait. On aurait dit qu'il se sentait responsable du coup de couteau qu'avait reçu son frère. Il lui apportait des gâteaux ou des vidéos pour agrémenter sa convalescence, mais n'en profitait pas pour parler avec elle — au contraire : il lui jetait à peine un regard. Les deux hommes bavardaient et riaient comme si ces trois années de séparation n'avaient pas existé.

Jane ne s'était jamais sentie aussi seule.

— C'est impossible, répliqua Noah. Tu le sais bien.

— Es-tu en train de me dire que tu n'as plus aucun sentiment pour moi ?

— Je dis juste que…

Il s'interrompit, cherchant ses mots.

— Que je ne vois plus la situation de la même façon depuis que Skye Kellerman s'est pointée dans mon bureau.

Skye ? Qu'avait-elle à voir avec eux ?

— Qu'est-ce que tu veux dire ? demanda-t-elle, le souffle court, paniquée à l'idée de perdre son seul soutien.

La vie était assez difficile comme ça ! Elle ne pouvait pas continuer sans Noah. Pas maintenant. Il était son équilibre.

— Elle n'en a parlé à personne. Oliver ne sait rien. Comment pourrait-il se douter de quoi que ce soit ?

— Jane… S'il te plaît, essaie de me comprendre. Je ne veux pas te blesser. Je sais que tu as traversé beaucoup d'épreuves. C'est juste que… elle se tenait face à moi et j'ai eu l'impression d'être un salaud. J'ai lu dans ses yeux à quel point elle désapprouvait notre liaison ! Plus jamais ça, Jane. Et il y a… il y a Wendy. Je ne peux rien lui reprocher. Elle ne mérite pas ça, tu comprends ? C'est un miracle qu'elle soit encore là alors que j'ai été si distant avec elle. Je ne veux pas perdre ma famille… Ni ma femme ni mes enfants, ni Oliver ni mes parents.

— Et tu peux mettre un point final à notre histoire ? Comme ça ? Du jour au lendemain ?

Sa cigarette s'était consumée jusqu'au filtre. Elle regarda sans réagir la braise se rapprocher dangereusement de ses doigts.

— Ce n'est pas facile, mais je ne vois pas d'autre moyen d'arranger la situation. Tout avouer n'améliorera rien.

Le fait qu'il lui parle d'aveu signifiait qu'il avait pensé à tout raconter à Wendy ou à Oliver. Elle avait toujours su que sa culpabilité serait un problème, mais elle avait eu la faiblesse de croire que les sentiments qu'il avait pour elle lui permettraient de la surmonter.

— Je porte la petite minijupe que tu aimes. Et… j'ai changé de coiffure. Je suis blonde, maintenant. Avec les cheveux courts.

Elle s'efforçait de parler calmement. Elle voulait paraître sexy, pas désespérée.

— Je pourrais passer à NSL quand il n'y aura plus personne. On fermerait la porte et… on ferait l'amour sur ton bureau, comme il y a quelques semaines. Ça t'avait plu, tu te souviens ?

— Je me souviens, fit-il d'une voix neutre.

— On se dépêchera, comme ça tu ne seras même pas en retard pour le dîner. Qu'est-ce que tu en dis ?

Il parut hésiter avant de rejeter sa proposition.

— Non. Je suis claqué. Et puis, j'en ai assez. Je ne veux plus tricher ou mentir. Je ne veux plus avoir à rougir de mon comportement.

En s'imaginant rentrer chez elle sans le soutien de Noah, sans la certitude qu'il la désirait, le désespoir l'envahit. Oliver n'avait pas encore assez récupéré pour lui faire l'amour, mais il reprenait un peu plus de forces chaque jour. Aujourd'hui, il l'avait appelée pour lui dire qu'il prenait la voiture pour aller faire un tour, et il avait même ramené Kate de l'école à la place de sa mère.

Elle n'avait plus envie d'avoir de rapports intimes avec lui. Il avait toujours été lunatique et elle avait su s'en accommoder, mais la prison avait aggravé ses sautes d'humeur. Maussade certains jours, il lui parlait à peine. Il s'enfermait dans la chambre à coucher avec son carnet ou il restait assis dans le noir à ne rien faire. A d'autres moments, il se montrait d'humeur plus joyeuse, allant jusqu'à exprimer le souhait d'organiser un barbecue pour revoir de vieux amis.

Manifestement, il n'avait pas compris que la plupart de ceux qui avaient été leurs amis ne voulaient plus fréquenter un homme condamné pour viol. Elle avait tenté de le prévenir, bien sûr. En vain : il ne semblait ni entendre ni admettre qu'ils étaient désormais en marge de la société. Et puis, pourquoi voudraient-ils montrer à ces gens qui se mesuraient à la taille de leur maison, au nombre de leurs voitures et de leurs bateaux, la misère dans laquelle ils vivaient ?

— C'est tout, alors ? reprit-elle. Tu ne veux plus me voir ?

— Je veux être correct. Tu me comprends, Jane, n'est-ce pas ?

Elle comprenait. Elle ne l'en aimait que plus pour cette raison. Elle ignorait seulement comment elle allait survivre à son rejet.

Son mégot lui brûlant les doigts, elle le jeta au loin. La brûlure lui fit mal, mais ce n'était rien comparé à la douleur qui lui dévorait le ventre.

Elle entendit le signal d'un second appel. Quelqu'un cherchait à la joindre.

— Je dois te laisser, annonça Noah au même moment.

Jane ne répondit pas, vérifiant machinalement le numéro d'appel. C'était Oliver.

— Jane ? insista Noah.

Elle ne répondit toujours pas. Elle aurait voulu qu'il reste en ligne.

— Je suis désolé, conclut-il, mettant un terme à la conversation.

Elle entendit un déclic. Il avait raccroché.

Jane se figea, abasourdie, les yeux rivés sur son mégot, qui continuait à se consumer dans le caniveau. Oliver voulait lui parler. Elle n'avait plus que lui, désormais.

19

Les nuits, surtout, étaient pénibles. Depuis qu'Oliver avait quitté l'hôpital, Skye était constamment sur le qui-vive. Elle s'attendait sans cesse à le voir surgir au détour d'une rue. Dès la tombée du jour, elle scrutait le parking depuis la fenêtre de son bureau, persuadée qu'il rôdait à proximité, prêt à se jeter sur elle dès qu'elle aurait mis les pieds dehors.

Elle s'arrangeait toujours pour quitter les locaux de l'association en compagnie de Sheridan et de Jasmine. Si ces dernières étaient en rendez-vous, elle se hâtait de rejoindre sa Volvo, la main plongée dans son sac, crispée sur son revolver. Elle faisait de même quand elle quittait le stand de tir où elle s'entraînait et donnait ses cours. Sitôt installée au volant, elle verrouillait les portières et roulait, sans quitter le rétroviseur du regard, jusqu'à sa maison où elle se barricadait pour la nuit. Elle avait fait réparer la fenêtre et le téléphone, mais l'entreprise qui avait installé les barreaux ayant déposé le bilan, elle avait décidé de ne pas les remplacer. Depuis l'intrusion de Bishop, elle avait le sentiment que les barreaux l'enfermaient plus qu'ils ne la protégeaient des dangers extérieurs. De toute façon, elle n'avait pas l'argent nécessaire pour effectuer les travaux ce mois-ci. Elle n'avait pas réinstallé l'alarme non plus. A quoi bon, s'était-elle dit, si l'on pouvait aussi facilement la désactiver ?

Au fond, elle ne pouvait compter que sur sa propre vigilance. Et encore... Puisque Bishop était parvenu à s'introduire chez elle malgré tous les systèmes de protection, elle ne se sentait plus jamais en sécurité.

David avait constitué un dossier complet sur le jeune homme et le lui avait transmis. Tout y était : la nature des délits pour lesquels il avait été condamné, les endroits où il avait travaillé, ceux où il avait habité, le récit de son addiction à la drogue et de ses séjours en cure de désintoxication. Sa famille, qui résidait à Los Angeles, affirmait ne plus avoir aucun contact avec lui depuis près de trois ans. Skye avait lu l'ensemble des documents avec attention, mais elle n'en savait pas plus sur lui que dix jours auparavant, quand il lui avait tiré dessus. La question essentielle restait posée : était-ce Oliver qui avait envoyé Bishop ? Sinon, qui l'avait embauché ?

Elle aurait voulu dissiper ces interrogations obsédantes, mais bien que David fasse tout son possible pour percer le mystère qui la liait à Bishop, ils se perdaient toujours en conjectures.

Ils s'étaient appelés à plusieurs reprises depuis la réception et s'appliquaient l'un comme l'autre à éviter les sujets personnels. David s'était montré curieux de savoir comment son déjeuner avec le maire et le sénateur s'était déroulé. Elle lui avait relaté l'événement avec d'autant plus d'enthousiasme qu'il s'était merveilleusement bien passé : le maire avait accepté de plaider leur cause auprès des policiers de Sacramento afin qu'ils acceptent de collaborer plus efficacement avec La Contre-attaque. Quant à Denatorre, il lui avait réitéré son soutien. David l'avait félicitée, bien sûr… mais il avait peu de nouvelles positives à lui annoncer, et devenait chaque jour un peu plus tendu.

C'était le cas ce soir, d'ailleurs.

— Qu'est-ce qui ne va pas ? demanda-t-elle comme il restait silencieux.

— Je ne trouve rien qui relie Burke à Bishop, lâcha-t-il d'une voix pleine de frustration. J'ai passé en revue l'ensemble des annuaires de lycée, interrogé plus d'une centaine de personnes, mis la pression sur les proches d'Oliver… en vain.

— Et ses parents ?

— Je n'ai réussi à les joindre qu'aujourd'hui. Quand Mme Burke a fini par décrocher, elle a menacé de poursuivre la ville pour harcèlement si je n'arrêtais pas de laisser des messages sur leur répondeur.

— Que lui as-tu dit ?

— Je lui ai demandé si le nom de Lorenzo Bishop lui disait quelque chose.

— Et qu'a-t-elle répondu ?

— Rien. Elle m'a raccroché au nez, fit David.

— Et Jane ? Tu l'as appelée ?

— Bien sûr. Elle a fondu en larmes en affirmant qu'elle n'avait jamais entendu parler de Bishop, et qu'elle ne comprenait pas de quoi il retournait.

Incapable d'affronter la perspective de rentrer une fois de plus à la nuit tombée, Skye avait quitté son bureau vers 16 heures pour profiter du ciel bleu et de la douceur de cette journée de fin janvier.

Le trajet du retour avait donc été agréable. Mais maintenant qu'il commençait à faire sombre, une angoisse familière commençait à lui nouer l'estomac.

— Tu ne trouves peut-être rien, parce que Bishop n'a aucun lien avec Burke, répliqua-t-elle d'une voix éteinte.

— Il doit y en avoir un, pourtant !

— Il a peut-être été embauché par quelqu'un d'autre… Kevin Sheppard, par exemple. Il était furieux contre moi quand j'ai refusé de le recruter comme bénévole.

— Ce n'est pas lui.

— Comment peux-tu en être sûr ?

— Parce que j'ai effectué une petite enquête à son sujet. Il s'est installé dans le Texas, non loin de chez sa mère, et rien ne le relie à Bishop.

— Et le mari de Tamara Lind ?

— Layne ? Tamara s'est remise avec lui avant que Bishop ne s'introduise chez toi. Il n'a plus de raison de vouloir se venger de La Contre-attaque !

Skye n'approuvait pas du tout la décision de Tamara. Elle avait tout fait pour la convaincre de ne pas retourner auprès de son mari, mais la jeune femme n'avait rien voulu entendre.

— Il me déteste, pourtant.

— Il te reproche de t'être immiscée dans son mariage, précisa David. C'est une tête brûlée… Il est capable de s'en prendre à toi sous le coup de la colère, mais pas de préméditer une agression et d'embaucher quelqu'un. Ce n'est pas son genre. De toute façon, j'ai eu beau chercher, je ne lui ai trouvé aucun lien avec Bishop.

Elle ouvrit le placard de sa cuisine et regarda le test de grossesse qu'elle avait acheté trois jours plus tôt. Chaque soir, en rentrant chez elle, elle se disait qu'il était temps de savoir…

Et chaque soir, elle reculait le moment de l'utiliser, tant elle craignait d'en découvrir le résultat. Que ferait-elle s'il se révélait positif ?

En parlerait-elle à David ?

A quoi bon le faire ? Pourquoi le torturer davantage ? Elle refusait qu'il se sente obligé de reconnaître l'enfant. Si elle était effectivement enceinte, elle l'élèverait seule.

Malgré les changements que cette naissance occasionnerait dans sa vie…

— Qui a recruté ce type, alors ? reprit-elle brusquement, consciente d'avoir laissé le silence s'installer sur la ligne.

— Noah.

— Je te l'ai dit : je ne crois pas qu'il soit capable d'un truc pareil.

— J'ai quand même vérifié… mais tu as raison : je n'ai rien trouvé qui l'associe à Bishop.

Refermant vivement la porte du placard, elle regagna le salon pour vérifier qu'elle avait bien baissé les stores. Depuis les agressions de Burke et de Bishop, elle vivait avec la sensation permanente d'être observée.

— Ça ne me surprend pas. Et Jane ?

— Elle n'a pas l'argent nécessaire pour engager quelqu'un, affirma-t-il.

Skye repensa au rêve de Jasmine. C'était inquiétant qu'une Kate y soit mentionnée, mais ce n'était peut-être qu'une simple coïncidence. Comment supposer que Jane ait pu conspirer contre elle ? Cela semblait peu probable — même si la colère et la dépression poussaient parfois certaines personnes à accomplir des actes inavouables.

— N'oublions pas que Bishop se droguait et que les toxicos acceptent souvent de faire des trucs dingues pour presque rien ! argua t elle.

— Tu as raison. Je vais continuer à chercher.

— Merci.

Ils avaient fait le tour du sujet, mais aucun des deux ne souhaitait raccrocher. Elle ferma les yeux. Elle aspirait si fort à l'intimité qu'il refusait de lui offrir !

— Skye… Au sujet de ce qui s'est passé au Hyatt…, commença-t-il d'un ton hésitant.

Elle crispa les doigts sur le téléphone en comprenant pourquoi il n'avait pas mis un terme à la communication.

— Ce qui s'est passé n'a aucune importance, dit-elle vivement. Ne t'inquiète pas.

— Il faut que je sache si tu es enceinte.

— Non, répondit-elle en priant pour que ce soit le cas.

— Tu en es sûre ?

Le soulagement qui teintait sa voix ne lui laissa guère de choix.

— Oui.

— Pardonne-moi. Je n'aurais jamais dû te mettre dans cette situation — pas avec tout ce que tu traverses en ce moment.

— Ne t'en fais pas. C'est déjà oublié, murmura-t-elle en se dirigeant de nouveau vers le placard de la cuisine.

— Vraiment ? Ce n'est pas mon cas, avoua-t-il en raccrochant.

Elle reposa le combiné sur sa base avec un profond soupir. *Tu n'es pas enceinte*, se répéta-t-elle pour la centième fois de la soirée. Ils n'avaient fait l'amour qu'une fois, et elle était en fin de cycle… Le risque de grossesse était vraiment minime, non ?

Après quinze longues minutes de lutte contre elle-même, la raison l'emporta — et elle s'enferma dans la salle de bains avec le test. Elle suivit scrupuleusement les instructions, puis elle attendit, suspendue au résultat.

Ça va aller… Ça va aller… Ça va aller, chantonnait-elle

comme une rengaine. Quand l'indicateur vira au rose, elle se tut. Et songea que ça n'allait pas du tout, au contraire.

Oliver retourna la coupure de presse qu'il conservait depuis plus d'une semaine, et déposa un trait colle à chaque coin. Puis il la positionna sur une page de son carnet, aussi consciencieusement qu'il l'avait fait pour toutes les autres photos.

Quand ce fut fait, il se carra contre le dossier du fauteuil et fixa la photo de Skye dans les bras de l'inspecteur Willis. La façon dont celui-ci l'étreignait ne trompait pas : il la désirait. Oliver avait donc vu juste dès le début. Ce cliché prouvait que le flic courait après Skye. Maintenant qu'il était divorcé — Oliver l'avait vérifié en ligne sur les registres municipaux le matin même — rien ne l'empêchait de se rapprocher d'elle.

Skye lui rendait-elle son intérêt ? C'était possible. L'inspecteur était un homme séduisant, athlétique. Oliver aimait les imaginer en train de faire l'amour, mais il aimait plus encore l'idée de forcer David à le regarder *lui* en train de coucher avec Skye. Il existait des drogues qui pouvaient paralyser sans entamer la conscience. Il avait déjà établi quelques contacts sur internet avec des revendeurs susceptibles de lui en procurer.

Il se représenta David avachi sur un siège, incapable de se mouvoir, condamné à le regarder violer Skye. L'image fut si puissante qu'elle lui procura une érection — la première depuis son retour de l'hôpital.

— Oliver ? Tu es là ? appela Jane derrière la porte.

Pile au bon moment, pensa-t-il en refermant son carnet.

Il le glissa entre la tête du lit et le mur, puis il ôta son pantalon et se positionna de biais dans le fauteuil afin de mettre en évidence ce qu'il avait à offrir.

— Entre.

Elle ouvrit la porte avec hésitation. La dernière fois qu'elle l'avait dérangé, il lui avait crié dessus. Ce n'est pas qu'il voulait être méchant — il s'était toujours montré gentil avec elle jusqu'à présent — mais il avait du mal à s'adapter à sa nouvelle situation.

Baissant les yeux sur ce qu'il exhibait, elle ne sourit pas. Et ne se rapprocha pas, malgré les années écoulées depuis leur dernière étreinte.

— Où est Kate ? demanda-t-il.

Elle battit plusieurs fois des paupières avant de répondre.

— Sa copine… Sa copine Valérie l'a invitée à passer la nuit chez elle, annonça-t-elle d'une voix rauque.

— Nous avons donc un peu de temps pour nous, fit-il en lui lançant son sourire le plus enjôleur.

— Es-tu sûr de te… sentir assez bien ? Je ne voudrais pas… te faire mal.

Ah ! Voilà pourquoi elle semblait si réticente… Il comprenait mieux, à présent.

— Ne t'inquiète pas. Je refais du vélo depuis quelques jours, et tout se passe bien. Viens !

En la voyant hésiter, il faillit en perdre ses moyens, et la colère qui couvait en lui depuis son retour le submergea. Jane ne comprenait rien à rien ! Il faisait pourtant des efforts pour redevenir le mari qu'il avait été… mais elle n'en paraissait même pas reconnaissante. Cette petite gourde n'avait pas la moindre idée des difficultés qu'il traversait — au point qu'il devait s'imaginer avec Skye pour avoir une érection !

Il n'aurait pas dû être surpris. Jane était si bête ! La tête pensante de leur couple, c'était lui. Autrefois, il aimait lire dans ses yeux l'adoration qu'elle lui vouait quand il énonçait une conclusion qui dépassait son intelligence ou qu'il utilisait un mot qu'elle ne connaissait pas. Aujourd'hui, plus rien ne la rendait attachante à ses yeux. Il l'évitait, préférant quitter la maison que d'avoir à subir son air apitoyé. Dès qu'elle rentrait du travail, il partait sur la piste cyclable avec son nouveau vélo et se délectait de ses souvenirs… Il se rappelait parfaitement de l'endroit où il avait aperçu Meredith, Amber et Patty pour la première fois. Il repassait aussi souvent sous les fenêtres de l'appartement que Skye habitait à l'époque, pour le seul plaisir de revivre l'instant où il l'avait vue, assise dans une chaise longue sur son balcon. Il l'avait saluée et elle lui avait souri en retour…

— Tu veux faire l'amour ? demanda Jane.

— Et toi ?

— Bien sûr, affirma-t-elle.

Mais quand ils furent au lit et qu'ils commencèrent à s'embrasser, il perdit tous ses moyens. Elle tenta de le caresser — en vain.

— Ça m'aiderait peut-être si tu me laissais t'attacher, suggéra-t-il.

— *Quoi ?*

La consternation qui s'afficha sur le visage de sa femme raviva la colère d'Oliver. Etait-ce sa faute à lui s'ils étaient obligés d'en arriver là ? Si elle était un peu plus séduisante, moins négligée et fatiguée, il n'aurait pas de difficultés à lui faire l'amour !

— Ce serait amusant d'essayer de nouveaux jeux, expliqua-t-il patiemment.

Elle se dressa sur un coude pour le regarder dans les yeux.

— Pourquoi as-tu besoin de nouveauté ? Nous n'avons pas fait l'amour depuis plus de trois ans… Tu ne peux pas t'en être déjà lassé !

— Je vois. Tu es toujours aussi vieux jeu, commenta-t-il, sans cacher sa déception.

— Je ne suis pas vieux jeu ! protesta Jane en se mordillant la lèvre inférieure.

— Alors, tu es prête à essayer ?

— Qu'est-ce que tu veux que je fasse ?

— Je te l'ai dit. Laisse-moi t'attacher.

S'adossant contre la tête du lit, elle replia ses jambes sur sa poitrine.

— Avec quoi ?

— Des draps. Ce n'est pas si terrible, hein ?

— Non…, répondit-elle avec hésitation.

Oliver se précipita vers la penderie pour y prendre ce qui l'intéressait, mais quand il revint, elle lui lança un regard apeuré.

— Je ne sais pas si j'ai très envie d'être attachée, murmura-t-elle.

— Je viens de passer trois ans et demi en prison, Jane. Et je ne pensais qu'à une chose : me retrouver enfin avec toi ! Je veux juste rendre ce moment plus particulier, plus... spécial, tu comprends ?

Elle finit par sourire.

— D'accord.

— Tourne-toi.

— Pourquoi veux-tu que je me retourne ?

— Parce que je veux que tu me tournes le dos.

— Mais nous ne pourrons pas nous voir !

Justement, pensa-t-il. Il ne voulait pas la voir. Il devait tout mettre en œuvre pour oublier qu'elle n'était pas celle qu'il désirait.

— Beaucoup de gens font comme ça. Allez, Jane ! Je ne vais pas te faire mal... Est-ce que je t'ai déjà fait mal ?

— Non. Je sais que tu ne me feras pas de mal, déclara-t-elle comme pour s'en convaincre.

Elle prit une profonde inspiration, cessa de froncer les sourcils, et se retourna pour le laisser l'attacher.

— C'est trop serré ! se plaignit-elle quand il eut fini.

Il ne desserra pas les nœuds, au contraire : leur petit scénario commençait tout juste à l'exciter.

— Ce ne sera pas drôle si tu peux te libérer facilement.

— Mais les draps me coupent la circulation !

— Ça ne sera pas long. Reste tranquille, je vais aussi te bander les yeux.

Oliver sortit de son tiroir à chaussettes le bandana qui lui servait à nettoyer ses lunettes de lecture, et entreprit de le poser sur ses yeux. Elle gémit et bougea la tête, lui rendant la tâche difficile.

— Pourquoi tu veux, en plus, me bander les yeux ? se plaignit-elle.

Pour que tu ne voies pas la lame de vingt centimètres que je viens d'acheter. Il n'avait pas prévu d'essayer son couteau avec elle, évidemment. Il voulait juste le sentir entre ses doigts pendant qu'il s'amusait un peu.

— Ce n'est qu'un petit jeu de soumission sexuelle, Janey, assura-t-il en utilisant son petit nom pour la calmer. Détends-toi, d'accord ? Tous les couples y jouent de temps en temps.

— Je ne veux pas avoir les yeux bandés ! répéta-t-elle.

Mais elle était déjà ligotée, et le simple fait de la voir se tortiller, gémir et se débattre, fit réagir son bas-ventre. Satisfait, il baissa les yeux vers son sexe. Tout compte fait, il n'aurait aucun problème à aller au bout de ses fantasmes avec son épouse.

— Oliver, arrête ! gémit-elle. Je n'aime pas ce que tu fais.

C'était précisément la raison pour laquelle *il* aimait tant ça. Il aurait voulu lui mettre le couteau sur la gorge et sentir la tiédeur de son sang sur ses mains. Ça la ferait taire, en tout cas ! Le souvenir des cris plaintifs et étouffés des autres filles durcit encore son érection.

— Allez, Jane… S'il te plaît, plaida-t-il. Je sors de prison. Tu n'as pas envie de me faire plaisir ?

— Si, mais… je ne me sens pas bien dans cette position. C'est humiliant ! murmura-t-elle en cessant de se débattre.

Il ne pouvait pas la forcer : elle risquait d'aller se plaindre auprès de sa famille, ce qui briserait l'image de candeur et d'innocence qu'il s'était évertué à leur transmettre.

— Je sais, mais c'est pour moi que tu le fais. S'il te plaît ? Tu pourras m'attacher après.

Jane resta silencieuse.

— Jamais je ne te ferais de mal, insista-t-il.

— Je sais, répéta-t-elle.

Mais en la voyant attachée, les yeux bandés, il craignit de perdre le contrôle de lui-même. D'autant qu'il s'était emparé du couteau… Il n'était plus le type que l'on pouvait pousser à bout. Il imposait le respect, à présent. La *vie* de sa femme était entre ses mains, une vie qu'il pouvait prendre d'un mouvement du poignet.

— Qu'est-ce que c'est ? demanda-t-elle, effrayée, quelques minutes plus tard. Qu'est-ce que tu as dans la main ?

— Rien, mentit-il en éloignant la lame.

Il lui caressa le cou de sa main libre, regrettant de devoir se montrer si prudent.

Jane attendit d'être sûre qu'Oliver dorme pour se glisser hors du lit. Il s'était montré brutal avec elle comme jamais auparavant. Et même s'il avait essayé de la consoler ensuite en l'embrassant, en l'étreignant et en la remerciant à plusieurs reprises d'avoir joué le jeu, elle était paniquée — terrorisée, même. Etait-ce la prison qui avait provoqué ces changements en lui, ou n'avait-elle fait que révéler des instincts qu'il dissimulait jusque-là ? Il fallait qu'elle parle à Noah. Skye Kellerman n'avait peut-être pas menti, après tout…

Elle se faufila dans la salle de bains et ferma précautionneusement la porte derrière elle, avant d'allumer la lumière. Elle se regarda dans le miroir. Avec ses cheveux blonds et sa nouvelle coupe, elle était réellement différente. Après avoir examiné son visage, elle balaya son corps du regard. Sa poitrine était rouge et douloureuse d'avoir été pressée et pincée. Elle avait des marques de dents sur une épaule, et Oliver avait frappé ses fesses si fort qu'elles étaient rouges comme après un coup de soleil. Il n'avait pas été jusqu'au sang, mais ce à quoi il s'était livré ne s'appelait certainement pas *faire l'amour.*

La cruauté dont il avait fait preuve était aussi choquante que terrifiante. Il avait un objet dans sa main droite qu'il n'avait pas voulu qu'elle voie : il avait fait en sorte de le tenir hors de sa portée, mais elle avait senti quelque chose de dur et de plat lui toucher le bras quand il s'était affalé à son côté après en avoir terminé avec elle.

Jane regarda ses mains gonflées. Avait-il perdu la tête ? A aucun moment, il ne s'était soucié des nœuds trop serrés qui lui coupaient la circulation. Il n'avait même pas tenu sa promesse de ne pas faire durer trop longtemps l'expérience : chaque fois qu'il était sur le point de jouir, il se retenait, attendait quelques minutes, puis répétait le même cycle encore et encore comme s'il voulait faire traîner la séance.

Sentant les larmes affluer à ses paupières, elle retint son souffle, à l'affût du moindre bruit dans la pièce voisine. Rien. Oliver dormait profondément. Ce qu'il lui avait fait — et qu'elle ne pouvait considérer comme un acte anodin et banal — semblait l'avoir satisfait plus complètement que tout ce qu'ils avaient pu faire par le passé.

Encouragée par le silence qui régnait dans la chambre, elle se saisit de son peignoir suspendu près de la douche, ouvrit la porte sans faire de bruit et se glissa dans la cuisine. Elle avait préparé un pâté à la viande pour le dîner, et l'odeur d'oignons flottait encore dans l'air, se mêlant à celle de la moisissure qui imprégnait les murs. Elle avait pensé toucher le fond quand Oliver avait été condamné pour un crime dont elle le croyait innocent, et elle s'était alors tournée vers Noah pour l'amour et le soutien qui lui manquaient. Mais être mariée à un ancien prisonnier, dont elle finissait par envisager la culpabilité dans une tentative de viol, et peut-être même dans plusieurs meurtres, était pire encore. Elle devait le fuir — et emmener Kate avec elle.

Mais Oliver avait vidé son compte courant pour s'acheter un vélo. Il avait également insisté pour qu'elle achète du filet mignon et du champagne pour fêter son retour. Elle l'avait fait, espérant que ces agapes les aideraient à se retrouver, mais elles n'avaient constitué qu'une extravagance de plus. Quand elle avait annoncé à son mari qu'elle était à découvert, il avait répondu avec un haussement d'épaules que le boucher pouvait leur faire crédit. Elle avait alors ajouté que la banque lui retenait des frais sur chaque chèque sans provision, mais il avait clos la conversation sur un « Tu crois que je ne vaux pas ces petites dépenses ? » avec un regard mauvais.

Elle prit son téléphone, posé sur le plan de travail encombré de la vaisselle sale du dîner — qu'elle devrait faire avant d'aller au travail le lendemain matin — et sortit dans le jardin pour composer le numéro de Noah.

— Allô ?

— Wendy, c'est Jane, dit-elle en entendant la voix ensommeillée de sa belle-sœur.

Il y eut un long silence au bout de la ligne. Quand Wendy reprit la parole, elle était totalement réveillée.

— Qu'est-ce qui ne va pas, Jane ? Tes toilettes sont encore bouchées ?

Jane sentit son cœur battre plus vite. Wendy se doutait-elle de quelque chose ? Avait-elle tout découvert ? Ou Noah lui avait-il tout avoué ? La seconde hypothèse semblait plus vraisemblable... mais elle ne pouvait pas se permettre de réagir à l'ironie qu'elle avait perçue dans la réponse de sa belle-sœur.

— Non. C'est au sujet d'Oliver. Je... Il faut que je parle à Noah, si ça ne te gêne pas.

— Ça ne peut pas attendre demain matin ?

Probablement, songea Jane. Maintenant qu'Oliver était endormi, elle ne courait plus de risques. Et elle se lèverait bien avant lui le lendemain. Mais elle se sentait si... blessée, si maltraitée et... si mal aimée !

— Je... Je suis dé... désolée, Wendy, s'excusa-t-elle en fondant en larmes.

— Ecoute, je sais que tu as traversé des moments difficiles, mais maintenant qu'Oliver est de retour, tu dois cesser de te tourner sans cesse vers mon mari.

— Mais cela *concerne* Oliver !

— Il vous faut du temps pour vous retrouver, mais tu vas surmonter tout ça. Je dirai à Noah de t'appeler dans la matinée. Ou mieux, poursuivit-elle, tu devrais plutôt en parler avec Betty ou Maurice.

Jane en était sûre, à présent : Noah avait tout dit à sa femme. Il s'était soulagé la conscience. Wendy s'était toujours comportée amicalement, et elle se montrait généreuse aujourd'hui encore... mais son refus n'en était pas moins douloureux. Jane se sentit totalement vulnérable. Ecorchée vive.

— D'accord, je comprends. Je..., commença-t-elle, luttant contre le nœud qui lui serrait la gorge. Je les appellerai demain.

— Parfait, approuva Wendy en raccrochant.

Elle résista à l'envie de se rendre chez Noah et de lancer

des cailloux contre ses carreaux pour attirer son attention. Il ne pouvait pas la renvoyer si facilement. Il tenait encore à elle, chercha-t-elle à se convaincre. Il ne pouvait pas en être autrement. Il n'y a pas si longtemps, ils avaient fait l'amour à son bureau et…

Percevant du bruit derrière elle, elle fit volte-face. Oliver l'observait par la fenêtre. Il la dévisageait si froidement qu'elle se figea, incapable d'esquisser le moindre mouvement.

Il quitta la fenêtre pour aller ouvrir la porte.

— Qu'est-ce que tu fais ?

Etait-ce son imagination ou semblait-il méfiant ?

— J'appelais Wendy. Elle… elle voulait que je lui coupe les cheveux dans la matinée, mais en m'endormant je me suis rappelé que j'avais un autre rendez-vous, balbutia-t-elle.

— Il est plus de 1 heure du matin. N'est-ce pas un peu tard pour la déranger ?

— J'ai pensé qu'elle ne dormait peut-être pas. Elle… Elle regarde souvent des films, tu sais ! Et je ne voulais pas qu'elle se lève tôt pour rien.

Jane se mit à trembler. Son peignoir n'était pas très épais et elle était nue dessous, mais il se tenait devant l'entrée, l'empêchant de passer.

— Je suis sortie pour ne pas te réveiller, s'empressa-t-elle d'ajouter.

— Tu ne vas pas faire toute une histoire pour une petite séance de bondage de rien du tout ?

Sa question prouvait qu'il n'avait pas complètement avalé son histoire de rendez-vous dans le salon. Très raide dans son pyjama, les yeux rivés sur elle, il attendait sa réponse.

— Bien sûr que non ! mentit-elle.

— Alors, tu as aimé ?

Chaque cellule de son corps avait détesté l'expérience, mais elle se força à sourire.

— Ce n'était pas si mal.

— Le sexe est un partage entre un mari et sa femme. Tu le comprends ?

— Bien sûr.

— Et ce qui se passe dans une chambre à coucher reste dans la chambre à coucher, d'accord, Jane ?

La douceur de sa voix était trompeuse. Elle venait de l'apprendre à ses dépens au cours des dernières heures.

— Oui. Ça ne regarde que nous, approuva-t-elle.

Il s'effaça pour la laisser entrer sans chercher à la toucher ni à lui prendre la main. Elle demeura seule dans la cuisine, le regard perdu dans l'obscurité.

20

— J'ai trouvé le lien.

Skye se retint de poser la main sur son ventre tandis que David se levait pour tirer la chaise devant elle. Disposant de nouveaux renseignements, il l'avait appelée peu avant midi pour lui demander de le rejoindre au California Bar & Bistro, ce qu'elle avait accepté.

Elle aurait eu quelque chose à lui annoncer, elle aussi, si elle avait pris la décision de lui parler du bébé. Cela faisait à peine vingt-quatre heures qu'elle se savait enceinte, et elle n'avait pas eu le temps de s'habituer à cette idée.

— Ne me dis pas que c'est Jane, répliqua-t-elle, surprise.

— Non, c'est Noah.

Noah ? Skye s'interrompit à l'approche de la serveuse qui lui apportait un verre d'eau, mais toute son attention était tournée vers David.

— Tu disais pourtant que rien ne le reliait à Bishop !

— J'avais tort. Bishop a travaillé pour lui sur un chantier.

— Tu en es sûr ? NSL Construction n'apparaît jamais sur son C.V. ! s'étonna Skye.

— C'est vrai, mais il a travaillé pour un des sous-traitants de Noah pendant presque un an. Ça n'apparaît nulle part parce que c'était au noir.

— Il a été payé en espèces ?

— Exactement.

— Comment l'as-tu découvert ?

— J'ai attendu que Noah quitte le bureau et je suis allé faire un brin de causette avec sa secrétaire.

— Elle se souvenait de Bishop ? demanda Skye en pensant à la jeune femme mince et élancée qu'elle avait vue quand elle s'était rendue à NSL Construction.

— Non, mais elle m'a donné la liste de tous les sous-traitants avec lesquels ils ont travaillé ces dernières années. Il y a quelques jours, j'ai envoyé à chacun d'eux une photo de Bishop, et ce matin un des employés de C & L Concrete, qui a vu la photo avec la demande d'information traînant sur le bureau de son patron, m'a appelé pour me signaler qu'il avait travaillé avec lui à différentes occasions.

Elle se pencha vers David pour ne pas être entendue par les clients, venus nombreux comme tous les vendredis.

— Penses-tu que Noah le connaissait assez bien pour l'engager dans le but de me tuer ?

— Ce n'est pas si improbable que tu pourrais le croire. Patrons et employés se côtoient sur un chantier, c'est tout à fait banal, et à force de se voir tous les jours, ils finissent par se rencontrer.

Elle secoua la tête.

— Je n'imagine vraiment pas Noah envoyer Bishop chez moi.

La serveuse vint prendre leur commande et Skye jeta un coup d'œil au menu. Elle choisit une salade au poulet tandis que David optait pour un burger au bacon.

— Je ne suis pas encore sûr des implications de ce que je viens de découvrir, poursuivit-il, mais cela nous donne le début d'une piste.

— Jane pourrait peut-être en dire plus. Elle connaît aussi intimement Noah qu'Oliver.

— Elle a du mal à tenir le coup. Je crains qu'elle ne soit au bord de la dépression nerveuse.

— C'est à ce point ?

— Je me suis arrêté au salon, hier. Dès qu'elle m'a vu, elle a couru s'enfermer dans les toilettes, et elle n'en est pas ressortie.

Skye l'écoutait avec une inquiétude croissante — et d'autant plus surprenante que Jane ne lui avait témoigné que de l'animosité jusqu'à présent.

— Et Kate, sa fille ?

— Elle va bien. C'est la mère de Burke qui s'en occupe le plus clair du temps, annonça-t-il avant de boire une gorgée d'eau fraîche. J'ai bien envie d'aller parler à la femme de Noah... Wendy a été particulièrement silencieuse tout au long du procès, mais je pense qu'elle a une vue d'ensemble sur la situation. Elle m'a toujours fait l'effet d'une personne raisonnable. Avec un peu de chance, je parviendrai à lui parler...

— Peut-être serait-elle mieux disposée avec moi ?

Il haussa les sourcils.

— Tu plaisantes ? Pour les Burke, tu es le diable incarné !

— C'est vrai, mais je ne suis pas aussi impressionnante qu'un officier de police. Et de toute la famille, Wendy était la seule qui me regardait sans méchanceté pendant le procès.

— Tu penses qu'elle était de ton côté ?

— Non, elle croyait à sa version à lui — à savoir que je l'aurais attaqué sous l'emprise de la drogue — mais elle estimait que j'étais convaincue par ce que je disais.

— Je n'ai pas très envie que Noah te voie en train de parler à sa femme, objecta David d'un air sombre.

— Je n'en ai pas envie non plus, répondit-elle en jouant distraitement avec ses couverts. Mais ce sera peut-être nécessaire...

Elle n'était plus très sûre de pouvoir déjeuner, en fait. Evoquer la possible culpabilité de Noah et la fragilité de Jane lui avait coupé l'appétit. Et puis, sa grossesse occupait toutes ses pensées. Elle ne pensait même qu'à ça. « Je porte ton bébé ! », faillit-elle crier.

— Où puis-je la voir, alors ? se contenta-t-elle de demander.

— A son travail ? suggéra David.

— Que fait-elle ?

Remarquant ses cernes et sa barbe naissante, elle sentit son cœur se serrer. Il ne dormait pas assez, manifestement.

— Elle est dans l'enseignement. Elle fait des remplacements.

— Ça risque de nous compliquer la tâche, marmonna-t-elle. Si elle change d'école toutes les semaines, on aura du mal à la retrouver !

— Je vais voir ce que je peux faire… Je t'appellerai quand j'aurai trouvé le bon endroit et le bon moment.

— D'accord, acquiesça-t-elle.

Ils tendirent le bras en même temps pour attraper la salière. Quand leurs mains se touchèrent, elle s'attendit à ce qu'il retire la sienne tout de suite… mais il emmêla ses doigts aux siens en un geste tendre et sensuel. Ce simple contact suffit à éveiller en elle le désir de se donner de nouveau à lui. Bien plus longuement et plus doucement que la première fois.

— Tu es si belle !

— Je croyais que nous devions éviter de tout compliquer ?

Elle voulut se dégager, mais il la retint.

— Je n'ai plus envie de résister. Je veux passer plus de temps avec toi.

Elle sentit sa poitrine se serrer, craignant de comprendre.

— Et Lynnette ?

— Je le lui ai dit.

Elle baissa les yeux sur leurs doigts entremêlés. Envisageait-il une liaison d'une semaine ou deux avant de retourner vers son ex-femme ?

— Je ne sais pas, David.

Elle ne voulait pas d'une brève aventure. Elle voulait l'épouser, fonder une famille avec lui.

Mais toute relation durable ne devait-elle pas avoir un début ?

— Ne dis pas non, chuchota-t-il.

— Tu gardes Jeremy ce week-end ?

— Non, pas ce week-end.

— Et si tu venais dîner à la maison ce soir ? suggéra-t-elle.

— A quelle heure ? s'enquit-il en lui décochant un sourire enjôleur.

— 19 heures ?

— Parfait.

Lorsqu'il lâcha sa main, elle crut entr'apercevoir Lynnette, en train de les observer derrière la vitre du restaurant.

— Qu'est-ce qu'il y a ? fit David en suivant son regard.

Mais la femme avait déjà disparu.

— Rien, fit-elle distraitement. J'ai cru reconnaître quelqu'un, mais je me suis trompée.

Jane attendit, mais Noah ne la rappela pas. Il avait pourtant dû entendre la sonnerie de téléphone au milieu de la nuit, puis sa conversation avec Wendy… C'est donc qu'il s'en fichait. A bout de nerfs, elle parvenait à peine à travailler. Comment Noah avait-il pu tout avouer à Wendy ? C'était tellement déloyal de sa part, et tellement injuste ! Il n'avait plus qu'à jouer le mari contrit, désormais. A prendre un air penaud pour se faire pardonner… Tandis qu'elle, elle resterait la garce qui avait tout brisé, celle qu'on allait rejeter.

— Qu'est-ce qui ne tourne pas rond chez toi, aujourd'hui ? s'enquit Danielle, agacée de la voir faire tomber ses ciseaux pour la troisième fois.

— Rien, mentit Jane, convaincue que sa collègue ne pourrait pas comprendre ses problèmes.

Si Danielle, mère célibataire qui venait de perdre son seul parent, n'avait pas une vie facile, elle, qui n'avait jamais connu son père, avait aussi perdu sa mère, puis la tante qui l'avait élevée. Et tout ça *avant* de se marier avec Oliver Burke.

Dès que leurs clientes respectives furent parties, Danielle la prit à part.

— Il faut que tu te calmes, ou tu vas finir par te blesser avec tes ciseaux.

Ce qui semblait déjà être le cas : elle s'était rongé les cuticules, provoquant des plaies douloureuses sur chacun de ses doigts qu'elle avait protégés sous des pansements pour ne pas indisposer les clients.

— J'essaie.

Elle mourait d'envie de fumer, mais elle avait encore vingt minutes à patienter avant sa pause.

L'expression de Danielle s'adoucit en voyant les mains de Jane.

— Ecoute… Pourquoi tu ne partirais pas plus tôt ? Je ne

sais pas comment tu peux bosser avec tous ces trucs sur les doigts, de toute façon ! Je vais me débrouiller.

Jane ne sut comment réagir. Au salon, ce genre d'attitude était rare : les coiffeuses étaient bien trop empêtrées dans leurs propres difficultés pour se montrer serviables et altruistes.

— Tu es sûre ? demanda-t-elle.

Si elle partait maintenant, Danielle devrait rester plus tard, ce qui écourterait le temps qu'elle passait avec son fils. Celle-ci insista néanmoins, la poussant vers la sortie.

— Je suis sûre. Prends tes affaires et file ! ajouta-t-elle d'un ton bourru.

Jane sentit une vague de soulagement et d'espoir déferler sur elle. Il était encore tôt et, avec un peu de chance, elle trouverait Noah au bureau. Il travaillait jusqu'à 18 heures le vendredi pour boucler la semaine.

Attrapant son sac et ses clés, elle sortit du salon en courant presque, et traversa le quartier à vive allure pour se rendre à NSL Construction.

En arrivant, elle repéra l'arrière de sa camionnette dans l'allée — là où il la garait toujours. La chance était avec elle. « Cela va bien se passer. Ne t'inquiète pas. Calme-toi », se répéta-t-elle pour se donner du courage.

La voiture de la secrétaire n'était pas sur le parking. Noah était donc seul. Elle allait pouvoir lui parler de l'humiliation qu'elle avait subie, des doutes qui la tenaillaient et de la peur qui ne la quittait plus.

— Noah ? Noah, c'est moi ! cria-t-elle en cognant à la porte. S'il te plaît, réponds-moi.

Pas de réponse. Elle continua à tambouriner, refusant d'abandonner. Quand il finit par se montrer, il se contenta d'entrouvrir la porte de quelques centimètres en se tenant dans l'entrebâillement pour l'empêcher d'entrer.

— Il… Il faut que je te parle ! déclara-t-elle, le souffle court.

Il fronça les sourcils, une lueur de désapprobation au fond des yeux.

— Je ne peux pas te laisser entrer, Jane. J'ai promis à Wendy de ne plus rester seul avec toi, et j'ai bien l'intention de tenir cette promesse. Si tu as besoin de quelque chose, tu vas devoir te tourner vers ton mari.

— Comment as-tu pu le dire à Wendy ? murmura-t-elle.

— Il le fallait. C'était la seule façon de mettre un terme tout ce gâchis… et d'être sûr que je ne céderais pas une nouvelle fois.

— Et *moi* ?

— C'est mieux pour nous deux. Tu vas pouvoir te consacrer à Oliver, maintenant. Je ne veux pas être un obstacle entre vous. Qui y gagnerait ? Personne. Nos deux familles seraient perdantes.

— Mais… Oliver m'a fait mal la nuit dernière. Il n'est plus le même. Il est… dangereux. Très dangereux !

Elle se raidit au son de sa propre voix, consciente de parler trop vite. L'affolement lui ôtait toute crédibilité, mais il fallait qu'elle parle. Qu'elle lui raconte tout.

Noah leva les yeux au ciel.

— Ça suffit ! Oliver a souffert plus que nous tous réunis ! Et maintenant, il doit repartir de zéro, sans savoir comment il va subvenir aux besoins de sa famille.

— Je me fiche de sa souffrance ! Je crois qu'il a tué ces filles et qu'il a essayé de violer Skye Kellerman. Il va recommencer. Ce n'est qu'une question de temps.

Il leva la main, lui intimant le silence.

— Tu es en plein délire. Il n'a rien fait, d'accord ? Il n'a rien fait ! répéta-t-il.

Elle jeta un coup d'œil au parking désert. Elle ne voulait pas lui parler de son couple en pleine rue, mais Noah ne lui laissait pas le choix. Elle savait qu'il n'enfreindrait pas la règle instaurée par Wendy.

— La nuit dernière, Oliver et moi nous avons fait l'amour pour la première fois depuis longtemps.

— Je ne veux pas que tu me parles de ça non plus, décréta-t-il en grimaçant. Vis ta vie et sois heureuse, d'accord ? Rends mon frère heureux.

Il recula, mais elle s'agrippa à la porte pour l'empêcher de la fermer.

— Il *faut* que tu m'écoutes. Je ne sais pas vers qui me tourner. Je ne sais pas si je deviens folle ou s'il est réellement dangereux, mais je crois qu'il l'est vraiment. La nuit dernière, il a insisté pour m'attacher, me bander les yeux et me prendre par-derrière. J'ai détesté ça, mais il s'en fichait pas mal ! Lui, par contre, il a aimé. Plus je gémissais et suppliais, plus ça l'excitait…

— Il t'a fait mal ? la coupa-t-il.

— Oui !

— Comment ?

Elle essaya de se souvenir. Il ne l'avait pas blessée physiquement : c'était sa manière de se comporter avec elle qui l'avait horrifiée. Indifférent à ce qu'elle ressentait, il ne s'était soucié que de son propre plaisir.

— Il… il m'a pincé les seins.

— Il t'a pincé les seins ! répéta-t-il d'un ton ironique.

— Très fort, ajouta-t-elle.

Il se pencha pour la regarder plus attentivement.

— C'est tout ? Beaucoup d'hommes le font !

— Il m'a mordue, aussi.

Elle tira sur le col de son pull pour découvrir son épaule et lui montrer là où Oliver l'avait mordue.

Ne distinguant rien, Noah secoua la tête.

— Vous avez besoin de vous faire aider par un spécialiste.

— Je te jure qu'il m'a mordue. Il ne m'a pas fait saigner, c'est tout.

— Ça m'est arrivé de te mordiller, Jane, et tu aimais ça.

— C'était différent. Là, ce n'était ni un jeu ni de l'amour. Ça n'avait rien à voir avec les sentiments. J'ai ressenti sa haine. Une haine *intense*.

— Arrête. Je sais qu'Oliver t'aime. Quand nous nous sommes retrouvés à déjeuner, aujourd'hui, il m'a confié que vous aviez fait l'amour toute la nuit et que tu étais une femme merveilleuse — une vraie tigresse, a-t-il précisé.

Ce commentaire la laissa sans voix. Oliver savait qu'elle avait appelé Wendy, la veille, et il s'était débrouillé pour limiter les dégâts que son coup de fil nocturne avait pu créer.

En racontant sa propre version des faits à Noah, Wendy et ses parents, il ôtait tout crédit à ce qu'elle pourrait dire par la suite.

Elle frissonna. Oliver était d'une intelligence diabolique.

— Si tu ne m'écoutes pas, j'irai voir tes parents, annonça-t-elle. Et je leur raconterai tout !

— Je t'interdis de faire ça ! cria-t-il en l'attrapant par le bras.

Il la fit pivoter vers lui, submergé par une colère qu'elle ne lui avait jamais vue.

— Mes parents ont assez souffert comme ça, tu entends ? Ils ont assez pleuré. Ils se sont presque ruinés pour vous aider tous les deux. Ils vieillissent. Ne leur balance pas ça au visage !

— Mais je dois les avertir ! Je dois nous protéger, Kate et moi.

— D'un mari qui veut s'envoyer en l'air avec toi ? Tu m'as laissé le faire aussi souvent que je voulais, et je ne t'ai jamais entendue te plaindre.

— Mais tu le voulais aussi, lui rappela-t-elle, choquée par la virulence de ses propos.

— C'est vrai, mais j'ai changé. Ne comprends-tu pas que nous deux, c'est fini ? martela-t-il.

Elle ne put contenir le sanglot qu'elle sentit monter dans sa gorge. Qu'avait-elle fait pour mériter cela ? La terre entière s'était liguée contre elle.

— Mais il… il m'a attachée, alors que je le suppliais de ne pas le faire, bredouilla-t-elle Il m'a pincée, m'a frappé les fesses, mordu l'épaule… C'était horrible !

Il la regarda plus attentivement, et elle perçut dans ses yeux une lueur d'inquiétude qui lui donna l'impression de retrouver l'ancien Noah, celui qui l'avait aimée.

— Il a utilisé des cordes ?

— Non, des draps.

Noah refusa d'entendre le reste. Il lui fit signe de partir, répétant le mot « draps » comme s'il n'avait jamais rien entendu d'aussi ridicule.

— Il les a serrés très fort, insista-t-elle en lui emboîtant le pas. Ce n'était pas un jeu sexuel normal. Tu n'y étais pas… Tu n'as pas vu à quoi ça ressemblait !

Il se retourna vers elle avant de s'engouffrer dans son bureau.

— Le problème, c'est toi, Jane. Ce n'est pas lui. Tu es en train de craquer. Tu as besoin d'une thérapie et d'une bonne dose de Prozac.

Il lui claqua la porte au nez et la verrouilla.

Par la porte vitrée, elle le regarda s'éloigner, s'attardant sur sa silhouette mince et élégante, et les larmes inondèrent son visage. Elle avait couché avec lui, elle l'avait tellement *aimé* !

Mais il n'avait jamais été *son* homme. Même aux meilleurs moments de leur liaison, il n'avait jamais envisagé de quitter Wendy pour elle. Et maintenant qu'il l'avait quittée, elle demeurait mariée à un psychopathe qui l'attendait pour faire le dîner.

Depuis qu'il avait accepté l'invitation de Skye, David avait du mal à penser à autre chose, même si sa culpabilité envers Lynnette et Jeremy le tenaillait toujours. Il n'éprouvait plus aucun désir pour son ex-femme : seule la compassion l'incitait à prendre de ses nouvelles. Comment, dans ces conditions, imaginer que leur couple avait encore une chance de fonctionner ? Il foncerait droit dans le mur en se remariant avec elle s'il ne le *voulait* pas vraiment.

D'un autre côté, il ne savait pas où le mènerait sa relation avec Skye. S'il faisait d'elle la belle-mère de Jeremy et la mère de ses prochains enfants, Lynnette en souffrirait énormément — même s'il veillait à la soutenir dans sa lutte contre la maladie. Quant au travail de Skye, qui la mettait en perpétuel danger, saurait-il s'en accommoder ?

Plus les questions s'accumulaient, plus il se sentait gagné par une impuissance qui lui faisait presque regretter de ne pas être capable de retourner à sa vie d'avant, de se réconcilier avec Lynnette et de reprendre avec elle le cycle infernal. Mieux valait ne pas anticiper, en avait-il conclu. Vivre au jour le jour sans chercher à résoudre tous ses problèmes d'un seul coup… Or, cette journée promettait de se terminer en beauté, puisqu'il filerait bientôt vers le delta pour rejoindre Skye. Il était déjà 18 heures : il n'avait plus qu'une petite mission à accomplir, et il en aurait fini pour aujourd'hui.

Il ralentit sa berline de fonction pour lire les numéros de la rue, cherchant celui de la résidence de Noah Burke. Il ne l'avait interrogé qu'une fois, avant le procès, et l'entretien s'était déroulé au poste de police.

Ce souvenir lui arracha un soupir de lassitude. Il avait perdu son temps en recevant Noah, ce jour-là. L'entrepreneur avait passé vingt minutes à chanter les louanges de son frère, confirmant ainsi la version familiale selon laquelle Oliver était un homme parfait, incapable de faire du mal à une mouche... Mais ce n'était pas pour lui parler d'Oliver qu'il se rendait chez lui cet après-midi.

Il finit par repérer les quatre chiffres de son adresse sur une plaque aux reflets cuivrés apposée sur une boîte aux lettres munie d'un socle en pierre recouvert de lierre. Si l'on en jugeait par la maison, Noah avait réussi sa vie. L'énorme bâtisse à deux étages était en totale harmonie avec celles du quartier. Le vaste terrain sur lequel elle se dressait devait valoir cinq cent mille dollars à lui seul... Et même si la propriété n'était pas située en bord de rivière, comme la plupart des grandes demeures bourgeoises de Sacramento, Noah avait certainement déboursé un prix faramineux pour se l'offrir. David s'engagea dans l'allée en demi-lune, dallée et bordée de lampes de jardin, et se gara derrière un grand monospace, dont les portières étaient ouvertes. Un rapide coup d'œil l'avertit qu'il n'y avait personne à l'intérieur, mais en approchant de la maison, il comprit que la femme de Noah était sur le point de partir : elle surgit brusquement devant lui, l'évitant de justesse.

— Oh ! Excusez-moi, s'exclama-t-elle en se figeant sur le seuil. Je n'ai pas entendu la sonnette.

David n'avait pas encore sonné : les yeux baissés, il vérifiait si le dossier qu'il avait emporté contenait la photo de Bishop.

Il se redressa.

— Désolé de vous avoir fait peur. Je souhaiterais parler à votre mari. Noah est-il là ?

Elle le dévisagea plus attentivement, et finit par le reconnaître.

— Vous êtes l'inspecteur… Celui du procès !

— Inspecteur Willis, se présenta-t-il.

Après une légère hésitation, elle serra la main qu'il lui tendait.

— Votre mari est-il là ? répéta-t-il.

A cet instant, un garçon d'une dizaine d'années, en tenue de sport et ballon de basket sous le bras, franchit la porte en trombe. Il les bouscula presque au passage et courut jusqu'à la voiture.

— Noah vient juste de rentrer du travail. Il est en train de se changer, et je…

— Vous partiez, acheva-t-il. C'est ce que je vois. Je ne veux pas vous retarder… Dites-lui que ça ne prendra qu'une minute. Je peux l'attendre ici.

Elle hésita un instant, comme si elle ne savait quelle attitude adopter.

— Vous pouvez l'attendre à l'intérieur, si vous préférez, concéda-t-elle finalement.

— Ne vous dérangez pas pour moi. Je vais l'attendre ici.

— Oliver n'a rien fait d'autre, n'est-ce pas ? s'enquit-elle à voix basse, manifestement sur la défensive.

— Vous pensez qu'il n'en a pas déjà assez fait ? répliqua sèchement David.

Elle ne répondit pas, mais il comprit, à l'expression de son visage, qu'elle avait une opinion mitigée sur son beau-frère. Ou peut-être était-elle simplement lasse de toute cette histoire.

— Je ne suis pas venu pour parler d'Oliver, précisa-t-il.

Il ouvrit son porte-documents et lui tendit la photo.

— Avez-vous vu cet homme ?

Elle baissa les yeux vers le cliché.

— Non. Qui est-ce ?

— Lorenzo Bishop. Il a travaillé pour l'un des sous-traitants de votre mari.

— Il a fait quelque chose de grave ? demanda-t-elle, une lueur d'intérêt dans les yeux.

— Oui.

— J'aimerais vous aider, mais…

Elle regarda de nouveau la photo, puis haussa les épaules.

— Je ne l'ai jamais vu de ma vie, conclut-elle.

— Maman, dépêche-toi ! cria l'enfant, qui s'était installé dans la voiture. Si j'arrive en retard, l'entraîneur nous fera tous faire des pompes !

Wendy glissa la lanière de son sac sur son épaule, et passa la tête par la porte.

— Noah ! appela-t-elle.

N'obtenant pas de réponse, elle éleva la voix.

— Noah !

La voix de ce dernier leur parvint de l'étage.

— Qu'est-ce qu'il y a ?

— L'inspecteur Willis est là. Il voudrait te parler.

Aucun bruit ne filtra de l'intérieur de la maison, mais David en était convaincu : Noah devait pester contre lui. Son insistance à prouver la culpabilité d'Oliver le rendait très antipathique aux yeux des Burke.

— Tu m'entends ? insista Wendy. L'inspecteur a des questions à te poser sur un homme qui a travaillé pour toi. Il faut que j'y aille, sinon Brian va être en retard à son entraînement de basket !

— Vas-y. Je descends.

— Il sera là dans un instant, annonça-t-elle à l'intention de David, un sourire figé aux lèvres.

Après l'avoir remerciée et regardée s'éloigner au volant de sa voiture, il observa la rue. C'était un beau quartier, sans commune mesure avec celui où il résidait depuis son divorce.

— Que puis-je faire pour vous ?

David pivota pour faire face à Noah qui se tenait sur le seuil, en jean, pull et mocassins. Ses cheveux encore mouillés indiquaient qu'il sortait de la douche.

— Je suis tombé sur un de vos amis, expliqua-t-il.

— Un ami à moi ? répéta le frère d'Oliver d'un air suspicieux. Nous n'évoluons pourtant pas dans les mêmes cercles.

— C'est ce qui rend encore plus… surprenante la découverte que je viens de faire.

Il sortit la photo et attendit sa réaction — une réaction qui lui parut aussi détachée que celle de sa femme.

— C'est Lorenzo… Lorenzo comment déjà ?
— Bishop, compléta David.
— C'est ça. Il a travaillé pour l'un des sous-traitants.
— Vous savez où il est ?
— Non. Ça fait des années que je ne l'ai pas vu.
— Combien d'années ?
Noah semblait plus prompt à apporter son aide quand les questions ne portaient pas sur sa famille.
— Quatre ans, peut-être ? Je construisais la terrasse de la maison Mc Curdy avec mon équipe, pendant qu'il posait une couche de béton dans l'allée. Oui, ça doit faire au moins quatre ans. Pourquoi ?
— Il est mort.
Noah fronça les sourcils, soudain méfiant.
— Vous ne croyez quand même pas qu'Oliver a tué ce type ?
— Non. Je sais déjà que c'est quelqu'un d'autre.
— Qui ?
Manifestement, Noah n'avait pas suivi les informations. Bien des choses s'étaient passées au cours de ces dernières semaines : son frère avait été relâché et poignardé, puis hospitalisé avant de rentrer chez lui auprès de Jane et de Kate qui ne l'avaient pas vu depuis trois ans… Autant d'événements bouleversants que l'ensemble de la famille devait apprendre à gérer. Pas étonnant qu'ils se soient repliés sur eux-mêmes !
— Skye Kellerman, lâcha-t-il.
Noah écarquilla les yeux.
— Kellerman a tué Lorenzo Bishop ? Vous voyez ? s'exclama-t-il. Mon frère n'y est pour rien…
David l'interrompit avant qu'il ne s'éloigne du sujet :
— Après avoir coupé les fils du téléphone, il s'est introduit chez elle avec l'intention de la tuer. Elle a dû lui tirer dessus pour se défendre.
— Vous plaisantez !
— Non.
— Qu'avait-il contre elle ?
— J'espérais que vous me le diriez.
Noah rougit, visiblement choqué.

— Vous êtes sérieux ? Vous pensez que *je* suis un tueur, maintenant ?

— Skye était au courant de votre aventure avec Jane.

Noah se pencha vers lui, les yeux brillants de colère.

— Et alors ? Ma femme aussi, figurez-vous ! J'ai rompu avec Jane et j'ai tout avoué à Wendy. La culpabilité était trop forte. Je préférerais éviter que mon frère et mes parents ne l'apprennent… mais je devrais peut-être le leur dire, en fait. Pour faire table rase du passé, ajouta-t-il avec un geste de la main pour marquer son impuissance.

David, qui ne s'attendait pas à cette réponse, resta silencieux.

— Si vous ne me croyez pas, demandez à Wendy, insista Noah. Appelez-la sur son portable !

David le dévisagea avec attention.

— C'est inutile, déclara-t-il en s'engageant dans l'allée. Je vous laisse. Merci d'avoir répondu à mes questions.

— Je vais leur dire, cria Noah. Je vais le dire à toute ma famille.

Arrivé devant sa voiture, David se retourna vers lui.

— Je me tairais, si j'étais vous.

— Pourquoi ? Je n'en peux plus, de porter ce secret ! Le moment est venu de me libérer du passé et de tout recommencer.

— Vos aveux mettraient Jane en danger… Je suis sérieux, ajouta-t-il en voyant Noah lui faire signe de partir.

— Mon frère est innocent ! martela-t-il, avant de rentrer chez lui, coupant court à la conversation.

David ne démarra pas tout de suite. Devait-il y retourner pour convaincre Noah du danger que courait Jane ? Il l'aurait fait sans hésiter si cela pouvait servir à quelque chose… Mais Noah ne consentirait sans doute même pas à lui ouvrir la porte. Et rien de ce que David lui dirait ne parviendrait à le convaincre de la cruauté de son frère.

« Je dois prévenir Jane », songea-il en prenant son portable. Une employée du salon l'informa qu'elle était partie, mais lorsqu'il appela chez elle, il tomba sur le répondeur. Comme il ne souhaitait pas laisser de message — il ne voulait qu'Oliver entende sa voix —, il raccrocha en se promettant de la rappeler un peu plus tard.

21

En se retrouvant face à l'informateur avec lequel il avait conversé sur le net, Oliver fut plutôt surpris : le type ne ressemblait pas du tout à ce qu'il s'était imaginé. Il était nettement plus jeune, pour commencer — à peine dix-huit ans. Il était loin d'être élégant : vêtu d'un jean trop large et d'un T-shirt des Sex Wax, il avait le menton plus boutonneux que poilu, des cheveux qui lui arrivaient aux épaules (et qui ne devaient pas avoir été lavés depuis longtemps, pensa-t-il distraitement), un visage poupin et un appareil dentaire.

— Alors, vous avez l'argent ? demanda le gamin.

Il avait fait patienter Oliver pendant quelques minutes, le temps de terminer une conversation téléphonique, mais il semblait maintenant prêt à conclure l'affaire.

Pas étonnant que son « cyber-détective » lui ait donné rendez-vous dans une impasse ! Il n'avait pas de bureau, en fait. C'était un fondu d'informatique, un *geek* qui passait le plus clair de son temps devant son ordinateur. Il vivait sans doute chez ses parents, qui n'avaient pas la moindre idée de ce qu'il faisait pour gagner sa vie.

— Oui, j'ai l'argent, confirma Oliver.

Pour réunir la somme, il avait dû mettre en gage l'alliance que Jane avait héritée de sa grand-mère. Elle ne lui allait plus, de toute façon ! se dit-il en pensant à ses doigts boudinés. Elle avait vraiment pris du poids, ces derniers temps. Et elle ne jetait plus un regard à sa boîte à bijoux depuis des lustres.

— Et vous, avez-vous ce que je vous ai demandé ? reprit-il.

— Bien sûr. Je vous l'ai dit, répondit le gamin en glissant

la main dans une de ses poches, dont il sortit un morceau de papier plié en quatre. Tenez. C'est noté ici.

— Je veux m'en assurer.

Le gamin, qu'il ne connaissait que sous le nom de « Iseeyou@internetcraze.com », lui tendit le papier sans hésitation. Oliver le déplia : une adresse à Sherman Island y était écrite à la main. Suite au flash info qu'il avait suivi de sa chambre d'hôpital, il s'était penché sur une carte détaillée du delta, et il savait que Sherman Island était l'une des multiples petites villes qui le constituait.

Oliver lança un regard méfiant à l'informateur.

— Qu'est-ce qui me prouve que ce n'est pas une arnaque ?

— Ce n'en est pas une, répliqua Iseeyou en haussant les épaules.

— Comment l'avez-vous obtenue ?

— Vous êtes trop curieux. Sachez juste que je peux trouver n'importe qui, n'importe où — du moment que cette personne a une famille, des amis, des factures, des cartes de crédit, des biens. On peut fuir, mais on ne peut pas disparaître.

Son sourire insolent tranchait avec son appareil dentaire, mais Oliver s'en fichait. Après des mois à attendre vainement que Victor lui fournisse cette information, il l'avait enfin ! Cette graine de voyou informatique avait réussi à dénicher l'adresse en moins de temps qu'il n'en fallait pour le dire.

— Beau travail, commenta-t-il, réellement impressionné.

— Gardez vos compliments. L'argent me suffira, interrompit le garçon en tendant la main, Oliver n'ayant fait aucun mouvement dans ce sens.

— Tu n'aurais pas dû me donner cette information avant d'avoir été payé. Quel intérêt aurais-je à tenir ma part du marché ?

Sans son couteau, Oliver savait qu'il ne pouvait pas grand-chose, mais il était persuadé de pouvoir donner une leçon à ce gamin. Du moins le crut-il jusqu'à ce que ce dernier fasse un geste de la main… Deux autres adolescents, copies conformes du premier, surgirent aussitôt à chaque extrémité de l'impasse, un couteau à cran d'arrêt à la main. Iseeyou n'était pas venu seul.

— Eh bien ! Tu es plus malin qu'il n'y paraît, commenta Oliver en lui tendant l'argent.

— C'est le problème avec les citoyens de ce pays : ils ne jugent que sur les apparences.

— Et ça te sert, non ?

— Quelques fois, reconnut-il en comptant les billets. Bon. Vous êtes libre de partir. N'hésitez pas à me joindre si vous avez de nouveau besoin de moi.

Oliver ne s'éloignant pas, le garçon, menton levé, finit par lui passer devant pour rejoindre l'un de ses associés. Quand il se retourna, le troisième avait déjà disparu. Il avait probablement jugé préférable de faire le tour du pâté de maisons pour retrouver ses deux compères, et éviter ainsi toute altercation.

— Sacrément malin, marmonna Oliver.

Les gamins flamberaient sans doute ses cinq cents dollars dans une salle de jeux vidéo... Quel gaspillage ! Mais il avait ce qu'il voulait, et cela seul comptait.

Quand Jane arriva, la maison était plongée dans l'obscurité. La camionnette que Noah avait prêtée à son frère n'était pas là. Oliver était sorti, manifestement.

— Oliver ?

La dernière fois qu'elle lui avait parlé, c'était juste après le déjeuner, quand il lui avait promis d'aller chercher Kate chez ses parents à 16 heures. Elle avait apprécié qu'il lui donne un coup de main — les embouteillages étaient fréquents en fin de journée, quand elle rentrait du travail. Mais si Oliver était passé prendre leur fille, il ne l'avait pas ramenée à la maison : son petit sac à dos n'était dans la cuisine où elle avait l'habitude de le laisser traîner.

L'avait-il laissée chez ses parents ? Peut-être avait-il ramené la camionnette à Wendy, qui l'avait ensuite raccompagné jusqu'ici. Si c'était le cas, il devait être assis dans l'une des pièces du fond. Toutes lumières éteintes, bien sûr. C'est ce qu'il faisait quelquefois. A moins qu'il ne soit sorti faire du vélo…

— Oliver ? répéta-t-elle en allant de pièce en pièce.

Une vive angoisse l'envahit à l'idée que Kate était seule avec lui. Noah avait beau continuer de croire en son innocence, Jane ne se faisait plus d'illusions : son mari était un homme dangereux. Les événements de la nuit précédente avaient balayé ses doutes. Elle en tremblait encore, et savait qu'elle ne pourrait plus lui faire confiance. Trouvant la porte de la salle de bains fermée, elle frappa sans oser entrer.

— Oliver ?

Pas de réponse.

Elle l'entrouvrit doucement. La petite pièce était emplie de buée, et des gouttelettes d'eau glissaient le long du carrelage. Il venait de prendre une douche bien chaude… et s'il était parti, c'était il y a très peu de temps. Pourquoi n'avait-il pas utilisé la salle de bains de *leur* chambre ?

Elle allait sortir, quand son œil fut attiré par le rasoir jetable posé au bord du lavabo et par un tube de crème à raser dans la douche. En regardant plus attentivement, elle aperçut sans surprise quelques poils bruns au fond du bac.

Des poils pubiens. Oliver s'était rasé.

La conversation qu'elle avait eue avec l'inspecteur Willis à ce sujet lui revint à la mémoire.

« Beaucoup d'hommes se rasent. Oliver fait du vélo et…

— Les cyclistes se rasent les bras et les jambes.

— L'épilation intégrale est à la mode, aujourd'hui. »

Sans doute, mais Oliver ne s'était pas rasé le bas-ventre depuis son retour de l'hôpital, alors qu'il s'était remis au vélo depuis près d'une semaine… Pourquoi ne se rasait-il que maintenant ?

Elle sentit son estomac se nouer. Qu'avait-il en tête ? L'attendait-il dans une des chambres ?

Le plancher craqua sous ses pas tandis qu'elle entrait dans celle de Kate. Elle s'immobilisa, à l'écoute du moindre bruit… mais elle n'entendit que les aboiements du chien des voisins et les cris de deux adolescents qui faisaient du skateboard sur le parking du supermarché.

— Oliver ? Tu es rentré ? appela-t-elle en poussant la porte de leur chambre, qui grinça sur ses gonds.

Le lit était fait.

Oliver n'était pas là.

Elle jeta un coup d'œil dans leur salle de bains, puis retourna dans la cuisine où elle s'empara du téléphone.

— C'est Jane, annonça-t-elle à sa belle-mère lorsque celle-ci décrocha.

— Bonjour, Jane. Tu seras un peu en retard, aujourd'hui ?

— Oliver a prévu de venir la chercher. Il est là ?

— Pas encore, ma chérie.

Un vif soulagement la submergea. Bon sang ! Il fallait qu'elle parte d'ici et qu'elle emmène Kate avec elle. Elle ignorait ce qu'elle ferait ensuite et où elle irait, mais elle ne pouvait pas rester ici. Pas question de vivre avec la peur au ventre ! Il devait exister des refuges, des endroits où les femmes qui se trouvaient dans sa situation pouvaient se cacher… Elle appellerait l'un de ces refuges pour être logée cette nuit. Puis Kate et elles partiraient aussi loin que possible de Sacramento.

— Noah doit passer, la prévint Betty. Tu veux que je lui demande de déposer Kate chez toi lorsqu'il rentrera chez lui ?

Jane enroula nerveusement le cordon du téléphone autour de ses doigts bardés de pansements.

— Non, je… J'ai prévu de lui faire une surprise ce soir. Une petite sortie entre filles… Garde-la avec toi, d'accord ? Je serai là dans une trentaine de minutes.

— Pas de problème. Ta journée s'est bien passée ?

— Oui, oui… Ecoute, Kate et moi serons en retard au cinéma si je ne me dépêche pas. J'arrive dès que possible ! affirma-t-elle, écourtant la conversation.

Pourvu que Noah ne soit pas là ! songea-t-elle avec anxiété. Elle n'avait pas la force de faire face au mépris qu'elle lirait dans son regard. Il était convaincu qu'elle avait perdu la tête, mais il se trompait. Elle avait toute sa raison, au contraire. C'était Oliver, le problème. Elle en était sûre.

— D'accord, ma chérie, répondit Betty. A tout de suite.

S'élançant vers la chambre de sa fille, elle trébucha sur le fil du téléphone et l'arracha de sa base, mais elle ne prit pas le temps de le rebrancher. Elle n'avait pas une seconde à perdre.

Elle s'agenouilla pour tirer la valise qui était sous le lit de Kate, et y jeta quelques vêtements, avant de la traîner dans la sienne pour y entasser des affaires à elle.

Elle venait de jeter quelques T-shirts sur la pile quand une question lui traversa l'esprit. Et si Oliver la poursuivait en justice pour obtenir la garde de Kate ? Elle aurait des tas d'ennuis. Ses soupçons ne suffiraient pas à convaincre un juge aux affaires familiales… Elle pouvait même perdre Kate, et c'est *lui* qui en aurait la garde !

Elle repensa à l'objet qu'Oliver avait dissimulé dans sa main pendant qu'il satisfaisait sur elle ses fantasmes pervers. Elle promena son regard sur la pièce. Où l'avait-il caché ?

Dans la commode ? Elle ouvrit tous les tiroirs, jetant les vêtements par terre.

Rien.

Sous le matelas ? Elle le retourna, lançant la couette et les oreillers au sol.

Rien non plus.

Sous les meubles ? Elle s'accroupit et regarda sous le lit, sous les armoires et sous la table de chevet.

Rien.

Qu'avait-il caché, et où ? Depuis qu'elle avait parlé à Noah, mettant des mots sur ses peurs, elle était persuadée qu'il avait utilisé un couteau. Elle ne pouvait se figurer un autre objet. Elle était même sûre qu'il avait remis en scène certains de ses crimes et qu'il s'était servi d'elle pour assouvir ses instincts barbares.

Elle pensa soudain au carnet où il consignait tout. Contenait-il des éléments qui pourraient l'aider ? Il y était très attaché et il ne l'autorisait pas à y jeter un coup d'œil. En revanche, elle croyait savoir où il le planquait.

Passant la main entre le mur et la tête de lit, elle tira le carnet de sa cachette, et commença à le feuilleter. Elle n'y comprit rien, bien sûr : tout était en langage codé. Mais il y avait aussi une photo de Skye Kellerman, découpée dans le journal.

Elle glissa le calepin dans son sac, qu'elle portait en bandoulière pour avoir les mains libres, et se rua vers la salle de bains attenante à leur chambre. Il lui fallait ce couteau. Si elle parvenait à le trouver, elle saurait, sans l'ombre d'un doute, qu'Oliver était bien le monstre que décrivait l'inspecteur Willis. Elle pourrait aussi montrer l'arme à Noah et au reste de la famille, s'ils continuaient à mettre sa parole en doute.

Après avoir sorti la laque, les produits de maquillage, et les flacons de vernis à ongles du petit placard encastré sous le lavabo, elle posa son sac et s'allongea sur le dos pour jeter un œil à la tuyauterie. Oliver y avait-il scotché son arme ? Non. Toujours rien. Et elle fut tout aussi bredouille après avoir vérifié les parois du réservoir de la chasse d'eau.

Bon sang ! Elle attrapa son sac, puis consulta nerveusement sa montre. Tant pis. Mieux valait arrêter de chercher. Il avait dû emporter le couteau avec lui, et elle ne pouvait pas courir le risque de rester plus longtemps dans la maison : Oliver pouvait rentrer d'une minute à l'autre. Il ne l'aimait plus, mais il n'accepterait pas de la perdre ou de perdre Kate. Avoir une femme et un enfant lui permettait d'offrir au monde l'image d'un homme respectable. De sauver les apparences pendant qu'il continuait à noter ses plans et ses odieux stratagèmes dans ses stupides carnets. Et tant qu'il n'aurait pas retrouvé de boulot, il compterait sur elle pour subvenir à ses besoins.

Le cœur battant, elle jeta un dernier regard autour d'elle. Le désordre qu'elle avait mis dans l'appartement allait le rendre fou, pensa-t-elle avec satisfaction. Elle sortit de la salle de bains pour aller chercher la valise dans sa chambre. Elle n'avait jamais agi de façon aussi inconsidérée, mais elle se sentait étrangement forte et libre. Elle le quittait. Il ne la toucherait plus jamais. Tout irait mieux, à présent…

En tirant la lourde valise dans le couloir, une nouvelle pensée lui traversa l'esprit. Oliver conservait toujours les reçus de ce qu'il achetait, avant d'introduire les données dans le logiciel de comptabilité qui était installé sur l'ordinateur familial. Et si, par inadvertance, il avait gardé le reçu qui correspondait à l'achat de son arme ? Il n'était sûrement pas autorisé à posséder autre chose que des couteaux de cuisine, sans risquer de perdre sa liberté conditionnelle. Donc, si elle prouvait qu'il possédait un objet qui lui était interdit, il retournerait en prison ! Elle pourrait garder la maison et son travail jusqu'à ce qu'elle trouve une meilleure solution.

Il y avait de grandes chances pour qu'il s'en soit débarrassé avant même de rentrer à la maison, mais si ce n'était pas le cas, il devait l'avoir jeté dans la poubelle.

Laissant la valise au milieu du salon, elle entreprit de fouiller dans les détritus. Ne trouvant rien, elle finit par sortir par la porte de la cuisine pour aller vérifier le contenu de la poubelle municipale accrochée à leur barrière.

Elle fut interrompue par le bruit d'une camionnette qui remontait l'allée.

Horrifiée, Jane regarda par une fente de la haie. Comme elle le craignait, c'était Oliver.

David ne put retenir une grimace quand le numéro d'appel de son ex-femme s'afficha sur son téléphone portable. Si elle voulait lui gâcher sa soirée, elle ne pouvait pas mieux choisir son moment. Il venait juste de se garer devant la maison de Skye et d'attraper la bouteille de vin qu'il comptait lui offrir.

Il mit l'appareil en mode silencieux, avant de le glisser dans sa poche. Elle ne le ferait pas culpabiliser ce soir. Cependant, comme il ne cessait de vibrer et que David n'était pas encore sorti de la voiture, il jugea préférable de répondre. Il était peut-être arrivé quelque chose à Jeremy…

— Qu'est-ce qui se passe ? demanda-t-il en s'efforçant de contrôler son impatience.

— Salut ! lança Lynnette d'une voix qui lui parut voilée.

— Qu'est-ce qui ne va pas ?

— Rien. Je suis sortie et… je m'amuse bien.

Les accords d'une chanson pop résonnaient au loin, comme si Lynnette se trouvait à l'extérieur d'un bâtiment.

— Où est Jeremy ?

— Chez maman.

Ça aussi, c'était étrange. La mère de son ex-femme, divorcée depuis dix ans, jouait rarement les baby-sitters. Il lui arrivait de débarquer en coup de vent le dimanche après-midi pour emmener Jeremy manger une glace, mais elle préférait passer ses week-ends dans les thés dansants. Et puis, la mère et la fille ne s'entendaient guère.

— Comment l'as-tu convaincue de garder Jeremy ?

— Je lui ai dit que tu t'envoyais en l'air avec une autre, comme papa, et elle a été désolée pour moi.

David ravala la colère qui le gagnait. A la différence de son père, il ne l'avait jamais trompée pendant leur mariage.

Mais à quoi bon discuter ? Lynnette était de mauvaise humeur. Elle paraissait avoir trop bu, en plus.

— Pourquoi m'appelles-tu ?

— Ta voiture n'était pas devant chez toi.

— J'espère que tu ne prends pas le volant ce soir.

— Qui s'en soucie ?

— Tu pourrais tuer quelqu'un.

— C'est bien ce que je dis : ce n'est pas pour moi que tu t'inquiètes, fit-elle avec un rire amer.

Il jeta un coup d'œil vers la maison de Skye, désireux d'en finir.

— Je ne veux pas qu'il t'arrive quelque chose, tu le sais bien.

— Où es-tu ?

— Dehors.

— Avec *elle* ?

David inspira profondément.

— Ecoute, Lynnette, tâche de passer une bonne soirée et ne prends pas ta voiture.

— Je ne rentrerai pas ce soir. Je vais trouver quelqu'un.

— Comme tu veux.

Le désintérêt qu'elle perçut dans sa réponse fut la goutte qui fit déborder le vase.

— Qu'est-ce que tu as dit ?

— Fais comme tu veux.

— Espèce de salaud !

— Lynnette…

— J'espère que Burke ne la ratera pas, cette fois-ci ! cria-t-elle violemment avant de raccrocher.

David lui parut fatigué et contrarié quand elle ouvrit la porte. Skye ignorait ce qui avait pu se passer depuis leur déjeuner, mais il était clair que l'après-midi n'avait pas été bon.

— Ça va ? murmura-t-elle en s'effaçant pour le laisser entrer.

— J'ai connu mieux.

— Qu'y a-t-il ?

Il soupira en frottant distraitement sa joue assombrie par une barbe naissante.

— Rien de grave, assura-t-il en souriant. Rien qui gâchera cette soirée.

Il faisait bonne figure, mais il était soucieux, c'était évident. S'il s'agissait d'un problème professionnel, il lui en aurait parlé, non ? Il le faisait toujours.

Skye posa le vin qu'il lui avait offert sur une étagère, près du portemanteau.

— Ne te sens pas obligé de rester.

— Pourquoi ? J'en ai très envie, au contraire.

— C'est Lynnette ? insista-t-elle.

Il se passa la main dans les cheveux.

— Changeons de sujet, tu veux bien ? Ça sent rudement bon par ici !

— David… Cesse de me tenir à l'écart de ta vie, protesta-t-elle doucement.

— Ce n'est pas mon intention. J'essaie seulement de ne pas ajouter à tes soucis, tu comprends ? Tu n'as pas à m'entendre me plaindre de mon ex-femme. Tous les hommes divorcés font ça… C'est d'un ennui ! ironisa-t-il.

— Je ne tiens pas à m'en mêler, mais il doit y avoir un juste milieu. Elle fait partie de ta vie, et elle en fera toujours partie puisque c'est la mère de ton fils. Si nous devons… faire un bout de chemin ensemble, elle fera aussi un peu partie de ma vie, non ?

Il se pinça l'arête du nez pendant quelques secondes avant de laisser retomber sa main le long de son corps.

— C'est ce que tu penses ? Un petit bout de chemin ?

— Je n'en sais rien encore… Et toi ?

Elle portait son enfant, et elle doutait qu'il accueille bien cette nouvelle. Une grossesse ne changerait pas forcément la donne entre eux. Pas avant qu'il ait réglé ses problèmes avec Lynnette, en tout cas.

— Ce dont je suis certain, c'est que ce n'est pas un feu de paille pour moi. Je ne ferais pas ce que je fais juste pour une aventure sans lendemain.

— C'est pourtant ce que tu me laisses penser en me tenant à l'écart de ta vie ! Tu ne peux pas me laisser sur le bord de la route et venir me chercher quand bon te semble… Ce n'est pas une vraie relation si tu ne me laisses pas t'épauler.

— Qu'attends-tu de moi ? Qu'est-ce que tu veux ?

— Plus qu'un moment agréable, c'est sûr. En cherchant à me protéger, tu agis comme si j'étais prête à partir en courant à la moindre difficulté. C'est presque insultant pour moi, tu comprends ?

Il la dévisagea avec émotion.

— D'accord. Voilà ce qui se passe : Lynnette est sortie ce soir. Je n'en ai rien à faire, mais elle semble en état d'ébriété. Et quand elle va mal, c'est mon fils qui en pâtit.

Lynnette ne laisserait sûrement pas David la quitter sans se battre, songea Skye en se remémorant sa conversation téléphonique avec elle.

— Où est-il, en ce moment ?

— Chez sa grand-mère maternelle.

— Il y est bien ?

— Il ne risque rien physiquement, mais elle affiche ses blessures émotionnelles comme des peintures de guerre et ne cesse de rabâcher sa théorie sur les hommes égocentriques, superficiels et incapables d'aimer. Elle lui laisse entendre qu'en grandissant, il deviendra nécessairement quelqu'un d'indigne, quelqu'un qu'elle ne pourra pas admirer. Je déteste ça… Et je n'ose même pas imaginer ce qu'elle raconte sur moi !

Maintenant qu'il s'était ouvert à Skye, il semblait incapable d'arrêter les confidences qu'il gardait pour lui depuis si longtemps.

— Je pourrais faire avec — il me suffirait de démonter toutes les bêtises pseudo-féministes dont elle lui bourre le crâne — si sa rancœur ne concernait que les hommes, pesta-t-il. Mais elle n'aime pas plus les petits garçons : pour elle, ce sont des hommes en devenir. Elle préfère sa petite-fille… Avec Jeremy, c'est plus compliqué.

Sans un mot, Skye se rendit dans la cuisine. Elle éteignit le four où doraient un poulet au romarin et des pommes dauphine — une recette qu'elle tenait de sa mère.

— Qu'est-ce que tu fais ?

L'ayant suivie, il l'évita de justesse alors qu'elle regagnait vivement l'entrée.

— On y va ? répliqua-t-elle en attrapant son manteau.

— Où ça ?

— Le chercher.

— Et le dîner ?

— Il attendra notre retour ! assura-elle en se tournant vers lui. A moins que tu n'aies pas envie qu'il passe la soirée avec nous ?

Elle retint son souffle, redoutant sa réponse. S'il ne voulait pas qu'elle passe du temps avec son fils, leur relation était vouée à l'échec. Comment pourraient-ils construire quelque chose de solide s'il refusait de partager avec elle ce qui comptait le plus pour lui ?

— Alors ? s'impatienta-t-elle comme il tardait à lui répondre.

Emprisonnant son visage entre ses mains, il plongea son regard dans le sien, avant de l'embrasser avec une douceur qui la fit fondre.

— Allons-y.

*
* *

Oliver n'avait jamais semblé aussi détendu que quand il sortit de la camionnette de son frère. Sourire aux lèvres, il jeta un coup d'œil au papier qu'il venait de tirer de sa poche, puis se mit à siffloter en remontant l'allée.

Jane pensa à la valise qu'elle avait abandonnée au beau milieu du salon, aux tiroirs renversés, aux produits éparpillés dans la salle de bains… la panique l'envahit. Son mari comprendrait qu'elle n'avait pas eu le temps de partir. Et s'il la trouvait avec le carnet…

Elle devait partir maintenant, sans rien emporter. Elle n'avait pas une seconde à perdre.

Elle l'entendit crier son nom. Il devait découvrir la pagaille à mesure qu'il traversait la maison.

Ouvre la barrière ! Cours !

D'une main, elle attrapa ses clés dans son sac, tout en levant le loquet de la barrière de l'autre. Puis elle courut comme si elle avait le diable à ses trousses.

— Jane ! Qu'est-ce qui se passe ?

La voix d'Oliver lui parvint de l'intérieur, alors qu'elle ouvrait la portière de sa voiture. Elle s'installa au volant et essaya de démarrer… mais le moteur se mit à tousser et à crachoter, avant de caler.

— Je t'en prie, ne me lâche pas ! Pas maintenant ! gémit-elle en tirant sur le starter. Pas maintenant !

Le bruit attira Oliver à la fenêtre. Lorsque le moteur récalcitrant démarra enfin, elle aperçut l'expression de son visage. Une terreur sans nom l'envahit. Elle ne le reconnaissait plus. Ce type était un inconnu sans âme, prêt aux pires extrémités.

Déterminée à fuir avant qu'il ne la rejoigne dans l'allée, elle enclencha brutalement la marche arrière en appuyant à fond sur l'accélérateur. Elle perdit le contrôle de la Lincoln, qui bondit en arrière, heurtant la voiture des voisins. Le choc fut si violent Jane se cogna le menton contre le volant, mais elle ne s'arrêta pas. Elle savait que si Oliver la ramenait dans la maison, elle n'en ressortirait pas vivante.

— Jane ! Arrête ! cria-t-il tandis qu'elle accélérait.

Sa voix fut couverte par le vrombissement du moteur et

le crissement des pneus sur la chaussée lorsqu'elle freina au bout de la rue pour prendre le virage. Elle fit un écart pour éviter la voiture qui venait en sens inverse. L'adrénaline filait dans ses veines. Elle haletait, tremblant si fort qu'elle pouvait à peine conduire.

Une odeur de caoutchouc brûlé envahit l'habitacle quand elle dérapa pour rejoindre Sunrise Boulevard. Là, elle dut ralentir : les deux files étaient envahies d'employés rentrant du travail. Elle s'inséra dans la circulation sans quitter le rétroviseur du regard.

Mais Oliver ne l'avait pas suivie. Il savait où elle allait.

A cette heure-ci, Kate était toujours chez ses parents.

22

Oliver sortit vivement les clés de sa poche et sauta dans sa camionnette, bien déterminé à la poursuivre et à la rattraper. Il n'avait pas la moindre idée de la raison qui la poussait à fuir, mais il ferait tout pour l'en empêcher. Avait-elle trouvé les pilules qu'il s'était procurées ? Il ne voyait que ça. Sinon, comment expliquer sa panique ? Elle semblait calme quand il l'avait appelée au salon dans l'après-midi.

Il la ramènerait à la maison et trouverait les mots pour la rassurer. Comme toujours. Elle le croirait parce qu'elle *voulait* le croire, au fond. Mais si elle allait chercher Kate, il devrait aussi gérer ses parents…

Il était en train de réfléchir au mensonge qu'il leur servirait — « Ces pilules m'aident à dormir… Jane en sait quelque chose : elle a eu des insomnies par le passé, elle aussi… » — quand une autre pensée lui vint à l'esprit.

Il freina brusquement. Et si Jane n'allait pas chez ses parents ? Si elle se rendait à la police ?

Il fit craquer la boîte de vitesses en enclenchant la marche arrière et se gara dans l'allée, abandonnant sans gêne le véhicule en travers du passage.

Leur voisine hurlait près de sa voiture, en lui montrant du doigt les dégâts causés par Jane.

Et merde ! Il n'avait pas le temps de discuter avec elle. Si Jane s'était rendue au commissariat, il devait récupérer sans tarder tout ce qui pouvait l'incriminer. Il avait son couteau sur lui et l'adresse de Skye dans la poche. Par précaution, il avait effacé ce matin de son disque dur l'historique de ses recherches sur internet. Si elle avait emporté les pilules, pensa-t-il avec dépit, il ne restait plus dans la maison que le carnet.

— Eh ! N'essayez pas de faire l'innocent ! l'interpella sa voisine en traversant le jardin pour l'intercepter avant qu'il ne rentre chez lui.

— Ne vous inquiétez pas, madame. Nous ferons marcher notre assurance pour les réparations.

— Vous avez une assurance ?

— Bien sûr. Pour qui nous prenez-vous ?

Comme d'habitude, son sourire agréable et ses manières courtoises firent leur petit effet : elle se calma aussitôt.

— La dame qui vit ici semble tout à fait correcte, crut-elle bon de préciser d'un ton maussade. Elle est plutôt discrète. Je ne savais pas qu'elle était mariée. Vous êtes peut-être son mari ?

— Oui. Nous sommes mariés depuis onze ans. Vous ne m'avez pas vu, parce que j'ai passé quelques années en prison pour tentative de viol.

La voisine écarquilla les yeux.

— J'ai été assez imprudent pour utiliser un couteau, ce qui constituait un fait aggravant, poursuivit-il en souriant. Agression à l'arme blanche… Enfin, vous savez comment ça se passe !

Elle battit des paupières tout en reculant de quelques pas.

— Oh… Eh bien… Pas de soucis : nous réglerons ça plus tard, bafouilla-t-elle, avant de battre en retraite vers sa maison.

— D'accord, cria-t-il à son intention. Je le dirai à Jane quand elle rentrera !

Tu parles ! Il jura entre ses dents et referma la porte derrière lui. La valise de Jane gisait sur le sol du salon. Cette garce ne s'en sortirait pas comme ça ! Se croyait-elle plus futée que lui ? Elle avait vécu onze ans à ses côtés sans jamais se douter de quoi que ce soit.

Il donna un coup de pied dans la valise pour l'écarter du passage, puis il regagna l'entrée et ouvrit le placard. Il s'agenouilla et souleva une des lattes du plancher…

Les pilules étaient là, à l'endroit exact où il les avait laissées.

Qu'est-ce que cela signifiait ? Pourquoi Jane avait-elle pété les plombs ?

Il n'en savait rien… Et tant qu'il n'aurait pas compris les motivations de sa femme, il ne prendrait plus le moindre risque.

Il mit les pilules dans sa poche, puis se dirigea vers la chambre pour récupérer le carnet. Le lit était défait, le matelas retourné. Aucun doute : elle avait cherché quelque chose. La salle de bains n'était pas mieux rangée. Etait-ce sa manière de le remercier pour hier soir ? Il s'était contrôlé, pourtant ! Et il ne l'avait pas forcée à exécuter son petit scénario… Elle était d'accord, non ? En tout cas, ce matin, elle avait agi comme si tout était normal.

Le désordre qu'elle avait répandu dans la maison le plongea dans une angoisse indicible. Avait-elle trouvé ce qu'elle cherchait ?

Il n'avait pas le temps de se poser des questions. Il devait la retrouver, et vite ! Mais avant cela… Il passa la main derrière la tête de lit.

Rien. Le carnet n'y était plus.

Son sang ne fit qu'un tour. Jane n'avait jamais porté la moindre attention à ses carnets auparavant. Il y notait aussi tout un tas de détails de la vie quotidienne — les opportunités d'emploi, d'investissement, les projets d'achat, une nouvelle voiture, une piscine, etc. Rien d'effrayant, en somme.

A moins qu'elle n'ait réussi à décrypter son langage codé ?

Impossible, décréta-t-il. Jane était bien trop stupide pour y parvenir.

En tout cas, il devait récupérer Kate avant elle. Leur fille était peut-être la seule bonne raison pour laquelle elle serait prête à échanger le carnet. Même s'il n'y avait rien de compromettant à l'intérieur, il ne voulait pas courir le moindre risque. Elle n'avait pas déchiffré les notes, il en était presque sûr, mais la police avait les moyens techniques et humains de le faire.

Noah était déjà chez ses parents quand elle arriva. A la vue de sa camionnette garée dans l'allée, elle sentit sa poitrine se serrer sous les assauts croisés du désir et de la nostalgie. Elle devait s'endurcir pour ne pas souffrir. Il ne voulait plus d'elle. Ils n'avaient aucun avenir ensemble.

Elle ne devait penser qu'à Kate. Rien qu'à Kate.

Elle scruta la rue avec attention avant de sortir de sa voiture. En traversant Sunrise Avenue, elle n'avait vu aucun signe d'Oliver. Lorsqu'elle s'était retrouvée sur Zinfandel Street, où le trafic était moins dense, il lui avait été plus facile de s'assurer qu'elle n'était pas suivie.

Grâce à Dieu.

Elle remonta rapidement l'allée et elle sonna à la porte de la maison. En temps normal, elle frappait un coup avant d'entrer, mais depuis sa dernière conversation avec Noah, elle se faisait l'effet d'une étrangère. Elle pressentait que ni Betty ni Maurice ne croiraient, pas plus que Noah, aux mauvais traitements que lui avait infligé Oliver. En mettant en doute l'innocence de son mari, elle se retrouvait dans un autre camp — le camp ennemi.

— Alors, c'est la vérité ? lui demanda abruptement sa belle-mère en lui ouvrant la porte.

Les yeux rougis de larmes, elle s'exprimait d'une voix tremblante. Jane ne sut que répondre.

— Qu'est-ce que… De quoi tu parles ? balbutia-t-elle.

Noah lui avait interdit de confier leur aventure à ses parents. Il n'était quand même pas venu leur avouer toute l'histoire ?

— Ne fais pas l'innocente. Plus maintenant, renchérit Betty, la voix brisée. Est-ce que tu as trompé Oliver avec Noah ?

Jane eut l'impression qu'une main invisible plongeait un couteau dans sa poitrine.

— Non, murmura-t-elle, le souffle court.

C'était davantage un « non » de consternation qu'une négation de la vérité, mais Betty ne l'interpréta pas de cette manière.

— Ce n'est pas ce *qu'ils* disent, fit-elle en s'écartant pour regagner le salon.

Jane aperçut Noah et Wendy : assis côte à côte sur le canapé, ils se tenaient la main. Alerté par le son de sa voix, Maurice traversa la pièce pour venir à sa rencontre.

— Pourquoi Noah nous avouerait-il quelque chose de faux ? lui fit-il remarquer, sans le sourire amical dont il la gratifiait en temps normal.

Abasourdie, Jane crut défaillir. Son sang cognait si fort à ses oreilles !

— Je… Je ne voulais pas, bredouilla-t-elle.

— Tu ne *voulais* pas avoir une aventure avec un homme marié ? demanda Wendy.

Dans ses yeux, d'ordinaire si doux et bienveillants, Jane ne perçut que de la déception. C'était plus qu'elle ne pouvait en supporter. Elle les aimait tant ! Ils avaient été une vraie famille pour elle… Vers qui se tourner, désormais ? Elle n'avait personne d'autre ! A part Kate, bien sûr… Kate, qu'elle devait emmener en lieu sûr, se rappela-t-elle. Le plus loin possible d'Oliver.

— Où est ma fille ?

— Elle est dans la chambre, en train de colorier. Tu crois que j'allais la laisser entendre tout ça ? répliqua Betty.

Jane passa la langue sur ses lèvres sèches.

— Tu peux aller la chercher, s'il te plaît ?

— Tu plaisantes ? s'exclama Betty en secouant la tête. Tu ne la mérites pas ! Oliver a traversé l'enfer, tu m'entends, l'enfer ! Et toi, tu lui fais *ça*, après tout ce qu'il a déjà enduré…

Une vague de colère et d'indignation l'envahit, balayant le chagrin et la tristesse qui l'empêchaient de réagir.

— Ce n'est pas à vous de juger de ma capacité à être mère.

— Oh que si ! Oliver vient d'appeler. Il dit que tu le quittes. Il ne veut pas que tu emmènes Kate, parce que tu agis de façon irrationnelle. Noah est d'accord avec lui.

— *De façon irrationnelle ?* répéta-t-elle, stupéfaite, en braquant les yeux sur son beau-frère.

Noah l'avait trahie pour Wendy, puis pour ses parents. Et il se rangeait maintenant du côté d'Oliver ? Quel coup bas !

— Tu as besoin d'aide, intervint-il.

Il avait du mal à soutenir son regard, ce qui la consola quelque peu. Il se sentait tout de même un peu coupable envers elle… C'était déjà ça, non ?

— Kate est ma fille, martela-t-elle. Vous n'avez aucun droit de l'éloigner de moi !

— Tu es trop instable, insista Noah en haussant le ton.

Il y croyait, comprit-elle, le cœur brisé. Lui qui la connaissait mieux que quiconque, il croyait sincèrement ce qu'il venait de dire.

— Nous la confierons à son père quand il viendra la chercher, annonça Maurice.

Jane pivota vers lui en essayant de contenir l'hystérie qu'elle sentait enfler en elle.

— Vous croyez que son père est stable ? Son père est un assassin !

— Tu… tu ne peux pas dire ça, hoqueta sa belle-mère.

Jane la dévisagea avec une fermeté qu'elle ignorait posséder.

— Si, je peux.

Betty s'affaissa sur elle-même. Etait-ce le signe d'une remise en question ? Peut-être. Mais même si elle commençait à douter de l'innocence de son fils, elle ne prendrait jamais son parti contre les autres.

Jane se tourna vers Noah.

— Je suis persuadée qu'il a acheté un autre couteau cette semaine. Il a été tenté de l'utiliser sur moi la nuit dernière. Si tu ne fais rien pour l'en empêcher, il va blesser quelqu'un d'autre… Tu veux vivre avec ça sur la conscience ? Si tu te sens coupable d'avoir fait l'amour avec moi, tu mourras de honte quand il aura tué une autre fille !

Maurice bondit sur ses pieds, le visage cramoisi.

— Arrête. Tu es en train de parler du *père* de Kate !

— Tu crois que je ne le sais pas ? cria Jane. C'est une torture pour moi… Mais ce n'est pas son lien à Kate qui vous inquiète. Non, c'est son lien à vous. Si c'est un tueur, vous n'échapperez pas à la remise en cause : « Qu'est-ce que j'ai fait de mal ? Comment ne l'ai-je pas vu ? »

Noah lâcha la main de Wendy et se leva à son tour.

— Ça suffit, Jane ! Mes parents ont traversé suffisamment de moments difficiles… Inutile de les tourmenter en noircissant le tableau.

— Et moi, je n'ai pas assez souffert, peut-être ? Si vous ne me rendez pas ma fille, je vais chercher la police.

— Vas-y, fit Maurice, parce que je ne te laisserai pas embarquer Kate dans l'état où tu es. C'est la fille d'Oliver aussi. Malgré tout ce que tu penses de lui, il a droit à un peu de considération. Il a payé sa dette envers la société.

Bon sang ! songea-t-elle, ivre d'angoisse. Elle *devait* récupérer Kate et partir. Oliver risquait d'arriver avant qu'elle ait pu se rendre au commissariat… Et de toute façon, si elle ne leur apportait pas la preuve qu'il avait enfreint les règles de sa conditionnelle ou qu'il avait fait quelque chose de mal, elle n'était pas sûre que l'inspecteur Willis ou un de ses collègues puisse l'aider.

Elle redressa lentement la tête.

— Très bien. Je reviens, affirma-t-elle en s'éloignant vers sa voiture.

Elle fit mine de partir, essayant de rendre son départ le plus convaincant possible, puis elle se gara un peu plus loin, et revint à pied vers la maison.

Elle aperçut Noah, Wendy, Betty et Maurice par la fenêtre du salon, ce qui signifiait que Kate était encore dans la chambre du fond.

Jane ne pouvait plus qu'espérer…

Le souffle court, elle ouvrit la barrière et se faufila dans l'arrière-cour de la maison. Le vieux saint-bernard de ses beaux-parents la connaissait bien. Il n'aboya pas. Il se leva d'un pas lourd pour l'accueillir et, après lui avoir donné sa patte, il repartit piquer un somme dans sa niche.

— Merci, mon vieux, murmura-t-elle en s'approchant de la porte de derrière.

Elle ne fut pas surprise de la trouver ouverte. C'était toujours le cas dans la journée. Kate sortait souvent pour jouer avec le chien ou à la balançoire.

Elle entra sur la pointe des pieds et gagna rapidement la pièce que les Burke avaient transformée en chambre pour Kate. Elle y jouait, regardait des dessins animés et y dormait quelquefois.

Jane ouvrit la porte, inquiète à l'idée que sa fille fasse du bruit en la voyant entrer. Un petit cri suffirait à la trahir, mais Kate, assise devant la télévision, était si émerveillée par Cendrillon dansant avec le prince charmant qu'elle leva à peine les yeux.

Ce fut Jane qui parla la première.

— Kate chérie, tu ne dois faire aucun bruit, d'accord ? Maman est venue te chercher, mais mamie et papy ne doivent pas savoir que nous partons.

— Maman !

— Chut !

Les sourcils de Kate se levèrent au-dessus de ses lunettes.

— Pourquoi tu chuchotes ?

— Je viens de te le dire. Personne ne doit nous entendre.

— Pourquoi ? répéta la fillette.

— Je t'expliquerai dans la voiture, mais promets-moi de ne pas faire de bruit. Si tu es très, très silencieuse, maman t'achètera une glace.

Entraînée par son enthousiasme, Kate tapa dans ses mains. Jane la réduisit au silence en l'embrassant, submergée par le soulagement de la tenir dans ses bras.

— Attrape tes chaussures. Tu les mettras dans la voiture.

— Mais il fait froid dehors !

Jane pressa un doigt sur les lèvres de sa fille pour lui rappeler de ne pas faire de bruit.

— Nous mettrons le chauffage. Nous devons nous dépêcher. Fais vite.

— Mamie ne nous en voudra pas ? demanda la fillette, la mine soudain assombrie.

— Non, elle est occupée, et je ne veux pas la déranger. Nous l'appellerons plus tard, d'accord ?

Bien qu'intriguée par cette réponse, l'enfant ne discuta pas. Elle ramassa ses chaussures et prit la main de sa mère, qui la guida vers l'extérieur. Elles n'avaient pas encore franchi la porte que Jane entendit ce qu'elle redoutait d'entendre depuis son arrivée chez ses beaux-parents : la voix d'Oliver.

Il était dans le salon.

— Comment ? Qu'est-ce que tu dis ? marmonna Oliver.

Il était si angoissé que son pull trempé de sueur lui collait à la peau. Il se sentait piégé. De toutes les personnes capables de le trahir, son épouse était la dernière à laquelle il aurait pensé.

— Jane est passée et repartie, répéta sa mère.

Il fut pris de panique.

— Tu ne l'as pas laissée emmener Kate…

— Non, la petite est dans sa chambre en train de faire des dessins.

— Bien, murmura-t-il, soulagé.

En entrant dans le salon, il remarqua aussitôt les regards inquiets que lui lancèrent Noah, Wendy et son père. Que se passait-il ? De quoi Jane leur avait-elle parlé ? Il se promit d'éclaircir la question plus tard, quand il aurait plus de temps devant lui.

Pour le moment, il devait…

Sa mère le retint par le bras avant qu'il ne fasse un pas supplémentaire.

— Elle est partie chercher la police.

Raison de plus pour se dépêcher ! songea-t-il.

— Ecoutez… Nous avons quelques problèmes, mais rien de dramatique, énonça-t-il du bout des lèvres. Tout finira par s'arranger.

— Nous l'espérons, fit son père.

Les yeux de Betty se posèrent sur Noah, et elle s'éclaircit la gorge.

— Il faut que… nous te disions quelque chose, annonça-t-elle d'un air compatissant, tout en le guidant vers le canapé.

— Si elle revient avec les flics, je ferais mieux de ne pas m'attarder. Qui sait ce que l'inspecteur a derrière la tête ? Inutile de mêler Kate à toute cette histoire. Je la prends et je file. Tout rentrera dans l'ordre quand sa mère se sera calmée, affirma-t-il en essayant de se dégager.

— Nous avons quelques minutes devant nous, assura Betty. Ta femme vient juste de partir. Et nous devons vraiment te parler. C'est… c'est important. Ça pourrait expliquer son comportement et t'aider à comprendre ce qui se passe. Il est temps de crever l'abcès… Ensuite, tout ira mieux.

Oliver fronça les sourcils. Le silence embarrassé qui planait sur la pièce depuis son arrivée retint enfin son attention. Il devait réparer sans attendre les dégâts que Jane avait causés. Et vite.

— Je ne sais pas ce qu'elle vous a dit, commença-t-il en se tournant vers son père et son frère, mais je vous jure que ce n'est pas vrai. Je l'ai toujours traitée comme une princesse. Nous nous sommes disputés, c'est tout.

— Assieds-toi, insista son père.

Son injonction ne fit qu'accroître la nervosité d'Oliver. Il obtempéra, plus angoissé que jamais.

— Qu'est-ce qu'il y a ? demanda-t-il en les dévisageant tour à tour.

Il leur trouva une mine terreuse. Et pourquoi Noah se tenait-il la tête entre les mains, les yeux obstinément baissés vers la moquette ? Comme personne ne se décidait à parler, il se tourna vers sa mère.

— Maman ?

Elle fit un mouvement de tête en direction de son aîné, qui se redressa lentement.

— Je ne sais pas comment te dire ça, Oliver, commença-t-il, les yeux embués.

— Qu'est-ce qui se passe ? Quelqu'un est mort ?

— Non, grâce à Dieu ! murmura sa mère.

Les yeux rivés sur Noah, Oliver l'entendit à peine.

— Pendant que tu étais en prison, reprit son frère en évitant son regard, je… Jane et moi avons eu une aventure.

Oliver tressaillit. Il avait mal compris, sans doute. Comment Noah aurait-il pu énoncer une telle énormité en présence de Wendy et de leurs parents ?

— *Quoi ?*

— Je suis désolé, bredouilla Noah. Tellement désolé.

Il ne put retenir ses larmes. Wendy posa une main sur son genou pour lui témoigner son soutien.

Oliver déglutit péniblement. La confession de son frère

tournait en boucle dans son esprit. « Jane et moi avons eu une aventure… »

— Tu as sauté ma femme ? Pendant que je me languissais d'elle à San Quentin, elle s'envoyait en l'air avec toi ?

Manifestement surpris par la crudité de ses propos, ses proches échangèrent des regards embarrassés. Il n'avait pas l'habitude de s'exprimer ainsi, c'est vrai… mais n'était-ce pas la seule formulation possible ? Noah et Jane s'étaient laissés aller à leurs plus bas instincts. De vrais *animaux*, songea-t-il avec dégoût.

Cette liaison expliquait le brusque revirement de Jane… Et dire qu'il avait rendu Skye responsable de tous ses malheurs ! Elle l'était, bien sûr, puisqu'il n'aurait pas croupi trois ans en prison si elle n'avait pas témoigné contre lui. Mais ce n'était pas elle qui avait poussé Noah à prendre *sa* place dans le lit de Jane !

Si son propre frère le trahissait, en qui pouvait-il avoir confiance ?

— Il fallait que je dise la vérité ! A Wendy, à toi et aux parents, poursuivit Noah. Je ne supportais plus de vivre avec ce mensonge… Je n'arrivais plus à me regarder dans la glace ! Jane et moi avons très mal agi. Ça n'aurait jamais dû se produire, mais c'est fini, à présent. Je… Je ne referai plus jamais ce genre d'erreur. Et j'espère que… tu finiras par me pardonner.

Lui *pardonner* ? Oliver faillit s'esclaffer. Quel genre d'homme pouvait se taper la femme de son frère et s'imaginer qu'il suffisait d'un « désolé » pour obtenir son pardon ? Et Jane, comment avait-elle pu le trahir de la sorte ?

Il se remémora le coup de fil qu'il lui avait passé de San Quentin, quelques jours avant sa libération. Il était tombé sur Noah, et Jane lui avait raconté qu'il était venu réparer la plomberie. Tu parles ! La seule « plomberie » sur laquelle bossait son frère, c'était celle de sa femme !

Une série d'images défilèrent sous ses yeux, lui donnant la nausée. Il s'était trompé. Son épouse ne valait pas mieux que toutes les autres — les Miranda Dodge, les Patty Poindexter, les Skye Kellerman… Toutes ces garces qui croyaient mériter quelqu'un de mieux que lui !

— C'est ta faute, si elle me quitte ! s'exclama-t-il brusquement.

Noah baissa les yeux.

— J'ai essayé de rompre avec elle, mais elle ne voulait rien entendre… Maintenant que tout est dit, elle comprendra que c'était la seule chose à faire. Elle est bouleversée… Nous le sommes tous ! Nous avons peut-être besoin de soutien… Un thérapeute pourrait nous aider à y voir clair, tu ne crois pas ? En tout cas, je suis prêt à faire tout ce qu'il faudra pour essayer de réparer mes torts.

— Tu entends, Oliver ? Il est malheureux ! assura Betty. La situation lui a échappé, et…

— Nous devons tout mettre en œuvre pour sauver notre famille, renchérit Wendy. Je fais de mon mieux pour pardonner à ton frère et donner une seconde chance à notre couple. J'espère que, quand tu y auras réfléchi, tu pourras faire la même chose avec Jane.

Oliver la toisa avec mépris.

— Comment peux-tu encore l'accepter dans ton lit ?

— Il a commis une erreur, admit Wendy en rougissant. Jane aussi, mais elle traversait une période difficile… Noah allait très souvent l'aider. Il était navré pour elle et elle était si seule ! Essaie de comprendre, je t'en prie !

— Je m'en fous. Ton mari a profité de mon incarcération pour me voler ma femme.

Noah blêmit.

— Si tu savais comme je m'en veux !

Oliver le foudroya du regard. Quel minable ! Assister à son humiliation avait du bon, finalement. Né en second, Oliver était toujours passé après lui. Second dans l'amour de son père, second dans l'admiration de sa mère et second dans l'estime de tous les autres, il avait grandi en assistant au triomphe permanent de son frère aîné. Noah était plus grand, Noah était plus séduisant, Noah était plus athlétique… et il avait tellement plus de succès auprès des filles ! Mais ça ne lui suffisait pas… Il avait fallu qu'il lui prenne aussi Jane — *sa* Jane.

Quel genre de frère agissait ainsi ?

Un frère mort, trancha-t-il.

— Je vais chercher Kate, annonça-t-il d'une voix atone.

— Tu crois vraiment que c'est une bonne idée ? Tu es bouleversé et… tu n'auras sans doute pas la tête à t'occuper d'elle, ce soir. Laisse-la ici, je t'en prie ! supplia Betty, en se tordant les mains.

— Pas question. Je prends ma fille avant que Jane soit de retour avec la police.

— Oliver…

Il se leva et s'avança dans le couloir.

— Kate ? Kate, c'est papa. On y va.

Il n'y eut pas de réponse. Sa mère et son père lui avaient emboîté le pas. Ils argumentaient, s'excusaient, tentaient de le convaincre de leur laisser sa fille pour la nuit… mais il les ignora et posa résolument la main sur la poignée de la porte.

— Kate ? Viens, ma chérie.

Il poussa le battant. La pièce était vide.

23

— Grand-mère n'était pas très contente, ce soir… Pas vrai, papa ? fit Jeremy.

En jetant un coup d'œil dans le rétroviseur, David constata que son fils était encore en pleine forme, malgré l'heure tardive. Ils avaient passé la soirée chez Skye et rentraient maintenant à Sacramento.

— C'est parce qu'elle est en colère contre moi en ce moment.

— Elle dit que t'es un salopard de première, comme tous les autres !

David se mordit la langue, ravalant les noms d'oiseaux qui lui vinrent aux lèvres.

— Quand ils sont malheureux, les gens disent parfois des trucs qu'ils ne pensent pas vraiment, expliqua-t-il doctement — en se trouvant plutôt indulgent pour un « salopard de première ».

— C'est pour ça que maman dit que t'es pire que grand-père ? Que tu vas nous quitter et que tu t'en fiches complètement si elle meurt ?

— Elle ne va pas mourir.

Du moins l'espérait-il de tout son cœur.

— Et je ne te quitterai jamais, tu le sais. Ta mère et ta grand-mère ne vont pas très bien en ce moment, c'est tout.

Jeremy laissa passer un court silence, avant de reprendre :

— Je l'ai entendue dire à grand-mère que Skye n'était qu'une « marie-couche-toi-là ».

Lynnette ferait mieux de garder ses opinions pour elle !

fulmina-t-il intérieurement en s'efforçant de ne pas céder à la colère qui l'envahissait.

— Ah bon ? Tu sais ce qu'elle voulait dire ? interrogea-t-il en faisant mine de ne pas avoir compris.

Jeremy fronça le nez.

— Justement, je voulais te le demander.

— Ta mère ne devrait pas parler de Skye alors qu'elle ne la connaît même pas.

— Skye est cool, je l'aime bien.

— Moi aussi.

Enormément, même. Cette soirée ne s'était pas passée comme il l'avait imaginé, mais Skye leur avait offert ce dont Jeremy et lui avaient besoin : un dîner paisible et un DVD regardé « en famille » sur le canapé du salon. L'enfant ayant déploré que Skye ait raté son huitième anniversaire, le mois précédent, la jeune femme avait insisté pour lui préparer un gâteau, qu'ils avaient savouré avec une boule de glace. Son fils avait été sensible à l'attention qu'elle lui témoignait, et c'était parfaitement normal : il s'était sans doute senti délaissé, ces derniers temps. Accaparé par son travail, David n'avait pas vraiment pris le temps de jouer ou de discuter avec lui lors de leurs week-ends en commun. Quant à Lynnette, elle était si soucieuse de sa propre santé et si instable qu'elle avait sans doute du mal à tenir compte des besoins affectifs de leur fils.

— Tu as aimé le dessin animé ? demanda David en jugeant préférable de changer de sujet.

— Ouais.

Skye et lui avaient veillé à ne pas se toucher ou s'embrasser en présence de Jeremy. C'était frustrant, bien sûr, mais tous deux espéraient que leur comportement avait rassuré l'enfant.

— Alors, on reverra Skye ?

David crispa ses mains sur le volant, redoutant presque de poser la question qui franchit aussitôt ses lèvres :

— Ça te plairait ?

— Est-ce que ça veut dire que tu ne reviendras pas à la maison ? demanda-t-il après un moment de silence.

David soupira. Manifestement, il n'échapperait pas à la

« Grande Conversation » ce soir. Sur le point de se garer sur le bas-côté pour accorder toute son attention à son fils, il se ravisa, craignant de paraître trop solennel.

— Non, je ne vais pas revenir, mais Skye n'y est pour rien.

Son fils parut perplexe, puis infiniment triste.

— C'est à cause de quoi alors ?

— Tu te souviens de Josh Palmer ?

— Ouais.

— C'était ton meilleur copain en CE1. Pourtant vous ne faites plus beaucoup de choses ensemble.

— C'est vrai, admit Jeremy.

— Tu m'as dit que c'était parce que vous n'aimiez pas les mêmes activités.

— Ouais. Je joue au football à la récré, mais il préfère la balle au prisonnier.

— Mais tu l'aimes toujours bien ?

— Oui.

— C'est un peu pareil avec ta mère. Au début, nous aimions les mêmes choses, puis nous avons changé… Nous n'avions plus les mêmes envies et nous n'étions plus aussi heureux ensemble.

— Elle dit que tu vas la laisser mourir toute seule.

— Je serai toujours là pour elle, je te le promets.

Jeremy ne répondit pas.

— Tu comprends ce que je veux dire ? insista David.

— Je crois, fit-il en regardant ses pieds. Vous allez rester divorcés, alors ?

Formulé ainsi, c'était peu glorieux, songea-t-il avec dépit. Mais il devait regarder la vérité en face, à présent. Et cesser de retarder l'inévitable.

Il aurait préféré expliquer la situation à Jeremy de manière moins… abrupte, mais les faits étaient là. Il n'y pouvait rien changer.

— Je suis désolé, fiston. Ça fait longtemps que nous essayons, ta mère et moi, de trouver des compromis, parce que nous tenons très fort à toi, justement.

— Et ça, ça ne changera pas, hein ? murmura Jeremy en levant les yeux vers lui.

David se gara sur le bas-côté et se tourna vers son fils. *Maintenant*, il voulait accorder à leur conversation toute l'intensité qu'elle méritait. Et tant pis s'il paraissait solennel !

— Non, ça ne changera pas. Quoi qu'il arrive, nous t'aimerons toujours plus que tout, affirma-t-il avec force.

Skye était plus angoissée que jamais, ce soir. Et pour une fois, cette angoisse n'avait rien à voir avec la peur de mourir. Bien sûr, elle n'oubliait pas que quelqu'un avait envoyé Bishop à ses trousses, quelqu'un qui n'était pas Burke, mais qui la connaissait assez bien pour savoir où elle habitait. Elle avait du mal à croire qu'il puisse s'agir de Noah.

Elle laissa échapper un long soupir. A quoi bon se creuser la tête, une fois de plus ? La liste des hypothèses lui semblait soudain trop longue, et les indices trop peu nombreux. Et puis… une autre menace, plus insidieuse, requérait son attention. Après quatre années passées à se protéger d'une agression extérieure, en faisant une forteresse de sa maison, en utilisant une boîte postale, en soulevant des haltères et en apprenant à se servir d'une arme, elle n'avait pas son pareil pour pressentir le danger et se défendre. Mais elle ne savait plus s'ouvrir aux autres, faire confiance, aimer et se laisser aimer.

En souhaitant s'engager dans une vraie relation amoureuse avec David, elle fonçait droit sur ce que son instinct de protection lui indiquait comme une menace potentielle.

Mais elle savait aussi que, si elle ne prenait pas le risque, elle passerait peut-être à côté d'une des plus belles histoires de sa vie.

Si seulement la situation n'était pas si compliquée ! Maintenant qu'elle connaissait l'état de santé de Lynnette, elle comprenait pourquoi David craignait de la quitter — et se sentait coupable d'avoir un peu hâté sa décision. Pas étonnant que Lynnette veuille désespérément le garder ! Et puis, il y avait le bébé qu'elle attendait… Si David apprenait sa grossesse dès maintenant, ils n'auraient plus la possibilité d'entamer une relation qui ne soit pas fondée sur l'obligation et le sens du devoir.

Son état ne se verrait pas avant quatre mois. Cela suffirait-il à leur couple pour se solidifier ?

Pour la première fois depuis longtemps, elle éprouva le besoin de parler à ses demi-sœurs. Depuis qu'elle avait annoncé à Jennifer la libération imminente de Burke, elle ne lui avait passé que quelques brefs coups de fil, qu'elle avait voulus rassurants. Elle avait aussi parlé à Joe, en prenant soin de rester distante. Elle ne se sentait pas encore prête à former une vraie famille avec eux… mais elle avait besoin de leur parler. De leur demander comment ils parvenaient, eux, à aimer sans craindre de s'y perdre. En fondant La Contre-attaque, Sheridan, Jasmine et elle étaient convaincues que l'association les aiderait à panser leurs blessures. D'une certaine façon, c'était le contraire qui s'était produit. En se confrontant en permanence aux agressions que subissaient leurs protégés, elles ne pouvaient tourner la page sur leurs propres traumatismes. Leurs blessures ne se refermaient pas : elles se condamnaient à rester écorchées vives. « Tu prends les choses trop à cœur », se dit-elle soudain en songeant aux photos punaisées sur le mur de son bureau. Ces images la ramenaient constamment à ce qui lui était arrivé. Et constituaient un obstacle à sa guérison.

N'était-il pas temps d'oublier ? De baisser les armes et de recommencer à *vivre* ?

David avait ses problèmes ; elle avait les siens ; Lynnette en avait d'autres. Ils ne parviendraient peut-être pas à les surmonter, mais ça valait le coup d'essayer, non ? Elle aimait assez David pour prendre le risque, en tout cas.

Restait à espérer qu'il soit sur la même longueur d'onde…

Elle prit le téléphone et composa le numéro de Jennifer malgré l'heure tardive.

— Allô ? répondit sa demi-sœur à la première sonnerie.

— C'est moi, fit Skye.

— Tu vas bien ?

— Oui, rassure-toi.

— Tu sais enfin qui a envoyé Bishop ?

— Non — et je n'appelle pas pour ça.

Il y eut un blanc au bout de la ligne.

— Qu'est-ce qu'il y a, alors ?

Skye sourit en posant une main son ventre. Que ressentirait-elle dans quelques semaines ? Et dans quelques mois ?

— Je crois que je suis amoureuse, confia-t-elle tout à trac.

— De l'inspecteur dont tu m'as parlé ?

— Oui.

— C'est une bonne chose, non ?

— Oui, mais... ça m'effraie plus que tout le reste !

Jennifer laissa échapper un petit rire.

— Vous avez dépassé le stade des préliminaires, si je comprends bien !

— Il est venu chez moi ce soir avec son fils, Jen. C'est la première fois qu'il me laisse partager du temps avec Jeremy et c'était...

— Comment ?

— Merveilleux, répondit-elle dans un souffle.

— Tu t'entends bien avec le petit, alors ?

Skye rougit d'émotion au souvenir du sourire qui avait illuminé le visage de Jeremy quand elle avait allumé les bougies sur le gâteau.

— Oui. Il est adorable.

— Tu crois que tu pourras l'aimer ?

— Bien sûr !

— Alors, c'est quoi le problème ?

— Et si je me laisse aller, que je tombe la tête la première dans cette histoire et que... ça ne marche pas ?

— Tu souffriras, comme tout le monde. Puis tu te relèveras et, après avoir essuyé la poussière sur tes genoux, tu remonteras en selle. Les chagrins d'amour font partie de la vie, Skye. Essayer de s'en protéger, c'est se couper de la vie elle-même !

Elle partageait son opinion, mais elle était heureuse d'en avoir la confirmation.

— Donc, il n'y a pas de raison pour que je m'interdise de le voir ?

— Sûrement pas ! s'esclaffa sa sœur. Tu devrais plutôt aller te coucher. Demain est un nouveau jour.

— D'accord. J'y vais, répéta Skye.

Pour la première fois depuis que Burke l'avait agressée, elle ne vérifia pas dix fois de suite que la porte et les fenêtres étaient bien fermées : une fois lui suffit. Rassurée, elle se mit au lit et s'endormit presque aussitôt.

L'heure était venue de vivre de vivre normalement. Et de croire de nouveau au plus imprévisible des sentiments : l'amour.

La sonnerie du téléphone parut menaçante à son esprit encore embrumé de sommeil. Réveillée en sursaut, Skye n'avait pas très envie de bouger. Elle tenta d'ignorer les injonctions de l'appareil — puis se ravisa : l'appel provenait peut-être de Jasmine ou de Sheridan. Si l'une d'elles cherchait à la joindre à une heure pareille, c'était forcément important.

Elle roula sur le côté, manquant de faire tomber le téléphone de la table de chevet en voulant l'attraper.

— Allô ?

— Skye, c'est David.

Elle se frotta les yeux.

— Quelque chose ne va pas ?

— Rien qui doive t'inquiéter. J'ai reçu un appel de mes collègues. On a retrouvé un corps dans un terrain vague, et je dois me rendre sur place. Et je me demandais si… tu pourrais venir passer la fin de la nuit ici, avec Jeremy. Je suis désolé de te demander ça, mais je n'arrive pas à joindre Lynnette, précisa-t-il avec un embarras manifeste. Je ne sais pas si elle est encore dans un bar ou avec quelqu'un ou…

— Ne t'en fais pas. Je m'habille et je pars tout de suite.

— Parce que tu es nue ?

Elle se mit à rire. Il se laissait facilement distraire !

— Pas complètement.

— J'ai bien aimé ce que j'ai imaginé…

— A tout de suite, murmura-t-elle en souriant.

Le lendemain matin, ce fut le bruit de la télévision qui tira Skye du sommeil. Elle ouvrit les yeux, écoutant les bruits de voix et la musique qui s'échappaient du salon. David était-il déjà rentré ? En tout cas, Jeremy, lui, était bien réveillé. Et il regardait un dessin animé.

Etouffant un bâillement, elle se dirigea vers la salle de bains pour se peigner et se laver les dents.

Lorsqu'elle entra dans le salon quelques minutes plus tard, prête à expliquer à Jeremy pourquoi elle avait de nouveau dormi dans le lit de son père, le petit garçon la salua gentiment. Et sans surprise apparente.

— Salut ! Je t'ai réveillée ?

— Non, mentit-elle, conciliante.

— Tant mieux ! Papa m'a dit de ne pas faire de bruit pour ne pas te réveiller.

— Tu lui as parlé, ce matin ? s'informa-t-elle en s'asseyant sur l'accoudoir du canapé.

— Oui, il a appelé du travail. Il a demandé que tu le rappelles quand tu serais levée.

Incroyable, s'étonna-t-elle. Elle n'avait même pas entendu la sonnerie du téléphone ! Elle avait rarement aussi bien dormi au cours de ces quatre dernières années.

— Il doit être fatigué après avoir passé toute la nuit dehors !

— Ouais, c'est dur d'être dans la police, déclara l'enfant avec le plus grand sérieux.

Elle attendit qu'il reporte son attention sur le dessin animé, puis s'éclipsa dans la cuisine pour téléphoner à David.

— Bonjour, toi… Tu as bien dormi ? demanda-t-il d'une voix délicieusement sensuelle.

— Extrêmement bien.

Elle aimait être chez lui, sentir son odeur sur les draps. Elle n'était pas ravie, en revanche, de lui mentir sur sa grossesse, mais ils devaient d'abord gérer une transition difficile. Elle ne voulait pas gâcher ce qui commençait à peine.

— Où es-tu ?

— Toujours sur le lieu du crime.

— De quoi s'agit-il ? David ? insista-t-elle comme il tardait à répondre.

— Tu devrais peut-être t'asseoir.

— Pourquoi ?

— Tu connais la victime.

— Je la connais ? répéta-t-elle, la gorge nouée. Qui est-ce ?

— Sean Regan.

Elle se laissa tomber sur une chaise. Pauvre Sean ! Il lui avait demandé son aide, mais elle n'avait rien pu faire contre la menace qui pesait sur sa vie...

— Tu en es sûr ?

— Il était diabétique. Il portait un bracelet d'alerte médicale. C'est ce qui nous a permis de l'identifier.

— Et... qui l'a trouvé ? s'enquit-elle d'une voix tremblante.

— Un certain John Roberti. Le corps était dans un ruisseau derrière un terrain vague, près d'un supermarché.

— Comment est-il mort ?

— Le corps est en trop mauvais état pour le dire. Il était dans un tonneau métallique. Il a dû y passer pas mal de temps. En été, il ne serait plus rien resté à part des os et...

Il laissa sa phrase en suspens, mais elle avait compris.

Elle pressa sa main sur sa bouche pour contenir la nausée qui lui contractait l'estomac. Des os et de la chair putride, voilà ce qu'était devenu l'homme qu'elle avait rencontré à son bureau avant Noël.

— Tu as trouvé des indices qui pourraient te conduire à son meurtrier ?

— Nous essayons de relever des empreintes sur le tonneau, bien sûr. Les pluies des derniers jours ont effacé les traces de pas ou de pneus... On va voir ce que le légiste peut faire.

— C'est sa femme qui l'a tué. Avec l'aide de son petit ami, affirma-t-elle, réitérant les accusations qu'elle martelait à la police depuis la disparition de Sean.

— Qui que ce soit, nous le coincerons ! lui promit-il d'un ton qui se voulait rassurant.

Mais elle ne fut pas dupe de l'optimisme qu'il tentait de lui communiquer : sa voix trahissait sa fatigue et le poids des responsabilités qui étaient les siennes.

— Tu sais que Jonathan Stivers peut vous apporter son aide : il a rassemblé tout un tas d'éléments contre Tasha Regan.

— C'est ce que m'a dit Mike Fitzer. Dès que le corps a été identifié, j'ai su que je ne serai pas sur l'affaire. C'est lui qui s'en chargera.

— Tu crois qu'il va accepter de collaborer avec Jonathan ?

— Sûrement. Il n'a certainement pas envie de voir traîner un cas d'homicide non résolu sur son bureau. En plus, il sait que je suivrai l'avancement de l'enquête.

— Quand est-ce que tu rentres ?

— Je me mets en route.

Elle se redressa. On frappait à la porte de l'appartement.

— Tu as de la visite, annonça-t-elle.

— Bon sang ! Ne me dis pas que c'est Lynnette qui vient chercher Jeremy ? J'arrive aussi vite que possible.

Elle raccrocha, consciente de ne pouvoir échapper au face à face qu'elle redoutait depuis quelques jours. Jeremy s'était précipité vers la porte pendant qu'elle expliquait la situation à David. Elle se leva, passa la main dans ses cheveux… et n'eut que deux secondes de répit avant que Lynnette ne fasse irruption dans la cuisine.

— Je suis désolée. David n'est pas encore rentré, dit-elle en choisissant ses mots avec soin.

Elle ne s'était jamais sentie aussi gênée de sa vie. Elle connaissait les symptômes d'une sclérose en plaques : une de ses amies s'était retrouvée en fauteuil roulant en moins de dix ans.

— Pour qui vous prenez-vous ? riposta Lynnette en la toisant des pieds à la tête.

La tenue de Skye ne fit qu'accroître sa colère : vêtue d'un débardeur et d'un bas de pyjama appartenant à David, elle avait tout d'une maîtresse attendant son amant…

Skrecula d'un pas, levant la main en signe d'apaisement.

— Je ne suis là que pour faire du baby-sitting.

— Oserez-vous me dire que vous ne couchez pas avec mon mari ?

— Votre *ex*-mari, rectifia Skye, mais ce n'est ni le moment ni l'endroit pour en parler : votre fils est là, ajouta-t-elle en lançant un regard entendu vers Jeremy.

— Vous avez raison : c'est *mon* fils, et je ne veux pas que vous vous occupiez de lui !

— Laissons-le en dehors de tout ça, fit doucement Skye. Il a déjà plus de soucis qu'il ne devrait en avoir à son âge.

Lynnette ne semblait plus avoir le recul ni la stabilité émotionnelle nécessaires pour s'en soucier. En talons aiguilles, minijupe et chemisier échancré, elle avait manifestement passé la nuit dehors.

— C'est vous la garce qui lui gâchez la vie !

Lynnette se tourna vers son fils qui les observait, muet de stupeur.

— Prends tes affaires. On s'en va, ordonna-t-elle d'un ton sec.

Visiblement embarrassé, Jeremy obtempéra sans broncher puis rejoignit sa mère dans l'entrée.

— Ne t'en fais pas, Skye, lança-t-il en se retournant vers elle. Maman ne te déteste pas… Sinon, elle ne t'aurait pas prise en photo !

— Je n'ai jamais pris de photo, s'écria vivement Lynnette. Il dit n'importe quoi !

La lueur que Skye surprit dans ses yeux démentait ses propos.

— Je ne mens pas, protesta Jeremy, piqué au vif. T'as même sa photo dans ton portable !

— Tais-toi !

— Et tu l'as donnée au type qui avait des gros trous dans les oreilles, tu te rappelles ? Il y en avait une avec Skye en voiture et…

Il n'eut pas le loisir de poursuivre : Lynnette l'entraîna si brutalement vers la porte qu'il laissa échapper un cri de surprise.

Skye résista à l'envie de faire rentrer l'enfant dans l'appartement et de fermer la porte derrière eux. Elle n'aimait pas l'idée de laisser Jeremy à cette femme — bien qu'il s'agisse de sa mère —, mais elle ne souhaitait pas le mettre dans une situation plus difficile, qui l'obligerait à choisir entre elles deux.

— Lorenzo Bishop, énonça-t-elle à voix haute. C'est à lui que vous avez donné ma photo, n'est-ce pas ?

— Absolument pas. Je ne connais aucun Lorenzo ! lança Lynnette avant de quitter les lieux, entraînant son fils derrière elle.

David ne vit pas la voiture de Lynnette en arrivant au pied de son immeuble. Il grimpa pourtant les marches deux à deux en priant pour que le départ de Jeremy avec sa mère se soit passé sans heurt.

Il trouva Skye assise à la table de la cuisine, l'air profondément abattu.

— Que s'est-il passé ? s'exclama-t-il avec inquiétude.

Elle leva les yeux vers lui.

— C'est ton ex-femme qui a envoyé Lorenzo Bishop.

Il tressaillit, incrédule.

— Tu me fais marcher ?

Il était bien placé pour savoir que les sautes d'humeur de Lynnette la rendaient pénible. Même en temps normal, elle passait de l'amour à la haine, de la rancœur aux supplications, sans le moindre égard pour ses interlocuteurs. La maladie aggravait son instabilité naturelle, certes… mais de là à vouloir *tuer* quelqu'un… il y avait un pas !

— Non. Je ne plaisante pas avec ça.

L'assurance qui brillait dans les yeux de Skye balaya ses doutes. Elle pensait vraiment ce qu'elle disait — mais cela ne rendait pas l'accusation plus facile à accepter.

— Lynnette est jalouse de toi, déclara-t-il, cherchant à comprendre. Il n'y a pas de doute là-dessus. Elle te déteste parce qu'elle pense que tu m'as détourné d'elle. Elle te reproche de…

— Elle a donné des photos de moi à Bishop, l'interrompit-elle. Je ne sais pas où elle l'a rencontré, lui, mais elle m'a prise en filature pour me photographier. C'est Jeremy qui me l'a dit. Il allait ajouter autre chose, mais elle l'a fait taire.

David s'assit, cherchant désespérément une autre explication.

— Je n'arrive pas à le croire, insista-t-il. Tu as dû mal comprendre ! Elle a peut-être engagé quelqu'un pour nous filer tous les deux…

— Non. Jeremy m'a raconté qu'elle avait donné les photos de moi à un homme qui avait de gros trous dans les oreilles.

David sentit son estomac se contracter. Beaucoup de types avaient ce genre de piercing.

— Tu as mentionné tes soupçons à Lynnette ?

— Quand j'ai prononcé le nom de Bishop, elle a blêmi et a détourné le regard. Elle était déjà très hostile en arrivant, mais dès qu'il a été question de Bishop, elle a attrapé Jeremy et s'est presque enfuie en courant.

Il aurait voulu continuer à nier que Lynnette était capable d'un acte aussi criminel, mais il savait que les triangles amoureux conduisaient parfois à des actes insensés. Ce genre de faits divers se produisaient tous les jours. Mais pourquoi fallait-il que ça lui arrive *à lui* ?

— Et Noah ? avança-t-il. Nous pensions que c'était lui qui était derrière Bishop.

Skye secoua la tête.

— Ce n'était qu'une hypothèse… Tu n'avais aucune preuve.

Elle avait raison, songea-t-il. Maintenant qu'il acceptait d'envisager l'implication de Lynnette dans cette affaire, tout concordait : son ex-femme savait que Burke allait sortir de prison, par exemple. Elle connaissait le dossier Kellerman dans ses moindres détails — et pour cause : il lui en avait tant parlé avant le procès ! Elle savait donc que le coup de fil anonyme et le mot signé des initiales « O.B. » le lanceraient aux trousses de Burke. Elle avait tout mis en place pour le mettre sur cette piste au cas où Lorenzo atteindrait sa cible. C'était intelligent…

Et diabolique.

— A-t-elle accès à ton carnet d'adresses ?

Evidemment, se dit-il. Les occasions n'avaient pas manqué

au cours de ces trois dernières années. Quand il mettait en charge son téléphone sur la table de chevet, quand il était sous la douche, au cours des repas…

Atterré, il se prit la tête entre les mains. Plus il y pensait, plus la culpabilité de Lynnette lui paraissait indéniable, mais il voulait encore croire qu'il y avait une autre explication. Ce serait si terrible pour Jeremy s'il devait poursuivre son ex-femme pour tentative de meurtre !

Cette perspective l'horrifiait. Mais si Skye avait raison, il ne pourrait pas entraver le cours de la justice.

Jane ouvrit les yeux et demeura immobile de longues minutes avant de se tourner vers Kate. Qui dormait encore à poings fermés, constata-t-elle avec soulagement. Il flottait dans la chambre d'hôtel une odeur désagréable, qu'elle refusa d'analyser en repensant au type de clientèle qu'elles avaient croisé en arrivant la nuit dernière. C'était loin d'être un palace, mais elles avaient un toit, au moins ! Ce refuge de fortune lui permettait de réfléchir, loin d'Oliver et de la famille Burke, à la suite des événements. Que devait-elle faire ? Elle avait réussi à s'enfuir avec Kate, mais la nuit n'avait pas réussi à apaiser ses doutes. N'avait-elle pas cédé à la panique et accordé trop d'importance à ses intuitions ?

Après être partie, elle avait acheté quelques produits de première nécessité puis avait retiré tout ce qui restait sur son compte. Ce n'était pas avec six cents dollars qu'elle allait s'en sortir…

Elle avait quitté Oliver, le laissant seul et sans argent. Elle avait beau se répéter que c'était le sien et qu'elle était libre d'en disposer à sa guise, elle ne pouvait faire taire la petite voix qui lui disait qu'il avait toujours été généreux quand c'était lui qui faisait vivre la famille. Et si elle s'était trompée ? S'il était aussi innocent qu'il le clamait ?

S'était-elle montrée injuste envers lui ? Après tout, elle n'était pas irréprochable : elle l'avait trompé avec son beau-frère ! Ne l'avait-elle accusé du pire que pour étouffer sa propre culpabilité ? Ce matin, elle n'était pas loin de le penser. Le rejet de Noah l'avait tant fragilisée, tant blessée, qu'elle n'arrivait plus à réfléchir correctement.

Une chose était sûre : elle n'avait aucune preuve formelle de la culpabilité d'Oliver. A part son calepin, dont elle connaissait déjà l'existence, elle n'avait rien trouvé en fouillant la maison. Et qu'y avait-il de mal à tenir un journal intime ? Il l'avait toujours fait, affirmant que l'écriture l'aidait à clarifier ses pensées et ses émotions. Et même s'il utilisait un langage codé, ça ne le rendait pas coupable de meurtre pour autant ! Quant à la photo de Skye Kellerman qu'il avait collée dans le carnet, elle ne prouvait rien non plus. Skye étant la personne qui l'avait fait condamner, il était un peu normal qu'il la déteste, non ?

Alors, l'avait-elle accusé injustement, comme le lui avait reproché Noah ?

Elle retint un sanglot en repensant à la façon dont ce dernier l'avait traitée devant sa femme et ses parents. Il aurait dû l'avertir de ce qu'il comptait faire. Au lieu de ça, il l'avait mise devant le fait accompli, l'exposant à une scène blessante et humiliante !

« Calme-toi », s'enjoignit-elle, consciente d'avoir les nerfs à vif. Noah essayait d'arranger les choses… Il voulait faire au mieux, tout comme elle. Et il n'avait pas complètement tort quand il l'avait accusée de se comporter de manière irrationnelle. Elle avait un peu perdu la tête depuis qu'Oliver était sorti de prison.

Pouvait-elle se fier à ses propres émotions, dans ces conditions ?

Oliver s'était montré distant quand ils avaient fait l'amour, certes… mais il n'avait pas été réellement brutal ou violent — enfin, pas de manière délibérée. Sa froideur était peut-être normale, après trois ans de séparation ! Il fallait lui donner du temps… Ils formaient un couple solide, autrefois. Oliver avait réussi sa vie. Il voulait reconstruire ce qui s'était effondré pendant le procès : sa réputation, sa fortune, sa clientèle. N'était-ce pas ce qu'elle voulait, elle aussi ?

Préférait-elle *ça* ? se demanda-t-elle, le regard fixé sur la tâche jaunâtre qui s'étalait dans un coin du plafond, témoin d'une ancienne fuite d'eau.

— Avant Skye, tout allait bien, murmura-t-elle.

Après sa rencontre avec son mari, sa vie s'était muée en champ de ruines. C'était bien la preuve que tout était la faute de cette femme, et non d'Oliver !

C'est ce que pensaient Noah, Betty et Maurice, les personnes en qui elle avait toujours eu confiance. Celles qui avaient toujours été là pour la soutenir, songea-t-elle tandis que leurs propos lui revenaient à la mémoire : « Tu agis de façon irrationnelle… Il est innocent… »

Leurs arguments se mêlaient à ses doutes et à ses craintes, tournant en boucle dans son esprit agité, si bien qu'elle se sentit bientôt gagnée par un terrible mal de tête. La douleur lui martelait les tempes comme si un étau lui enserrait le crâne. Malgré l'envie de se lever, de bouger pour échapper à cette pression, elle n'esquissa pas un mouvement de crainte de réveiller Kate et d'avoir à affronter ses questions : elle avait bien assez des siennes !

Elle ignorait où aller, que faire et à qui accorder sa confiance. Ce qui était sûr, c'était qu'elle devait avoir quitté la chambre avant midi.

Elle se glissa doucement hors du lit et attrapa son répertoire. Elle connaissait forcément quelqu'un qui pourrait les accueillir le temps de se retourner et de prendre une décision…

Elle tourna les pages avec un désarroi croissant. Elle ne fréquentait plus la plupart des personnes qui figuraient dans son calepin, vestige d'une vie aisée. Bien qu'elle ne la connaisse pas depuis longtemps, Danielle lui parut être la seule personne fiable de son entourage.

Mais on était samedi matin. Danielle devait être en route vers le salon — ce qu'elle devrait faire aussi si elle ne voulait pas perdre son boulot…

— Maman ?

Jane se figea, la gorge nouée.

— Oui, ma chérie ?

— Je n'aime pas cet hôtel. On peut rentrer chez nous ?

Elle non plus, elle ne l'aimait pas. Mais elle craignait de devoir loger dans des endroits encore plus minables si leur situation se dégradait davantage.

— Laisse-moi… Laisse-moi réfléchir, Kate.

Son portable n'avait plus de batterie et elle n'avait pas emporté son chargeur. Elle s'approcha du téléphone fixe de la chambre et, après une profonde inspiration, composa le numéro de leur maison.

Pourvu qu'Oliver réponde ! Il leur demanderait de revenir, il les rassurerait, comme il avait toujours su le faire par le passé, et tout rentrerait dans l'ordre. Elle voulait y croire. Elle avait désespérément besoin d'y croire.

Elle attendit en tortillant le cordon du téléphone tandis que les sonneries s'enchaînaient.

Le répondeur s'enclencha.

« Vous êtes bien chez Jane et Kate. Nous ne sommes pas là… »

Elle prit soudain conscience qu'elle n'avait pas changé leur message d'accueil. Voilà qui en disait long sur son état d'esprit ! Ses sentiments pour Noah avaient tout faussé… Elle n'avait manifesté que doutes, méfiance et résistances à l'égard de son mari, lui ôtant toute chance de rebâtir leur couple.

— Oliver ? appela-t-elle. Si tu es là, décroche. Je suis désolée. J'ai dû perdre la tête, je ne sais pas ce qui m'a pris… Je m'en veux terriblement. Décroche, s'il te plaît !

Rien. Où était-il ? Parti faire du vélo ? Elle en doutait. Il était plus probable qu'il dormait après avoir passé la nuit à les chercher.

Pendant de longues secondes, elle l'imagina au volant de sa voiture, roulant au hasard, le cœur serré d'angoisse et de désespoir. Quel gâchis ! songea-t-elle, bouleversée.

— Oliver ? répéta-t-elle.

— J'ai faim, se plaignit Kate.

Jane raccrocha et se tourna vers sa fille. Elle laissa courir son regard sur son visage espiègle, ses longs cheveux du même blond que son père.

— Viens. On rentre à la maison. Nous prendrons un petit déjeuner en chemin, annonça-t-elle en forçant un sourire.

Figé sur le seuil de son ancienne maison, David dévisageait son ex-femme, enveloppée dans un vieux peignoir, les cheveux en bataille, le teint brouillé par le maquillage de la veille, des coulures de mascara sous les yeux. Elle ne le séduisait plus depuis longtemps, mais jamais elle ne lui avait paru aussi peu attirante qu'en cet instant.

Quand Skye avait quitté son appartement, plus tôt dans la matinée, il avait d'abord envisagé de se rendre à son bureau pour faire quelques recherches avant d'accuser son ex-femme de tentative de meurtre. Il s'accrochait encore à la possibilité, même ténue, que quelqu'un d'autre avait embauché Lorenzo, et il ne désespérait pas de le prouver.

Mais plus il réfléchissait à la situation, à la chronologie des faits, plus l'évidence de l'implication de Lynnette lui sautait au visage. Il ne savait pas où elle avait rencontré Bishop ni comment elle avait orchestré toute l'affaire, mais il en devinait le mobile. Et il se sentait en partie fautif.

— Qu'est-ce que tu veux, encore ? grommela-t-elle en reculant d'un pas, manifestement impressionnée par la fureur qui brillait dans ses yeux.

— Ce que je veux ? Dis-moi que tu n'es pas mêlée à cette histoire ! répliqua-t-il.

Il l'attira sur le seuil et referma la porte derrière eux pour être hors de portée des oreilles de Jeremy.

— Je ne sais pas de quoi tu parles, bredouilla-t-elle en laissant échapper un rire gêné.

David serra les dents. En réagissant ainsi, elle venait de lui confirmer ce qu'il redoutait. Si elle n'avait pas compris le sens de sa question, si elle était innocente, elle se serait mise en colère.

— Si, tu le sais parfaitement.

— Ecoute, je suis fatiguée… Nous en parlerons plus tard, l'interrompit-elle.

Elle fit volte-face pour rentrer chez elle, mais il l'attrapa par le bras.

— Lynnette, qu'est-ce qui t'arrive ?

— Qu'est-ce qui m'arrive ? Tu oses me le demander ? éructa-t-elle soudain. C'est toi et tout ce que tu me fais subir, voilà ce qui m'arrive !

Si, quelques secondes plus tôt, il se pensait encore en partie responsable de son malheur, la lueur froide et déterminée qu'il vit briller dans ses yeux lui fit changer d'avis. Non, il n'était pas responsable. Pas de ça.

— Je n'ai rien à voir avec ce que tu as fait, affirma-t-il.

— Sans elle, tu me serais revenu. Sans elle, tu ne m'aurais pas quittée une seconde fois. Nous serions encore une *famille*, comme tu l'avais promis !

— Quand nous étions ensemble, tu étais aussi malheureuse que moi. C'est *notre* faute si nous n'avons pas réussi notre mariage, pas celle de Skye.

— C'est faux, protesta-t-elle. Tout irait bien si elle ne s'était pas constamment mise entre nous !

— C'est pour ça que tu l'as suivie ? Et que tu l'as prise en photo ? Tu voulais t'en débarrasser ?

Il ne parvenait toujours pas à y croire. Les mots qu'il venait de prononcer lui semblaient surréalistes.

— Exactement ! Elle aurait dû être morte, lâcha-t-elle avec véhémence, sans même prendre la peine de nier ses accusations.

Ses yeux s'embuèrent, et des larmes teintées de mascara se mirent à ruisseler sur ses joues.

— S'il n'y avait pas eu ces ciseaux, Burke l'aurait tuée il y a quatre ans.

Effaré, David ne put esquisser le moindre mouvement. Cette femme était la mère de son fils…

Elle éclata en sanglots et tendit une main suppliante vers lui, mais l'idée de la toucher lui fut insupportable. Qu'attendait-elle de lui ? Qu'il compatisse à son sort ? Qu'il déplore avec elle que Skye soit encore en vie ?

— Comment peux-tu espérer que je sois désolé pour toi ?

s'emporta-t-il. Tu as suivi une femme et tu as commandité son meurtre !

— Je n'ai rien fait ! Tout ça, c'est ta faute ! s'écria-t-elle, les lèvres tordues dans une grimace haineuse. Je devais la suivre pour savoir. Tu me trompais tout le temps, ne nie pas !

— Tu sais que c'est faux, objecta-t-il simplement.

— Papa ? appela Jeremy en passant la tête par la porte.

Il leva les yeux vers sa mère.

— Pourquoi maman pleure ?

David sentit son cœur se serrer.

— Parce que maman a fait quelque chose de très mal, Jeremy. Elle sait que cela signifie qu'elle va devoir s'absenter pendant un petit moment.

— Non ! hurla Lynnette, les yeux exorbités. Tu ne feras pas ça ! David, je suis encore ta femme ! Je ne voulais pas faire une chose pareille — pas vraiment. J'étais désespérée, tu comprends ? C'est à cause de ma maladie. Ça me pousse à faire des choses… que je regrette ensuite. Tu sais que c'est difficile pour moi en ce moment. Je n'arrive pas à accepter ce qui m'arrive !

— Tu ne regrettes rien du tout. Et tu as tout prémédité, rétorqua David en pensant aux photos que Jeremy avait vues sur le portable de sa mère. Ta maladie a bon dos, Lynn. Où as-tu rencontré Bishop ?

— Il est venu à la clinique pour donner son sang un jour où j'y étais pour faire des analyses. On a discuté et… c'est lui qui m'a convaincue de réagir. Je lui ai parlé de toi, de ce que tu me faisais subir… Il était désolé pour moi, et il m'a promis de m'aider.

— Ne me dis pas qu'il est celui, commença-t-il d'une voix atone pour ne pas effrayer Jeremy, avec lequel tu as passé la nuit, la fois où tu n'es pas rentrée après ton cours ?

Elle acquiesça, une légère rougeur aux joues.

— Tu l'as payé en nature, reprit-il, écœuré.

— Ce n'était pas sérieux au début, je te jure. Nous voulions juste l'effrayer. Nous avons trouvé que l'appel anonyme était une bonne idée.

— *Une bonne idée*, répéta-t-il, abasourdi.

— Après nous avons perdu le contrôle, je l'admets, mais… mais Lorenzo ne lui a pas fait de mal, donc… donc ce n'est pas grave. Elle va bien. N'y pense plus.

Comment pouvait-il cesser d'y penser ? Un homme était mort à cause de ses manigances. Et Skye aurait pu mourir, elle aussi.

— Il faut que tu te rendes de toi-même à la police. Si tu fais des aveux complets, les juges seront cléments, énonça-il le plus calmement possible. Tu as besoin d'aide.

Qui aurait cru qu'il aurait un jour ce genre de conversation avec son ex-femme ?

— Je ferai tout ce que je peux pour t'aider, ajouta-t-il.

Les traits de Lynnette s'affaissèrent.

— Tu es sérieux ? murmura-t-elle. Tu vas me dénoncer, en sachant que je suis malade et que ce n'était pas complètement ma faute ?

— Tu étais parfaitement maîtresse de toi-même, Lynnette. Tu pouvais ne pas le faire.

David posa un genou à terre, prit son fils dans ses bras et l'étreignit tendrement.

— Ne te fais pas de soucis. Cela va aller… Tu resteras avec moi jusqu'au retour de maman.

— Elle va partir combien de temps ? demanda-t-il en les observant tour à tour.

— Je ne sais pas encore.

— Comme ça, tu auras tout, hein ! Mon fils et la garce que tu as toujours désirée ! s'exclama Lynnette en se ruant à l'intérieur de la maison.

Elle leur claqua la porte au nez et tourna aussitôt le verrou. David fronça les sourcils. Il avait une clé, mais il ne voulait ni la poursuivre ni la faire monter de force dans sa voiture. Il refusait de faire subir ce traumatisme à son fils.

Mieux valait demander à un de ses collègues de venir la chercher. Pendant ce temps, il éloignerait Jeremy.

Il sortit son téléphone de sa poche et appela Tiny.

*
* *

« Si seulement je pouvais m'en griller une ! » se dit Jane en s'engageant dans l'allée de sa maison. Trop nerveuse pour trouver le sommeil, elle avait fumé sa dernière cigarette au milieu de la nuit, debout devant la fenêtre de l'hôtel. En s'arrêtant à l'épicerie ce matin, elle n'avait pas voulu dépenser cinq dollars supplémentaires pour s'acheter un autre paquet. La décision lui semblait sage… mais le manque de nicotine se faisait cruellement sentir, à présent. Il ajoutait à l'angoisse qui lui vrillait le cœur devant la maison qu'elle avait mise à sac pour trouver les preuves de la culpabilité de son mari.

— Reste dans la voiture, fit-elle à Kate, en apercevant la camionnette d'Oliver.

Comment réagirait-il en la voyant ? Elle n'en avait aucune idée, mais elle préférait que Kate n'assiste pas à cette rencontre. Elle ne l'avait jamais vraiment vu furieux — il se renfrognait ou disparaissait le temps de se calmer — mais ils ne s'étaient jamais vraiment brouillés non plus.

— Pourquoi ? protesta Kate. Je veux changer d'habits et me brosser les dents ! C'est samedi. J'irai jouer avec Lara.

Jane constata avec effroi les dégâts qu'elle avait causés à la voiture des voisins. Sa réaction de la veille lui parut soudain très exagérée. Qu'est-ce qui lui était passé par la tête hier ? Elle avait… totalement paniqué. Tout ça parce qu'elle n'avait pas aimé ses retrouvailles au lit avec Oliver.

— Il faut que je parle à papa. Juste une minute… Après, je viendrai te chercher.

Kate fit la moue, mais elle lâcha la poignée de la portière et se renfonça dans le siège.

— D'accord, mais dépêche-toi, hein !

— Promis, je fais vite.

Jane sortit et claqua la portière. Elle espérait que la voisine dont elle avait heurté la voiture ne se montrerait pas avant qu'elle ait pu parler à Oliver. Comme personne ne traversait la rue pour venir à sa rencontre, elle se sentit un peu plus légère.

Elle s'approcha de la porte, prit une profonde inspiration, et tourna la poignée.

Elle était verrouillée.

Elle sortit sa clé de son sac, l'introduisit dans la serrure et entra. La maison était sens dessus dessous, dans un désordre pire que celui de la veille. Oliver avait vidé la valise qu'elle avait abandonnée dans l'entrée, éparpillant tous les vêtements dans le salon. Les cadres photos brisés jonchaient le sol. La fenêtre de la cuisine était cassée et des éclats de verre couvraient le linoléum. Une chaise était renversée au milieu de la pièce.

Manifestement, il avait réagi violemment aux événements de la veille.

Tenaillée par la culpabilité, Jane se dirigea vers la chambre. Si son départ l'avait mis dans un tel état, c'est qu'il tenait encore à elle… Tout n'était peut-être pas perdu ! Elle pourrait sûrement raviver la flamme amoureuse de leurs débuts. Et si Noah ou ses parents lui avaient raconté son aventure extra-conjugale, elle lui demanderait pardon comme il l'avait fait, juste après sa rencontre avec Skye. Ils surmonteraient cette trahison et repartiraient de zéro. Elle ne verrait plus Noah, au moins pendant un certain temps. Elle en souffrirait, bien sûr, mais elle devait penser à Kate et à leur avenir. Et insuffler une nouvelle direction à leur existence.

La porte était fermée. Elle l'ouvrit doucement, s'attendant à trouver Oliver endormi. Il avait tiré les volets, ce qui plongeait la chambre dans la pénombre. Elle aperçut une forme sous la couette.

Elle s'approcha.

— Oliver ? chuchota-t-elle. Oliver, c'est moi. Je suis désolée.

Comme il ne bougeait pas, elle parla plus fort.

— Oliver ?

Toujours pas de réponse. Elle tira les couvertures — et sentit son estomac se tordre d'horreur. Ce n'était pas Oliver qui allongé dans le lit. C'était Noah.

Mort.

24

Caché dans la penderie de leur chambre, Oliver avait tout le loisir d'observer Jane. Sous sa main crispée sur le couteau, le sang de Noah commençait à sécher. Il devenait plus épais, plus collant, lui procurant une sensation très désagréable dont il était pressé de se débarrasser. Il ne pensait même plus qu'à ça : se laver et se brosser les ongles. Mais il ne pouvait pas bouger et se manifester à Jane — pas encore. Il n'avait jamais tué en plein jour, et il n'avait jamais eu autant de temps pour le faire. Il avait agi sans état d'âme, avec une facilité et… une maîtrise de lui qui l'avaient étonné. C'est à peine si le chagrin de ses parents et de Wendy l'avait effleuré. C'était presque décevant, d'ailleurs. Où étaient l'excitation, l'ivresse qu'il ressentait d'ordinaire ?

Il venait de rabattre la couverture sur Noah quand il avait entendu la clé de Jane tourner dans la serrure de la porte d'entrée. Et la matinée avait brusquement pris une autre tournure. Nettement plus… jubilatoire.

Jane pleurerait-elle la mort de son amant ? Allait-elle hurler ? Et lui, à quel moment entrerait-il en scène ?

Retenant son souffle, il colla son œil contre la porte ajourée du placard. Les lattes étaient serrées, mais elles lui permettaient de voir ce qu'il voulait voir.

Jane se tenait près du lit. Elle était livide, sur le point de s'évanouir.

Il sourit en l'observant. Manifestement, elle n'appréciait guère la surprise qu'il lui avait préparée…

*
* *

Le choc fut si violent que Jane se figea, raide comme une statue. Incapable de bouger, de parler, de penser. Son estomac se contracta. Une sensation de froid glacé la pénétra jusqu'aux os. Elle suffoqua, privée d'air.

Puis tout en elle lui cria de fuir. Détournant les yeux, elle recula pour échapper au spectacle atroce qu'elle venait de découvrir, mais l'image resta imprimée sur sa rétine. *Noah*… Il avait dû tout avouer à Oliver. Qui lui fait *ça* pour se venger.

Mais comment y était-il parvenu ?

Elle revint en chancelant vers la forme inerte et repoussa furtivement la couverture. Elle voulait à tout prix éviter de sentir sous ses doigts le sang de Noah — ce sang encore chaud sans doute, qui imprégnait l'air d'une odeur âcre et ferreuse.

Noah gisait sur le côté, tourné vers elle, dans une position peu naturelle. Comment Oliver avait-il réussi à coucher son frère dans ce lit ? Il savait qu'il n'était pas de taille à lutter contre lui. Il avait dû l'attirer dans la chambre sous un faux prétexte, puis il l'avait poignardé par surprise. Le dos de Noah était criblé de plaies ; à quinze ou vingt reprises, le couteau s'était abattu, aveuglément, rageusement. Avec une haine évidente. Sinon, pourquoi se serait-il acharné ainsi ?

Elle demeura immobile, proche de la sidération, avant de se mettre à trembler comme une feuille. Le couteau… Elle devait retrouver le couteau ! Les enquêteurs en auraient besoin. Oliver l'avait-il emporté avec lui ? Elle se redressa, prête à fouiller la pièce du regard, mais un haut-le-cœur la saisit. Après plusieurs contractions sèches et douloureuses, la bile finit par envahir sa bouche, et elle vomit sur la moquette.

Oliver avait tué Noah comme il avait tué ces femmes près de l'American River — celles dont lui avait parlé l'inspecteur Willis : elles avaient été violées puis égorgées au lieu d'être poignardées dans le dos, mais elles avaient péri sous les coups d'Oliver, elles aussi.

La violence — la vérité — lui souleva de nouveau l'estomac.

*
* *

— Maman ? Pourquoi tout est dérangé dans la maison ?

Kate. Elle était sortie de la voiture et venait d'entrer dans le salon.

Jane tituba vers le mur contre lequel elle s'arc-bouta, luttant contre les spasmes qui continuaient à la secouer. Elle devait… réagir. Avant que Kate ne découvre ce qui s'était passé dans cette chambre. Avant qu'elle ne mesure à quel point son père pouvait être brutal.

— Res… Reste où tu es, ma chérie.

Sa voix fléchit, trahissant la faiblesse qui engourdissait chacun de ses muscles, chacune de ses articulations. Elle se força à avancer, malgré tout.

— J'arrive, annonça-t-elle en longeant le couloir.

— Où est papa ? Il va bien ?

— Ou… oui. Il va… bien.

Jane trébucha en arrivant au bout du couloir. Son esprit ordonnait à son corps de fuir, mais ses jambes flageolantes se dérobaient sous elle et ses pensées, mêlées d'images et de souvenirs, s'entrechoquaient dans son esprit affolé : Noah lui affirmant qu'il l'aimait, les appels qu'Oliver lui passait de la prison, la chambre d'hôpital où elle l'avait veillé, la visite de l'inspecteur Willis au salon de coiffure, Skye aux informations télévisées, réclamant un durcissement des peines à l'encontre des criminels violents, les flaques de sang qui inondaient le lit qu'elle avait partagé avec l'homme qui était mort *et* avec celui qui l'avait tué…

— Maman ?

Kate courut vers elle.

— Tu es malade ?

— Non. Je suis fatiguée, c'est tout, répondit-elle en s'efforçant de sourire.

Encore tremblante, elle se raffermit au contact des bras que sa fille avait tendrement noués autour de sa taille.

— Et papa, il est où ?

— Il est parti.

L'homme qu'elles connaissaient était parti, en tout cas. Avait-il seulement existé ? Elle en doutait, à présent. Oliver s'était peut-être contenté de refléter les attentes de son entourage, devenant ce que ses proches voulaient qu'il soit. Le *vrai* Oliver Burke se cachait sous la façade amicale et équilibrée qui avait trompé tout le monde — y compris elle-même — pendant plusieurs décennies.

Kate fronça les sourcils, apparemment troublée.

— Il est pas parti puisque sa voiture est là !

— Il a dû prendre celle de Noah.

La seule mention de son prénom fit resurgir à son esprit l'image de son corps ensanglanté. Horrifiée, elle faillit vomir de nouveau. Fermant les yeux, elle déglutit péniblement, puis embrassa le front de sa fille. Elle était en vie, elle ! C'était tout ce qui comptait.

— Nous devons y aller.

Avant que ton père ne revienne…

— Mais on vient juste d'arriver ! Je veux jouer avec Lara, moi !

L'inquiétude qu'elle perçut dans les yeux de sa fille l'aida à se ressaisir. Depuis la condamnation d'Oliver, elle n'avait sans doute pas été une mère exemplaire : accaparée par les soucis du quotidien, elle s'était souvent montrée épuisée ou irritable. Mais elle ferait tout son possible pour protéger Kate de la folie meurtrière de son père.

— Ton oncle Noah a eu un accident. Nous devons aller chercher de l'aide.

— Laisse-la rejoindre Lara. Elle sera mieux chez elle qu'ici, tu ne crois pas ?

Oliver ! Il était derrière elle, dans le couloir. Terrifiée, elle recula instinctivement pour mettre un peu plus d'espace entre lui et leur fille. Elle s'apprêtait presque à sentir dans son dos la pointe de la lame qu'il avait utilisée contre Noah… mais qu'importe ! Mieux valait qu'il l'utilise contre elle que contre leur fille. Car elle le savait, désormais : rien n'était sacré à ses yeux.

— Oh ! Tu es là, papa ?

Kate leva les yeux vers lui en souriant, avec une telle confiance que Jane sentit les larmes affluer à ses paupières.

Non, pas elle. Je mérite peut-être de mourir, mais pas elle.

— Bien sûr que je suis là, mon chaton.

Jane sentit la poigne d'Oliver se refermer sur sa taille pour l'immobiliser. Il tenait son couteau dans l'autre main, elle en était sûre.

— Tout va bien, reprit-il. Je vais aller chercher l'aide dont oncle Noah a besoin, et maman va commencer à ranger la maison, d'accord ? Et toi, pendant ce temps, tu vas aller jouer avec ta copine.

Kate parut hésiter.

— Où est la voiture d'oncle Noah ?

— Il est venu avec moi dans la camionnette. Je le raccompagnerai chez lui dès qu'il ira mieux.

Le désarroi se lut dans les yeux gris de la fillette, et Jane intervint avant qu'elle ne demande à voir son oncle.

— Vas-y maintenant, après ce sera trop tard. Ensuite, tu appelleras grand-mère pour qu'elle vienne te chercher.

— Tu ne seras pas à la maison ?

— Je dois aller travailler, mentit-elle.

Rassurée, Kate n'hésita plus. Elle désirait rejoindre Lara depuis qu'elle s'était réveillée, ce matin. Pourquoi attendre davantage ? Son visage rond s'éclaira d'un grand sourire et elle sortit en sautillant.

— A tout à l'heure ! cria-t-elle avant de claquer la porte derrière elle.

— A tout à l'heure, répéta Jane d'une voix brisée.

Oliver l'attira contre lui.

— T'as pas embelli, ma pauvre Jane ! T'es grosse et vieille... Pourquoi tu ne fais rien pour me plaire ?

Elle ferma les yeux. Ses insultes ne l'atteignaient pas. Elle s'en fichait pas mal d'être grosse et vieille ! Tout était fini, à présent. Il allait achever de la détruire.

— Et tu pues la clope, ajouta-t-il. Tu le fais exprès, non ? Tu sais que je déteste l'odeur du tabac froid.

Elle haussa les épaules.

— Pourquoi ? murmura-t-elle.

— Pourquoi est-ce que je vais te tuer ?

— Pourquoi m'as-tu épousée ?

Certainement pas par amour, pensa-t-elle amèrement. Oliver était incapable d'aimer. Même lorsqu'ils s'étaient rencontrés, la seule personne dont il se souciait, c'était lui-même.

— Je me suis posé la même question après avoir découvert ta liaison avec Noah. Il t'attend, maintenant, tu sais. Dans la chambre. Vous allez pouvoir vous éclater tous les deux… mais cette fois je serai là pour regarder ! Ras le bol de jouer le guignol de service ! Finis, les mensonges ! Tu vas me montrer comme tu le désires, hein, Jane ?

— Non… Tu ne t'en sortiras pas comme ça ! L'inspecteur Willis te fera condamner et tu iras pourrir en prison.

— Ne t'inquiète pas, Jane, j'ai un plan. J'ai toujours un plan.

— Cela ne servira à rien.

— Oh que si ! Sans plan, c'est l'échec assuré.

Il leva la main pour lui pincer la poitrine, aussi brutalement que la nuit où il l'avait attachée.

— Je serai déjà loin quand Willis apprendra ta mort. Et Kate sera avec moi.

Ses mains étaient couvertes de sang. Le sang de Jane.

Oliver avait beau frotter ses jointures et le bout de ses doigts avec la brosse qu'il avait rangée sous le lavabo de la salle de bains, il ne parvenait pas à l'enlever complètement. Chaque fois qu'il pensait en avoir fini et prenait une serviette pour se sécher, il remarquait une nouvelle trace rouge sous un ongle, sur son cou ou sur son bras.

Il se regarda dans le miroir. Il en avait même dans les cheveux ! Le sang avait giclé partout, quand il l'avait poignardée.

De violents frissons le parcoururent des pieds à la tête. Il devait frotter plus fort. La mort de Jane avait été moche, trop lente et brouillonne, comparée aux autres. A aucun moment, il n'avait retrouvé l'exaltation qu'il avait ressentie quand il avait puni la petite brute qui le harcelait à l'école.

Jane s'était débattue avec tant d'énergie qu'elle avait même failli avoir le dessus.

Elle avait appelé au secours, invoqué Skye et Willis… Comme s'ils allaient venir l'aider ! songea-t-il en haussant les épaules. Mais surtout, elle lui avait opposé une telle résistance qu'il s'était presque cru vaincu… Il frémit en se rappelant la force qu'elle avait déployée, sa main pesant sur la sienne pour retourner l'arme contre lui. « Ça, c'est pour Kate ! » avait-elle crié en lui entaillant la poitrine.

Il avait repris le contrôle de la situation, bien sûr… mais il en gardait un mauvais souvenir. Il détestait le désordre et l'approximation. S'il avait mieux planifié ses représailles, il aurait pressenti qu'elle risquait de rentrer. Et de trouver le cadavre de Noah dans leur chambre.

Bref, il avait bâclé les choses… Ce gâchis le plongeait dans un profond malaise. Il n'arrivait pas à se calmer. Pour ça, il lui fallait son calepin. Dès qu'il l'aurait retrouvé dans les affaires de Jane, il rédigerait un compte rendu de la matinée. Il pourrait dérouler le fil des événements et comprendre quand la situation lui avait échappé.

C'était ce qu'il allait faire. Tout irait bien. Il aurait le temps de tout régler.

Mais il y avait du sang partout… Beaucoup trop de sang ! Etait-ce celui de Jane ou le sien ? Elle l'avait salement blessé, tout de même… Il n'arrivait plus à réfléchir. Tout se mélangeait dans sa tête et une angoisse sourde montait en lui. Sa plaie le faisait souffrir mal, la tête lui tournait… Il déglutit avec difficulté pour bloquer un haut-le-cœur. Il avait surestimé ses forces. Il n'était pas complètement remis de l'agression de T.J., en fait.

« Je vais te tuer ! Tu as détruit ma vie ! » Les propos de Jane résonnaient encore à ses oreilles, semblant le menacer par-delà sa mort… Elle avait manifesté une telle détermination, une telle haine à son encontre qu'il en avait été surpris. Il avait toujours pensé qu'elle l'aimerait sans réserve et qu'elle le soutiendrait, quoi qu'il arrive.

Avait-elle fait semblant de l'aimer ? Etait-elle comme toutes les autres, qui lui souriaient poliment quand il s'approchait, pour mieux ricaner dès qu'il avait le dos tourné ?

Il n'était plus sûr de rien. Il ne parvenait plus à distinguer ses fantasmes de la réalité. Tout lui semblait déformé, confus. Il n'était même plus sûr de l'avoir tuée. Il ne ferait pas une chose pareille, n'est-ce pas ? Il ne tuerait pas sa Janey. Sinon, qui s'occuperait de Kate ? Et comment pourrait-il retrouver sa vie d'avant, si elle n'était plus là ?

Et si tout ça n'était qu'un mauvais rêve ? Peut-être s'était-il seulement imaginé avoir tué Noah… Tout avait été si facile ! Il lui avait proposé de sillonner le quartier avec lui pour tenter de retrouver Jane et Kate, puis il l'avait ramené à la maison et convaincu d'entrer dans la chambre, en prétextant avoir retrouvé dans la boîte à bijoux de Jane les boucles d'oreilles en diamant que Noah avait offertes à Wendy pour Noël. C'est alors qu'il l'avait poignardé dans le dos. Noah n'avait rien vu venir. Il avait poussé un grognement et s'était retourné pour entrevoir son visage juste avant de perdre connaissance. Puis il s'était affalé sur le lit, exactement comme Oliver l'avait souhaité.

Ce frère si fort, si sûr de lui, était mort en quelques minutes.

Aveuglé par la rage et la frustration, il avait plongé sa lame encore et encore dans son corps, cherchant désespérément à assouvir une vengeance qui lui avait échappé.

Jane s'était montrée bien plus redoutable — ce qui lui prouvait que rien de tout cela n'était réellement arrivé.

Il baissa la tête et cligna des yeux à plusieurs reprises en remarquant les nombreuses taches de sang qui maculaient le sol. Pourquoi y en avait-il autant ? D'où venait-il ?

Il devait encore se changer. Il l'avait fait deux fois déjà, et il était encore ensanglanté.

Il ferait peut-être mieux de prendre une autre douche…

— Maman ?

Oliver se figea. Sa fille venait de rentrer.

— Maman ? La maman de Lara doit aller chez le coiffeur. Est-ce qu'elle peut rester avec nous pour qu'on puisse continuer à jouer ?

Oliver attendit que Jane lui réponde.

Réponds, bon sang ! Dis-lui que Lara peut rester. Que ça ne nous gêne pas. Que c'est le genre de service qu'on se rend entre voisins.

Il tendit l'oreille, mais aucun bruit ne s'échappait de la chambre. Pourquoi Jane restait-elle allongée près de Noah sans répondre ? Pourquoi refusait-elle de faire bonne impression à Lara et à sa mère ?

— Maman ?

Kate venait de s'engouffrer dans le couloir. Il allait devoir lui répondre, puisque Jane avait décidé de le mettre dans le pétrin.

— Papa ?

Oliver sortit de la chambre et la trouva immobile, le regard rivé sur une des traînées rouges qui souillaient le mur du couloir.

Jane avait causé un tel désordre ! songea-t-il avec dépit. Elle n'avait jamais été très méticuleuse, contrairement à lui. D'ailleurs, sa mère lui disait toujours qu'il était propre comme un sou neuf.

— Tu t'es fait mal ? demanda sa fille, l'air perplexe, en désignant sa chemise tachée de sang.

— Ma blessure s'est remise à saigner, éluda-t-il. Mais ce n'est rien.

— T'es sûr ? Tu veux un pansement ?

— J'en ai trouvé un.

Elle lui décocha un large sourire.

— Super ! Où est maman ?

— Elle se repose.

— Ah bon, fit-elle en remontant ses lunettes sur l'arête de son petit nez. Alors, est-ce que Lara peut rester un peu à la maison ?

Il voulut lui dire oui. Il aimait rendre service à ses voisins… mais il y avait tant de sang dans l'appartement.

Qu'en penserait Lara ?

— Pas aujourd'hui, mon lapin.

— Pourquoi ?

Parce qu'il devait nettoyer tout ce désordre et se débarrasser de Noah et de Jane.

— Parce que nous allons partir, nous aussi, s'entendit-il répondre du bout des lèvres.

— Où on va ?

— Chez grand-mère. J'ai des choses à faire.

— Mais j'ai faim ! J'ai juste mangé un beignet, ce matin.

— Je t'achèterai un hamburger en route.

Comme elle ne répondait pas, il craignit un instant qu'elle le supplie de la laisser jouer avec Lara dans sa chambre, mais après avoir jeté un dernier regard à la tache de sang qui ornait le mur, elle se dirigea vers la porte pour parler à son amie.

— J'ai besoin d'argent si je dois acheter à manger, énonça-t-il à voix haute pour reprendre le contrôle de lui-même.

Ce fut en retournant dans sa chambre pour prendre son portefeuille que la réalité le frappa au visage. Ce qui s'était passé ce matin n'était pas un rêve. Noah et Jane étaient vraiment morts. Il les avait tués et laissés dans son lit. Le couteau était encore au sol.

Oliver le ramassa et le nettoya soigneusement. Sa femme et son frère étaient partis, mais ce n'était pas sa faute. Il n'aurait jamais fait ça s'ils ne l'avaient pas trahi. Et ils ne l'auraient pas trahi s'il n'y avait pas eu Skye. C'était elle, la vraie coupable ! Elle figurait quasiment à chaque page de son journal intime. C'était elle, encore elle, toujours elle… !

Il sortit le pantalon couvert de sang qu'il avait jeté dans le panier à linge, prit dans une des poches le papier où était notée l'adresse de Skye et le glissa dans son portefeuille. Elle l'avait forcé à tuer les seules personnes qui avaient toujours été de son côté. N'était-ce pas démoniaque et destructeur ? Elle méritait de mourir. Il l'avait toujours su.

Alors, pourquoi était-elle encore en vie ?

Il pensa au couteau dont il s'était servi pour l'agresser, quatre ans plus tôt, et regretta de s'en être débarrassé dans l'American River. L'utiliser de nouveau contre Skye lui aurait procuré une réelle satisfaction. La boucle aurait été bouclée…

Mais qu'importe ! Il était temps qu'elle paie. Pour tout.

Après avoir quitté l'appartement de David, Skye s'était rendue à son bureau, mais elle n'avait pas réussi à se mettre au travail. Elle était si nerveuse ! Elle s'était contentée d'appeler Jonathan, qui lui avait assuré que la police n'aurait aucune difficulté à prouver la culpabilité de Tasha Regan et de son amant dans la mort de Sean. Depuis, elle attendait que David lui donne des nouvelles… Elle était si tendue qu'elle sursauta quand le téléphone sonna enfin.

— Alors, qu'est-ce qui se passe ? lui demanda-t-elle d'une voix pressante.

— J'emmène Jeremy à San José chez ses grands-parents pour quelques jours, le temps… que nous réglions certains problèmes.

Il s'exprimait avec réticence — parce que son fils était dans la voiture avec lui, bien sûr. Mais s'il mettait Jeremy à l'abri, loin de Lynnette, c'est que leurs soupçons étaient fondés.

Les jours à venir s'annonçaient difficiles, songea-t-elle avec un regain d'appréhension. Comment Jeremy réagirait-il à la condamnation de sa mère ? Lui en voudrait-il ? Cela changerait-il l'attitude de David envers elle ?

— Elle a avoué ? s'enquit-elle à voix basse.

— Plus ou moins.

— Je suis tellement désolée…

— Je sais. C'est la raison pour laquelle je t'aime tant, ajouta-t-il dans un murmure.

Skye retint son souffle. Ces mots étaient si inattendus qu'elle fut prise de vertige.

— Malgré tout ce qui est en train d'arriver ? demanda-t-elle d'une petite voix.

— Malgré tout. Et bien avant tout ça. Lynnette l'a su avant moi.

— Elle voulait me faire disparaître.

— Elle ne peut plus rien contre toi, maintenant, affirma-il. Mon collègue Tiny Wyman l'a mise en détention provisoire.

— Tu veux dire qu'elle a déjà été arrêtée ?

— Oui, et il va superviser toute la procédure.

Skye se carra contre le dossier de son siège.

— Qu'est-ce que je peux faire pour t'aider ?

— Fais juste attention à toi jusqu'à mon retour.

— Ça va aller. Ne t'inquiète pas, le rassura-t-elle.

En pensant au bébé qu'elle attendait, elle fut prise d'une vive émotion. N'était-ce pas une promesse d'espoir — le triomphe de la vie contre la mort et le chagrin ? Elle en était convaincue et ne voulait plus tenir David à l'écart de ce bonheur. C'était déraisonnable, bien sûr, mais…

— David ? murmura-t-elle.

— Quoi ?

Le souffle court, elle compta mentalement jusqu'à cinq avant de poursuivre :

— Tu te souviens quand tu m'as demandé si j'étais enceinte ?

— Oui…, fit-il avec hésitation.

— Eh bien… Je n'en étais pas vraiment sûre. Je n'avais pas encore fait le test.

— Qu'essaies-tu de me dire ? Qu'il reste une probabilité ?

Elle prit une profonde inspiration.

— Plus qu'une probabilité, avoua-t-elle, le cœur battant.

Il y eut un silence au bout de la ligne.

— David ?

— Je suis là.

— Je ne t'ai rien dit parce que je ne voulais pas que tu te sentes obligé de t'en occuper. Je suis juste… très heureuse, admit-elle. Je veux ce bébé et j'ai l'intention de l'élever, même seule.

— Ça me laisse quelle place, à moi ?

— Celle que tu voudras. Cela ne changera rien.

Sa réponse tardant à venir, elle se mordit la lèvre jusqu'au sang, regrettant de lui avoir appris la nouvelle.

— Tu es contrarié ?

— Non… C'est juste que je ne m'y attendais pas, mais je

ne suis pas contrarié. Pas du tout ! Ce n'était qu'une question de temps, de toute façon.

— C'est un peu tôt.

— C'est trop tôt, mais ça ira. Il y a quand même un problème, ajouta-t-il brusquement.

Skye sentit sa gorge se nouer.

— Lequel ?

— Je voudrais qu'il porte mon nom, expliqua-t-il en baissant la voix.

Comprenant où il voulait en venir, elle ne put s'empêcher de sourire.

— Est-ce que cela signifie que *je* devrais porter ton nom aussi ?

— Exactement ! Tu as des objections ?

Etaient-ils en train de parler *mariage* après avoir nié si longtemps leurs sentiments ? Elle n'en revenait pas.

— Je ne sais pas. Je ne veux pas que tu prennes cette décision à cause du bébé.

— Tu n'as manifestement pas bien compris ce que j'éprouve pour toi.

Elle rougit.

— C'est encore si nouveau pour moi… Et Jeremy ? Qu'en pensera-t-il, à ton avis ?

— Ce sera un grand changement pour lui, admit-il.

— J'aimerais lui épargner ces bouleversements !

— Il faut voir le bon côté des choses… Cette bonne nouvelle fera diversion et il aura deux personnes de plus à aimer.

Il disait tout ce qu'elle voulait entendre. Elle ne pouvait qu'espérer qu'il le pensait aussi fort qu'elle.

— Quand vas-tu le lui dire ?

— Nous le ferons ensemble dans un mois ou deux. Quand il te connaîtra un peu mieux et que nous aurons réglé… tout le reste.

Elle acquiesça, consciente d'être arrivée à un tournant. Grâce à David et à l'enfant qu'ils attendaient, elle reprenait confiance. Et surtout, elle acceptait de *lui* faire confiance.

Elle balaya son bureau du regard. Quelle place aurait

La Contre-attaque dans sa nouvelle vie ? L'association était devenue nécessaire à son équilibre. Elle ne voulait pas cesser d'y travailler… mais David accepterait-il qu'elle continue à s'y investir et à prendre de tels risques ? Elle faillit lui poser la question, puis se ravisa. Ils auraient le temps d'en discuter dans les jours à venir.

— Je te rejoins chez toi dès que je peux.

— Est-ce que tu resteras dormir ?

— Qu'est-ce que tu en dis ?

Elle ne put s'empêcher de sourire.

— Je laisserai la lumière extérieure allumée.

— Skye…

— Oui ?

— Nous surmonterons tout ça ensemble.

— J'avais besoin de l'entendre. Dis à Jeremy que je lui souhaite un bon séjour chez ses grands-parents.

— Promis.

Elle souriait toujours quand elle raccrocha. Maintenant qu'elle avait tout dit à David, sa grossesse lui semblait plus réelle. Elle se connecta à internet et se mit à surfer sur des sites de puériculture. Il n'était que 14 heures, mais elle n'avait décidément pas la tête à travailler !

Elle allait se marier, avoir un bébé et tirer définitivement un trait sur Oliver Burke. Cette pensée l'emplit d'une telle joie qu'elle eut l'impression d'être devenue quelqu'un d'autre.

Prise d'une brusque impulsion, elle se dirigea vers le mur et décocha toutes les photos.

25

— Où est Jane ?

Oliver prit un air éploré en tendant à sa mère le sac qu'il avait préparé pour sa fille. Puis il fit un mouvement de tête pour lui faire comprendre qu'elle ne devait pas mentionner Jane en présence de Kate.

— Si tu allais voir le chien dans le jardin ? suggéra Betty à sa petite-fille. Il se sent seul, quand tu n'es pas là !

Kate ne se fit pas prier : elle traversa la maison en courant, les laissant seuls dans l'entrée.

— Jane est partie, reprit lentement Oliver, comme si ces mots avaient été les plus douloureux qu'il ait eus à prononcer.

Betty haussa les sourcils.

— Partie où ? Quand tu as appelé pour dire que tu nous amenais Kate, j'ai cru que Jane et toi étiez en train de vous réconcilier !

— J'ai essayé. Je te jure, j'ai essayé.

Les mensonges lui venaient facilement et s'enchaînaient avec un tel naturel qu'il y prenait un plaisir pervers. Et puis, les circonstances jouaient en sa faveur : son père, plus rationnel et moins émotif que Betty, semblait absent. Ce qui lui laissait le champ libre pour faire avaler à sa mère un dernier mensonge, songea Oliver avec satisfaction.

— Quand Jane est rentrée la nuit dernière, j'avais réfléchi à tout ça, et je m'étais calmé. J'avais compris que je ne voulais pas la perdre... Je l'ai suppliée de m'accorder une seconde chance. J'ai promis de leur pardonner, à elle et à Noah, mais elle a refusé de m'écouter. Et ce matin, j'ai compris pourquoi.

— Pourquoi ? fit Betty, pendue à ses lèvres.

— Parce qu'elle avait prévu de repartir, expliqua-t-il.

Il fit une pause pour ménager son effet, avant d'asséner :

— Avec Noah, cette fois.

Sa mère recula, visiblement choquée.

— Quoi ? Non ! Et Wendy ? Les enfants ?

Oliver réussit même à verser une larme.

— Noah et Jane sont tellement pris par leur histoire qu'ils n'en ont rien à faire, de nous. Et… de leur famille.

Il poussa un lourd soupir et balaya ses larmes d'un revers de main agacé, comme s'il souffrait de se montrer si faible devant sa mère.

Les lèvres de Betty se mirent à trembler, trahissant son désarroi.

— Comment Noah peut-il nous faire ça ? Et à sa femme ? Pauvre Wendy ! Elle s'est montrée si compréhensive, si prête à lui pardonner !

Oliver fixa le sol.

— Je suppose qu'il ne la mérite pas.

— Comment allons-nous l'annoncer aux enfants ? poursuivit Betty en se tordant les mains.

La porte du fond claqua de nouveau, annonçant le retour de Kate.

— Il a très faim, déclara la fillette.

Elle se rapprocha d'eux en sautillant, la gamelle du chien à la main, et Betty détourna légèrement la tête pour lui cacher son chagrin.

— Donne-lui bien à manger, mon lapin, acquiesça Oliver avec un sourire.

Betty attendit qu'elle se fût éloignée pour sécher ses larmes et serrer son fils dans ses bras.

— Je suis désolée, Oliver. Tu as traversé déjà tellement d'épreuves. Ce n'est pas juste et… et je n'aurais jamais cru ça de ton frère, je t'assure.

— Il cachait bien son jeu, c'est sûr.

Ces mots lui arrachèrent d'autres larmes, mais elle ne le contredit pas.

— Est-ce que Wendy est au courant ?

— Elle doit commencer à se poser des questions. Quand nous sommes partis tous les deux hier soir après avoir découvert que Kate n'était plus dans sa chambre, Noah m'a demandé de le déposer au Starbucks en me disant qu'il avait besoin de réfléchir. Je suis sûr qu'il n'est pas rentré chez lui et qu'il a appelé Jane de là-bas. Wendy n'a pas dû le revoir.

— La pauvre !

— Et je n'en ai pas parlé à Kate, bien sûr. Peut-être que j'aurais dû… Mais j'ai pensé que je devais attendre au cas où… au cas où sa mère rentrerait.

Il fit mine de retenir un sanglot, ce qui lui valut une nouvelle étreinte de sa mère.

— Cela ne leur ressemble tellement pas ! Je n'aurais jamais pensé que ton frère nous ferait une telle peine.

Il réprima une grimace. Noah était loin d'être un saint, pourtant. N'avait-il pas trahi Wendy avec Jane ? Il avait repris ses esprits, à présent. Il savait qu'il les avait tués et qu'il devait peser chacun de ses mots pour ne pas risquer d'être arrêté avant d'avoir pu fuir.

— Je faisais tellement confiance à Jane, fit-il en clignant des yeux comme s'il luttait contre les larmes. C'est un vrai choc.

— J'imagine, mon chéri. Ce doit être terrible.

— Quel choc ? intervint son père qui venait de sortir de la salle de bains.

— Je vais t'expliquer, affirma Betty.

— Je vous remercie tous les deux de garder Kate. Ma blessure me fait vraiment mal, ce matin. Je pense que j'en ai trop fait et… la nuit dernière a été si dure !

— Ne t'inquiète pas, dit sa mère en prenant son visage entre ses mains. Rentre chez toi et mets-toi au lit jusqu'à ce que tu te sentes mieux. Kate peut passer quelques jours avec nous. Nous l'adorons et elle aime être avec nous. Nous prendrons soin d'elle.

Oliver observa son père du coin de l'œil. L'air soucieux, il les regardait sans comprendre.

— Je vous passerai un coup de fil demain pour savoir si tout va bien.

— Ne te fais aucun souci, répéta Betty en l'embrassant sur la joue.

— Vas-tu enfin me dire ce qui se passe ? grommela Maurice.

Son fils profita de l'interlude pour sortir. Il se dirigea à grands pas vers sa voiture tandis que Betty se tournait vers son mari pour lui répondre.

Oliver démarra en trombe. Il devait se dépêcher. Il était déjà passé devant les bureaux de La Contre-attaque en se rendant chez ses parents. La voiture de Skye était garée sur le parking, comme d'habitude. Mais il ne savait pas combien de temps elle y resterait, et il avait un planning serré devant lui.

— Tu es sûr que Lynnette est impliquée dans toute cette histoire ?

Appuyé contre sa voiture, David faisait face à son père, qui l'avait raccompagné jusqu'au portail. Vêtu d'un jean, d'un pull en coton et de ses éternels mocassins, il était aussi fringant que dans sa jeunesse.

— Oui, j'en suis sûr.

— Je sais que ce n'est pas facile tous les jours pour ton ex-femme en ce moment, mais de là à…

— Même moi, je n'ai rien vu venir ! assura David.

— Tu penses que c'est à cause de sa maladie ?

— Son état de santé a probablement joué sur son moral, mais elle savait ce qu'elle faisait.

— Que va-t-il se passer, maintenant ?

— Elle sera sans doute condamnée pour incitation au meurtre, dit David en baissant les yeux.

— Est-ce qu'elle recevra des soins pendant son incarcération ? Elle sera aidée, au moins ?

— J'y veillerai, affirma-t-il.

Son père laissa échapper un long soupir.

— C'est déjà ça… Je ne sais pas comment ta mère va prendre la nouvelle, mais ça risque d'être difficile !

Georgine avait entraîné Jeremy à l'intérieur dès leur arrivée, afin qu'ils puissent discuter en tête à tête.

— C'est fou, je sais. J'entends ce genre d'histoires tous les jours au boulot, mais je n'aurais jamais cru que ça nous arriverait à nous… Et je… Je regrette de ne pas avoir été capable de lui donner l'amour qu'elle attendait.

— Ce serait encore plus difficile pour toi si tu l'aimais toujours !

— Ce ne sera pas facile non plus pour Jeremy…

— Nous ferons de notre mieux pour l'aider à comprendre ce qui est arrivé. Il t'a et il nous a, répondit son père en posant une main sur son épaule.

Il pourrait aussi compter sur Skye, songea David, que cette simple pensée réconforta.

— J'ai rencontré quelqu'un, lâcha-t-il tout à trac.

Son père laissa retomber sa main et lui lança un sourire en coin.

— Laisse-moi deviner… Tu parles de la jeune femme que ta mère a surprise dans ta chambre, l'autre jour ?

— Oui, fit David en riant.

— Je ne te demande pas si c'est du sérieux…

— Je l'aime depuis longtemps.

— Eh bien, tant mieux ! Elle t'aidera à traverser tout ça.

— Je ferais mieux d'y aller. Avec les embouteillages, je ne suis pas encore arrivé, s'excusa David en l'embrassant.

Il s'installa au volant et baissa la vitre pour dire au revoir à son père.

— Nous prendrons soin de Jeremy, répéta ce dernier. Ne t'inquiète pas pour lui.

— Papa ?

— Quoi ?

Plus il pensait à l'idée d'avoir un autre enfant et de donner un petit frère ou une petite sœur à Jeremy, plus il sentait monter en lui une excitation qui lui collait un sourire aux lèvres. Il était impatient de partager la nouvelle avec ses parents… mais après un instant de réflexion, il préféra les laisser dans l'ignorance. Leur bonheur était encore si frais ! Il voulait le garder pour eux seuls encore quelques jours…

— Merci à vous deux, se contenta-t-il de dire.

— Si on ne peut pas compter les uns sur les autres en cas de coup dur, ce serait à désespérer ! lui lança son père sur un dernier signe de la main.

David ne s'était toujours pas départi de son sourire quand il s'engagea sur l'autoroute, mais la sonnerie de son téléphone, en rompant le fil de ses pensées, l'estompa quelque peu.

— Inspecteur Willis, annonça-t-il en enclenchant le kit mains libres.

— C'est Miranda Dodge.

— Comment allez-vous ?

— Pas très bien.

— Qu'est-ce qui ne va pas ?

— Je viens juste de recevoir un e-mail d'Oliver Burke.

— Il l'a signé ? s'enquit-il en baissant le volume de la radio.

— Oui.

— Et qu'est-ce qu'il vous dit ?

— Je vais vous le lire, ce sera plus simple.

Il l'entendit reposer le combiné, perçut un bruissement, des mouvements étouffés, puis elle reprit le téléphone et se mit à lire d'une voix claire :

— « Un inspecteur est venu me voir il y a quelques semaines quand j'étais à l'hôpital, il voulait me poser des questions sur Eugène Zufelt. Est-ce toi qui lui en as parlé ? Chercherais-tu toujours à me causer des ennuis ? On le dirait bien. Après avoir dit à tes parents que je t'espionnais alors que je ne faisais que regarder ce que tu désirais me montrer dès le début (ne le nie pas), après être allée te plaindre auprès du proviseur au sujet des lettres que je t'aurais soi-disant écrites, alors que tu sais que ce n'était pas le cas, tu te mets maintenant à parler de cet accident aux flics.

» Que se passe-t-il ? Tu ne parviens pas à m'oublier. Cela fait pourtant des années ! Mais je vais te faire une confidence : moi aussi, je pense beaucoup à toi. Nous devrions nous revoir, histoire de raviver la flamme et de laisser enfin libre cours à notre passion.

» Fais-moi savoir comment tu vois les choses. Si tu es mariée, je n'ai rien contre l'hôtel.

» Ton Oliver. »

David l'avait écoutée avec un certain soulagement. Il ne voulait pas que Miranda ait des ennuis, bien sûr… mais si Oliver avait changé de cible, il laisserait peut-être enfin Skye en paix.

— Il débloque complètement, non ? reprit Miranda.

— Il s'arrange avec la réalité, qu'il déforme en permanence pour qu'elle corresponde à ses désirs, et il devient violent dès qu'on essaie de lui montrer qu'il se trompe… Je vais passer quelques coups de fil pour demander à ce que la police patrouille près de chez vous dans le cas où Oliver se déciderait à vous rendre une petite visite.

David avait à peine raccroché qu'une angoisse sourde s'insinua en lui, qui se mua bientôt en un mauvais pressentiment impossible à chasser. C'était étrange que Burke se dévoile autant. C'était même *trop* simpliste pour un homme aussi calculateur. Plus il y pensait, moins cela lui semblait crédible.

Burke poursuivait-il vraiment Miranda ? Ou n'était-elle qu'un leurre ?

Oliver retint son souffle en entendant le cliquetis de la clé dans la serrure. Et la voix de Skye, qui venait de rentrer. Elle était au téléphone, comprit-il avec dépit.

Il s'appuya contre le mur de sa chambre, s'exhortant à la patience. Il était arrivé depuis quelques heures… Il pouvait bien attendre encore un peu avant de lui sauter dessus. En se montrant trop vite, il risquait de la faire fuir : elle ressortirait de la maison en hurlant dans son téléphone portable, et son correspondant s'empresserait d'appeler la police. Il serait bien avancé.

Trop absorbée par sa conversation téléphonique ou peu désireuse de faire le tour de la maison dans le noir, elle n'avait pas inspecté les environs, comme il le redoutait. Elle n'avait donc pas vu les débris de verre éparpillés, ni la fenêtre cassée par laquelle il était passé. Elle s'était dirigée vers la porte d'entrée sans un instant d'hésitation.

La nuit était idéale : le brouillard se déployait sur le paysage en nappes épaisses et le chant des grillons était fort. Assourdissant, même.

La serrure s'enclencha, puis la chaîne glissa sur son rail. Ça y était, elle s'était enfermée, comprit-il avec exultation. Elle se croyait totalement à l'abri… et son excitation monta d'un cran. Il prendrait toute la nuit, utiliserait tout ce qu'il aurait à portée de main pour lui faire mal et la forcer à le supplier comme jamais aucune autre ne l'avait fait. Elle devrait s'excuser pour Noah et Jane. Oui, encore un peu de patience…

— J'avais peur de faire le test. Puis j'en ai eu assez de ne pas savoir.

Il tendit l'oreille, cherchant à comprendre de quoi elle parlait.

— J'ai cru que j'allais m'évanouir quand il est devenu positif, Sheridan ! Oui… En octobre prochain. Je ne suis pas encore allée chez le médecin, mais je sais que je suis enceinte…

Enceinte. Le mot sembla résonner dans toute la maison. Tout comme le bonheur qui teintait sa voix.

Manifestement, elle n'avait pas perdu son temps. Elle avait couché avec quelqu'un. Et au souvenir de la photo qui était parue dans le journal, il n'eut aucun mal à deviner qui était le père de l'enfant. Skye le lui confirma l'instant suivant en parlant de Willis, de sa réaction quand elle lui avait appris la nouvelle, et de la joie qu'elle se faisait de vivre avec lui…

Comme tu te trompes, ma jolie !

Il ferma les yeux. L'image de Skye, soumise à sa volonté, s'imprima dans son esprit. Il n'y aurait plus que son impuissance à elle, sa toute-puissance à lui quand il tiendrait ses rêves et ses espoirs entre ses mains. Il les écraserait tous, et il la détruirait, elle. Depuis combien de temps attendait-il ce moment ? Quatre ans. Depuis la première agression. Dire qu'elle avait osé lui résister, ce soir-là ! Sa mort n'en serait que plus satisfaisante. Il prendrait tout ce qui appartenait à l'inspecteur Willis, et il ne lui laisserait rien.

Si elle souffrait assez, il rayerait peut-être l'inspecteur de sa liste. Willis endurerait un supplice permanent en vivant avec l'idée qu'il n'avait pas su protéger la femme qu'il aimait *et* son bébé. Oui, son triomphe serait encore plus complet s'il le laissait en vie après leur mort.

Rouvrant les paupières, Oliver crispa les doigts sur le manche de son couteau. Il n'aurait pas pu rêver plus belle revanche.

— Jeremy est si adorable ! J'ai vraiment de la peine quand je pense à ce qu'il va traverser à cause de sa mère.

De quoi parlait-elle ? Il s'en fichait. Quand la lumière inonda le couloir, il s'approcha de la porte pour essayer de l'apercevoir. Il la vit retirer son manteau. Elle était *si* belle. Plus belle que Jane ne l'avait jamais été.

Mais elle ne le serait plus très longtemps. Cette fois, il y aurait plus que quelques cicatrices.

En raccrochant, Skye avait toujours ce même petit sourire béat qui ne l'avait pas quittée de l'après-midi. Elle n'avait pas résisté à l'envie d'apprendre la nouvelle à Sheridan et Jasmine, et les coups de fil s'étaient enchaînés depuis. Elles avaient parlé de la fête qu'elle organiserait pour célébrer sa grossesse, évoqué des idées de prénoms…

Il y avait tant de choses à prévoir et à préparer ! Et tout était si nouveau, si exaltant ! Oliver Burke n'avait pas gâché sa vie. Elle avait réussi à s'affranchir des peurs du passé, prête à commencer une nouvelle vie avec David.

Elle s'avança vers sa chambre pour y prendre son peignoir avant d'aller prendre un bain quand elle réalisa qu'elle n'avait pas regardé le courrier qu'elle avait ramené de sa boîte postale. Elle n'avait même pas eu le temps d'y jeter un coup d'œil, prise par les coups de fil de David, qui voulait s'assurer régulièrement que tout allait bien, ceux de ses demi-sœurs et de ses amies.

Elle revint vers le comptoir de la cuisine et passa son courrier en revue, s'attardant sur deux lettres, adressées par des femmes qu'elle avait aidées. La première, victime d'un mari violent, lui annonçait son remariage avec un homme adorable. La seconde provenait de la victime d'un chauffard qui avait pris la fuite. Jonathan avait réussi à retrouver sa trace, et il était en train d'être jugé.

Elle attrapa ensuite une enveloppe sur laquelle l'expéditeur n'était pas mentionné. Surprise, elle la décacheta et en sortit une feuille blanche sur laquelle était imprimée une seule phrase :

« Aujourd'hui j'ai vendu votre adresse à un homme qui a insisté pour rester anonyme. »

Elle tressaillit comme sous l'effet d'un choc électrique. Qu'est-ce que cela signifiait ? Etait-il question de Bishop ? Lynnette avait-elle obtenu son adresse dans le delta par quelqu'un d'autre que David ? C'était possible. Au moment de jeter le papier dans la poubelle, Skye remarqua la date. Le mot datait de la veille.

Un long frisson lui parcourut l'épine dorsale. Elle pivota lentement sur elle-même. Avait-elle manqué de prudence ? Pourtant, la porte d'entrée était verrouillée. Tout semblait normal. Et si c'était Burke qui avait obtenu son adresse ? Il était peut-être en route pour Sherman Island en ce moment-même ! Elle ne pouvait pas traîner ici une minute de plus. Manifestement, quelqu'un s'était donné du mal pour obtenir son adresse et même si ce n'était pas Oliver, elle n'était plus en sécurité.

Elle se précipita sur son sac pour prendre ses clés et son revolver, et s'élança tout aussi vite vers la porte d'entrée. Elle attendrait David chez Sheridan ou Jasmine. Dans l'affolement, ses doigts pris de tremblements butèrent sur la chaîne sans parvenir à la défaire. Elle venait enfin de déverrouiller la porte, elle entendit un bruit de pas dans son dos.

Il était là !

Oliver ne savait pas pourquoi Skye était partie en courant, mais il savait qu'il ne la laisserait pas s'enfuir. Il n'attendrait pas davantage.

Il longea le couloir à grandes enjambées et se jeta sur

elle avant même qu'elle n'ait eu le temps de tirer la porte, la refermant violemment sur sa main droite.

Quand il entendit son cri de douleur, il sut qu'il avait repris l'avantage qu'il avait failli perdre un instant plus tôt. Elle n'était plus en état de lui tirer dessus comme elle l'avait fait pour Bishop. Pas avec la main écrasée.

Pour en être bien sûr, il appuya de nouveau son épaule contre le battant, pesant de tout son poids. Quand Skye tomba à genoux, il rouvrit la porte pour la libérer avant de la refermer brutalement d'un coup de pied.

— Tu croyais vraiment que tu allais m'échapper ? hurla-t-il. Tu croyais que j'allais te laisser me refaire le même coup que la dernière fois ?

Elle leva vers lui des yeux empreints de peur et de douleur.

— Qu'est-ce que je vous ai fait, à la fin ? répliqua-t-elle avec une hostilité égale à la sienne.

— Tu m'as tout pris ! Tu m'as volé quatre années de ma vie ! Tu sais ce que ça fait d'être en prison ?

S'accroupissant près d'elle, il appuya le genou sur sa main, lui arrachant un nouveau cri de douleur.

— Voilà ce que ça fait. En moi-même, je hurlais aussi fort que toi. Et maintenant, il y a Jane. Ça aussi, c'est ta faute !

— Elle vous… a quitté… Elle aurait dû le faire… depuis longtemps.

Il la dévisagea en cherchant à éprouver un mélange d'excitation et de désir, mais il ne ressentait qu'une fureur incontrôlable.

— Tout est ta faute pour ce qui s'est passé entre Noah et Jane ! Tu es responsable de tout !

— Je n'ai rien à voir avec ça, gémit-elle.

— Elle ne se serait pas tournée vers lui si je n'étais pas allé en prison à cause de toi. Elle m'aimerait toujours, comme avant !

Il fut surpris quand il sentit des larmes obscurcir sa vue, de vraies larmes. Il ne simulait pas comme il l'avait fait devant sa mère. Souffrait-il d'avoir perdu Jane ?

— C'était la seule femme qui croyait aveuglément en moi, murmura-il, comme pour lui-même. La seule, tu entends ?

— Où est-elle ?

— Partie.

— Où ?

Son visage livide était baigné de sueur. Elle semblait sur le point de s'évanouir de douleur, mais la lucidité qui brillait dans ses yeux contredisait cette impression de faiblesse.

— L'avez-vous tuée comme toutes les autres ? demanda-t-elle dans un souffle.

Il ne lui répondrait pas. Pourquoi le ferait-il ? Rien ne l'y forçait. Il était venu pour la violer et la faire souffrir. Il voulait prendre son temps et rendre le moment aussi jouissif pour lui que violent pour elle mais soudain, trop bouleversé, il n'était plus sûr de rien. Il n'était même pas certain d'arriver à la pénétrer… Il ne pensait plus qu'au sang de Jane, au sang qu'il n'avait pas réussi à enlever. Il en avait encore sur lui. Il ne le voyait pas, mais il en était couvert. Il le sentait, il le savait. Quand il enlèverait son pull en rentrant chez lui, il verrait les éclaboussures de sang sur sa poitrine, celui de Jane se mêlant à celui de sa blessure…

Il fallait qu'il en termine avec Skye Kellerman. Il voulait partir. Il balaya le hall du regard à la recherche du couteau qu'il avait fait tomber dans sa précipitation. Il voulut la traîner au sol pour se rapprocher de l'arme, mais elle comprit son intention. La peur et la douleur qui l'avaient pétrifiée s'évanouirent aussitôt. Et dans un sursaut d'énergie, elle lui donna des coups de pied et se débattit comme elle l'avait fait quatre ans auparavant.

— Vous ne vous en sortirez pas ! hurla-t-elle. Vous ne vous en sortirez pas !

— J'ai eu Noah, ricana-t-il en la saisissant par les cheveux. Et j'ai eu Jane. Tu te crois plus forte qu'eux ?

— On verra bien ! cria-t-elle en lui griffant la joue.

Consciente de jouer sa vie et celle de son bébé, elle se battait de toutes ses forces. Elle devait vivre pour l'enfant et pour David. Pour mettre un terme à cette violence, à cette hargne meurtrière. N'était-ce pas le sens de son combat ? Elle s'était consacrée aux victimes. Pas question d'en devenir une autre !

Ignorant la douleur qui partait de sa main pour se propager à son bras tout entier, et la sensation nauséeuse qui lui retournait l'estomac, elle profita du recul de Burke, après qu'elle l'eut griffé, pour lui donner un coup de pied dans le bas du ventre.

Il lâcha ses cheveux, se pliant en deux sous la violence du coup, mais il se ressaisit avant qu'elle n'ait eu le temps de se lever. Sans son arme, elle n'aurait jamais le dessus, pensa-t-elle en avisant son sac tout proche. Même si elle réussissait à l'atteindre et à sortir son revolver, elle ne pourrait pas tirer, ni même viser correctement de la main gauche.

Ce qui ne lui laissait plus que l'option du couteau.

Seigneur…

En une fraction de seconde, l'instinct remplaça la pensée, et elle fit mine de se jeter sur son sac. Croyant la devancer, il s'en saisit au moment où elle roulait sur le côté, attrapant le couteau. Elle vit la surprise se peindre sur son visage, à l'instant où il comprit qu'elle l'avait bluffé. Sans lui laisser le temps d'ouvrir le sac, elle plongea la lame dans son torse.

Quatre ans après la première agression, elle venait de le poignarder pour la seconde fois. Et cette fois, elle eut le sentiment d'avoir touché quelque chose de vital. Elle le comprit à la rapidité avec laquelle l'énergie s'échappa de son corps. Il ouvrit la bouche, mais aucun son n'en sortit. Et il s'effondra sur elle.

Elle le repoussa et rampa vers son sac pour y attraper son revolver, mais ce n'était plus nécessaire : Oliver ne faisait plus un geste.

— Aide-moi ! murmura-t-il d'une voix à peine audible.

Il semblait vivre ses derniers instants… mais un sourire presque sardonique plissait ses lèvres. Elle comprit qu'il la plaçait devant un dilemme — celui de le secourir ou de le laisser mourir — comme pour lui prouver qu'elle n'était pas différente de lui.

Les jambes flageolantes, l'esprit engourdi, Skye était quasiment incapable de bouger, elle aussi. La douleur que son cerveau avait momentanément bloquée l'envahissait par vagues successives. Et la tête lui tournait… mais elle ne parvenait pas à oublier ce qu'il lui avait dit un instant plus tôt. A propos de sa femme.

— Où est Jane ? demanda-t-elle. Dites-moi où elle est, et je stopperai l'hémorragie en attendant les urgences.

— Non, tu ne le feras pas. Pas pour moi, objecta-t-il en essayant de tourner la tête vers elle.

— Je le ferais pour n'importe qui. C'est en ça que nous sommes différents, vous et moi.

— Janey… Elle est… au lit… avec Noah…

Il esquissa un sourire comme s'il venait de faire une excellente plaisanterie, et rendit son dernier souffle.

David reçut l'appel de Skye alors qu'il entrait dans la banlieue de Sacramento.

— Je suis presque arrivé. Je passe voir si tout va bien avec Lynnette, et j'arrive aussitôt après.

— Je ne suis pas chez moi.

— Pourquoi ? demanda-t-il en fronçant les sourcils.

— Je suis… à l'hôpital.

Le mauvais pressentiment qui l'avait assailli tout au long de la journée, l'incitant à l'appeler à plusieurs reprises, s'était-il avéré ?

— Il y a un problème ? dit-il précipitamment.

— Burke est mort.

— Comment le sais-tu ?

— Il est venu à la maison.

Il donna instinctivement un coup d'accélérateur. Pourquoi n'était-il pas près d'elle ? Il avait demandé à un adjoint du shérif de rester avec elle après l'appel de Miranda. N'était-il pas arrivé à temps ?

— Que s'est-il passé ?

— Il était déjà chez moi quand je suis rentrée. J'ai été obligée de le poignarder. A… cause de ma main…

Elle semblait buter sur les mots. Il se demanda si on lui avait administré des tranquillisants.

— Il a refermé la porte sur ma main quand j'ai essayé… de m'enfuir… J'ai plusieurs… os… écrasés. Ils vont m'opér…

David serra les dents.

— L'adjoint n'est pas passé chez toi ?

— Si… après.

— Tu as dit au docteur que tu étais enceinte ? Avant de prendre leurs cachets ?

—… sûr.

— Tant mieux. Et tu… crois… ?

Il hésita à lui demander si tout allait bien pour le bébé.

— Le bébé va bien. Suis… si heureuse.

Il poussa un soupir de soulagement. Elle s'accrochait à cette pensée. C'est ce qu'il allait faire, lui aussi.

— Jane est dans un état cr… tique, ajouta-t-elle, luttant manifestement pour rester consciente.

— Jane *Burke* ?

— Quand ils l'ont trouvée, elle s'était presque vidée de son sang. Sais pas… comment elle a tenu si… longtemps. Poignardée… il a raté la jugulaire… d'un millimètre.

Il secoua la tête, incrédule.

— Qu'est-ce que tu dis, Skye ? Oliver a essayé de tuer Jane ?

— Avant moi. Tout découvert… sur Noah.

— Et Noah, il va bien ?

— Il est mort.

Etait-ce la vérité ou Skye commençait-elle à divaguer sous l'effet des anesthésiques ?

— Skye, tu es dans quel hôpital ?

Elle ne répondit pas, mais il entendit un bruit de voix, puis du mouvement lui indiquant que le téléphone changeait de main.

— Inspecteur Willis ? demanda une voix inconnue.

— Oui ?

— Wanda Neely à l'appareil. Je suis infirmière au Mercy American River Hospital. Mlle Kellerman n'est plus en mesure de parler. Elle part au bloc.

— Dites-lui que je serai là à son réveil.

Il perçut le sourire de l'infirmière quand elle répondit :

— Je le lui dirai.

— Dites-lui maintenant.

— Je le fais, ne vous inquiétez pas, inspecteur. Ça va aller. C'est une forte femme, vous savez !

David sentit sa gorge se nouer.

— Grâce au ciel, murmura-t-il.

Epilogue

Skye se tenait à la porte de la chambre, attendant que Jane, allongée sur son lit d'hôpital, lui fasse signe d'entrer. Elle n'était pas venue pour la tourmenter. Elle voulait juste s'assurer que celle qui avait été l'épouse d'Oliver allait bien. Jane avait tout perdu — Oliver, le père de sa fille, l'homme en qui elle avait eu confiance, et Noah, l'homme qu'elle aimait. Skye savait ce que ces pertes signifiaient et n'avait aucun mal à imaginer la solitude qui devait être la sienne dans cette situation qui l'isolait du reste du monde.

Jane remua sous ses couvertures, et leurs yeux se croisèrent.

— Entrez, dit-elle avec un mouvement de la main.

Skye, qui avait le bras droit plâtré, tenait dans sa main valide un gros bouquet de fleurs. Elle le posa sur la table à roulettes, puis jeta un coup d'œil autour d'elle, heureuse de constater qu'après deux semaines passées à l'hôpital, Jane était aussi choyée qu'à son arrivée : un petit bouquet se dressait près de la fenêtre, et un autre sur la table de chevet.

— Ce sont les parents d'Oliver, expliqua Jane en suivant le regard de Skye.

— Elles sont ravissantes. Comment vivent-ils tout ça ?

— C'est extrêmement difficile pour eux. Ils ont… perdu leurs deux fils, poursuivit-elle d'une voix tremblante, mais au moins, ils ne me reprochent rien. Ils ont compris qu'ils s'étaient trompés sur Oliver depuis le début. Comme nous tous, enchaîna-t-elle, si bas que Skye dut tendre l'oreille.

— Je suis soulagée qu'ils vous soutiennent.

— Celles-là viennent de Kate, reprit-elle, les larmes aux

yeux, en montrant à Skye un petit dessin représentant un bouquet de fleurs qui ressemblaient à des tulipes.

— Ce sont les plus belles.

— Je suis d'accord avec vous, acquiesça Jane en fixant le dessin quelques secondes.

— Et celles-ci ? interrogea Skye en désignant le vase posé près de la fenêtre.

— Elles viennent de mon amie Danielle. Une collègue de travail.

— On ne vous a pas renvoyée, alors ?

— Non.

— Tant mieux !

— Je vous dois des excuses, fit brusquement Jane.

— Absolument pas. Je ne suis pas venue pour ça, répliqua Skye. Je voulais m'assurer que vous alliez bien.

— Si j'ai la chance d'être encore en vie, c'est grâce à vous. Je vous tenais responsable de tout. Je ne peux vous dire combien je regrette d'avoir refusé d'admettre la vérité. J'ai été… faible et stupide, conclut-elle en grimaçant. Tout le contraire de vous.

— Parfois, nous ne voyons que ce que nous voulons voir, Jane. Je plaide coupable, moi aussi.

— Vous avez essayé de m'avertir, au contraire ! Tout comme l'inspecteur Willis… Je m'en veux tellement !

Skye prit la main qu'elle lui tendait.

— N'y pensez plus.

Jane sourit à travers ses larmes.

— A propos… J'ai entendu dire que vous et l'inspecteur Willis alliez vous marier ?

— Qui vous l'a dit ?

— C'est lui. Il vient régulièrement prendre de mes nouvelles. Il est très enthousiaste — pour le mariage et pour le bébé.

Skye sentit le rouge lui monter aux joues.

— Je le suis aussi, confia-t-elle avec émotion.

— Le grand jour est prévu pour quand ?

— Dans deux semaines.

— Je vous souhaite beaucoup de bonheur.

— Merci.

— Vous allez continuer à travailler pour La Contre-attaque ?

— Eh bien… Je pense avoir habitué mon futur mari à cette idée ! répondit-elle en riant. Mais ça n'a pas été facile.

— A cause du bébé ?

— Oui. Je vais continuer les cours et les collectes de fonds, mais je n'enquêterai plus. Pas avant que nos enfants ne soient plus grands.

— Je suis ravie que vous continuiez. Je me disais que je pourrais suivre vos cours… Ça m'aiderait peut-être à reprendre le dessus.

Skye posa son sac au pied du lit et en sortit une carte de visite.

— C'est une excellente idée. Appelez à ce numéro pour obtenir les détails et les horaires. Et si vous avez besoin d'un chauffeur, n'hésitez pas à m'appeler : je passerai vous chercher !

Jane acquiesça.

— D'accord. Vous êtes si généreuse… Vous et l'inspecteur Willis, vous étiez faits pour vous entendre !

— Nous nous aimons, répliqua Skye avec simplicité. Et c'est ce qui nous rend si heureux.

Découvrez le deuxième tome de cette série dans *Les disparues du bayou*, à paraître le 1er juillet 2013 dans la collection Best-Sellers.

Si vous avez aimé *Face au danger*, découvrez le nouveau roman de Brenda Novak *Tu seras à moi*, paru en janvier 2013 en grand format chez Mosaïc.

Le livre en quelques mots :

Kalyna Harter confie à Ava Bixby, membre de l'association de défense des droits des victimes, qu'elle a été violée par le capitaine Luke Trussell. Luke, lui, clame son innocence, et en dépit des preuves qui l'accablent, Ava se met à douter…

Pour en découvrir davantage, voici un extrait de ce livre en avant-première…

Travis Air Force Base, Fairfield, Californie
Dimanche 7 juin

— C'est à quel sujet ?

Vêtu en tout et pour tout d'un jean enfilé en hâte, le capitaine Luke Trussell regardait, en plissant les yeux, l'homme et la femme qui l'avaient tiré du lit et se tenaient sur le seuil de la maison. Ils appartenaient l'un comme l'autre à la sécurité de la base de Travis.

— Nous sommes ici suite à une plainte déposée par le sergent Kalyna Harter.

Il devait y avoir erreur. D'ailleurs, il n'était même pas chez lui, ici. Il avait prêté son appartement, situé en dehors de la base, à deux cousines en visite dans l'Etat ; pendant ce temps, il s'était installé chez son ami Craig, qui était en permission avec sa famille.

— Une plainte contre moi ? demanda-t-il en se désignant avec l'index.

La femme officier, le sergent E. Golnick, à en croire son badge, posa les yeux sur son torse nu. Il ne faisait pas de la musculation pour impressionner les femmes, mais cela constituait un atout indéniable. Sauf que l'expression du sergent ne trahissait aucune espèce d'admiration, mais plutôt du mépris. Elle devait être en train d'estimer sa taille et son poids, pour en conclure qu'il n'aurait aucun mal à dominer une femme, n'importe quelle femme — y compris Kalyna, avec son mètre soixante-dix-sept et sa musculature aussi bien entretenue que la sienne.

— Contre *vous*, en effet, répondit-elle en le fixant droit dans les yeux. Vous la connaissez, n'est-ce pas ?

— Je la connais, oui. Elle appartient à mon escadrille — depuis son transfert, il y a trois mois.

C'était probablement la raison pour laquelle ils avaient su où le trouver. Elle avait dû leur dire où il habitait.

— Elle affirme que vous l'avez violée la nuit dernière, capitaine. Et apparemment, l'agression a été particulièrement violente.

Une agression violente ? Kalyna se portait comme un charme, quand il était parti de chez elle à… Quelle heure était-il, déjà ? Il jeta un coup d'œil à son poignet, se rappelant en même temps qu'elle lui avait retiré sa montre, lorsqu'il avait commencé à laisser entendre qu'il se faisait tard. Elle ne voulait pas qu'il quitte son lit. Avait-elle monté cette histoire pour se venger ?

A moins qu'elle n'ait été agressée par quelqu'un d'autre, assez violemment pour ne plus savoir ce qu'elle racontait.

— Elle va bien ? demanda-t-il.

— Elle souffre d'un certain nombre de bosses et d'ecchymoses, expliqua le sergent P. Jeffers, qui accompagnait Golnick. Sa vie n'est pas en danger, mais elle a passé les dernières heures au Northbay Medical Center, où elle a été admise suite à une agression sexuelle.

Luke secoua la tête.

— Ça n'a aucun sens ! Si elle a été agressée, ça n'est pas par moi.

— Ce n'est pas ce qu'elle affirme.

Une bouffée de colère eut raison de la confusion ensommeillée dans laquelle il se débattait encore.

— Elle délire ! Elle n'a pas toute sa raison…

— Croyez-moi, sa pensée et son expression sont tout à fait cohérentes, répliqua Golnick.

— Alors, elle ment !

Golnick haussa un sourcil.

— Des échantillons de sperme ont été prélevés lors de son examen. Laissez-vous entendre que ça ne sera pas le vôtre ?

— Je ne vois pas comment ça pourrait être le mien.

Golnick croisa les bras.

— Vous n'avez pas eu de relations sexuelles avec le sergent Harter ?

Luke se passa la main sur la nuque. Il détestait aborder des questions aussi intimes — notamment lorsque, comme ici, il ne songeait qu'à oublier ce qui s'était passé. Il devait pourtant s'expliquer au plus vite, et avec la plus grande franchise. Sans quoi les problèmes n'allaient faire que s'aggraver.

— Nous avons eu en effet des relations sexuelles, reconnut-il. Mais nous étions tous les deux consentants.

— Vous voulez dire qu'aucun de vous n'a forcé l'autre ?

Luke lui adressa un regard méprisant.

— Je n'ai pas l'habitude d'employer des mots dont je ne connais pas le sens.

Son interlocutrice ne tressaillit même pas.

— Le fait que vous n'ayez pas utilisé de préservatif tendrait à le faire penser.

— J'ai utilisé un préservatif. Je ne… je ne suis pas *aussi* imprudent.

— Comment expliquez-vous la présence de sperme lors de l'examen du sergent Harter ?

Il ne l'expliquait pas. La nuit précédente n'était pourtant pas noyée dans une brume opaque. C'était simplement qu'il se rappelait certaines parties plus que d'autres. Sa gueule de bois n'arrangeait évidemment pas les choses.

— Il s'est peut-être percé…

Il n'avait rien remarqué d'inhabituel, hormis le fait qu'il avait bu comme il ne l'avait pas fait depuis des années. Et dès qu'il avait commencé de dessoûler, sa priorité avait été de rentrer chez lui.

— Je vous assure que je ne lui ai fait aucun mal. Je n'ai jamais frappé une femme, ni forcé qui que ce soit à coucher avec moi.

— Vous sous-entendez encore une fois qu'une autre personne s'en serait prise au sergent Harter.

— Puisque ce n'est pas moi !

— Et qu'est-il arrivé, à votre avis ? Vous pensez que quelqu'un serait passé après votre départ ?

— C'est forcément le cas. Vous savez, je n'ai rien d'un grand fauve chasseur de femmes. D'ailleurs, ce n'est pas *moi* qui ai cherché à coucher avec elle, hier soir. Kalyna est entrée dans mon taxi et elle a donné son adresse au chauffeur. Nous nous étions pourtant déjà dit au revoir.

En réalité, Kalyna lui courait après depuis des semaines. Il n'arrêtait pas de tomber sur elle, y compris en dehors du travail, à l'extérieur de la base. Lorsqu'on les avait présentés, il avait tout de suite senti son intérêt pour lui ; il se rappelait l'intensité de son regard et de son sourire, la façon dont elle avait aussitôt engagé la conversation.

— D'après le sergent Harter, c'est vous qui avez demandé à venir chez elle. Elle a d'abord refusé, avant de consentir, ajouta Jeffers avec une nuance de doute dans la voix.

— C'est un *mensonge* ! Ce n'est même pas moi qui l'ai invitée à danser. La vérité, c'est que Kalyna ne m'a jamais attiré.

Elle était trop masculine à son goût — du moins en plein jour. Il avait aussi compris très rapidement qu'elle était manipulatrice. Il l'évitait autant que possible. Mais elle était son chef d'équipage. A ce titre, elle effectuait les diverses inspections — *pre-flight*, *through-flight* et *post-flight* — et établissait tout ce qui n'allait pas sur l'appareil.

— Si elle ne vous attirait pas, pourquoi avez-vous eu des relations sexuelles avec elle ? demanda Golnick.

Luke n'avait pas prévu ce qui s'était passé. C'était *elle* qui lui avait demandé de danser ; elle qui avait commencé de se frotter contre lui ; elle qui lui avait chuchoté à l'oreille des trucs comme : « Tu me rends toute chose… Quand est-ce que tu vas me montrer ce que tu as sous ton pantalon, capitaine ? » Même alors, il n'avait pas été tenté ; il avait fallu attendre bien plus tard, l'alcool aidant…

— En toute honnêteté, je ne sais pas, reconnut-il avec un soupir.

Il avait laissé la voix de Kalyna, la promesse lourde de sensualité qu'elle contenait, avoir raison de ses réticences.

Le regard de Golnick se porta derrière lui, dans la maison de Craig, comme pour y chercher une preuve de sa culpabilité.

— Allez vous habiller, voulez-vous ? demanda-t-elle. Vous allez nous accompagner pour faire une déposition dans nos bureaux. Nous avons prévenu votre commandant. Il sera présent.

Le mot *déposition* sonna de façon sinistre aux oreilles de Luke. S'ils l'emmenaient avec eux, c'est que l'affaire était sérieuse. Après toute la mauvaise publicité que des histoires de ce genre avaient causée par le passé, les militaires n'avaient plus aucune espèce de tolérance pour les écarts de conduite. Un clin d'œil, un hochement de tête ou même un sourire pouvaient être interprétés comme du harcèlement sexuel et ruiner la réputation, voire la carrière d'un homme. Ce dont on l'accusait était bien plus grave. Peu importait qu'il soit innocent. Il aurait *l'air* coupable. Vu de l'extérieur, la probabilité semblait infime que quelqu'un d'autre soit venu chez Kalyna après son départ — il était resté avec elle jusqu'à 3 heures du matin. En outre, il était plus grand et plus costaud qu'elle ; cela signifiait que tout le public serait de son côté, à la soutenir. C'était une des rares situations, peut-être la seule où, même aux Etats-Unis, on était coupable jusqu'à ce qu'on fasse preuve de son innocence.

Il ouvrit la bouche pour tenter de plaider sa cause. Mais il remarqua un voisin, sans doute intrigué par la voiture des deux militaires, qui regardait ce qui se passait. Luke n'avait aucune envie de se donner en spectacle plus longtemps. Espérant qu'il s'agissait d'une terrible erreur qui serait vite dissipée, il regagna l'intérieur de la maison pour finir de s'habiller.

Il avait eu l'intuition que Kalyna constituait une source d'ennuis potentielle, mais il avait sous-estimé cette impression. Il n'avait pas mesuré les dégâts qu'elle était en mesure de causer si elle le décidait. Lui qui n'avait jamais eu de raison de craindre une femme, il se demandait à présent ce qu'elle était capable de lui faire.

Il n'allait pas tarder à le découvrir.

A paraître le 1er mars

Best-Sellers n°551 • suspense

La demeure maudite - Heather Graham

Comme chaque année, Ashley se réjouit d'accueillir dans sa superbe et majestueuse demeure de Louisiane — la plantation Donegal, au cœur du bayou — un festival historique qui rend hommage au passé de sa famille. Mais cette fois, rien ne se passe comme prévu : la fête tourne au cauchemar lorsqu'un cadavre est découvert, suspendu à l'ange de pierre qui surplombe le mausolée familial. Profondément choquée, et inquiète face à l'inaction de la police locale, Ashley décide de faire appel à une équipe d'enquêteurs du FBI, des spécialistes réputés pour avoir résolu les affaires les plus étranges. Une unité à laquelle appartient Jake Mallory, son premier amour, un homme atypique et pourvu d'un talent troublant pour communiquer avec l'au-delà. Mais aussi celui qui lui donnera le courage de dévoiler des secrets de famille que même la mort n'a pu ensevelir...

Best-Sellers n°552 • suspense

Ciel de feu - Karen Harper

Quand elle découvre que l'une des granges de la communauté Amish où elle vit vient de brûler, Sarah Kauffman est bouleversée. Non seulement elle est profondément touchée par la détresse des propriétaires, dont elle est proche, mais elle avait récemment obtenu d'eux l'autorisation de peindre une fresque sur le mur de la maison : tout le travail qu'elle a réalisé avec passion a été consumé dans les flammes. Mais lorsqu'un second, puis un troisième incendie se déclarent dans d'autres bâtiments également ornés de ses peintures, Sarah, stupéfaite, comprend qu'il s'agit bel et bien d'incendies criminels. Et que ces incendies ont un lien avec son propre travail. Décidée à découvrir la vérité, elle accepte alors sans hésiter de collaborer avec le troublant et charismatique Nate MacKenzie, l'inspecteur chargé de l'enquête. Très vite, les langues se délient, les secrets de familles se dévoilent, tandis que ses propres convictions commencent à vaciller. Se pourrait-il qu'elle soit la cible, la seule et unique cible, d'un criminel dépourvu de tous scrupules ?

Best-Sellers n°553 • suspense

Epiée - Leslie Tentler

« Je n'ai pas l'intention de vous tuer. A moins, bien sûr, que vous ne m'y forciez... »
Psychologue et animatrice d'une émission de radio, Rain Sommers a l'habitude des déséquilibrés qui l'appellent depuis les quartiers sombres de La Nouvelle-Orléans, pour donner libre cours à leurs fantasmes. Mais lorsqu'un auditeur commence à témoigner d'une obsession terrifiante pour elle et pour sa mère — une chanteuse emblématique assassinée trente ans plus tôt —, Rain prend peur. Qui peut bien être cet homme à la fois cynique et malsain qui semble très bien la connaître ? Près de basculer dans la panique, Rain n'a d'autre choix que d'accorder sa confiance à Trevor Rivette, un agent du FBI apparemment convaincu que l'auteur des coups de fil et le tueur en série sur lequel il enquête en ce moment ne sont qu'une seule et même personne. Mais en se plongeant dans l'enquête aux côtés de Trevor, Rain ignore encore qu'elle va se retrouver entraînée dans une spirale infernale où les secrets du passé et les événements récents sont inextricablement liés...

Best-Sellers n°554 • thriller

La signature écarlate - Andrea Ellison

A Nashville, personne n'a oublié la série de crimes qui ont terrifié la ville : dix jeunes femmes victimes d'un meurtrier sadique. Dix jeunes femmes au teint d'albâtre et aux cheveux de jais, aux lèvres outrageusement maquillées de rouge.
Vingt ans plus tard, la ville est de nouveau plongée dans la peur tandis que quatre nouvelles victimes sont découvertes, tuées exactement selon le même rituel. Pour les enquêteurs, il n'y a aucun doute : ces crimes portent la signature sanglante du même tueur. Mais pour Taylor Jackson, le lieutenant chargé de l'enquête, l'affaire va prendre une tournure plus personnelle : un détail dans le profil de l'assassin a en effet réveillé des souvenirs enfouis au plus profond d'elle-même. Des souvenirs qui lui font croire qu'elle a fréquenté de près le tueur. Pire encore : le portrait du suspect correspond point pour point à celui d'un notable de Nashville. Un homme qu'elle connaît bien…

Best-Sellers n°555 • suspense

N'oublie pas que je t'attends - Amanda Stevens

« Maman, je reviens bientôt. » Quand ce message est découvert sur le pare-brise d'une voiture garée devant chez elle, Tess Campbell reprend espoir. Car l'enfant qui a écrit ces mots ne peut être que sa petite Emily, kidnappée trois semaines plus tôt, et qui, elle en a la certitude, est toujours vivante. Mais à Eden, petite ville tranquille du Mississippi, Tess n'est pas seule à vivre dans l'angoisse de ne plus jamais revoir son enfant. Tout près d'elle, une autre mère, Naomi, endure ce calvaire depuis dix ans déjà. Depuis que sa fille Sadie a été enlevée dix ans plus tôt, dans la même école qu'Emily, et dans des circonstances étrangement similaires. Y a-t-il un lien entre ces deux enlèvements ? Et si oui, quels sont les mobiles des ravisseurs, qui n'ont fait aucune demande de rançon ?
Devant l'inertie de la police, Tess et Naomi décident d'unir leurs forces et de continuer à se battre. C'est alors qu'un nouveau drame se produit, qui vient relancer l'enquête : dans la petite école d'Emilie et de Sadie, une troisième fillette, Sara Beth, manque à l'appel…

Best-Sellers n°556 • roman

La fille du New Hampshire - Shannon Stacey

Quand sa rédactrice en chef découvre qu'elle a autrefois été la petite amie de Joe Kowalski, un auteur de bestsellers jaloux de son intimité, Keri Daniels se retrouve confrontée à un ultimatum : obtenir une interview exclusive avec Joe ou trouver un nouvel emploi. Furieuse mais désireuse de promouvoir sa carrière de journaliste qu'elle adore, Keri accepte de tenter sa chance auprès de Joe, quelle n'a pas revu depuis dix ans. Mais elle n'est pas au bout de ses surprises, car Joe lui propose bientôt un marché aussi surprenant qu'audacieux : si elle vient camper avec lui dans le New Hampshire, elle aura le droit de lui poser chaque jour une question pour son interview. Si c'est le prix à payer pour rédiger l'article de sa vie, qu'à cela ne tienne ! En revanche, pas question de céder à nouveau au charme ravageur de son ancien amant. Même si Keri a bien remarqué l'étincelle de désir qui illumine le regard de Joe quand il pose ses yeux d'azur sur elle…

Composé et édité par les

éditions HARLEQUIN

Achevé d'imprimer en décembre 2012

BRODARD & TAUPIN

La Flèche

Dépôt légal : janvier 2013

N° d'imprimeur : 70670

Imprimé en France